大唐遊俠兒

卷一

烽火狼煙

Jiou Tu

酒徒

著

目次

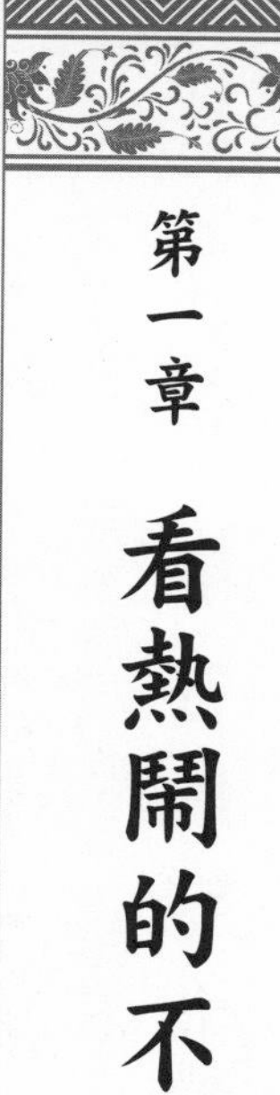

第一章 看熱鬧的不嫌事大

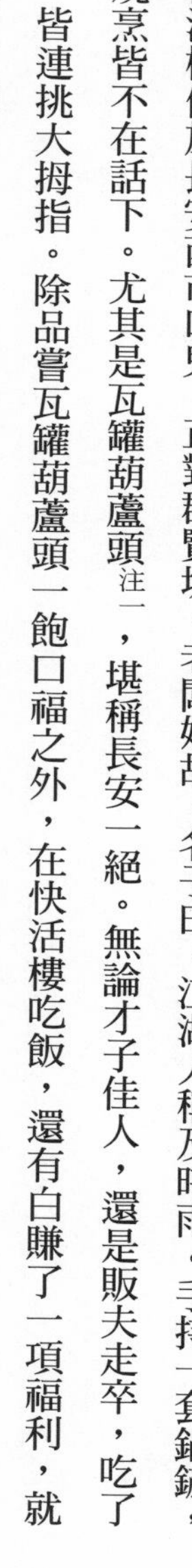

快活樓位於長安西市口兒，正對群賢坊。老闆姓胡，名子曰，江湖人稱及時雨。手持一套鍋鏟，悶燉燒烹皆不在話下。尤其是瓦罐葫蘆頭注一，堪稱長安一絕。無論才子佳人，還是販夫走卒，吃了之後，皆連挑大拇指。除品嘗瓦罐葫蘆頭一飽口福之外，在快活樓吃飯，還有白賺了一項福利，就是聽胡子曰講古。

眼下時逢貞觀之治，四海昇平，民間殷實富足，長安城內平時連打架的混混都沒幾個，實在缺乏熱鬧可看。而康平坊、長樂坊那種銷金窟，又不是人人都花費得起。所以，聽掌櫃胡子曰講古，就成了街坊鄰居們最喜歡的樂趣。

而那及時雨胡子曰，也不是一個吝嗇人。只要你進了快活樓的門兒，哪怕不吃葫蘆頭，點一碗

注一、葫蘆頭：動物大腸雜煮。

白開水坐上三個時辰，他也照樣吩咐夥計笑臉相迎。通常每日將早晨收購來的各種下水都收拾完畢，裝罐下鍋。胡子曰便會洗乾淨了手，捧上一壺茶，慢吞吞來到快活樓二層靠近圍欄的專座。而早已閒得腳底長毛的左鄰右舍們，就會爭先恐後地開口，催促胡子曰講昔日大唐健兒東征西討，盪平天下的故事。

那胡子曰也不推辭，抿上幾口熱茶，便口若懸河。從胡國公秦瓊陣前連挑突厥十二上將，到衛國公李靖雪夜襲定襄，說得活靈活現，令聽者無不如同身臨其境。偶爾有陌生酒客質疑故事的真實性，及時雨胡子曰便撇撇嘴，傲然解開自己的外衣，露出毛茸茸的胸口，以及前胸上那大大小小疤痕。一共二十四處，最長一處足足有半尺寬。最小一處則宛若踩扁的酒盞。明白人一看，就知道來自刀傷和破甲錐。

陌生酒客看到傷疤，肯定果斷閉嘴，臨走往往還要多拍出幾文賞錢，算是請胡子曰喝酒。不為別的，就衝著胡子曰這一身為國而戰的見證。

每當這時，胡子曰也不矯情。收了錢後，再趁興說一段兒英國公李勣白道破虜庭，生擒突厥可汗的過程。整個酒樓，立刻就充滿了快活的笑聲。偶爾也有那不開眼的倔種，見不得胡子曰如此囂張。便會故意出言挑釁道，既然你胡某人身經百戰，為何連一官半職都沒混上，要在西市口洗葫蘆頭？

胡子曰不屑地看此人一眼，傲然道：胡某又不是為了富貴才從軍，亦受不了那份做官的拘束。

至於這葫蘆頭，在胡某手中之時雖然污穢，入你口中之時卻乾乾淨淨。胡某不偷不搶，憑手藝賺這份乾淨錢財，又有什麼丟人？

話說到這個份上，即便嘴巴再刁鑽的人，也不可能繼續找茬生事了。畢竟在這快活樓裡吃葫蘆頭的，大多都是憑手藝和力氣吃飯的尋常百姓，有誰要非說胡子曰操持了一份賤業，恐怕會犯了眾怒。況且樓裡吃酒的客人當中，還有不少是胡子曰的鐵桿崇拜者。他們可不像胡子曰本人那樣好脾氣。惹急了他們，難免會落個灰頭土臉。

最近這幾天，快活樓的生意特別的好，幾乎每日都是賓客盈門。原因無他，大唐健兒在龜茲，捷報頻傳。先是契苾何力將軍，在龜茲擊敗乙毗咄陸可汗，打得後者落荒而逃。緊跟著，執失思力將軍，又在松州，用武力「說服」契丹二十餘部，令他們的酋長爭相來長安朝拜天可汗。尋常市井百姓，記得住衛國公李靖、英國公李勣，胡國公秦瓊，哪裡知道執失思力和契苾何力兩位是哪個？耐不住心中好奇，難免想要找個見識廣博的人打聽究竟。而放眼西市群賢坊這一帶，除了官府衙門中大老爺們，還有誰能比大俠胡子曰見識更廣博？花兩文通寶要上一碗葫蘆頭和一角新釀綠蟻，一邊吃喝，一邊聽胡子曰介紹執失思力和契苾何力兩位將軍以往的英雄事蹟，又何樂而不為？

當聽到那胡子曰說，執失思力當年追隨突利可汗犯境，跟鎮軍大將軍程知節大戰數場，難分勝負，眾酒客們忍不住就直吸冷氣。又聽那胡子曰說，契苾何力百騎殺透吐谷渾人的重圍，救下薛萬鈞和薛萬徹，揚長而去。眾酒客又渾身血脈賁張，比喝了茱萸羊雜湯還要痛快。

這天，大夥正聽得過癮之際，耳畔卻忽然傳來一陣急促的馬蹄聲，「的的，的的，的的……」，緊跟著，三名背插角旗的信使，策馬從長街上呼嘯而過。還沒等眾人看得清其模樣，就不見了蹤影。

「估計是契苾何力將軍，又拿下了一座龜茲人的城池！」眾酒客立即顧不上再聽胡子曰說故事，望著信使的去向低聲議論。話音剛落，耳畔已經又傳來第二波馬蹄聲，「的的，的的，的的……」，隨即，又是三名背插角旗的信使，從大夥眼前急掠而去。

「莫非是生擒了龜茲可汗？」眾酒客愣了愣，剎那間，振奮莫名。

雖然大唐滅了龜茲，朝廷也不會多發一文錢到他們頭上。可是，作為唐人，他們至少覺得與有榮焉？更何況，龜茲被滅，接下來肯定會有祝捷、獻俘等一系列大型慶典。大夥會有許多熱鬧可看不說，身邊也將要陡增許多賺錢的機會，誰不感覺精神振奮？

「恐怕不是龜茲，信使背上插的角旗，三紅一黑，三紅代表是緊急軍情，一黑表明軍情來自正北方。」偏偏胡子曰的鐵桿崇拜者當中，有個人喜歡潑冷水，忽然站起身，皺著眉頭說道。

眾酒客頓時被掃了興，紛紛轉過頭，低聲向說話者斥責：「別胡說，北面的突厥人早就降了，能有什麼軍情！」

「就跟你曾經從軍多年一般？人家胡大俠都沒開口呢，哪有你一個小毛孩子顯擺的份兒！」

「誰家的野孩子，毛長齊了嗎？」

「滾，滾，烏鴉嘴，真晦氣！」

說話者是個少年，也就十七八歲模樣。沒想到大夥因為自己年紀小，就認定了自己在信口雌黃，頓時被憋得面紅耳赤。

「姜簡，你能認出信使背後的角旗所示含義？誰教的你？」胡子曰的確是個當大哥的料，見少年人被氣得眼淚都要流了出來，主動站起身，利用詢問的方式替他解圍。

「我姐夫教的！四門學裡的劉教習也教過。」被稱作姜簡的少年，素來敬服胡子曰。聽對方問，立刻顧不得委屈，拱拱手，啞著嗓子回應，「北方乃是玄武，黑色。而龜茲在西方，信使應該用白色角旗。信使背後有一根黑色旗，意味著敵情在北。而另外三杆紅色旗，則代表著消息的緊急程度，軍中規矩，日行三百里一杆紅旗，六百里加急以上，才是三杆。」

「你姐夫韓，韓秀才真的這麼教過？」酒客當中，有幾個是老主顧，知道少年的根底，拱了拱手，鄭重詢問。其餘酒客聞聽，立刻齊齊閉上了嘴巴。看向少年姜簡的目光裡，卻陡增許多困惑。這年頭，秀才地位遠在進士之上。凡高中秀才者，至少是六品官起步。而四門學，則是太學的一個分支，裡邊專門收錄官員子弟。少年姜簡的姐夫是秀才，自身又是太學生，照理，不該出現於快活樓這種專門給販夫走卒添肚子的下等酒館才對。怎麼此人，非但不嫌葫蘆頭骯髒，並且成了胡子曰的小跟班兒？

「我姐夫當然這麼教過，姐夫奉旨出使後突厥之前，專門教過我，如何辨認信差身後的標識。」少年姜簡這輩子最佩服兩個人，一個是大俠胡子曰，另外一個就是自家姐夫韓華。聽眾人問，立刻滿臉驕傲地高聲補充。

眾酒客們聞聽，立刻不敢再質疑姜簡的判斷了。一個個將頭看向長街，滿臉困惑，卻無論如何都猜不出，這年頭，北方還有什麼不開眼的勢力，敢冒犯大唐天威？

而那姜簡，終究是少年心性。見酒客們不再質疑自己，心裡的委屈也就散了。又叫了一壺好茶，一邊與周圍幾個年紀差不多的同伴分享茶水，一邊繼續聽胡子曰講執失思力和契苾何力的英雄事蹟。

胡子曰卻有些心不在焉，一邊講，一邊不停地抬頭向外張望。就等著下一波信使出現，好仔細分辨，其背後的角旗，是否如姜簡所說的那樣，一黑三紅。

還沒等看到結果，樓梯口，忽然衝上來一個小小的身影。三步兩步就來到了姜簡的桌案前，高聲叫嚷：「子明，子明，你居然還在這湊熱鬧。趕緊回家，你姐姐暈倒了！」

「什麼？」姜簡被嚇了一跳，縱身跳起來，拉住了報信人的胳膊，「小駱，你別嚇唬我？我姐身體好好的，怎麼可能暈倒！」

「剛剛，剛才禮部來了一個老頭，說，說突厥別部叛亂。你，你姐夫被什麼鼻子可汗給害死了！」那報信的少年小駱也是個愣頭青，想都不想，就直言相告。

「啊……」姜簡如遭霹靂，目瞪口呆。愣愣半晌，一把推開前來報信的小駱，縱身越出窗外。

隨即跳上一匹自己寄放在門前的白馬，風馳電掣而去。

第二章　鬧市相逢且按劍

「好身手！」

「好馬！」

酒客們常年居住在天子腳下，算是有名的「識貨」。立刻對少年的身手及其胯下的坐騎讚不絕口。但是，對於少年一家的遭遇，眾人的心裡頭卻湧不起多少同情。四門學乃是國子監注二下設的六大分院之一，位於大唐皇宮斜對面的務本坊。能進出該院的學子，其父親官職至少都得是正七品。所以，無論學堂的位置，還是裡邊的學子身份，都距離快活樓太遠了一些。

至於秀才韓華，那更是愛吃葫蘆頭的酒客們，平素裡不可能接觸到的大人物。眼下他為國捐軀也好，捨生取義也罷，都在「凡夫俗子」心中，盪不起太多漣漪。

倒是那「膽兒肥」造反，殘害了大唐使者韓華等人的突厥別部可汗，引起了酒客們更多的關注。所以，沒等樓下的馬蹄聲去遠，眾人就開始交頭接耳探究起了此賊的來歷？

「鼻子可汗？這是哪一位啊，跟前些年被英國公抓回來給皇上跳舞的那位頡利可汗，是什麼關係？」

「突厥別部在哪？剛才那姓姜的小傢伙說是在北面，那北面可大了去了……」

「這當口造反，那鼻子可汗不是作死嗎？都不用衛國公和英國公兩位老爺子親自出馬。皇上隨便派一員裨將，就能誅了他全族！」

「誅什麼族啊，別說得那樣血淋淋的！皇上不愛殺人，只會誅心。將他抓回來，全家脫得光光的，給皇上跳舞……」

大夥你一言，我一語，如是種種，說得極為解氣，然而，卻始終沒整明白，那鼻子可汗的名號，到底是牛鼻子還是馬鼻子？更弄不明白，突厥別部到底在哪？

在場唯一一個，有可能為大夥解惑的人，就是快活樓掌櫃兼主廚胡子曰。畢竟，按照他自己的說法，當年曾經追隨英國公李勣，趁著大雪天將突厥頡利可汗全家給掀了被窩。

可當酒客們將目光都轉向了胡子曰，並試圖掏幾文錢請他分說明白的時候。一向講究和氣生財的胡子曰，卻冷著臉向所有人拱了下手，就自顧自的回了後廚。緊跟著，後廚方向，就傳來的「咣、咣」的剁牲畜腸子聲。

注二、大唐國子監，下設國子、太學、四門、律、書、算六大學院。

「胡老哥今天是撞了什麼邪？怎麼拿捏起來了？」

「不想說就不說唄，甩臉色給誰看呢？」

酒客們被掃了興，嘴裡立刻開始低聲抱怨。總算念在彼此都是熟面孔，而那胡子曰平時做生意從不短斤少兩的份上，沒有立刻鬧將起來。然而，卻也沒有了繼續喝酒的興致，結帳的結帳，打包的打包，帶著五分不解和三分怒意，各自散去。

「大舅，大舅，誰惹您生氣了？」幾個胡子曰的鐵桿崇拜者，卻沒有跟隨酒客們一道散去，而是小心翼翼地進了後廚，圍在了正在剁羊腸的胡子曰身邊，低聲詢問究竟。問話者，乃是胡子曰的親外甥杜七藝。襄陽人士，他父母都在前年不幸染瘟疫亡故，所以帶著妹妹一道，來長安投奔胡子曰。

那胡子曰沒兒子，便拿杜七藝當親兒子看待，不僅不讓杜七藝跟自己一起處理牲口腸子的骯髒活，還挖門子盜洞，走通了營州別駕王薔的關係，將杜七藝塞進了京兆府的官學就讀。那府學畢業生的前途，固然比不得四門、太學和國子三大學堂，卻可以直接參加進士考試。一旦金榜題名，便能魚躍龍門。官職至少縣令起步。所以，聽到杜七藝發問，胡子曰即便心裡頭再堵得難受，也耐著性子回應道：「沒人惹我，我只是惱恨那車鼻可汗囂張。若是當年的瓦崗赤甲衛還在……」說到一半兒，他又覺得此話多餘。舉起刀，狠狠朝著案板剁了幾下，迅速改口，「不說這些沒用的。你平時跟姜簡關係好，一會兒替我去他家看看。他和他姐姐，都是天不怕地不怕的性子，悲憤之下，千萬別惹出什麼禍事來。」

「嗯，我一會兒就去！」杜七藝聽得滿頭霧水，先答應一聲，然後又繼續安慰，「大舅您也別生氣了。咱們大唐兵多將廣，肯定很快會收拾了那車鼻可汗……」

「你不懂！」不待杜七藝把話說完，胡子曰就搖著頭打斷，「你們都不懂，皇上已經……，唉，算了，不說了。你趕緊去看著姜簡，讓他凡事看長遠。君子報仇，十年不晚！快去，快去。至於你們幾個……」

扭頭看了看另外幾名平時像跟班兒一樣，圍著自己聽故事，外加時不時討教幾下武藝的長安少年和杜七藝的妹妹杜紅線，他嘆息補充：「都散了吧。接下來我還得去後院洗腸子呢。不小心濺你們一身，何苦來哉？」

說罷，也不管少年們央求還是抗議，邁開腳步，就去了後院井口旁。與大小夥計們一道，將已經在木桶裡頭浸泡了半個多時辰的羊腸子、馬腸子、驢腸子，一根接一根翻過來，用冷水反覆沖洗。做好之後的葫蘆頭香氣撲鼻，但帶著屎的牲畜腸子的味道，那可是不敢恭維。眾少年家境都不賴，如何受得如此「薰陶」。紛紛捂著鼻子倉皇後退，轉眼間就散了個乾乾淨淨。

胡子曰的外甥杜七藝和外甥女杜紅線，卻記得自家舅舅的話。稍微收拾了一下行頭，又去西市角落的喪葬鋪子中買了一些禮物，才急急忙忙朝著姜簡姐姐家所在的安邑坊走去。

姜簡的父親，名為姜行本，也曾經做過老大一個官，還封了金城郡公。只可惜，運數不濟，多年前在遼東中了流箭，為國捐軀。也不清楚究竟是什麼原因，本該由姜簡繼承的爵位，竟然歸了他的叔叔姜行齊。好在他姐夫韓華仗義，冒著觸怒姜行齊的危險，將姜簡接回了自己家中照顧。否則，真不敢保證姜簡這倒楣孩子，會不會被他叔叔打發回天水那邊去看守一輩子祖陵。

安邑坊位於長安城東，背靠東市，快活樓卻臨近西市，二者之間的距離，可真是不近。因為買喪禮花了一些時間，所以杜七藝和他妹妹杜紅線兩個，趕路趕的就有些急。剛剛從朱雀大街上拐上平康坊注三側門與東市之間的岔路，不小心迎頭就跟別人撞了個滿懷。

「啊……」杜七藝身板單薄，還捨不得弄壞手中裝禮物的盒子，頓時就被對方撞得倒坐在了地上。而對方的胳膊，也被他手中的禮盒邊角刮了一下，頓時就冒出血絲。

「你們幾個，趕著去投胎啊！」杜紅線性子潑辣，一邊上前攙扶自家哥哥，一邊高聲叱罵。

「小娘皮，妳找死！」對方身邊的兩個伴當，也不是善茬。一左一右，拔刀就圍了過來。

「番狗，這可是長安！」杜七藝被嚇得頭髮都倒豎了起來，趕緊將禮盒丟在了一旁，隨即，閃身將自家妹妹擋在了背後，同時拔出腰間佩劍。他已經看清楚了，對方三人，雖然都穿著大唐衣裝。卻生著高顴骨、高鼻樑、灰色眼睛，非我族類。而胡人粗鄙野蠻，一言不合就喜歡拔刀相向，乃是長安百姓的共識。所以，哪怕腰間佩劍根本沒開過刃，只能做裝飾使用，杜七藝也毫不猶豫地將劍鋒指向了對方的咽喉。

「史金、史銀，你們兩個退下，把刀收起來，的確是我走路不小心！」說來奇怪，那個被杜七藝劃傷了胳膊的傢伙，卻是個懂禮數的。一邊高聲命令，一邊快步走上前，先將兩把彎刀推偏，緊跟著，又向杜七藝行了一個標準的大唐長揖，「在下史笸籮，今日走路太急，無意間衝撞了貴人，還請貴人原諒則個？」

這一口長安官話，比來自襄陽的杜七藝說得還要道地。再加上他那畢恭畢敬的態度，頓時，就讓杜七藝再也發不起火來。趕緊側開身體，以平輩之禮相還，「史兄言重了，杜某剛才，其實也有不小心之處，還請史兄不要計較。」

「多謝杜兄，天色將晚，在下急著出城探親，就不多囉嗦了。改日若能夠相遇，一定擺酒向杜兄賠罪。」那史笸籮雖然是個胡人，舉止卻極為斯文，又向杜七藝行了個半禮，含笑讓在了路邊。

到了此時，杜七藝才看清楚了此人的具體模樣。雖然跟其隨從一樣，高鼻深目，卻長了一張柔和的鵝蛋臉，身高、膚色和年紀，也與來自江南的自己差不多。

大唐皇帝帳下，有許多突厥將軍效力。還有幾個突厥公主，也嫁給了大唐皇族和官員之子。所以，眼下在長安城中，胡漢混血的少年少女並不罕見。因為其說唐言、著唐衣、遵從大唐律法的禮

注三、平康坊：唐代長安著名的花街。

節，唐人也就習慣了將其當做同族對待。這個自稱為史笸籮的少年，明顯帶著漢家血統，待人接物，又彬彬有禮。杜七藝當然不能讓人說唐人蠻橫。因此，也笑著收起了佩劍，與對方拱手作別。

「那胡人名字真有趣，竟然叫什麼史笸籮？」杜紅線是少女心性，走了幾步，便忘記了先前不愉快，開始探尋起胡人少年的名字來。

「應該是阿史那一族的人，就像史大奈將軍一樣，改姓的史。」杜七藝書沒白讀，想了想，就猜出了有關對方姓氏的來龍去脈。

「阿史那一族，真看不出來，他還是個突厥王族，竟然跟咱們一樣，連匹好馬都沒有！」杜紅線先是一愣，隨即又刻薄地撇嘴。

兄妹倆父母雙亡，雖然被舅舅胡子曰當做親生子女對待，卻終究不能像別人家的孩子一樣，隨便纏著長輩要錢買這兒買那。所以，姜簡有白馬雪獅子代步，就在不知不覺中，成了杜紅線的一塊心病。稍不留神，她就會暴露出來。

「可能是庶出，或者家道中落吧。」杜七藝不能像妹妹一樣刻薄，回頭看了一眼，笑著猜測。然而，他卻愕然發現，剛剛跟自己迎面相撞的史笸籮等人，在如此短的時間內，竟然已走得不見了蹤影。

「特勤[注四]，剛才何必對那小子客氣？反正咱們也要走了，宰了他們，還能避免洩露行蹤。」

一百多步外的坊子拐角處，史金手握刀柄，滿臉不服。

「我父親說過，不要把力氣消耗在多餘的事情上。」史笸籮男生女相，目光卻冷得如同兩把匕首，「咱們現在目的是混出長安城去，然後趁著沒人注意，星夜趕回漠北。犯不著跟兩個沒長眼睛的東西生氣。至於幾句羞辱，等我父親飲馬渭河，就讓大唐皇帝親自將那小娘皮抓住交出來，送給你們兩個輪流暖床！」

注四、特勤：突厥官職，一般由王子擔任。

第三章 家族與大局

東市乃是長安城內最繁華所在，平康坊又是人盡皆知的銷金窟。走在街上的人禁不住誘惑，鑽進了某處店鋪或者某所青樓，再正常不過。所以，發現那史笸籮已經不見了蹤影，杜七藝根本沒有多想，從地上撿起禮盒，擦乾淨上面的土，帶著妹妹繼續趕路。

轉眼來到韓府門口，他才發現舅舅胡子曰和自己兩個都把事情想得簡單了。長安城寸土寸金，姜簡的姐夫韓華雖然高中過秀才，還做了左屯衛五品郎將，所居宅邸也不過是處占地半畝的三進院落。這院子平素供十幾口人居住，尚算寬敞。家中遇到紅白之事，立刻顯得擁擠了。今天光是停在府門前的馬車，就排出了足足半里遠。害得杜七藝圍著大門口來回轉了三圈兒，甭說直接進入府內，向韓華遺孀，姜簡的姐姐姜蓉表示安慰，就連找個僕人通知姜簡，都排不上號。

「七兄、紅線，這邊，這邊！」就在杜七藝準備鎩羽而歸的時候，韓府左側的牆拐角處，忽然傳來了一個熟悉的聲音，「走這邊，我帶你們進去。」

「小駱，你怎麼來了？」杜七藝憑著聲音，就識別出了對方身份，扭過頭，低聲驚呼。

說話之人，正是他和姜簡共同的朋友，姓駱，名履元，祖籍江東婺州，其父親五年前因為精通算學，被地方官員舉薦給了太史局，擔任漏刻博士注五，所以全家就都搬到了長安，租住在西城牆根兒下的常樂坊。

江東人個頭相對矮小，說話口音也與長安大不相同。駱履元剛剛到長安的時候，可是沒少挨同齡孩子欺負。直到兩年前，在府學裡頭認識了杜七藝，又通過杜七藝結交了姜簡等一干長安少年，才終於挺胸抬頭，不用天天再躲著臨近坊子裡那些無賴子弟。

所以，駱履元一直拿杜七藝和姜簡兩個當作兄長對待。此刻聽到杜七藝問自己的出現在韓家附近的緣由，趕緊拱了下手，帶著幾分委屈彙報：「我剛才給子明送完了信兒，就立刻掉頭往回返。只是胡大叔、你和子明，都沒注意到我罷了。」

說罷，他又將聲音壓低了一些，繼續補充：「噩耗傳到韓府之時，我姐姐正跟著姜家姐姐學著做女紅。是她見到姜家姐姐暈倒，才派人找到我，讓我去給子明報信兒。報完信兒之後，我又趕回韓府幫忙。直到剛才韓秀才的弟弟和族叔來了，子明和我才把家中的大小事情都交給了他們。」

「虧了有你這麼一個細心的在，否則，真不知道子明會忙成什麼樣子。」杜七藝聞聽，心中頓

注五、漏刻博士：掌管計時和曆法換算的基層小官，沒正式品級，只能算公務員。

時湧起了幾分愧疚。趕緊拱起手，真心實意地表示感謝。

「應該的，應該的，七兄不要客氣！」駱履元的臉上立刻綻放出笑容，拱手還禮，「你和子明，平時也沒少照顧我。子明在後宅陪著姜家姐姐呢。你如果想要安慰他們就跟我來。我帶你和紅線從側門進去，我平時經常來找子明，已經跟管側門的崔叔混成了臉熟。」

「那就有勞了。」杜七藝正愁找不到辦法進門兒，聽了駱履元的話，趕緊笑著回應，「我進去見一下姜家姐姐，順帶替我舅舅叮囑子明幾句話。他們姐倆現在如何？」

「姜家姐姐昏過去了兩次，一直不肯相信韓郎將真的被人害了。子明怕她出事，一直在陪著她說話，但是，好像沒什麼用。唉……」駱履元搖搖頭，一邊給杜七藝兄妹兩個帶路，一邊嘆息著回應。

「唉……」杜七藝感同身受，也跟著低聲長嘆。

人悲痛到了極處，會拒絕相信噩耗。彷彿這樣，就可以讓亡故的親人繼續活在世上。當年，他在一個月之內，先後失去了父母，便是如此。明明知道這樣做沒什麼用，明明知道，任何人都不可能死而復生。卻仍舊執拗地相信雙親還在，只是結伴去做了一次遠行。

「人死不能復生，哭哭啼啼有什麼用？」杜紅線雖然是個女子，卻不像自家哥哥那樣多愁善感，皺著眉頭快走了幾步，低聲提議，「我看姜子明也是糊塗了，既然今天來了那麼多官員弔唁他姐夫，何不趁此機會，請這些人幫忙上奏朝廷，儘早發兵將那狗鼻子可汗碎屍萬段，以告慰他姐夫在天之靈？」

「別胡說，妳一個小孩子，懂什麼？」杜七藝迅速扭過頭，低聲呵斥，然而，眼神卻瞬間開始發亮。

「難。」敏銳地感覺到了他躍躍欲試，駱履元又嘆了口氣，苦笑著搖頭，「子明雖然被他姐夫當做嫡傳弟子對待，畢竟姓姜。他姐夫是家中獨苗，父母早就亡故，今天來幫忙操持喪事的，是三個堂弟和兩個叔叔。這些人進了家門之後第一件事，就是客客氣氣把子明送回了後宅。」

「這……」杜七藝愣了愣，目光迅速變得黯淡。

駱履元說得沒錯，雖然一直居住在韓府，並且被秀才韓華當做弟子教導，可他們的好朋友姜簡姜子明，畢竟不姓韓。以往韓華沒出事，姜簡在韓府中，肯定能替其姐夫做半個主。如今韓華被突厥那個車鼻子可汗給害了，無論依照禮法還是俗規，能接管韓府，並為韓華處理身後事的，都只能是韓華的族人，而不是他。

如果韓華的堂弟和叔叔們，重情重義，且眼界夠寬，姜簡還能跟他們一起商量，把握機會請朝廷儘早出兵，為自家姐夫討還公道。偏偏聽駱履元介紹，那韓家叔侄一進門，就把姜簡當做賊來提防。接下來，姜簡所能做的，恐怕也只能是在後宅安慰自己的姐姐，以防禍不單行了。

「我剛才幫著子明一道操持韓府瑣事之時，聽前來弔唁的官員說，那車鼻可汗行事惡毒。害死了韓秀才不算，還倒打一耙，向朝廷控告雲麾將軍安調遮和韓秀才兩個試圖劫持他來長安，才導致了雙方衝突。」正鬱悶間，又聽駱履元繼續補充，每一句話，都充滿了憤懣和無奈。「現在，他深感不安，請求暫且不來覲見天可汗，准許他繼續為大唐鎮守漠北，防備周邊的突騎施、回紇各部作亂。」

「這廝也忒無恥！」杜七藝怒火上撞，痛罵的話脫口而出。他雖然只是個府學的書生，沒參與過任何政務，卻也能清楚地聽出來，車鼻可汗最後兩句話中所包含的威脅之意。如果朝廷遂了他的願，他就假意繼續奉朝廷號令，自己在漠北做土皇帝。如果朝廷不肯遂他的願，他就攜裹突騎施，回紇各部，一起扯旗造反，讓漠北各地徹底脫離大唐掌控。

「那韓秀才和安將軍，原本是因為車鼻可汗自己說想來長安覲見天可汗，才奉皇上之命前去接他的。整個使團總計才三、五十人，怎麼可能在他的地盤上劫持他？」駱履元雖然經常被當成小透明，頭腦卻跟杜七藝一樣機敏，一邊繼續領路，一邊小聲分析。「分明是他出爾反爾，又擔心朝廷追究，才殺了韓秀才和安將軍他們，然後又栽贓嫁禍，為自己不來長安找藉口！」

「放心，這話騙不了任何人。當今皇上是從屍山血海裡殺出來的馬上天子，當年替先帝討平四方的時候，什麼狡猾的梟雄沒見過？更何況，皇上身邊，還有慧眼如炬的長孫太師。」杜七藝迅速恢復了冷靜，咬著牙低聲推斷。這話，大抵是沒什麼錯。當今大唐皇帝李世民，早年間做秦王的時候，就統兵征討四方。大唐幾次定鼎之戰，都是他親自領軍打贏的。而在做了皇帝之後，更是採取先主動示弱，積蓄好力量再突然爆發的方式，將威脅中原多年的突厥，給打了個灰飛煙滅。車鼻可汗這點兒小算盤，想要糊弄當今皇帝李世民，簡直就是孔夫子面前賣《千字文》。而統領大唐文武百官的太師長孫無忌，更是家傳的一步十算。當年才二十出頭，就智計百出，將實力不亞於唐軍的各路梟雄們，一個個算計得進退失據，最後連骨頭渣子都沒剩。

如今，長孫無忌年近半百，經驗、閱歷都比當初豐富了十倍。車鼻可汗這點伎倆，怎麼可能瞞得過他老人家的慧眼？然而，事實很快就證明，杜七藝的想法太幼稚了。

他剛剛見到了姜簡的姐姐姜蓉，放下禮物，還沒等將安慰的話說完。韓華的兩個族叔，就以長輩的身份進了後宅，通知姜蓉，兵部尚書崔敦禮親自來弔唁。請她暫且放下哀思，去正堂還禮。

「兩位叔公請先去正堂陪崔尚書稍坐，妾身這過去答禮。」姜蓉終究是將門之後，即便此刻心如刀割，也不肯落了丈夫的顏面。強撐著下了床榻，隔著窗子回應。

「侄媳還請節哀，咱們兩家都不是小門小戶，越是遭了難，越不能給人看輕了去。」兩位平時很少跟韓華走動，今天聽聞噩耗卻如飛而至的族叔，擔心姜蓉女人家見識短，互相看了看，相繼鄭重叮囑，「崔尚書向來視妳丈夫遐叔為門生，對他遇難，深表痛惜。答應為遐叔爭取一份身後餘蔭，讓咱們韓家的晚輩，繼續出仕為國效力。」

「遐叔為國捐軀，死得其所。招撫突厥各部，乃是皇上和房司空（房玄齡）兩個親自制定的大計。眼下房司空患病，龜茲和遼東戰事未定。侄媳妳千萬顧全大局，別提什麼不切實際的要求，以免朝廷為難，非但無法滿足妳的要求，反而耽誤了晚輩的前程。」

第四章 我只要血債血償

「知道了，二位叔公放心便是！」姜蓉的身體明顯在顫抖，扶在窗臺上的兩隻手，剎那間全都失去了血色。手背處，一根根的血管清晰可見。然而，她的聲音，卻平靜得出奇，宛若寒冬臘月冰面下的河水。

「無恥！」杜七藝也聽明白了兩位韓姓老者的意思，在肚子裡破口大罵。然而，這種事，終究發生在韓氏家族內部。連姜簡都被視作外人沒資格置喙，更何況他這個外人的朋友。正恨得咬牙切齒之際，卻看到姜蓉緩緩轉身，向姜簡、駱履元、杜紅線和自己四人輕輕點頭，慘白色的臉上帶著明顯的歉意。彷彿屋外那幾個東西不顧他丈夫屍骨未寒就趕來瓜分他丈夫身後遺澤的行為，是她教育無方所致一般。

「阿姐，別生氣，他們是他們，姐夫是姐夫。」杜七藝看得心中發澀，低下頭，柔聲安慰。

「阿姐，樹大總有枯枝，任何家族裡頭，都難免有這種人。」駱履元反應快，緊跟著小聲開解。

「等見了崔尚書，妳求他替妳做主就是。姐夫是他的門生，他總不能幫助那兩個老東西逼妳低頭。」

「阿姐，別生氣，不，不值得。」姜簡也看得心裡頭如刀扎，努力出言安慰。說出來的話，卻因為憤怒而帶著明顯的顫抖。

「阿姐……」杜紅線同為女子，比周圍幾個男兒感受更深了一層，也想說幾句安慰話，才一張嘴，就哭出了聲音。

「別哭，沒事兒！」姜蓉抬起手，輕輕撫摸杜紅線的頭頂。隨即，又含著淚向姜簡等人點頭，「我知道，我不生氣，不值得。」

說罷，她深吸一口氣，俯身床頭拿起了一個小皮箱。隨即，抬起頭，努力將脊背挺直，邁步走向門外。兩個丫鬟試圖跟上去攙扶，卻被她輕輕掙脫。就像一個即將上戰場的武將般，昂首挺胸而行，步子越邁越大，越邁越穩健。

姜簡不忍心讓自家姐姐獨自面對風雨，快步跟在了其身後。杜七藝、駱履元和杜紅線三個互相看了看，也躡手躡腳跟了上去。雖然他們三個都明白，既然姜簡都被劃分成了外人，自己跟過去，也幫不上任何忙。可多一個外人在邊上看著，總能讓某些不是人的老王八蛋顧及一點吃相！

「姜小郎[注六]，兵部崔尚書在正堂弔唁左屯衛韓郎將並向遺孀致哀，你和你的朋友，不方便過

注六、小郎：小公子的意思。唐代公子是特定稱謂，對尋常少年的稱呼，是小郎，少郎。

去。」韓華的那兩位叔公，卻早有防備。看到姜簡帶著三個夥伴跟在了其姐姐身後，立刻上前攔阻。

姜蓉的身體顫了顫，腳步卻沒有停下，繼續昂首挺胸前行，將後背交給了自己的弟弟。

弟弟已經不是小孩子了，她相信弟弟能應付得了兩位老者。即便弟弟應付不了，她也只能繼續前行。因為，父親去世得早，丈夫也為國捐軀，現在，除了弟弟之外，她已經沒有了任何依靠。

「我姐姐今天哀傷過度，我必須跟著，以防有歹人趁火打劫。」絲毫沒辜負姐姐的信任，姜簡彷彿瞬間長大了一般，果斷推開攔路老者的手臂，橫眉怒目。父親去世之後，一直是姐姐保護他。如今，該他保護姐姐了。儘管，他年齡尚未及冠，身上也沒任何爵位和官職。

「你，你說誰？」兩個老者大怒，毫不猶豫地上前拉扯姜簡的胳膊。本以為，憑著二人聯手，無論如何都能按下一個半大小子。卻沒想到，姜簡年紀雖輕，身手卻遠在同齡人之上。這年月，讀書人還講究禮、樂、射、御、書、數六藝兼修。四門學裡頭，聘有專門的教習，點撥學子們射箭、騎馬和搏擊。姜簡本人，又喜歡聽各種俠義故事，總夢想著有朝一日仗三尺劍行走天涯，因此，在打熬身體方面下的功夫，遠超過了其他各科。

只見他，輕輕一個跨步，就擺脫了兩位韓姓老者的攻擊。緊跟著，身體側轉，手臂借力橫推，眨眼間，攻守易位，推著兩位老者其中一位，與另外一位頭對頭撞了個滿懷。

「崔尚書召見韓郎將遺孀，爾等休要胡鬧！」兵部尚書崔敦禮的親衛頭目，將院子裡發生的事情看得一清二楚，擔心驚擾了自家東主，果斷出面喝止。

「已故左衛大將軍姜公之子，見過校尉大哥。」姜簡毫不猶豫收手，隨即，丟下兩位面紅耳赤的老者，快步走到那名親衛頭目近前，以軍中之禮肅立拱手，「家姐悲傷過度，身體欠安，請允許我將她攙扶至正堂，見過了崔尚書，再自行告退。」

既然兩位韓姓老者，擺明了架勢要欺負自己的姐姐，他就也不在乎什麼撕破不撕破臉了。怎麼做對自己和姐姐有利，就怎麼來。這一招，效果立竿見影。

那名親衛頭目，也是沙場裡打過滾的，聞聽姜簡自稱「已故左衛大將軍姜公之子」，心中頓時就念起了幾分香火之情。再加上剛才兩位韓姓老者的表現，也的確過於市儈，令他心生鄙夷。於是乎，迅速側身後退，拱手還禮，「不敢，不敢，既然是大將軍之子，一起拜見崔尚書倒也無妨。只是進去之後，切莫失了禮數。」

「那是自然，多謝校尉大哥！」姜簡暗自鬆了一口氣，再度輕輕拱手。

「崔尚書要召見的，是韓郎將的遺孀。」兩名韓姓老者，沒想到崔敦禮的親衛，這麼容易就放了姜簡入內，又氣又急，啞著嗓子提醒。

「崔尚書如果不想見他，自然會命令他退下。」那名親兵頭目翻了翻眼皮，抬起手臂抱住了自家肩膀。隨即，又將臉轉向了杜七藝、杜紅線和駱履元，「你們幾個，就不要跟過去添亂了。除非你們幾個也是姜大將軍的後人。」「我們不是！」杜七藝三人笑著搖頭，然後停住腳步拱手，「多謝校尉大哥。」

姜簡剛才獨自一人對抗兩個韓姓老者的經過，他們都看在眼裡。三人誰都沒想到，平時沒什麼脾氣，甚至有些「慫」和「木」的姜簡，竟然有如此激烈強硬且機靈的一面。

這讓他們三個在吃驚之餘，心中也對接下來姜蓉與崔尚書的會面，多少放了一些心。畢竟，有這麼一個心思敏捷，且懂得借勢的娘家兄弟，在旁邊幫襯。別人再想拿捏她，並沒那麼容易。

「哼！」兩位韓姓老者，見杜七藝等「閒雜」，終究還是被攔在了門外，心中頓時就感覺舒坦了許多，揚起脖子，朝著杜七藝等人發出一聲輕蔑的冷笑，隨即，快步返回了正堂。比起跟那親兵校尉理論，該不該放姜簡入內。正堂裡頭，兵部尚書崔敦禮跟韓華遺孀的會面，才更值得他們關注。這件事，往大了說，關係到他們韓氏一族二十年之內的利益。往小了說，則關係到二人之嫡親孫兒的前程，所以，無論如何都不能忽視。

也不怪二人眼皮子淺，實在是韓華走得太早，太突然。因為走得太早，韓華雖然身為貞觀年間僅有的二十二位秀才之一，官職卻只做到了五品左屯衛郎將，並沒讓其背後的家族享受到多少好處。因為走得太突然，韓華也沒來得及照顧家族中的後起之秀，將他們引入仕途。甚至，韓華連親生子女，都沒來得及跟他夫人姜蓉生下一個。所有榮耀的家產，都面臨無人繼承的尷尬。所以，在兩位老者到來之前，家族中的長輩已經達成了一致。將二人的嫡親孫兒，任選一個過繼給姜蓉，繼承韓華的香火。如此，朝廷念在韓華為國捐軀，追封他官職也好，爵位也罷，韓氏一族就有了專人承接。姜蓉年紀輕輕，也不至於孤苦無依。

當然，作為補償，姜蓉無論選擇了誰的孫兒做兒子。韓華和她名下的田畝和各項產業，都交給被選擇的這家人代為打理。直到孩子澈底成年，再予以歸還。如此，韓氏一族有了做官的子侄，姜蓉有了兒子，送出孫兒的老者有了財產收益，對三方，都「好」。這個算盤不是韓氏一族首創，「吃相」也還算講究。事實上，長安城乃至整個大唐，任何一個家族，遇到同樣情況，基本都是這般處理。

韓家兩位長者，甚至還跟姜蓉、姜簡姐弟倆背後的姜氏一族對比過，自認為足夠公道和仁慈。畢竟，當年姐弟二人的父親姜行本為國捐軀，朝廷追贈的郕國公的封爵，立刻由他弟弟姜行齊來繼承。作為姜行本的嫡親兒子，除了一小部分錢財和百餘畝山地之外，姜簡其他什麼都沒拿到。既然韓氏家族做得足夠公道，想必那姜蓉，也應該懂得進退。就是姜簡這小子不是東西，明明在姐夫家白吃白住的好幾年，還被其姐夫韓華當弟子來對待，卻絲毫不知道感恩。為了避免姜簡給姜蓉出壞主意，節外生枝。兩位韓姓老者，一路小跑追在了姜簡之後。本以為，自己肯定來得及時，卻沒料到，竟然仍舊遲了半步。

幾乎就在他們和姜簡，前後腳走進正堂的當口，比他們只提前入內了兩三個呼吸時間的姜蓉，已經結束了跟崔敦禮之間的交談，向對方緩緩拜了下去，「世叔所言有禮，侄女也知道，世叔都是在為侄女著想。但是，侄女不想要什麼封號和撫恤，也不想抱別人家的孩子繼承自家丈夫的香火。侄女只想問一句，大唐何時發兵漠北，讓那車鼻可汗血債血償？」

第五章　朝廷有朝廷的難處

「胡鬧，軍國大事，豈是妳一個婦道人家所能干涉？」

「侄媳，妳傷心過度，方寸已亂，這種時候做任何決定，都難免有欠考量。」

兩位韓氏老者大急，以遠遠超過其年齡的敏捷身手竄上前，一個聲色俱厲地呵斥，一個苦口婆心地勸說。

彷彿兩個老傢伙根本不存在，姜蓉又向崔敦禮拜了一拜，冷靜且平和地補充：「侄女所居這處院落，乃是家父生前給侄女的嫁妝，家父的許多袍澤，都可以為侄女做見證。今後前堂出租，後院自住，足以保證侄女衣食無憂。至於姜簡，如今在四門學就讀，名下還有一百畝薄田，應該也不至於少了吃穿。」

「胡鬧，胡鬧，妳一個婦道人家，怎能想起一齣是一齣？」

「崔尚書見諒，我家侄媳婦傷心過度，根本不知道她在說什麼！」

兩位韓氏老者，急得腦門上汗珠亂冒，一邊繼續呵斥姜蓉，一邊朝著兵部尚書崔敦禮連連作揖。

按照大唐律法，姜蓉的話，二人根本挑不出任何錯來。嫁妝屬於女方，即便是休妻，丈夫家但凡要點兒臉，都不能霸佔。更何況，姜蓉只是喪夫，並非被休。而姜蓉父親的舊部們，即便再不願意惹事，也不可能眼睜睜地看著別人搶她的嫁妝。而姜簡，也正如姜蓉所說，即便不從朝廷給韓華的撫恤中拿一文錢好處，這輩子做個普通人也夠了，無需吃自己的姐夫的人血饅頭。

「胡鬧，胡鬧！」另外三個韓家子侄，也全都急得直喘粗氣。瞪圓了眼睛死死盯著姜蓉，如果不是擔心被崔尚書責怪失禮，早就一擁而上，將姜蓉拖起來丟到門外。

失策，太失策了。

先前他們幾個，把主要精力，都放在提防姜簡出來攪局上。萬萬沒想到，平時性子柔柔弱弱，剛才還接連暈倒了兩次的大嫂姜蓉，竟然如此有主見。且不按尋常方式出招。尋常女子，遇到這種情況，無非是一哭二鬧三回娘家請幫手。

哭，他們不怕，只當聽不見就能解決。

鬧，他們也不怕，他們已經相處了好幾套方案去應對。並且姜蓉鬧得越凶，證明家族的處置越妥當。

至於回娘家搬救兵，姜蓉的父親生前官兒做得不小，卻早已戰死沙場。有個叔叔當年在下手謀奪她父親的封爵和遺產之際，根本沒把她當侄女看。現在恐怕也不會替她出頭。

而她那個弟弟，不過是個書生。文章做得平平，還總想著去做遊俠。將來的出息肯定有限，根本不可能威脅到韓氏家族。

只是，任誰也沒想到，姜蓉直接掀了桌子。對他們以韓華殉國為籌碼，在兵部尚書崔敦禮手中討來的諸多好處，看都不看。直接哪壺不開提哪壺，要求大唐出兵為他丈夫報仇雪恨！

「我不是想一齣是一齣，而是不願亡夫死得不明不白。」終於被兩個老傢伙的言語吸引了注意力，姜蓉一邊起身，一邊扭過頭，向二人交代，「亡夫生前所購田產有四百二十餘畝，店鋪七間，晚輩無暇看顧，今日既然兩位叔公來了，晚輩當著崔尚書的面，將其交給兩位叔公帶回去。至於韓氏家族中如何分配，晚輩絕不干涉。」

說罷，彎腰將放在腳邊的小皮箱提起，單手打開箱蓋，將皮箱連同裡邊的地契、房契、帳冊，一併遞到了兩位老者面前。這下，兩位老者可是坐了蠟。接也不是，不接也不是，紅著臉，連連後退。

按照他們的謀劃，和民間約定俗成的規矩，這些田產和鋪面，肯定是要收回族裡再行分配的。誰讓姜蓉成親五年多，至今沒給韓華生下一子半女呢？長安城內外，其他高門大戶，通常也都會這麼做，誰也不會將如此大一筆錢財，留給一個無兒子支撐門楣的孀婦。

可謀劃歸謀劃，約定俗成歸約定俗成，當著外人的面，特別是當著一名實權高官的面兒，他們真的沒有勇氣，什麼都不給侄媳婦留。

「兩位叔父收了吧，我用不到。再說，亡夫終究姓韓，祖宗祠堂裡，應有一個香火之位。」姜蓉倒是看得開，大大方方地將箱子放在了兩位老者腳邊，柔聲補充。彷彿自己剛剛送出去的，是一小串銅錢般。「如果將來朝廷有撫恤或者別的蔭封，也照此規矩處置，晚輩一個婦道人家，不會貪圖分毫。」

「這，這……」兩位老者一邊抬手擦汗，一邊緩緩後退，真恨不得，今天代表家族出面的，不是自己。除了將孫兒過繼給姜蓉當晚輩之外，他們想要的，基本全都得到了。甚至收穫有點兒超出預期。

但他們臉上的遮羞布，也被扯了一乾二淨。

「世叔，侄女給您添麻煩了，還請世叔見諒。」放下了箱子，也放下了與丈夫家族的瓜葛，姜蓉肩膀，彷彿立刻輕鬆了許多。快速轉過頭，面向兵部尚書崔敦禮，再度緩緩下拜。

「這，這，賢侄女不必如此，真的不必如此。」精通四門語言，曾經憑口才說服了二十餘部酋長爭相投靠大唐，為大唐開疆拓土千里的崔尚書，今天腦力明顯有些不夠用。愣愣半晌，才沉著臉擺手。

自家人知道自家事，他今日之所以放下手頭一大堆政務，以五品郎將韓華的恩師和上司身份，前來弔唁，並且剛才強忍噁心，答應了韓家兩位族老的若干請托，為的就是安撫這一家人，讓他們不要在這個節骨眼兒上，給自己、給大唐朝廷添亂。

至於門生恩師之說，純屬客套。的確，韓華當年考試之時，他曾經是主考官之一。可每一名秀才的錄取，都是大唐皇帝親自拍板。論師徒之情和慧眼識珠之恩，哪裡輪得到他？而上司、部屬之誼，也非常牽強。韓華出使漠北，是他指派不假。左屯衛五品郎將，按說也歸他這個兵部尚書調遣。可他每天簽署的政令數以十計，派出去執行任務的將士官員車載斗量，怎麼可能個個都親自精挑細選？無非是幾個兵部的屬官先填好了命令和執行命令的人名，他在上面簽字批示而已！眼下大唐，是真的拿不出兵來，去替整個使團討還公道了。滿朝文武，不是看不出來，車鼻可汗給大唐天子上的最近那份奏摺，滿紙都是謊言。以他崔敦禮的智力和經驗，也不是推測不出，車鼻可汗指控韓華和安調遮聯手劫持他，純屬殺了人之後，倒打一耙。朝堂之中，甚至有不少人，根據車鼻可汗所發出的，前後幾份不同的奏摺，推測出了事件的全貌。

車鼻可汗在發出了請求內附的奏摺之後，就立刻反悔了。所以才找了各種不同的理由，包括距離長安遙遠容易迷路，來敷衍朝廷。韓華和安調遮抵達漠北之後，「迷路」就不能再成為理由，甚至發現了車鼻可汗的其他秘密。故而，車鼻可汗只能殺光了整個使團的人。

問題是，看得越清楚，眾文武越是為難。

大唐兵馬最近兩年，的確百戰百勝，打得四方蠻夷要麼抱頭鼠竄，要麼束手來降。問題是，哪次作戰勝利，不是以成千上萬的將士犧牲為代價？十六衛兵馬，除了負責保護京畿和皇城的四衛，其他十二衛，如今哪一衛不是缺兵少將，且疲憊不堪？更何況，遼東那邊，還有一個野心勃勃的高句麗，始終等待時機，殺向幽州？車鼻可汗實力再差，麾下兵馬也有三萬餘眾。大唐至少得出動十六衛中的兩個衛，才能保證將其犁庭掃穴。兩個衛兵馬補充完整，至少需要半年時間。遠征漠北，糧草器械和隨行民壯，也是一個巨大的數字，看一眼就令各部尚書滿頭大汗。此外，更重要，也更關鍵的一點是：招安車鼻可汗，乃是大唐皇帝陛下和宰相房玄齡兩人去年力排眾議制定的國策。

如今，宰相房玄齡病入膏肓，大唐皇帝陛下的身體也纏綿病榻。哪個不長眼睛的，敢在這時候向皇帝陛下建議，改變招安車鼻可汗的既定國策，揮師直搗其老巢？所以，即便內心深處非常彆扭，儘管跟左屯衛郎將韓華之間，以往沒任何私交。作為韓華的名義上司，兵部尚書崔敦禮，仍舊必須硬著頭皮，前來弔唁。儘管對先前韓家兩個族老沒等晚輩屍體涼透，就算計其身後封賞及家產的行為，極度鄙夷。崔敦禮仍舊強忍噁心，初步跟他們達成了一致。以朝廷賜韓華之子六品散職、驍騎尉武勳和一百二十畝勳田，三項優厚條件，換取韓家暫時認下韓華擅自行動導致使團與招撫目標車鼻可汗衝突而死的「事實」。從而暫且安撫車鼻可汗，給朝廷贏得調整戰略和緩衝的時間。這樣做，既然不用擔心掃了皇帝陛下與房玄齡兩人的顏面，導致二人病情加重，也不用擔心損害大唐國威。

唯一需要做出犧牲的，是韓華本人。而他本人已經去世，不必再擔心前途受到影響。他的後代和所在家族，還可以從中獲取好處無數！本來雙方已經談攏，只是差了韓華沒有孩子。所以，崔敦禮才以韓華的座師和已故左衛大將軍姜行本昔日同僚的雙重身份，召見「世侄女」姜蓉，讓她從韓華的侄兒輩中，挑一個最出息的來過繼，以延續他丈夫的香火和榮耀。

崔敦禮可以對天發誓，自己絕對出於一番好心。世間其他有頭有臉的家族，遇到同樣情況，也會像自己這麼安排，絕對不可能比自己做得更為姜蓉著想。

然而，令他即便打破了腦袋都沒想到的是，姜蓉連把他給出的三項好處聽完的興趣都沒有，就乾脆地表示了拒絕。並且提出了一個他不可能答應，也沒資格答應的要求：發兵，讓那車鼻可汗血債血償！

「侄女知道，此舉可能會讓世叔為難。」見崔敦禮遲疑半晌，只說了一句「不必如此」，便沒了下文，姜蓉抬手抹淚，淒然搖頭，「那世叔可否幫侄女一個忙。給晚輩一個時辰時間，讓晚輩以五品郎將韓華遺孀，大將軍姜行本之女身份，寫一份陳情表給聖明天子。交由世叔代為轉呈。世叔但請放心，聖天子閱了侄女的陳情表之後，無論是還我家郎君一個公道，還是請侄女為國暫且隱忍，侄女都絕無怨言！」

第六章　軟肋

「這……」崔敦禮再次低聲沉吟，良久，才苦笑著擺手，「賢侄女，不是老夫不肯幫這個忙。陛下日理萬機，如果隨便一個人都寫陳情表給他，他每天得看到什麼時候？另外……」

深深嘆了口氣，他終究不敢洩露大唐皇帝李世民已經纏綿病榻多日的秘密，只好又硬著頭皮繼續補充道：「另外，那車鼻可汗惡人先告狀，已經上奏朝廷，控訴韓郎將和安調遮將軍兩人，試圖劫持他來長安，才導致雙方起了衝突。即便你的陳情表，能被陛下看到，朝廷總得派人下去調查一番，將結果上奏，陛下才好做出最終裁決！」

「世叔你也相信，亡夫和安將軍兩個，帶著不到五十人的使團，就敢在車鼻可汗的數萬大軍之中，出手劫持他？」姜蓉的眼睛裡怒火翻滾，卻仍舊努力讓自己的聲音保持平穩。

她的身體有點兒單薄，臉色非常蒼白，然而，面對著這樣一個病怏怏的女子，兵部尚書崔敦禮卻有些心虛，在肚子裡反覆斟酌了片刻，才字斟句酌地回應：「老夫自然不信，滿朝文武，能被車鼻可汗這話騙住的人恐怕也不多。但是，漠北有那麼多部族在看著，眼下車鼻可汗又未公然豎起反旗，即便為了讓各部酋長安心，朝廷也必須先派人調查清楚了再做決定。」

「不知道朝廷要調查多久，才能出兵替我丈夫討還公道？」姜蓉的眼神迅速變得暗淡，卻仍有一絲微光，倔強地不肯熄滅。宛若風中搖曳的殘燭。

崔敦禮看得心中微痛，然而，作為一個老政客，他很快就將這一絲同情拋到了九霄雲外。想了想，按照自己熟悉的套路應付道：「這個，涉及到的事情可就多了。老夫一時半會兒，也給不了你具體時間。也許是半年，也許是一到兩年，怎麼說呢，要視具體情況而定。」

「如果一直調查不出來結果，我姐夫豈不就白死了？」自進入正堂之後就始終沒有說話的姜簡忍無可忍，上前半步，啞著嗓子質問。

「荒唐，此乃我韓家的事情，豈容你一個外人胡亂置喙！」

「你們幾個站著幹什麼，還不把姜少郎請出去！」

兩個韓姓老者立刻抓住了表現機會，一邊大聲呵斥，一邊吩咐同行來的家族晚輩們，把姜簡趕走。

「兩位族叔別忘記了，這房子乃是我的嫁妝。即便亡夫在世，也不能隨便把我弟弟趕出門外！」姜蓉瞬間忘記了悲痛，一閃身，如同護崽的母雞般，將自家弟弟護在了身後。

「姐夫是我的授業恩師，他的事情，我為何沒資格管？」姜簡卻不肯讓姐姐替自己面對幾名壯漢的圍攻，迅速從姜蓉身後繞了出來，先對兩位老者回嗆了一句，然後直面三名準備將自己扠出門外的韓氏子弟，半步不退，「我練過武，奉勸幾位別自討沒趣，否則，大夥面子上都不好看！」

眼看著雙方就要大打出手，崔敦禮果斷皺起眉頭，低聲咳嗽：「嗯哼！」

「尚書當面，休得無禮！」崔敦禮的侍衛，也狐假虎威，高聲呵斥。

那韓家三個青年原本就心虛，聽到咳嗽聲與呵斥聲，果斷收起架勢，快步後退。而姜簡，瞬間也意識到，能否請朝廷發兵給自家姐夫討還公道，還要著落在這位崔尚書身上。趕緊雙手抱拳，鄭重謝罪，「剛才晚輩想起姐夫平時教導之恩，所以一時情急，還請世叔多多包涵！」

這就是平時讀書多，頭腦機靈的好處了。

按照大唐律法和世俗禮法，僅僅作為小舅子，他的確沒資格插手韓華的身後事。然而，如果再算上韓華的半個弟子身份，他就有資格與自家姐姐，共同面對姐夫殉國後的所有狂風暴雨。

「韓郎將平時教導過你讀書？」崔敦禮的眼神瞬間一亮，收起怒容，和顏悅色地詢問。

「尚書別聽他一派胡言！他從沒行過拜師禮，只是賴在自己姐姐家罷了！」

「師徒之事，豈能憑著空口白牙？崔尚書，切莫被這小子給騙了。他平時最喜歡結交市井無賴。」兩位韓姓老者的反應也足夠敏捷，搶在姜簡回話之前，高聲插嘴。

韓華沒有兒子，剛才姜蓉又拒絕了從族中過繼幼兒繼承香火。如果坐實了姜簡的韓華弟子身份，恐怕朝廷賜給韓華的身後哀榮，至少有一半兒會落在這個他的頭上。這種情況，讓韓氏家族如何能夠接受？

「老夫沒問你們！」崔敦禮忽然動了怒，狠狠瞪了兩位韓姓老者一眼，高聲呵斥。隨即，又迅速換上一副慈祥面孔，將目光轉回姜簡身上，彷彿一位祖父看著自家嫡親孫兒，「都教了你什麼，可否說給老夫聽聽？」

「回世叔的話，主要講的是《五經正義》中的《易》和《春秋》，各自只講了一半兒。」為了讓對方確認韓華的確跟自己有師徒之義，姜簡想了想，認真地回應，「此外，還教過晚輩《數》中的商功、方程和勾股，也只傳授了小半兒，更深的沒來得及教。」

《五經正義》乃是大唐皇帝李世民親自指定的教材，包括《詩》、《書》、《禮》、《易》和《春秋》，想考進士，至少得熟讀前三本，並且能理解其中意義。所以大唐官辦學府當中，也主要以講授前三經為主。

而後兩經，《易》和《春秋》，通常都是做學問專用。能將其中主要內容信手拈來者，無一不是學問大家。至於《數》，乃是君子六藝之一。學通之後，既可以去考科舉中的「明算」，合格後進入太史局、少府監、都水監，做錄事、主簿。又可以只當成個人能力的一部分，為將來仕途發展做助力。

韓華肯親自傳授姜簡《易》、《春秋》和《數》，很顯然是準備將姜簡當做衣缽傳人了。崔敦禮學問高深，閱歷豐富，聽了姜簡的回應，立刻心中了如明鏡。然而，比起確認韓華到底拿沒拿姜簡當弟子，眼下他更在乎的卻是，姜簡在姜蓉心中的地位。所以，一邊用眼角的餘光，觀察姜蓉的表情和動作，一邊繼續和顏悅色地詢問：「你平素可曾進學？是哪一座學堂？」

「回尚書的話，晚輩在四門學就讀。但學堂裡教的，遠不如姐夫講得深。」姜簡終究年少，猜不出崔敦禮為何有此一問，想了想，實話實說。

「還是四門學的高才啊，不知道幾時畢業？」崔敦禮點點頭，將韓家眾人和姜蓉，都晾在一旁，只管繼續關心姜簡的學業。

「已經讀了三年半了，還有半年即可畢業。」姜簡看了一眼自己的姐姐，滿臉警惕地做答。他猜不透崔敦禮的葫蘆裡，究竟賣什麼藥。然而，卻本能地感覺到，此人肯定不是胡亂問話，更不會閒著沒事兒，跟自己一個書生聊家常。首先，雙方地位相差懸殊，一個是正三品兵部尚書，還加了二品光祿大夫頭銜。一個是個無品無級的書生。

其次，雙方關係，也沒那麼親近。自家父親已經去世好幾年了，生前跟崔敦禮並無私交，如果沒有姐夫遇難這件事，自己叫對方一聲世叔絕對是高攀。然而，崔敦禮這個世叔，卻非常「仗義」。聽聞姜簡還有半年就能畢業，立刻低聲說道：「那也快了！按道理，四門學畢業，就可等待朝廷篩選，根據才能授予官職。你既然得了韓郎將的真傳，老夫作為韓郎將的恩師，就舉賢不避親一回。

提前在兵部司給你留個八品主事位置，你畢業之後，便可以去為國效力。」

「這小王八蛋好運氣！」兩位韓姓老者聞聽，立刻羨慕的眼睛幾乎冒出火來。

大唐最近二十年來，國泰民安，有錢糧供養孩子做學問的人家越來越多。而讀書人多了，天下的官職卻有限，所以，即便太學畢業，想要立刻出仕，也要經過吏部一層層篩選，並且任職地點通常都遠離京畿。而兵部下屬的兵部司主事，雖然只是個八品小官，辦公地點卻在皇城門口兒。並且還掌管著低級將校的升遷和考績，絕對是實打實的肥缺兒！

與他們兩個的反應截然相反，聽了崔敦禮的承諾，姜簡先是微微一愣，隨即，面孔就漲得幾乎滴下血來。後退了半步，他躬身向崔敦禮抱拳，回應聲宛若咆哮：「多謝世叔抬愛，不過，小侄畢業之後，有意參加科舉，靠自己的本事博取功名。所以，就只能辜負世叔美意了！」

「好，好，你有如此壯志，老夫甚是欣慰。」那崔敦禮碰了一個軟釘子，也不生氣，只管微笑著點頭嘉許。「這樣好了，科考之前，都要先行投卷注七。你把你平時寫的文章拿給我，老夫說不定能指點你一二。」

「我不會拿我姐夫的鮮血換取功名！」姜簡心中怒吼，卻依照平時姐夫韓華的教誨，努力控制住自己的情緒，再度拱手，「多謝世叔抬愛，但……」

拒絕的話還沒等說完，他的手臂忽然被自家姐姐姜蓉狠狠扯了一下。緊跟著，耳畔就又傳來了姐姐的聲音：「世叔如果能指點他，是他三生修來的福氣。侄女先代替父親和亡夫，謝過世叔！」

「阿姐，不，我不能拿姐夫的性命做交易。我如果這樣做了，還是個人……」姜簡又羞又急，轉過身，一把扯住正在向崔敦禮拜謝的姜蓉，高聲阻止。

「還想叫我姐姐，就聽我的！」姜蓉卻一改平日對弟弟的溺愛，扭過頭，狠狠瞪著他的眼睛呵斥。隨即，一甩手，掙脫了他的拉扯，繼續向崔尚書行禮，「世叔不必管他，和亡夫的事情，全憑世叔做主。」

「阿姐……」姜簡無法接受，自家姐姐忽然換了一個人，氣得連連跺腳。

「出去！」姜蓉快速起身，手指門口，「現在。後院等著。我和你姐夫的家事，不要你管。」話說到一半兒，她忽然覺得嗓子發甜，熱血瞬間就湧滿了嘴巴。然而，她卻咬緊牙關，將血狠狠咽回了肚子裡。

姜簡無法相信自己的耳朵，卻看到了姐姐嘴角處滲出來的血絲。瞬間嚇得魂飛天外，先低低地喊了一聲，「阿姐」，隨即，扭頭快步走出了門外。

「高明！怪不得以文官之身，卻能做到兵部尚書。」兩位韓姓長者看得欽佩不已，在肚子裡按

注七、投卷：唐代科舉時，卷子不遮掩考生名姓。所以考生在參加科舉之前，會把自己平時的文章拿給高官過目，請後者為自己揚名。通常如果文章的確寫得好，高官也願意結這種善緣。

挑大拇指。「知道這小妮子，最在乎的就是她弟弟。三言兩語，就拿住了她的軟肋。」

「我弟一直視亡夫為師。」用目光押送姜簡離開，姜蓉先悄悄抹掉了嘴角的血跡，然後再度溫聲細語地向崔敦禮賠罪，「所以，他先前傷心過度，舉止狂悖，得罪之處，還請世叔您大人不記小人過。」不是她骨頭軟，而是，被對方抓住了最痛處。對方可以一句話，就委任她弟弟姜簡為八品兵部司主事，就能讓他弟弟去邊疆去做一個大頭兵。對方，可以托著他魚躍龍門，也可以把他弟弟踩入泥坑。她可以豁出去一切，為丈夫求個公道。然而，這件事卻與她弟弟姜簡無關。她不能拉著姜簡一起犧牲。

施禮完畢，她緩緩站直身體，決定不再做任何掙扎。眼睛裡已經沒有了眼淚，臉色雖然蒼白卻平靜，就像冬日傍晚的無風的雪野。

崔敦禮看得心中沒來由又是一陣發緊，想了想，柔聲回應：「世侄女放心，老夫非但不會怪罪他，反而覺得他是一個難得的有情有義之人。答應指點他寫文章，不僅僅看在他是韓郎將弟子的份上，還因為他自己的確也人才難得。至於朝廷對韓郎將的撫恤和賞賜……」他將目光轉向韓家兩位老者，聲音同時提高了三分，「不會因為老夫舉薦了姜簡，就減低分毫。」

「多謝崔尚書！」

「多謝光祿大夫！」

兩位韓姓老者喜出望外，趕緊躬身行禮。

「如此，侄女就代替亡夫，多謝崔尚書！」她的言談舉止，越來越彬彬有禮。彷彿禮貌，可以成為無形的鎧甲或者枴杖，為她提供最後的保護與支撐。又一次向崔敦禮行了個晚輩之禮，她低聲告辭，「請允許侄女先行告退。關於郎君的身後撫恤具體細節，世叔跟我兩位叔公商量就好。無論結果如何，侄女都絕無二話。」

「對，對，對，我們替妳張羅。我們替妳張羅！」兩位韓姓老者如蒙大赦，立刻上前接替了她的位置。

「世侄女且慢。」崔敦禮心中，卻湧起了幾分內疚。深吸了一口氣，向前追了半步，低聲補充：「放心，朝廷肯定會給你一個交代，或早或晚。相信老夫，老夫只要還在兵部尚書的位置上，就不會讓韓郎將他們幾個的血白流。」這其實是他唯一能給對方的東西，不代表朝廷，只代表他本人。什麼時候能夠兌現，如何兌現，也不敢保證。然而，姜蓉卻聽到了心裡頭。轉過臉，目光裡難得又出現了幾分生機，「當真？多謝世叔。那侄女就等著世叔的好消息了。」隨即，手扶著牆壁，一步步走出了門外。

「崔尚書勿怪，她，她婦道人家，見識短！」

「崔尚書勿怪，她悲傷過度，說話有失考量。」此時此刻，兩位韓姓老者，根本顧不上管姜蓉的死活。趕緊一道向崔敦禮躬身賠罪，「為國而死，死得其所。您老放心，朝廷無論怎麼安排，我們韓家都絕無怨言。我們韓家……」

「剛才說好的事情，除了過繼孩子給我世侄女之外，老夫一樣不會少了你們！」崔敦禮心中又是鄙夷，又是憤怒，瞪了二人一眼，咬著牙吩咐，「但是，如果讓老夫聽聞，有誰貪得無厭，欺負了我世侄女和世侄，哪怕他親叔叔姜行齊不出頭，老夫也一定要為他們姐弟倆討一個公道回來！」

「放心，您老放心。」

「不敢，我們絕對不敢。我們韓家，也不算是小戶，怎麼可能虧待了他們？放心，您老一百二十個放心。」兩位韓姓老者，沒口子答應。唯恐答應慢了，惹惱了這位實權尚書，讓家族什麼好處都撈不到。

「扶住我！」將崔敦禮最後這幾句話，都聽在了耳朵裡，已經走到正堂後門之外的姜蓉忽然沒了力氣，身體一軟，將頭重重地砸在了迎過來的自家弟弟的肩膀上。

「阿姐，阿姐妳怎麼了？阿姐……」姜簡嚇得魂飛魄散，一邊用雙手攬住姜蓉的腰，一邊低聲呼喊。

「別慌，我就是累了！」姜蓉的聲音低得宛若蚊蚋，努力靠緊自己的弟弟，不讓身體倒下「慢點走，別讓我倒下。我必須站著離開這裡。」

「嗯！」姜簡點了下頭，強忍眼淚，雙臂發力。將自家姐姐雙腿抱離地面，半托著，一步一步送回了後宅。

「阿姐，妳別生氣！」

「阿姐，跟他們生氣划不來！」

杜七藝、杜紅線和駱履元三個，也看出了不對勁。一邊上前幫忙，一邊小聲安慰。在他們三個的全力協助下，姜簡終於毫無破綻地，將自家姐姐送進了屋，還沒等繼續將姜蓉朝床上攙，耳畔卻傳來了「哇」地一聲，慌忙扭頭看去，只見姜蓉雙目緊閉，嘴唇灰白，半邊身體，都被剛剛吐出來的鮮血染得通紅。

第七章　九孔玲瓏心

姜簡、杜七藝、駱履元兩人坐在桌案旁，累得沒有力氣說話。油燈如豆，緩緩跳動，將他們的影子投在兩面不同的牆壁上，忽長忽短。姜蓉已經吃過藥睡下了，姜簡重金請來的郎中說，急火攻心，需要靜養很長一段時間才能恢復。所以姜蓉在郎中走了之後，就命令管家韓普，帶人臨時搭了一道木柵欄，將院子一分為二。前院和正堂留給韓家那兩個族叔，接待前來弔唁的賓客。後院則留給自己養病。閒雜人等非經允許擅自闖入後院，先打個半死再扭送官府。韓郎將府邸原本就不算大，割了前院和正堂出去之後，就更顯得狹窄閉塞了。好在府內原本就沒幾個人，因此倒也不至於讓姜簡和主動留下來幫忙的駱履元他們沒地方住。

「你也沒必要生氣，世人都是這樣。只要亡故的不是自己的至親，便不可能感同身受。親戚或餘悲，他人亦已歌，才是常態。」許久，杜七藝打了哈欠，低聲安慰。「並且，這當口，她們肯來看蓉姐和你，也能讓窺探蓉姐家業的人，多少有點些忌憚。」

「她們其實也是出於一番好心。想安慰你和蓉姐想開一些，凡事看好的一面。」駱履元想了想，也低聲附和。二人嘴裡的她們，指的是傍晚時分，前來弔唁韓華並探望姜蓉的一夥女性街坊鄰居。因為都住在安邑坊，這些女性的鄰居丈夫和兒子們，身份和職位也跟五品郎將韓華差不多，都在從六品和正五品之間，區別只在有人擔任的是實職，有人只掛了個散階注八。

對左屯衛郎將韓華奉旨去迎接車鼻可汗來長安，卻被車鼻可汗所殺一事，幾位女性芳鄰們都義憤填膺。對韓氏宗族不待韓華屍骨冷卻，就急著算計他身後遺產的行徑，眾芳鄰也頗為不齒。然而，對於朝廷是否發兵為使團討還公道，眾芳鄰們的看法，卻存在極大的差異。

有幾個武將的夫人，當場拍案，認為朝廷就應該立刻發兵漠北，將車鼻可汗本部以及那些依附於此人的各族部落，一股腦地犁庭掃穴。

幾個文官的夫人，則認為凡事得從大局著想。朝廷目前還沒宣佈車鼻可汗為逆賊，應該有什麼特殊考量。雙方為此還小小爭執了幾句，但很快就偃旗息鼓，把話頭轉到兵部尚書崔敦禮前來登門弔唁這件事上。並且一致地認為，左屯衛郎將韓華生前，必定非常受崔尚書器重。

大致理由是，往年也有許多將領血染沙場，朝廷只是按照其生前功績賜予撫恤和蔭封，從沒見到有兵部尚書登門弔唁。而那崔敦禮還不是尋常兵部尚書，其頭上，還加了二品光祿大夫的散階，

注八、實職與散階：唐代官職制度，實職是實際擔任某個崗位。散階是有相關品級卻不擔任職務，可按品級享受工資和待遇。

說不準哪天就能拜相。這話也不是完全沒道理，左屯衛郎將聽起來職位不低，好歹也是個正五品。但是長安城裡，最不缺的就是官。正五品官生了病，都沒資格去請太醫署請郎中登門診治。尋常正五品官員以身殉國，兵部尚書甭說登門弔唁，能記住他的名字，都已經是非常難得。而崔敦禮，卻不僅僅記住了韓華的名姓，並且以他的座師和上司的雙重身份登門。若說兩家以往沒任何特別交情，怎麼可能？這份交情，要麼來自姜蓉已故的父親，要麼來自她的丈夫韓華本人。只是姜蓉和姜簡姐弟倆，以前接觸的事情少，不清楚其來源和價值而已。

「姜少郎原本是四門學的高才，這下，前程就更有保障了。」

「只要崔尚書發一句話，兵部下屬的四大司注九，還有下面各折衝府的好差使，還不是隨著姜小郎挑……」眾位官夫人說著說著，就跑了題，對姜簡的前程大為看好。甚至有一位年齡稍長的夫人，竟然開始向姜蓉詢問姜簡是否已經定親。

聞聽此言，正愧疚是自己沒本事，才令姐姐不得不向崔敦禮等人低頭的姜簡，頓時被氣得火冒三丈。虧得杜七藝及時掐了他一把，才讓他強壓下了心中怒火，沒有當場翻臉。待送走了眾位官夫人，天也就黑了。杜紅線是女孩家，不方便在外邊留宿，所以被姜簡安排僕婦用馬車送回了他舅舅胡子曰家。杜七藝和駱履元兩個，則主動留了下來，以免姜簡再遇到麻煩，身邊連個可以商量對策的人都沒有。然而，三個懵懂少年，在姜簡的書房中，商量來，商量去，商量得筋疲力竭。除了得出「蓉姐是擔心崔敦禮惱羞成怒，故意壞姜簡前程」這一條結論之外，對於崔尚書為何要威逼利誘姜蓉放棄替丈夫討還公道？大唐為何非要招安那車鼻可汗？以及朝廷到底有什麼難處，被車鼻可汗殺光了整個使團還要忍氣吞聲？等等，諸如此類疑問，全都找不到答案。

「你們注意到沒有，那個姓趙的老太太，曾經跟子明說過，皇上好像最近生了病！」駱履元的記憶力是三人當中最好的一個，忽然拍了一下自己的腦袋，低聲發問。

「皇上生病？這跟我姐夫被害死的事情，有什麼關係？」姜簡聽得一愣，本能地開口追問。

「別胡說！聖上年富力強，春天時還能親自去驪山射殺熊羆，怎麼可能生病？」杜七藝卻臉色大變，邁步衝到窗邊，一邊向外張望，一邊低聲呵斥。

不滿意他小題大做，駱履元歪了歪腦袋，低聲反駁：「我沒胡說，是，是那個姓趙的鄉君，丈夫不久前剛剛被賜予四品散職的那個，親口對子明說的。還讓子明多勸勸蓉姐，即便心裡頭再覺得委屈，也先忍下這口氣。否則，很容易被人認為，不分輕重。」

「我想起來了，的確是趙鄉君，臨走的時候跟我叮囑了幾句。」姜簡將手抬到自己嘴邊咬了一口，有些後知後覺地低聲叫嚷，「我當時光顧著討厭她說，姓崔的登門弔唁，是天大的面子。就把這句話當做了耳旁風。」

「真有這話？」杜七藝又向窗子上掃了掃，然後遲疑著抬起手，摸自己下巴上還沒長出來鬍鬚，

注九、大唐兵部下設兵部、職方、駕部、庫部四大司。折衝府，大唐府兵制的重要組織機構。

「這位趙鄉君，還是一個真正的好人吶！怕子明和蓉姐，一直被蒙在鼓裡，所以才在臨走之前，冒險指點迷津。」

「當然有，我聽到了，子明也想起來了。」駱履元想都不想，連連點頭，隨即，又皺著眉頭發問，「你說蒙在鼓裡是什麼意思？難道是皇上病了，所以有奸臣蒙蔽皇上，替車鼻可汗遮掩罪行，甚至包庇他倒打一耙？」

「不是！」杜七藝看了他一眼，冷笑著搖頭，「三省六部那麼多官員，奸臣得拉攏多少人，才能堵塞聖上的耳目？他做不到，至少在眼下的大唐，無人能夠做到。車鼻可汗也沒那麼大的顏面，讓朝中重臣，為了他，冒險犯下欺君之罪！」

「這不是，那也不是。那你說，到底是為什麼，崔尚書才非要強壓蓉姐放棄報仇？」駱履元不服氣，皺著眉頭追問。

「不是放棄報仇，而是壓著蓉姐暫時吃下這個啞巴虧，別為韓家姐夫喊冤。」杜七藝頭腦機敏，一邊想，一邊緩緩說道，「也不是他一個人在壓，而是他最適合出面做這件事。首先，姐夫考科舉那年，他是幾位主考之一。其次，姐夫的左屯衛郎將是出使之前才受的封，在此之前的官職，是鴻臚寺丞注十，而那崔敦禮做兵部尚書之前，則是鴻臚寺卿。從很久之前，就是姐夫的老上司。管的，也正是招安周邊各部，和接待海外萬國之事。」

他不說還好，越說，駱履元和姜簡兩個，反而更加糊塗了。眨巴了好半天眼睛，才相繼低聲抗議：「簡單點，別繞彎子！」

「你到底在說啥呢，我怎麼一句話都沒聽明白！」

「我是說，當初決定招安車鼻可汗的，可能是當今聖上。」杜七藝被問得心浮氣躁，壓低了聲音，直接給出了答案，「眼下聖上生病了，估計一時半會兒，呸，呸，聖上肯定很快就能好起來。但是，在聖上好起來之前，誰也不想再拿車鼻可汗殺光整個大唐使團這件事，惹他生氣。所以，既然車鼻可汗沒有公開造反，而是選擇了倒打一耙，朝廷裡的宰相和重臣們，就想先把這事拖上一拖。等聖上病好了，再由他老人家親自決斷！」

注十、鴻臚寺：唐代主管外交的單位。

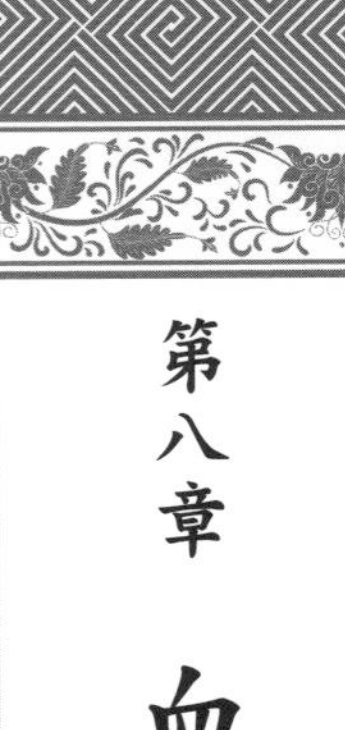

第八章 血親復仇

韓華本身。

他們所有聽聞和推測當中，最符合邏輯與事實的一個。其合理性，甚至超過了崔尚書親自前來弔唁

願意相信杜七藝的判斷，然而，卻找不出任何破綻來反駁。並且，杜七藝的判斷，乃是迄今為止，

「這……」姜簡和駱履元兩人皺著眉頭以目互視，都在彼此眼睛裡看到了強烈的震撼。二人不

如果招安車鼻可汗是當今皇帝親自做出的決定；皇帝病了；車鼻可汗背信棄義，殺光整個使團的惡行，如果傳入皇帝耳朵，勢必會令病情加重。所以當朝重臣們決定壓下這件事，等皇帝龍體恢復之後，再酌情上奏。無論繼續招安，還是出兵討伐車鼻可汗，都遠不及皇帝的龍體重要。而整個使團的死亡，比起皇帝的健康來，更是微不足道。所以，崔尚書才不惜屈尊降貴，親自出馬來安撫一個小小郎將的家人。所以，趙鄉君見到姜蓉、姜簡姐弟倆心有不甘，才會委婉地透露一點消息，並且勸她們姐弟倆見好就收，免得被人指責不分輕重。

「呼……」夜風透窗而入，在這盛夏的夜裡，竟然是透骨的涼。

「皇上的龍體，究竟病得嚴重不嚴重啊？去年就有過類似謠傳，可到最後，全是虛驚一場。」

駱履元抱了抱膀子，帶著幾分期盼發問。

「應該無大礙吧。聖上是馬背上的天子，年輕時勇冠三軍。今年春天，還能親自去驪山打獵。」

杜七藝看了他一眼，轉過身去，將窗簾也拉了起來。卻不是為了保溫，而是為了兄弟三個的話，不被第四雙耳朵聽見。大唐律法，雖然沒明文禁止過百姓私下裡議論皇家隱私。可作為有志於將來出仕的年輕學子，他們暗中推測大唐天子李世民的病情再怎麼小心，都不為過了。否則，萬一被外人聽見，舉報給官府，說他們談論聖明天子病情之時幸災樂禍。小哥三個即便僥倖沒有鋃鐺入獄，肯定也得落個前程盡毀的下場。

「關鍵是，到哪裡能打聽到實情。」駱履元年紀雖然小，卻極為聰明，立刻從杜七藝的回應和動作上，明白了對方在提防什麼。猶豫了一下，在話語中直接略掉了議論的物件。杜七藝沒有回應，只管苦笑著搖頭。

他舅舅胡子曰，號稱消息靈通，可平時接觸到的人物，卻以販夫走卒居多。像大唐皇帝病情如何這種重要機密，怎麼可能傳到快活樓中？駱履元的父親，眼下倒是在太史局供職。然而，漏刻博士卻是流外官，沒任何品級。即便能聽聞一些消息，也做不得準。更何況，駱博士向來謹小慎微，即便聽到了一些秘聞，也不會輕易透露給外人。

兄弟三個當中，原本最適合打聽朝廷消息的人，就是姜簡。他姐夫本身就是五品郎將，左鄰右舍，也都是官宦人家。只可惜，那是在韓郎將沒出事兒之前。如今左屯衛郎將韓華被車鼻可汗害死，姜蓉、姜簡姐弟倆，已經身處漩渦之中。這當口，他們姐弟倆再去打聽大唐皇帝的真實病情如何，誰敢對他們實話實說？

「不用打聽了，沒必要。」就在杜七藝苦苦思索從哪裡著手才能破局之際，姜簡忽然拍了下桌案，低聲決定。「打聽出來又怎麼樣？即便聖上身體康復了，誰能保證，他會不會選擇相信車鼻可汗的說辭？」

「不可能，我保證，聖上不會被車鼻可汗這點小伎倆所騙，更不會任由你姐夫他們白白犧牲！」

「聖上連頡利可汗的老巢都給端了，才不會在乎車鼻子這個雜種！」杜七藝和駱履元兩個立刻反駁，聲音不敢太高，情緒卻極為激烈。

今年是貞觀二十二年，他們兩人，一個十八，一個十六。都是親眼看到米價從每斗三十五文降至每斗三文到五文，親眼看到大唐兵馬，將突厥、突騎施、鐵勒、契丹、高麗等胡族，打得滿地找牙。大唐天子李世民，在他們的心目中，不是神明，勝過神明。他們連李世民這一次可能病情很嚴重，都不願意推斷。怎麼可能，接受李世民偶爾也會犯糊塗，被車鼻可汗這個雜種所騙？

「萬一呢？」姜簡看了兩位好朋友一眼，咬著牙繼續詢問。作為如假包換的貞觀一代，他何嘗不曾經相信，天子聖明無比，滿朝文武皆公忠體國，賢良正直。然而，三年之前，他父親戰死沙場，叔叔仗著家族中長輩支持，奪走了本該屬於他的爵位和封地繼承權，滿朝文武卻沒有人出來為他主持公道。聖明天子，好像也對此事毫無耳聞。今天下午，兵部尚書崔敦禮安撫不成，立刻拿他的前程向他姐姐姜蓉施壓的行為，也跟賢良正直半點兒都搭不上邊。所以，他不否認貞觀之治，將大唐帶到了一個前所未有的盛世。內心深處，對大唐朝廷的信任度，卻遠不及杜七藝和駱履元兩個那樣高。連帶著，對大唐皇帝李世民，也不像二人那樣崇拜。所以，在無奈地接受了杜七藝的推斷之後，他很快就想到了兩種最壞的情況。

第一，聖明天子龍體康復之後，出於某種考慮，仍舊堅持招安車鼻可汗。第二，聖明天子龍體一直纏綿病榻，甚至澈底一病不起。這兩種情況，無論出現哪一種，結果都是，他姐夫韓華和整個使團大仇得報的日子，必將遙遙無期，甚至，整個使團都被犧牲掉，只求換取車鼻可汗的表面效忠。

「應該，應該不會吧。」知道姜簡嘴裡的「萬一」，指的是哪一種情況，駱履元瞪大了眼睛連連搖頭，年輕的臉上，寫滿了困惑。

杜七藝的反應，遠比他強烈。皺著眉頭，低聲反駁：「肯定不會，沒有萬一。我保證沒有萬一。本朝從來沒出現過這種事情！聖上，聖上只是一時身體欠安。只要他老人家痊癒……」然而，話只說了一半兒，他卻難以為繼，額頭，鬢角等處，也隱約有冷汗在一顆接一顆地往外滲。

大唐皇帝英明神武，斷不會被車鼻可汗的小伎倆所騙。大唐皇帝，也從不會對周邊諸胡忍氣吞聲。可萬一這回，大唐皇帝永遠痊癒不了呢？畢竟，他已經年過半百，據傳前年和去年，還曾經為風疾[注十一]所困。

「不管有沒有萬一，我都不會乾等著。」將駱履元和杜七藝二人的表情都看在眼裡，姜簡雙手抱拳，向二人行禮，「七藝，小駱，我想拜託你們兩個一件事。」

「咱們兄弟，何必說得如此鄭重？你儘管說就是！」駱履元抬手抹了下額頭上的冷汗，答應得毫不猶豫。

「子明，你可別亂來！我舅舅特地要我看著你。」杜七藝年齡比駱履元稍長，思想也更成熟，立刻意識到姜簡要闖大禍，趕緊出言勸阻。

「有空，多帶著紅線過來看看我姐姐。」對杜七藝的勸阻充耳不聞，姜簡想了想，繼續說道，「雖然崔尚書做了保證，我擔心我不在的時候，別人欺負上門。如果將來有合適才俊，就勸我姐姐嫁了。韓家如此待她，她沒必要為韓家守著。」

「子明，別衝動，肯定有辦法。你再給我一點時間！」杜七藝大急，一把扯住了姜簡的胳膊。

「子明，子明兄，你到底要幹什麼啊？」發現姜簡忽然變成了一個大人，並且還如此陌生，駱履元也被嚇得一大跳，趕緊上前拉住姜簡的另外一隻胳膊，死死不放。

然而，姜簡的身手，卻強出駱履元和杜七藝兩個太多，胳膊只是稍稍發力，就掙脫了二人的拉扯，隨即，快速退開數步，再度長揖相拜，「七藝，小駱，拜託了。我要親自去一趟漠北，為我姐夫討還公道！」

「找死啊，你！」杜七藝如何能夠答應，壓低聲音朝著姜簡咆哮，「車鼻可汗麾下將士數萬，你孤身一個且人生地不熟。貿然前往去了車鼻可汗的老巢，和送人頭有什麼區別？更何況，朝廷還在調查，你就對他下手，國法不容。而他殺了你，卻是白殺，並且還會牽連你姐姐！」

「是啊，子明。你一個人，怎麼可能打得過車鼻可汗身邊那麼多嘍囉？弄不好連白道川[注十二]都出不去，就會被邊關守軍給抓起來治罪。」駱履元知識面不夠廣，也想不出更好的理由來勸阻姜簡，果斷選擇給杜七藝幫腔。

「七藝，小駱，你們兩個別著急攔我，先聽我把話說完。」知道兩位好朋友都是真心實意為自己著想，姜簡又往後退了兩步，背靠著牆壁擺手，「我姐姐吐血的樣子，你們倆也都看到了。如果任由崔尚書這些人捂蓋下去，她非得被活活氣死不可。我也不能背著一個靠姐夫屍體換前程的名聲，讓世人恥笑。更何況，姐夫還與我有授業之恩。所以，無論如何，我都得去一趟漠北，即便不能親手割下車鼻可汗的腦袋，也要把我姐夫被殺的真相帶回來。至於朝廷法度……」換了口氣，他的聲音愈發堅定，「我如果是個將領，朝廷沒調查清楚之前，我擅自對車鼻可汗動手，肯定國法難容。

注十一、風疾：遺傳性高血壓導致的血栓。大唐共有七位皇帝死於此病。

注十二、白道川：位於現在的大青山下，唐代有關卡通往漠北。

可你們別忘了，《周禮》上，還有一個血親復仇注十三。姐夫視我為弟子，他被車鼻可汗注十四所害，我給他報仇，天經地義，連皇上都不能治我的罪！」

注十三、血親復仇：古代周禮所推崇的一種作為。朝廷上甚至有專門機構登記認可。秦朝之後為律法所禁止。但唐初卻有血親復仇的兇手，被李世民親自下令赦免。

注十四、車鼻可汗：出身於阿史那家族旁支的小部落，原本沒資格繼承突厥王位。但頡利可汗全家被大唐俘虜之後，突厥王族都歸附了大唐，車鼻可汗趁機宣佈自己為頡利可汗的同父異母弟弟，號令草原群雄。

第九章 我不當大哥好多年

血親復仇為《周禮》所推崇，作為府學生，杜七藝和駱履元都能背誦其中大段文字。然而，大唐律法到底對血親復仇如何規定，二人就不清楚了。因此，聽罷姜簡的話，全都半信半疑。知道自己不說服杜七藝和駱履元，絕對去不成漠北，姜簡想了想，將案例信手拈來「即墨人王君操，其父為同鄉李君則所殺。時值隋末戰亂，官府不管事。王君操年幼，且無兄長，只能忍氣吞聲。貞觀十五年，君操二十四歲，持利刃殺李君則與道，隨後自首。當地官府不敢擅自決斷，上報朝廷，陛下以『子報復仇天經地義』為由，赦免了他。」

「貞觀七年，絳州女子衛無忌之父被同鄉衛長則所殺，地方官員以互毆輕判長則。衛無忌時年五歲，沒有兄弟。十二年之後，衛無忌的伯父請客，長則趕來赴宴。衛無忌以磚頭擊他後腦殺之。有司上奏陛下，陛下以為衛女孝烈，特地賜予田產五十畝，宅院一座，命地方官員給她挑了個好人家嫁掉。」

「貞觀十六年……」

一口氣說了四個血親復仇的案例，官府的判決結果，全是有利於復仇一方。當即，杜七藝的反對態度就鬆動了下來，皺著眉頭，低聲說道：「照你這麼說，如果成功刺殺了那車鼻可汗，有司的確不能治你的罪。問題是，車鼻可汗身邊至少有上萬虎狼之士，你孤身一人前去，跟羊入狼群有什麼……」

「誦義豈能畏路遠，除惡何必問山高？」姜簡看了他一眼，正色打斷，「這是你舅舅的原話，他還說過，若聞不公，縱使為惡者遠在千里之外，亦仗劍而往。道義所在，縱赴湯蹈火，也不敢旋踵。」這幾句，都出自杜七藝的舅舅，快活樓掌櫃胡子曰之口。雖然不文不白，配上此人平時所講的那些故事，卻像九轉大腸配上陳了十六年的女兒紅一樣上頭。當即，向來老成持重的杜七藝，就沒了話說。而小透明駱履元，心中更是熱血翻滾，竟然在旁邊以手拍案，「言出必信，行必有果，已諾必誠，不愛其軀。子明沒錯，是我們兩個糊塗了。咱們腰懸三尺劍，整天想著行俠仗義，總不能真的遇到事兒，就立刻做起了縮頭烏龜。」他的前半句話，出於太史公的《遊俠列傳》。沒有列入國子學和府學的必修課目，卻是全長安城年輕人最喜歡的篇章之一，幾乎人人能從頭背到尾。大唐的年輕人尚武，慕俠，即便是書生，也腰懸寶劍。長安城的年輕人，更是仗劍任俠成風。民間甚至專門有一個名詞用來描述他們，五陵少年。小哥仨兒久居長安，是如假包換的五陵少年。少年人身上所特有的光明磊落，仗義熱忱，寧折不彎等優點，他們三個應有盡有。少年人身上所特有的熱血衝動，過於理想，和做事考慮不夠周全等短處，他們三個也樣樣不缺。所以，當駱履元的話音落下，屋子裡的話題就不再是應不應該去漠北替韓華討還公道，而是如何去？幾個人去？才能保證有最大的成效。

「車鼻可汗既然沒有公然造反，就不可能把路過的漢人全部抓起來殺掉。漠北物產不豐，據說茶團、麻布，以及鍋碗瓢盆等日常雜物，都需要商販從中原往那邊帶。我離開長安之後，在路上找個前往漠北的商隊加入進去，肯定有機會抵達車鼻可汗所在的突厥別部。」為了讓杜七藝和駱履元二人放心，姜簡主動將自己的計畫向兩位好朋友交底。

「我跟你一起去，路上彼此有個照應，並且還能替你查缺補漏。」杜七藝摸了摸腰間沒開過刃的書生劍，鄭重承諾。

沒開過刃的寶劍也是劍，大唐也不存在手無縛雞之力的純書生。大俠胡子曰所講的故事裡頭，從趙國公長孫無忌，鄭國公魏徵，一直到永興郡公虞世南，哪個不是上馬能舞槊，下馬提筆寫文章？

「我也去！我擅長算術，子明扮商販，我剛好給他做帳房先生。」駱履元不甘人後，也興匆匆地揮拳。

「你留下！」姜簡和杜七藝雙雙扭頭看向他，異口同聲，「你年紀太小，力氣也沒長足……」

「別瞧不起人。我跟胡大俠學過刀術，他說我悟性很高。不信，明天咱們找地方比劃比劃。」

駱履元大受打擊，紅著臉高聲抗議。然而，杜七藝卻根本不理睬他的挑戰。直接把他父親駱博士搬了出來，詢問他執意出塞前往漠上，會不會被後者打斷腿。頓時，駱履元就沒了脾氣，哭喪著臉沉默不語。

杜七藝說的乃是事實。駱履元雖然家境豐厚，其父親卻是沒有品級的流外官。所以，家族裡對他寄予的期望很高。如果他放著好好的府學不讀，卻打算跑去塞外冒險，只要敢當著他父親的面說出來，即便不被打斷腿，肯定也免不了屁股開花。

「小駱，我不放心我姐姐，七藝也不放心他妹妹。如果你也跟著去了漠北，誰來看顧她們倆。」不忍心駱履元被打擊得太狠，姜簡陪著笑臉，柔聲商量，「所以，你留在長安，我才沒有後顧之憂。一起去漠北，你力氣小，非但幫不了忙，我還會為家裡的事情分心。」

「那，那我留下便是！」駱履元也知道自己無論如何，都過不了父親那關，低著頭，滿臉沮喪地答應。緊跟著，眼睛卻又是一亮，抬手輕扯姜簡的衣袖，「你也不要只跟七哥一起。你可以請胡大叔出手。據他說，他在長安城裡，還有一群好兄弟，個個都是身手高強的大俠。」

「請胡大俠出手？」姜簡眉頭輕皺，將目光緩緩轉向杜七藝。

胡子曰是他在現實世界中唯一見過的俠義之士。胡子曰身手，也遠遠在他們這些半大小子之上。此外。據胡子曰自己說，年輕時候還追隨英國公李勣，盪平過突厥。如此，其對排兵佈陣，肯定也不陌生。如果大俠胡子曰肯出手相助，兄弟倆為韓華討還公道的把握，至少能再提高三成。

「明天一早，咱們可以一起去問我舅舅。」被姜簡目光的殷切，燒得心中發慌，杜七藝想了想，低聲回應，「但是，子明，你別怪我潑冷水。自打我來長安那天起，我就沒見過舅舅跟人動過武。」

「胡叔那是不屑倚強淩弱！」駱履元立刻接過話頭，高聲替胡子曰辯解，「他說過，如果對方弱小，哪怕當面冒犯，也不能向對方揮拳頭，否則，就有違俠義之道。」

「胡大俠那身傷疤，可不是請人雕出來的。」姜簡也對胡子曰信心十足，想了想，低聲補充：「哪怕他現在年紀大了，不適合上陣與人拚命。至少他有對付突厥狼騎的經驗，可以讓咱們做到知己知彼。」

「那倒是！」杜七藝輕輕點頭，然而，心中卻始終有一股擔憂揮之不去。他父母去世早，平時還要照顧妹妹，所以心思難免比同齡人重，遇到事情，也習慣性地多想一層。如果自家舅舅所說的那些戰績都為真。自家舅舅此刻至少應該是個將軍，而不是個做葫蘆頭的廚子兼掌櫃。即便自家舅舅真的如他自己所說，選擇了功成身退。日常來快活樓喝酒敘舊的，也應該有那麼一兩個袍澤，官職在郎將之上。而這幾年，舅舅家裡來的軍官，職位最高者都沒超過校尉。所以，他很是困惑，自家舅舅說過的那些輝煌過往中，到底有幾分為真？偏偏他自己又不能去刨根究底。畢竟，舅舅對他和妹妹的慈愛，沒有摻半點水分。並且，舅舅那一身傷疤，也不可能是請郎中幫忙偽造！

年輕人做事，向來說幹就幹。當天夜裡，小哥仨兒為了遠行漠北之事，謀劃至深夜，才筋疲力盡地分頭睡下。第二天，卻又早早地爬了起來，準備好了一份厚禮，直奔快活樓。本以為憑著昔日的「交情」，大俠胡子曰即便不當場答應，願意拔劍一道前往漠北。至少，也會幫忙介紹幾位靠得住的俠客高人。誰料想，快活樓內，卻根本沒有大俠胡子曰的身影。小哥仨不甘心，帶著禮物，又直奔後院。才進了大門，一股子草藥味道，就撲面而至。

「哥，大舅病了，從昨天傍晚開始，就咳嗽不止。今天早晨起來，還吐了血。」緊跟著草藥味道傳過來的，還有杜紅線那焦急的聲音。

「啊，我這就去請郎中。你別，別亂熬藥，是藥三分毒！」杜七藝頓時驚慌失措，轉身就往院子外走。

「郎中來過了，來過了，哥，你別這麼毛手毛腳。」杜紅線滿臉憔悴地追了出來了，高聲補充，「說是風疾復發。還給開了一個方子。我剛剛請夥計幫忙抓了藥，正在熬。」

「哎喲……」話音落下，屋子內，就又傳出來一陣呻吟，聽上去痛苦萬分。杜七藝急得六神無主，暫時顧不上兩位好朋友，撒腿直奔屋內。才跑了兩步，就又聽見自家舅舅胡子曰的呼喚聲：「七藝啊，是七藝回來了嗎？」

「是我，是我，大舅，我回來了！大舅，您怎麼樣了！您哪裡不舒服，我，我這就給您餵藥。」

杜七藝心裡發酸，啞著嗓子回應。

「回來就好，回來就好！」胡子曰喘得厲害，聲音也斷斷續續，「七藝啊，舅舅這身子骨，怕是，怕是不行了。咳咳，咳咳。如果我不在了，你可得照顧好你妹妹，你妗子，咳咳，咳咳咳，還，還有這快活樓，我可是全都交給你了！咳咳咳，咳咳咳，記，記住，你不是光桿兒一個。你，你如果有個三長兩短，你妹妹，你妗子，她們，她們就沒了依仗，只能任人欺，欺負。咳咳咳咳……」

第十章 雖千萬人吾往矣

手中的禮盒忽然變得重逾千斤，姜簡的心臟，也像灌了鉛一般沉。身體打了個踉蹌，他緩緩彎腰，將帶給大俠胡子曰的禮物放在了門口的地面上。隨即，又站直了身體，緩緩地向後邁動雙腿，一步步退出了大門之外。

胡子曰說得沒錯，誰都不是光桿一個。都有家人需要照顧，都有長輩需要養老送終。而跟自己前去漠北，肯定是九死一生！心中忽然覺得好生委屈，鼻子裡頭也隱隱發酸。抬起手，姜簡抹掉即將流出來的眼淚，轉過身，逃一般遠遁。

「子明，子明，等等我。等等我，你去哪？」駱履元快步追了上去，年輕的臉上寫滿了困惑和無奈，「胡大叔病了，可胡大叔在江湖上還有很多朋友。等他喝了藥，你請他幫忙找……」

「算了，胡大叔的朋友，也有家人和孩子。」瞬間意識到自己又把駱履元給忽略了，姜簡停下腳步，帶著幾分歉意低聲打斷，「咱們昨天晚上，把事情想得太簡單了。小駱，我走了之後，多過來看看我姐姐，如果我家裡頭有什麼事情你能幫上忙，就幫一下。」

「我跟你一起去。杜大叔生病了，這節骨眼上，七哥肯定不能陪你去漠北。我去，讓他負責照看蓉姐和紅線。」駱履元想都不想，就毅然請纓。「我雖然年紀比你小，可騎馬射箭的本事，未必比你差。咱倆一起去，互相之間還能有個照應。」

心中的委屈，迅速被一股暖流衝散。姜簡抬起手，輕輕替駱履元撣去落在肩頭的樹刺子，「父母在，不遠遊，你父母就你一個兒子。你如果回不來，他們怎麼辦？」

駱履元臉上的毅然，立刻就消失得無影無蹤，取代之的，則是無奈和惆悵。姜簡是他的好朋友，好兄長，他不能眼睜睜地看著姜簡孤身一人前往漠北冒險。然而，對他給予厚望的父親，善良卻柔弱的母親，卻像兩隻無形的手臂，死死扯住了他的雙腳。子曰：「父母在不遠遊，遊，必有方。」漠北那麼大，突厥別部逐水草而居，誰能確定，他們兩個月之後在哪？

「放心，我改變主意了。我這次只調查清楚我姐夫的真正死因，就立刻回來。輕易不會跟那邊的人動手。你去了，也幫不上我什麼。」將駱履元的反應都看在了眼裡，姜簡咧了下嘴，低聲補充：「留下吧，如果你想幫我，最近這幾天就多往我家跑幾趟，幫我張羅一下姐夫的喪禮。我好能抽出時間來，準備一些出行需要的東西。」

「你，你準備什麼時候走？你姐呢，她會准許你去嗎？」駱履元不再堅持與姜簡同行，嘆了口氣，耷拉著腦袋詢問。

「三天之後吧。姐夫的屍骨未歸，暫時只能立一個衣冠塚。所以一切從簡。那家人，也急著瓜分姐夫的身後遺澤，擔心夜長夢多。」姜簡略作思索，迅速而冷靜地給出了答案，「姐姐這幾天傷心過度，應該顧不上關注我的一舉一動。等姐夫入土為安之後，我會告訴她，四門學內最近有大考，不能每天都回家。這樣，估計等她發現我離開之時，我已經出了白道川。」

說這些話的時候，他臉上已經看不到悲傷，也看不到多少失望。彷彿這兩天發生的一切都在預料之中，只是剛剛親自驗證了一下而已。

當少年人開始冷靜地觀察世界的時候，也就是他成熟的開始。駱履元明顯感覺到了姜簡身上的變化，愣了愣，低聲尋求確認，「這麼快？來得及嗎？子明，雖然說是義之所在，不容反顧。可你準備充分一些，成功的把握，總，總是會高一些兒。」

「來得及，乾糧、衣服和盤纏，兩天時間足夠。我姐夫好歹也做過一回左屯衛的武將，家裡頭橫刀、角弓和皮甲都是現成的，我跟他身材差不多。我的馬，是姐夫去年春天時親手幫我挑的遼東雪獅子，跑得不算快，但是不挑飼料，無論餵黑豆還是乾草，牠都吃得下。我家裡還有一疊舊的輿圖，從長安到燕然都護府的官道，肯定能查得到。」姜簡想了想，回答得簡明扼要，「至於扮商販需要的貨物，我準備到了蒲州再置辦。長安城內什麼東西都貴，蒲州能便宜一半兒。」

「蒲州，蒲州不是在東北方向嗎？你去漠北，怎麼從東邊走？」駱履元卻聽得暈頭轉向，瞪圓了一雙迷茫的大眼追問。

「誰跟你說去漠北要往西走了，又不是去西域？」姜簡看了他一眼，輕輕搖頭，「從長安向西，出了蕭關之後，就是戈壁灘和大漠，沿途根本看不到幾座城池，也沒有平坦的官道可以通行。向東走，出了潼關之後沿著官道轉向北，卻可以一路走到太原，沿途全是富庶之地，盜賊絕跡。而太原，才是中原貨物最後的集散地。我在那裡，不愁找不到專程去漠北的商隊。」

駱履元恍然大悟，旋即佩服得五體投地。「厲害，子明，你知道的真多。好像早就做好了功課一般。誰教你的這些？四門學的嗎？到底是國子監上三院注十五之一，教的東西就是多。不像我們府學這邊，一本論語教三年……」

「不是。」姜簡臉色一黯，嘆息著回應。「是我姐夫教的。他家族裡頭有個遠房侄兒，去年想販賣茶團去漠北生財，我姐夫就指點了他一下。順帶，就也教了我一些有關漠北……」

話才說了一半兒，他的嗓子就又被堵住了。心中也有火焰在翻滾。家中的皮甲、橫刀和角弓，是姐夫按照他的身材，特地從武庫領的。白馬，是姐夫親手幫他挑的。識別輿圖，是姐夫手把手教的。

注十五、上三院國子監六院，律、書、算三院越來越不受重視。所以國子、太學、四門，被稱為上三院。

有關漠北的知識，也是姐夫順口點撥的。自家姐夫什麼都懂，為人也厚道和善。然而，他奉命出使漠北接車鼻可汗來長安覲見天子，卻稀裡糊塗地埋骨黃沙。眼下，兵部尚書崔敦禮需要考慮皇帝的龍體，姐夫的家族需要考慮後輩的前程，滿朝文武也各有各的思量，不願意為了一支小小的使團，而擅動刀兵。但是自己，不需要考慮那麼多。所以，自己就前去漠北，向車鼻可汗討個公道回來！

第十一章 知道

長安城內，什麼都缺，唯獨不缺的是官員和熱鬧。

雲麾將軍安調遮和左屯衛郎將韓華等人的死訊，很快就被四方傳來的捷報衝得無影無蹤。突厥別部車鼻可汗屠戮了整個大唐使團，試圖謀反的消息，在有心人的遮掩下，也很快就被百姓遺忘。至於四門學內某個成績還算不錯的學子忽然失蹤這等瑣事，更是激不起任何浪花。漠北太遙遠了，也太荒僻了。九成九的大唐百姓，連聽都沒聽說過這地方，當然也不可能給予其太多關注。

東西兩市依舊熱鬧無比，平康坊內，絲竹聲也依舊從早晨響到深夜。大唐長安，彷彿是被投入了一顆石子的湖面，以肉眼可見的速度恢復了平靜。之前和之後，看不出半點差別。

其實，差別還是有的。這一點，快活樓的酒客們，感覺最清晰。

雖然加了茱萸的瓦罐葫蘆頭，仍舊是長安城一絕。雖然加了桂花的老酒，仍舊喝上一碗就讓人渾身發燙。但掌櫃兼大廚胡子曰的「講古」，卻怎麼聽，都好像比原來缺了幾分味道。

以往喜歡圍在胡子曰身邊給他捧場的五陵少年，也比先前少了好幾個。並且看上去無精打采的，遠不像先前那般意氣風發。大俠胡子曰自己，心氣好像也大不如前。這一天，隨便講了一段尉遲敬德虎牢關前衝陣擒拿王世充之子王琬，奪其馬獻給大唐天可汗的故事，就起身回了後院。

後院水井旁，杜七藝正帶著夥計小鄒，洗屠戶剛送來的內臟。他是襄陽人，長得遠比長安本地人白淨。又讀了一肚子書，看上去跟腳下的羊腸羊肚兒，愈發格格不入。

偏偏他做事又極為認真，盆裡的羊腸子，非要洗到和羊內脂一樣白，方才肯甘休。所以，手上，胳膊上，臉上，很快就濺滿了黃綠色的羊屎，讓胡子曰看在眼裡，心臟就疼得發抽。

「放下，放下，誰讓你幹這骯髒活的！」三步兩步衝到自家外甥面前，胡子曰低聲呵斥，「弄一身膻臭氣，你明天怎麼去上學？放下，我跟小鄒來。你趕緊打水把自己洗乾淨了，然後去溫書。」

「今天教習講的內容，我已經全都背下來了。」杜七藝抬起頭，笑著回應，手裡的活計，卻絲毫沒有停頓，「您老忙了大半天了，先歇歇。這種收拾下水的雜活，我來做就行。」

「不累，今天客人不多，早起蒸的葫蘆頭，還剩了七八罐，根本不需要我做第二輪。」胡子曰豈肯讓外甥幹活自己休息？擠上前，伸手去搶杜七藝手裡的羊腸子，「我來，你的書溫習好了，就去練練射箭。金城坊老呂家的二兒子，高中了進士之後，就去安西大總管郭孝恪注十六帳下做了參軍。那郭瘋子最喜歡策馬衝陣，給他做參軍，光會讀書肯定不行。」

「知道了，我馬上就去。」杜七藝答應得很響亮，然而，卻輕輕側了下身，沒有將手中的活計交出。「馬上就洗完了，您老去喝口茶潤潤嗓子。家裡頭的雜活，以後全都交給我。」

「你是讀書人，怎麼能整天跟下水打交道。讓同窗們知道，肯定會笑話你。」胡子曰沒搶過自家外甥，又不敢太用力去擠對方，皺了皺眉，低聲勸說。

「笑就笑唄！我一不偷，二不搶。」杜七藝放下洗乾淨的羊腸子，彎腰又抓起另外一段。一邊將腸內壁向外翻，一邊低聲回應，「您老不是說過嗎，憑手藝賺這份乾淨錢財，又有什麼好丟人的？」

這的確是胡子曰的原話，他不能不認帳。但是，看著黃綠色羊屎，在自家外甥白淨的手指上滾落，他心裡就愈發不是滋味。想了想，又低聲道：「我的病已經好了，你不用怕我累著。我這把老骨頭，結實著呢。想當年跟隨英國公……」

「我知道！」杜七藝沒有抬頭，甕聲甕氣地打斷。「您歇一會兒，我這就好。」

「我前幾天病得沒那麼嚴重。郎中說了，已經不妨事了。」

「我知道。但是我不能一直讓大舅您為我操勞，自己卻坐享其成。」

「操勞？你這孩子怎麼客氣起來了？別扯這些沒用的，你好好讀書，將來出人頭地，比啥都強。」

注十六、郭孝恪：瓦崗軍將領，與徐世績一道歸唐後深受李世民器重，晚年做了安西道大總管，戰死於龜茲。

「知道了，大舅您放心，我成績不會掉出甲等之外。」

舅甥倆你一句，我一句，誰也說服不了對方。明知道自家外甥是出於一片孝心，胡子曰卻覺得肚子裡頭疙疙瘩瘩，好生彆扭。回頭扯過一隻石頭凳子，他重重坐了上去，皺著眉頭轉換了話題，「你是不是怪我沒替姜簡出頭？我那天病得實在爬不起來了。並且，他這個孩子，做事向來異想天開。那個車鼻可汗麾下嘍囉成千上萬，除非朝廷發兵，否則，無論誰去了，結果都是白白送死。」

「我知道！我沒怪您。」杜七藝已經翻完了羊腸子，開始打水清洗腸子內壁，「舅舅是為了我、紅線和妗子。」

「你知道個屁！」被自家外甥一成不變的態度和回應，氣得心頭火起，胡子曰忍不住低聲喝罵，「戰場廝殺，與比武較技，根本不是一回事。千軍萬馬衝過來，你武藝再高，也得被活活踩成肉泥！」

「我知道。」杜七藝的手抖了抖，隨即，迅速恢復了先前模樣，回答得不緊不慢。

胡子曰被憋得難受，卻又不忍心無緣無故找自家外甥的麻煩，只好坐在石頭凳子上，呼哧呼哧直喘粗氣。

杜七藝也不抬頭，繼續打來了更多冷水，將腸子沖了一遍又一遍，直到半點羊屎的顏色都看不見了，方才停下了手中活計擦汗。

「如果你那天跟他去了，十有七八會死在那邊。你爺娘將你和紅線交給我，我不能讓他們兩個絕了後！」胡子曰突然覺得心裡發虛，吐了口氣，耐心地解釋，聲音當中隱約還夾雜著一股委屈。

「我知道！所以姜簡走的時候，我也沒追過去。」杜七藝扭頭看了自家舅舅一眼，回答得冷靜且平淡。

站起身，他將裝滿乾淨羊腸子的木盆端到一旁，用濕麻布蓋好。然後拿起木鍬，將地上殘留的骯髒物，連地表的爛泥一併挖起來，丟進事先挖好的土坑，再朝爛泥和穢物表面蓋上厚厚的一層乾土，彷彿這樣做，這些穢物就不曾存在過一般。

院子裡很快就變得乾乾淨淨，比胡子曰平時自己做，要整潔了十倍。胡子曰坐在石頭凳子上，卻如坐針氈。他能夠從外甥的目光和動作中，看到了孝敬，看到了小心，看到了感恩，唯獨沒看到的，是以往那種發自內心的崇拜。他終於明白，自己為何最近肚子裡總是疙疙瘩瘩了，剎那間，面紅耳赤。直到杜七藝端起洗乾淨的羊腸子邁步走向廚房，才踉蹌著追了過去，用蚊蚋般的聲音追問：「你還知道些什麼？我還不都是為了你好，為了這個家？姜簡名下有房子有地，即便他死在了外頭，他姐姐這輩子也不愁吃穿。如果你和我都死在了外頭，你妹妹紅線拿什麼過活？」

「所以我留了下來。」杜七藝停住腳步，回答聲音很平靜，彷彿上課時回答老師的提問，「我天天看著您老收拾內臟，能分辨出羊血新鮮不新鮮，也能聞出羊血的味道。大舅，事情已經過去了。您也是為了我和紅線，為了咱們這個家。咱們不提它了，行嗎？以後，我幫您多幹點兒，您老也別幹得那麼辛苦。」

「你，你知道我，我是在裝病？」心中的懷疑瞬間變成了現實，胡子曰大吃一驚，腳步瞬間停在了原地，「什麼時候知道的？你，你為何不拆穿我？」

杜七藝看了他一眼，沒有回答，也不知道該怎麼回答。

自家舅舅愛吹牛，喜歡占小便宜，還喜歡酗酒、賭錢、嫖妓，但是，舅舅對自己，對紅線，卻視若己出！自家舅舅擔心姜簡請他出馬去對付車鼻可汗，搶先一步裝病，還拖住了自己不能與姜簡同行。然而，卻是為了這個家。在從最初的焦急中稍稍恢復了一些之後，他便看破了舅舅在施苦肉計。然而，他卻沒有勇氣去戳破。他能理解舅舅的良苦用心，也發誓要孝敬舅舅，不辜負對方所付出的如山厚愛。但是，從那天起，少年人的世界裡，就再也沒有仗劍千里、扶危救困、事了拂衣而去的胡大俠！

「七哥，你們忙什麼呢？胡大叔，您老身子骨大好了？蓉姐，蓉姐來探望胡大叔了。」一個熟悉的聲音，忽然在院門口響起，讓舅甥倆臉色，瞬間都變得好生尷尬。

放下手中的木盆，杜七藝轉身走向不知道什麼時候到來的駱履元，硬著頭皮詢問：「蓉姐怎麼來了？妳把子明的去向告訴她了？」

「不是，不是！」駱履元頓時被問得臉色發紅，擺著手辯解，「不是我告訴她的，是她自己猜到的。我，我被逼問不過，又怕她急火攻心，就，就只好，只好實話實說了。」

「她來找我做什麼？我，我可是早就金盆洗手，不問江湖是非了。」胡子曰心中，追悔莫及。

真恨不得時光能夠重溯，讓自己有機會，把以前親口吹噓的那些俠義事蹟，全都像洗羊腸子一般，洗得乾乾淨淨。

然而，下一個瞬間，他看到提著禮物出現在門口的姜蓉，又迅速改口，「是姜子明的姐姐嗎？稀客，稀客！我聽子明說起過妳。子明以前在我這裡吃酒吃肉，開銷是大了一些，我可從沒做過任何花帳。」

出乎他的意料，姜蓉既不是來請他出山幫忙的，也不是來找打清算舊賬的。先將禮物交到了一起迎出來的駱履元手中，然後緩緩蹲身，「未亡人韓姜氏，見過胡掌櫃。舍弟先前，多蒙胡掌櫃照顧。非但指點他武藝，還教了他許多做人的道理。未亡人今日，特地前來登門拜謝。」說著話，她再度斂衽而拜。雖然大病初癒，舉手投足間，卻有一種令人撕心裂肺的美。

第十二章　送上門的兩頭肥羊

夏天時的塞外，美得令人目眩神搖。天空是一望無際的藍，純粹而剔透。看不到一絲雲，一絲煙。地面是高低起伏的綠，淺淺深深，連綿不斷。在藍天和碧野交界處，群山漸漸露出輪廓。低處和大地一樣青翠，越往上，翠色越淺，然後，在某一個突然的高度，一下子就變成白。比羊脂玉還純淨十倍，山頂端，隱約還有煙霧繚繞。那是山上的積雪，已經存在了上萬載。每天都在融化，卻至今沒有融化乾淨，誰也不知道，它們還會繼續融化多少年！

當太陽西墜，陽光就會給積雪鍍上一層金。這時候，繚繞在山頭周圍的煙霧，就會迅速變濃。隨即，霧氣也被落日染成金色，再迅速由金色轉成紅色。被晚風一吹，飄飄盪盪，衝上藍色的天空，拉出一縷縷紅色的絲線。

「嗚嗚，嗚嗚嗚，嗚嗚嗚嗚嗚……」，一支規模中等的商隊，忽然走入畫卷。號角聲伴著漸漸變強的晚風，吹散四周圍的暑熱，吹得人渾身上下一片清涼。走在隊伍前方的三匹駱駝緩緩停住腳

步。緊跟著，是第二排，第三排，第四排的駱駝。

宿營的時間到了，商隊的大當家拍拍駱駝的脖頸，命令駱駝跪倒在地。然後從兩座舒適的駝峰中央位置翻身而下，一邊伸著懶腰，一邊在很小的範圍之內走來走去，活動已經坐僵了的筋骨。

商隊的夥計們，則拉著駱駝的韁繩，在幾位「管事」的指揮下，以大當家所在位置，向東南西北四個方向擴散，然後重新整隊，熟練且迅速地，在曠野上組建起了一座駝城。

「城牆」由一頭頭跪在地上的駱駝組成，駱駝背上沒有放任何貨物。每兩匹駱駝之間，用皮革搓成了繩索相連，以防有個別駱駝受到驚嚇逃走，或者有狐狸、豺狗之類的動物，夜裡偷偷從兩匹駱駝之間的空檔鑽進來。

緊挨著「城牆」內側的，是一排簡陋且結實的木柵欄。不高，由三尺長的硬木和皮索分段綁紮而成。白天時可以放在駱駝背上帶走，夜晚將硬木削尖的一端砸入地面，再將專門留出來的索扣相連，便組成了第二道結實的防線。

柵欄之內，才准許搭建臨時帳篷。根據帳篷主人在商隊當中所承擔的職責和身份的高低，由外向內。最外層的帳篷，基本上屬於受雇而來的刀客和加入商隊時間較短的小夥計。然後是大夥計、帳房，各級「管事」。像樹的年輪般，一層層疊套。最核心處，才是大當家，大管事、隊伍中值錢的財貨和尊貴的客人。

「兩位貴客身體可還吃得消？」商隊的大當家蘇涼活動完了筋骨，捧著一杯葡萄酒來到客人面前，笑著詢問。他並不姓蘇，名字乃是音譯。生著一副標準的波斯面孔，高顴骨，濃眉毛，大眼睛，眼珠介於深棕色與灰藍色之間，看上明亮且濕潤。

然而，他的打扮，卻不像長安城中常見的波斯來客那樣，穿著色彩絢麗的窄袖長袍，頭戴圓帽。代之的則是，肥闊的大食長袍和厚厚的葛布纏頭。

在肥厚的駱駝峰之間坐了一整天，衣服還不怎麼透氣，蘇大當家身上的味道，可想而知。但是，被他問候的兩位貴客，卻都忽略了撲面而來的酸臭氣息，一人抱拳，一人撫胸，以大唐和突厥的禮節躬身，「勞長者問，晚輩吃得消。」

「承蒙長者關心，在下今天和往日一樣，並未覺得疲勞。」說罷，二人本能地皺著眉頭互視，隨即，又各自將頭扭開，目光中的敵意清晰可見。

將兩位客人的動作，盡數看在了眼裡。商隊大當家蘇涼心中偷笑，表面卻仍舊滿臉慈祥，「那就好，那就好，老夫還以為你們兩個撐不下來呢。明天再走半天，就要到白鹿漬了。從那裡再往北，一直到金微山，都是戈壁灘，走得會更辛苦。所以，二位今晚一定要睡好，免得明天體力不濟。」

「多謝長者提醒。」持唐禮的客人又抱了下拳，禮貌地回應。

「長者只管放心，這條路我以前也走過。能撐得住，不會給商隊添麻煩。」持突厥禮的客人笑了笑，回答的聲音裡充滿了自信。

「那就好，那就好。兩位貴客稍事休息。夥計們去尋找合適的取水點了。等挖出了井水，兩位貴客就可以把皮囊裡的水換成新鮮的。然後簡單洗漱一下，過來與老夫一起用餐。」蘇涼舉了下酒杯，算是還禮，又笑著發出了邀請，才轉身離去。

時值盛夏，草原上風景雖然美得醉人，陽光卻極為毒辣。商隊的兩位貴客，都不是吃過苦的人，耳朵和手背，早就被曬爆了皮。聽聞可以打水洗漱，頓時心中就一陣雀躍。雙雙向蘇涼道了一聲謝，隨即走到各自的坐騎旁，取下水袋，不管裡邊的水味道如何，先「稀里嘩啦」地澆了自己滿頭。

「兩頭含著金勺子出生的小牛犢！」聽到背後傳來的流水聲，蘇涼心裡嘀咕了一句，悄悄聳肩。

兩位貴客，都是在太原城外，才進入商隊的。一位號稱家道中落，不得已做行商謀生，身邊卻沒有熟悉塞外的老行商做擔保和引路人，出了太原城，才急著找商隊入夥。

另一個更是荒唐，身邊明明有兩個隨從跟著，竟然還聲稱隨長輩來中原販貨，半途中彼此失散，求商隊將他送回金微山北的金鵰川葛邏祿部，必有重謝。此等到處都是破綻的謊言，怎麼可能騙得了那些經驗豐富的行商。這年頭，沒有熟人介紹和擔保，就想混進出塞商隊者，要麼是在中原闖下了大禍，遭到官府通緝的逃犯。要麼塞上哪路馬賊派出來的臥底。無論哪一種，收留他們都是引火焚身。所以，兩位「貴客」在太原城外四處求告了一整天，都沒有任何一支正經商隊敢於收留。直到有行商將這兩人的事情，當作笑話講給了蘇涼聽。

蘇涼聽罷，當著同行們的面兒，可是將兩位「貴客」好生嘲笑了一番。一轉頭，卻又「碰巧」，與兩位貴客先後遇了個正著。隨即，他就大發善心，將兩人連同隨從，全都納入了自家商隊。條件是，兩位貴客各自所帶貨物和身上所有值錢東西總額的兩成。先付一成為訂金，另外一成，則到了金微山北麓的金鵰川後，立刻結帳。商隊不問兩人最終目的地是哪裡，提供一日兩餐並且負責確保貴客在沿途的安全。價錢貴是貴了點兒，但比起被拒之門外來，總歸好了太多。故而，兩位貴客考慮都沒考慮，就與蘇涼簽下了合同文書。

一路上，賓主雙方，相處得倒也融洽。貴客中的那位姓姜的漢家兒郎極為聰明，雖然是第一次出塞，缺乏經驗。學東西卻很快，並且肯下功夫。從太原城向西北才走到河曲，就已經將野外宿營，鑿井取水，打獵充當補給等日常雜務，以及行商的規矩，學了個七七八八。

另一位貴客自稱姓史，名缽羅。男生女相，並且明顯帶著突厥血統，卻能說一口流利長安官話。此人學東西就慢了一些，也沒姓姜的漢家兒郎那麼討人喜歡。不過，出手極為闊綽，身邊還有兩個吃苦耐勞的隨從替他跑前跑後，所以，倒也沒給商隊添多少麻煩。

唯一比較不好處理的是，兩位貴客以及第二位貴客的隨從，都沒有「過所」注十七，通過各關卡之時，容易被守關卡的兵卒發現。

然而，這個小麻煩，對蘇涼大當家來說，再簡單不過。每逢關卡，他就委屈兩位貴客和隨從扮成商隊的夥計，先用葛布纏了頭，再朝臉上抹些沙土。隨後給守關卡的弟兄們塞上幾百個銅錢買酒喝，整個商隊就立刻被順利放行。

商隊過了河曲之後，沿著黃河大拐彎迤邐而行，穿榆林，越九原，順順當當地就抵達了白道川。那白道川乃是燕然都護府所在地，商隊於此休息了兩日，補充了乾糧和足夠的淡水，又出關而去，轉頭直接向北。

接下來的路，就沒有了黃河的河道作為參照了，沿途也沒有任何成形的商道。但是，蘇涼和商隊裡的幾位管事經驗豐富，憑著星星和草原上高低起伏的山川，就能準確地辨別方向，並且總是能在日落時分，找到合格的宿營地。兩位貴客，對蘇涼的本事佩服不已。一口一個前輩，叫得極為親切。每當商隊遇到大事小情，這二人只要能幫上忙，也都絕對不會袖手旁觀。到後來，弄得蘇涼心中都有些不好意思。原本計畫出了白道川之後第一天夜裡就動手解決的麻煩，一直拖到第三天傍晚，還沒有下定決心。

「大當家，今晚阿波那頭領就要過來交易。那兩個外人，你準備留到什麼時候？」眼看著太陽就要落山，一名拿兜帽裹著腦袋的管事走到蘇涼面前，低聲提醒。

「那姓姜的唐人，一看就是進過學堂的，家境相當殷實。那個叫史笸籮的突厥兒郎，恐怕出身也不低。萬一被他們發現了商隊的秘密，傳揚出去，咱們誰也甭想活著回到泰西封注十八。」另一位

注十七、過所：古代身份證兼通關文書。

注十八、泰西封：古代波斯首都，西元六三二年被阿拉伯攻破。大部分波斯人成為阿拉伯的底層。少量貴族逃到了大唐求救，改漢姓，並融入大唐。

絡腮鬍子管事，也湊上前，低聲補充。

「正因為他們兩個都讀過書，並且出身高貴，我當初在太原城外，才決定帶上他們一起走。」蘇涼警惕地朝著兩位「貴客」方向掃了一眼，確定兩人不可能聽見自己的話，皺著眉頭向兩個管事解釋。稍微又向遠走了兩步，他的聲音急速變低，「我看到他們第一眼時，就知道他們不會是罪犯，也不會是馬賊的細作。而他們兩個出身越高，帶回泰西封去，越能賣出一個好價錢。如果其中一人能夠知道造紙的秘密，咱們就可以將他獻給哈里發。從今以後，再也不用頂著太陽和漫天黃沙往返萬里！」

第十三章　大善人蘇涼

「他們兩個懂造紙？你怎麼知道的？」兩名管事的眼睛裡，立刻冒出了咄咄精光，追問的話異口同聲。

也不怪他們兩個失態，為了獲取大唐的造紙技術，波斯帝國的征服者，大食哈里發奧馬爾注十九可是給出了一個堪稱天價的賞格：封呼羅珊埃米爾，賜奴隸五千，賞金幣三萬。

而眼下，他們雖然個個身家雄厚，作為被征服地區的波斯土著，他們卻被征服者視為二等人。非但要比新遷徙來的大食人多交兩成的稅，雙方只要打起了官司，他們永遠都是輸的那一方。

「別叫喚，當心被那兩個小傢伙聽見。」不滿意兩位管事咋咋呼呼的模樣，蘇涼狠狠瞪了兩人一眼，將聲音壓得更低，「我不知道他們兩個是否懂造紙。但是，那個姓姜的，肯定上過大唐最頂

注十九、奧馬爾：大食國第二任哈里發，在位時毀滅了波斯。埃米爾，即總督。呼羅珊，現伊朗北部至阿富汗一帶。

尖的學堂。而大唐的頂尖學堂裡，據說什麼學問都會教。至於那個姓史的突厥小子，肯定是某個部落的細作，因為懷著特殊使命被發現了，才需要混入商隊逃回故鄉。」

兩位管事聞聽此言，眼睛裡的狂熱迅速減弱，搖搖頭，各自小聲嘀咕：「那，那他們也不一定知道造紙的秘技啊？」

「即便姓史的是細作，他刺探到消息，也不可能湊巧就是造紙！」

「他們即便不懂造紙的秘密，至少還懂其他的學問。而穆聖說過，學問即便遠在中國，亦當求之。」蘇涼撇了撇嘴，滿臉高深莫測，「況且這種血脈高貴，長得好看，還讀書識字的奴隸，在泰西封那邊是什麼價錢，你們兩個也都清楚。遇到識貨的，咱們這次往來大唐的所有賺頭，都未必抵得上他們兩人的身價！」

「穆聖那句話，是教你去虛心求學，不是去搶去偷！」兩位管事心中暗自嘀咕，然而，卻不得不點頭承認，蘇涼的話的確在理。

大食帝國在十一年前攻入了波斯首都泰西封，將波斯薩珊王朝注二十積聚了四百餘年的財富洗劫一空。隨軍而來的大食貴族和講經人，一個個全都搶了個盆滿缽圓。這群暴發戶們錢多得花不完，生活比波斯王族還要奢侈。而泰西封自古以來，就有一條看不見的絲綢之路與長安相連，王室和貴胄們都以用中國貨為榮。於是乎，不差錢的大食貴族和講經人，立刻對來自大唐的一切，都產生的極大的興趣。絲綢，紙張，茶葉，瓷器等物，只要商隊能帶回泰西封，就根本不愁脫手。

而被商販們以不法手段拐賣到泰西封的東方各族男女，更是奇貨可居。特別來自大唐的少年男女，幾乎每一個都能賣出與其身體等重的銅幣。若是大唐的少年男女精通琴棋書畫中的一到兩項，價格還能再翻兩到三倍。

「並且，我記得講經人說過，只要朝著同一塊靶子，射上幾百次，總有一支箭能夠命中靶心。」見兩位管事都不再質疑自己的決定，蘇涼笑了笑，繼續補充：「想得到造紙的秘密，也是如此。多抓些大唐的讀書人回去，早晚會有一個人是知曉這項秘密的。至於那姓史的探子，無論他從大唐刺探到了什麼機密，咱們將他和機密一起帶回泰西封，都是一樁功勞。」

兩位管事聞聽，欽佩地連連點頭：「蘇大當家的目光，比底格里斯河還要長遠。」

「大當家說得是，大食兵馬的下一步，肯定是向大唐發起進攻。任何有關大唐的機密，都能給商隊換來足夠的回報！」

「派人盯緊他們兩個！」蘇涼的臉色說變就變，聲音也急劇轉冷，「我在他們的酒裡下了藥，晚飯時將他們麻翻，立刻上了鐐銬。先鎖在駱駝背先餓三天。三天之後，再問他們想死還是想活。」

「遵命！」兩位管事心中一凜，雙雙以手撫胸，彎腰行禮。

「還有，今天阿波那過來交接貨物時，注意安排刀客們警戒。那廝向來喜歡黑吃黑，如果他敢

注二十、薩珊王朝：又稱波斯第二帝國。二二四年立國，六五一年正式滅國。西元六三七年首都被阿拉伯帝國攻破。

跟咱們來這一招，就立刻宰了他。換個人來幫咱們在草原上找貨。」蘇涼將酒杯丟給跟在自己身邊的侍衛，臉上的慈祥徹底消失不見，棕灰色的瞳孔之中，寒光四射。

「大當家放心，有我們在，阿波那翻不起什麼風浪來！」兩名管事再度俯身行禮，動作像訓練有素的老兵一樣整齊。

他們今晚要跟阿波那交接的貨物，不是什麼草原上的特產，而是人。

正所謂財帛動人心。大食帝國的貴族和講經人，喜歡蓄養來自東土的奴隸，導致黑市人口價格飆升。看到販賣人口的利潤如此巨大，很快就有商販開始鋌而走險。通過哄騙、誘拐，甚至綁架適齡的大唐少年男女去泰西封。

大唐官府發現了端倪之後，立刻嚴令各地關卡，仔細檢查出境商隊的文書和過所。然而，因為國境線過於漫長，可出境的大小道路太多，很多官吏的良心又禁不起金錢的誘惑，檢查往往流於形式。並且蘇涼等黑心商人，向來又以擅長鑽空子聞名。發現大唐這邊的關卡，某段時間查得嚴，立刻將目光轉向了塞外各依附於大唐的部落。大唐對塞外各部，施行羈縻制度。律法仍以各部落的習慣法為主，並未推行唐律，就給了蘇涼之流更多空子可鑽。

而有些部落，如契丹、奚、靺鞨，漢化已經相當嚴重。族中很多年輕男女，都能說一口河北、河東味兒的唐言。蘇涼等黑心商人，想辦法將他們弄到手，再送往泰西封。途中嚴格調教一番，就能夠以假亂真。商隊需要往來各地做生意，怕壞了名聲，當然不能親自出馬綁架各部少年男女為奴。但是，從馬賊手裡購買，卻不用有此擔憂。

因為以往馬賊綁架了少年男女，只要在指定時間內，沒收到其家人付出的贖金，就會殺人撕票。而商隊從馬賊手裡購買了「肉票」，雖然會讓少年男女們永遠失去自由並且背井離鄉，至少保住了他們的性命。用蘇涼的話說，這不是作惡，是大大地行善！死後可以直升天國，日日享受七十二名仙女服侍。

第十四章　狼窩乳虎

豺狼總是成群結隊，作惡者身邊，也總有一大堆幫兇。先前兩位管事提到的阿波那，正是蘇涼商隊行善的幫兇之一。這夥馬賊雖然人數只有一百出頭，在草原上卻凶名遠播。哪怕蘇涼商隊已經不是第一次與這夥馬賊進行交易，也會提前做好充足防範，以免阿波那借著交易的機會突然發難，血洗商隊，將貨物和錢財一口吞下。

兩位管事輕車熟路，接到蘇涼的命令之後，很快就將任務分派了下去。商隊裡的大小夥計和各族刀客們，也都明白，出了白道川之後的王法就蕩然無存，也紛紛行動了起來，磨刀霍霍。

不多時，整個駝城，就被緊張的氛圍所籠罩。唯獨兩位少年貴客，心中沒有半點兒緊張的感覺，還以為夥計和刀客們，是在加強每天傍晚的例行警戒。各自端著木盆，在夥計們剛剛掘出來的臨時水井旁，悠閒自在地洗臉漱口，收拾行頭。

草原上的季節河經常改道，凡是季節河上一年流過的地方，通常都存在地下水脈。這些水脈埋藏很淺，有經驗的管事帶著夥計們找準位置之後，向下挖三兩尺，就能鑿出一口臨時水井來。這種臨時水井，水量相當充沛，有時候甚至能夠形成噴泉。但是，因為埋藏太淺的緣故，水的味道，就有些差強人意了。

對於那些經常生活在草原上的人還好說，不過是多了一些「草鏽」味兒，咬咬牙喝完頭幾口，接下來也就適應了。對於來自中原的旅客來說，這種野草自然腐爛的味道，即便再淡，喝上一口，都恨不得立刻將腸子都吐出來。

「兀那漢家小子注二十一，水來之不易，你不想喝，就別糟蹋。」剛洗漱乾淨，在隨從的伺候下綁紮頭髮的突厥少年史笸籮，看到另一位姓姜的少年，竟然將喝進嘴裡的水，全都吐在了地上，立刻高聲呵斥。

那姓姜的少年，正是姜簡。原本就因為自家姐夫被車鼻可汗謀殺，看所有突厥人都不順眼。聽到突厥少年史笸籮稱呼自己「小子」，立刻放下水袋，怒目而視，「娘娘腔在說誰？你姜爺浪費不浪費水，關你屁事！」

「當然是說你！」突厥少年史笸籮毫不畏懼地以怒目相還，同時高聲強調。話說出了口，才意識到，自己落入了對方的語言陷阱，自認了娘娘腔。登時氣得火冒三丈，推開身邊的隨從，揮拳撲

注二十一、古代漢語中「小子」專職奴僕、小廝。

向姜簡，「嘴賤的小子，你找死！」

「娘娘腔，這可是你自己認下的，怎麼怪得了老子？」姜簡乾脆俐落地擰身，避開了史笸籮的拳頭，隨即一拳砸向對方的脊樑骨。

那史笸籮早就防備，兩腿猛然發力，身體瞬間加速。避開了姜簡從側後方砸過來的老拳，緊跟著，左腿落地，微微下蹲，右腿借著下落之勢，直接來了一記老樹盤根。

「娘娘腔身手不錯！」姜簡冷笑著誇讚，輕飄飄後退半步，躲開對方的掃蹚腿。隨即，又猛然上步，腰樑和右臂同時發力，拳如怒龍出海，直奔史笸籮的胸口。

史笸籮乃是漢女與突厥人的混血，長相有七分隨了自家母親，特別是天生一張怎麼曬都不會變黑的鵝蛋臉，扮妙齡少女根本無須化妝。如此相貌，在大唐長安，自然少不了懷春少女的關注。在過度崇尚武力的草原上，卻屢屢遭到同齡人的排斥和奚落。因此，他最恨別人說自己男生女相。聽姜簡張口閉口娘娘腔罵個沒完，氣得七竅生煙，一邊招架，一邊怪叫著發起了下一輪進攻。

眼看著兩位貴客就打在一處，負責暗中監視他們的夥計，非但不過來勸架，反倒笑嘻嘻地看起了熱鬧。從太原出來這一路上，他們可是不止一次看到姜簡和史笸籮打架，早就對此見怪不怪。以他們的眼光看來，一對一單挑，史笸籮遠不是姜簡的對手。然而，當史笸籮的兩個隨從，史金、史銀兄弟倆也加入戰團，局勢就會立刻倒轉。

所以，只要史笸籮和姜簡雙方不動兵器，商隊的管事和夥計們，就從不干涉他們打架。甚至還會站在旁邊，以水代酒，一邊喝，一邊高聲為雙方加油鼓勁兒。反正，只要不動兵器，輕易就不會出現死傷。不出現死傷，便不會驚動官府，耽誤商隊的行程。大夥既落不下什麼麻煩，又有熱鬧可看，何必多管閒事？

今天的情況也是如此，打著打著，史笸籮就露出了敗相。史金、史銀兄弟倆，見自家東主吃了虧，立刻衝了上去助戰。

那姜簡又不是傻子，當然不會托大以一敵三，賣了個破綻，抽身便撤。胸口挨了好幾記老拳，屁股上還吃了一飛腳的史笸籮豈肯輕易甘休？大叫一聲：「有種別跑。」帶領史金，史銀兄弟倆，圍追堵截。

駝城占地頗為寬闊，即便裡邊已經紮了不少帳篷，仍舊有足夠的空地，供人往來走動。姜簡沿著帳篷東一繞，西一晃，不多時，就擺脫了史金、史銀兄弟倆的迂迴包抄。緊跟著，以拳頭為槊，轉身就是一記回馬槍。

「啊……」史笸籮追得太近，尖叫著躲閃。好不容易避開了姜簡的拳頭，腳腕處卻忽然傳來一股大力，被掃得踉蹌數步，一個跟頭栽倒於地。

「娘娘腔，有種就別叫人幫忙！」用目光迅速判斷了一下史金、史銀兄弟倆的距離，姜簡用腳踩住史笸籮腰眼兒，揮拳下砸。

史笸籮大急，雙手抬起，猛地抱住了姜簡的大腿。奮力掀動，「你給我下去！」。

姜簡大腿受制，踉蹌著跌向一旁，卻沒有摔倒，而是憑著多年了苦練，猛地曲腿收臂，重心下沉，嘴裡發出一聲斷喝，「嗨」。身體迅速又恢復了平衡。扭過頭，他看到正在試圖爬起來的史笸籮，飛起一腳，將此人再次放倒。隨即，單膝下跪，死死壓住對方胸口，右手再度高高舉起了拳頭。

那史笸籮，力氣沒他大，只管雙臂彎曲，交叉架在自己的鼻樑前，同時，雙眼快速眨動，嘴巴裡發出了一串慘叫，「哎呀，疼。哎呀，打死我啦。停，停，別打。姓姜小子，爺爺跟你沒完……」

姜簡的拳頭還沒砸下去，就聽到了慘叫，頓時微微一愣。那史笸籮瞅準機會，慘叫聲迅速轉低：「別打，我是故意把你引開的。你聽我說，咱們倆掉進狼窩裡了，這支商隊絕非善類。」

第十五章 故事裡和故事外

「狼窩？我看你才是狼崽子，整天亂咬亂吠！」反駁的話，從姜簡嘴裡脫口而出。然而，聲音卻不由自主放低，打在史笸籮手臂外側的拳頭，也軟綿綿地失去了力氣。

「哎呀，疼，你個缺心眼的小兔崽子，有種你就打死你爺爺！」史笸籮卻叫得撕心裂肺，隨即，一邊假裝招架，一邊快速再次壓低了聲音補充：「繼續打，不要停。別讓他們看出來。我已經叮囑了隨從不要那麼快過來幫忙。你聽我說，那蘇涼收留咱們肯定沒安好心。」

「如果不是他，咱們倆都出不了偏關！」姜簡拒絕相信，一邊裝模作樣地揮拳朝著史笸籮亂砸，一邊低聲反駁，「尤其是你這作奸犯科的，拿不出過所來，早就被官兵抓了去。這會兒你說他沒安好心，與吃完了飯就砸鍋有什麼分別？」

史笸籮氣得以腳後跟兒捶地，卻又快速提高嗓門兒 罵過之後，再度用蚊蚋般的聲音反駁道：「我沒過所，就像你有一般？咱們別扯這些，他帶咱們出塞是一回事，沒安好心是另外一回事。不信，你看看周圍夥計，可是每個人都帶著兵器，隊伍中還藏著違禁的弩弓……」

「那是為了防備沿途的馬賊，真要是想對咱們不利，還用得著動用這麼多夥計。隨便在飯菜裡放包蒙汗藥，就能把咱們兩個全都麻翻，然後任其宰割！」姜簡皺了皺眉，繼續小聲反駁。無論如何都不肯相信，一路上待自己如同長輩一般的蘇涼大叔，是個強盜頭兒。

「你是真傻，還是單純的缺乏見識？」史笸籮放棄招架，腳後跟差點兒將地面給砸出坑來，「沒出白道川之前害了咱們，萬一隊伍中有刀客向沿途官兵舉報，他就得殺人償命。而出了白道川，從南到北幾千里都沒有官府和哨卡。無論怎麼炮製咱們，刀客都不敢吱聲。否則蘇涼把他也殺了，就地挖坑一埋，過些日子，世上就不會再記起有這麼一個人。」

不待姜簡反駁，他再度扯開嗓子大叫。隨即，又將聲音瞬間壓低：「你好好想想，在太原附近，哪個正經商隊，敢收留咱們？」這話，可是問到了關鍵處，令姜簡的身體立刻就又是一僵。

當初在太原城外，他可是問了不下十支商隊，甚至準備拿出一半兒自己掩飾身份的貨物作為酬勞。然而，那些商隊的大當家通常沒等跟他說上三兩句話，就立刻將其拒之門外。

然而，這個證據，卻仍舊不足以說明，蘇涼收留他和史笸籮兩個，沒安好心。因此，稍作斟酌之後，姜簡再度搖頭，「那是因為其他商隊頭領膽小，怕收留咱們之後招來災禍。我不管你怎麼想，反正，蘇涼大叔肯把我帶到塞外，我就承他的情。至於他到底做的什麼生意，跟我無關。我隨身攜帶的這點兒貨物，也不值得他大動干戈！」說罷，鬆開史笸籮，起身便走。

此時此刻，若說他心裡仍舊對蘇涼沒生出半點懷疑，肯定是自欺欺人。可越是這種時候，胡子曰平時給他講過的那些故事，說過的那些豪言壯語，在他腦海裡越是清晰。

他母親去世早，父親三年多之前追隨皇帝陛下征討高句麗，戰死沙場。姐夫韓華雖然手把手教了他很多本事，關係卻終究隔了一層，並且公務繁忙，不可能把全部心思放在他身上。

所以，在十五歲到十八歲，這個人生成長的最重要階段，姜簡接觸最多的成年男子，正是「大俠」是胡子曰。雖然胡子曰前一段時間「恰好」生了病，無法對他拔刀相助。但是，姜簡在心中，仍舊把胡子曰平時說過的一些豪言壯語，視為圭臬。比如言而有信，待人以誠，不恃強凌弱，以及受人滴水之恩當湧泉相報之類。並未因為自己最近遭遇了不幸，而發生任何改變。

當突然碰到以前沒經歷過的事，周圍也找不到合適的長輩請教，姜簡的處理方式和參照物件，也全都來自胡子曰給他講的那些故事。從隋末大混亂時的江湖，到大唐一統天下之後的廟堂。從瓦崗軍、竇家軍，到大唐玄甲鐵騎。從李旭帶領各路好漢義守長城，拒突厥狼騎於國門之外。到李靖、徐世績連袂盪平突厥，盡洗渭水之恥。

那些胡子曰道聽塗說，或者蓄意編造出來的大俠、名將、義士、豪傑，就是他人生的路標。的確，現在回頭看去，蘇涼當初收留他和史笸籮的舉動，完全不符合常理。蘇涼跟他、跟史笸籮的先後巧遇，也充滿了斧鑿的痕跡。但是，迄今為止，蘇涼沒有做任何對不起他們的事情。並且一路上對他和史笸籮照顧有加。如果他因為發現了蘇涼收留自己的事情不合常理，就懷疑對方包含禍心，進而採取什麼行動。就是胡子曰所講故事裡的大蠢驢，多疑、善變，喜歡自作聰明，且經常恩將仇報。在胡子曰的故事裡，大蠢驢向來沒好下場。

多疑的李密，殺掉了曾經多次仗義營救自己的翟讓，進而斷送了瓦崗軍，自己也身敗名裂。自作聰明的竇建德，逼死了王伏寶，最後於唐軍決戰之時，麾下空有二十萬兒郎，環顧四周，卻找不出一個能匹敵尉遲敬德的大將。眼下並非亂世，他姜簡也沒有爭霸天下的本錢和雄心。但是，卻不能專撿蠢驢去學，不能成為後人的笑談。故而，趕緊擺脫史笸籮這個妄人，走開才是最佳選擇。

「打了我就想跑，沒那麼便宜！」史笸籮急需尋找盟友，哪肯讓姜簡離開，從背後大呼小叫地追上來，一邊與姜簡撕扯，一邊用更低的聲音補充：「你不信我，咱們走著瞧。最多三天，不，兩天之內。他們必然會露出獠牙。」

「小子，打了我家少爺，想跑，沒門兒！」史金、史銀兩個，擔心拖得太久被商隊的管事和夥計們看出破綻，也大呼小叫地圍攏過來，朝著姜簡亂打。

姜簡以一敵三，擺脫不得。卻又不願意將史笸籮剛才的猜疑，弄得天下皆知，給對方帶來災禍。頓時就有些進退失據。就在這當口，空曠的草原上，忽然傳來了數聲淒厲的號角，「嗚嗚嗚，嗚嗚嗚，嗚嗚嗚……」

緊跟著，二十餘匹黑馬如旋風般，由遠而近。馬背上的騎手，個個身披灰色的斗篷，手持利刃。隊伍的正前方，有個生著絡腮鬍子的男子，將刀尖前指，高聲斷喝：「兀那九頭狐狸，阿波那給你送貨來了！你為何關閉了駝城，還叫人拿弩箭指著我。莫非，這就是你們大食那邊的待客之道嗎？」

第十六章 匕首與火焰

「阿波那特勤哪裡的話？在下剛才眼拙，沒認出是您來。以為有馬賊打駝城的主意，才特地命人嚴陣以待。失禮了，失禮了，還請阿波那特勤原諒則個。」駝城之中，立刻有人高聲回應，隨即，正西方向，臨時搭建的「城門」被推開，一名管事打扮的男子在四名大夥計的保護下大步迎出。

「特勤？」史笸籮所在的位置，距離駝城的門沒多遠，因此將管事的話聽得清清楚楚，停止繼續追殺姜簡，遲疑著停下了腳步。

特勤乃是突厥官職，地位等同於大唐的行軍總管，非阿史那家族的嫡系血脈不可擔任。在頡利和突利兩大可汗及其家族都被邀請到長安居住的情況下，草原上忽然冒出個特勤來，怎麼可能不令出身於阿史那家族的史笸籮心中生疑。

正準備踮起腳尖，將那絡腮鬍子的相貌看得更清楚一些，耳畔卻已經傳來了夥計的催促聲：「貴客，晚餐準備好了。請各位隨小的一道前去用餐。」

「多謝，我這就去！」史笸籮知道對方是在防備自己，答應一聲，無可奈何地收回了目光，跟上夥計的腳步，同時努力豎起耳朵。

管事說話的聲音很低，他無法聽得太清楚。那自稱為阿波那的人，卻是一個天生的大嗓門兒，且態度囂張。說話聲借著晚風，一句接一句傳入了他的耳朵。

「九頭狐狸呢，怎麼不親自出來迎接老子？」

「蘇涼大當家備好了酒宴……入席……」

「飯不急著吃。老子要的貨物，九頭狐狸給老子帶來了嗎？」

「帶來了……就堆在……，您……檢驗。……我們的貨物……」

「老子怕你們黑吃黑，把貨物放在十里外的白馬谷了。一共六十頭小公牛、三十頭小母羊，都是一等一的血脈。你也馬上可以派人去檢驗！然後跟蘇涼說清楚，咱們今晚結帳，兩不相欠！」

「他們做的，肯定不是正經生意。牛羊千里迢迢趕回波斯，膘都掉光了，怎麼可能收回本錢？」史笸籮心中暗自嘀咕，愈發堅信，自己先前的懷疑沒錯。然而，四周圍全都是商隊的夥計和刀客，想要脫身，談何容易？唯一可以引做幫手的姜簡，又是個「蠢貨」。他剛才冒了那麼大風險示警，此人竟然執迷不悟，堅信蘇涼沒包藏禍心。

「不行，老子今晚必須離開。哪怕徒步返回白道川，都比繼續留在商隊裡頭強。」悄悄地咬了咬牙，史笸籮迅速做出決定。

商隊離開白道川之後，已經向西北方整整走了三天。按照史笸籮估算，每天的行程大約是五十里出頭。一百五十里的路，即便無法將坐騎從商隊裡帶出來，完全依靠步行。他在五天時間也能走完。

抵達白道川附近，只要不入關，就有機會搭上其他商隊，或者找到正在向大唐邊軍販賣牛羊馬匹的牧民。

屆時，就可以花錢雇傭對方，將自己送回金微山之北。接下來就可以問問自己的父親車鼻可汗，是誰給他出的主意，不通知自己從大唐返回，就急著對朝廷的使團痛下殺手？

一邊在心裡頭盤算，他一邊跟隨夥計前行。不多時，就來到了一處偏帳。

蘇涼那邊來了新客人，自然不能再按照傍晚時的約定，跟他和姜簡一起用餐。但是，晚餐卻仍舊準備得非常豐盛。光是烤羊就上了一整頭，還有野雞、蘑菇、蔓菁、乾無花果、乾葡萄等七八個菜肴和果品作為搭配。

「有老客帶著貨物前來交割，蘇涼老爺需要招待他們，今晚就不能陪著兩位了。還請兩位少郎君原諒則個。」彷彿擔心失了禮數，沒等姜簡和史笸籮二人入席，一個身穿藍色波斯長袍，頭戴波斯金箍，面目姣好的少婦，帶著兩位同樣美貌的侍女走了進來，斂衽蹲身，柔聲向二人致歉。

不像大唐女子衣服那般整齊，少婦身上的衣服根本沒有袖子，手臂和手腕處，從上到下至少套了七八個鑲嵌滿了寶石的金鐲子。在燈光的照耀下，將其原本就極為白皙的皮膚，襯托得愈發宛若凝脂。饒是在長安時，沒少往平康坊裡頭鑽，史笸籮依舊看得喉結一動，「咕咚」，唾液不由自主地就咽了下去。

而姜簡，在女人方面的見識，還遠不如他。嚇得趕緊彎腰低頭，借著還禮的機會，將目光直接看向了地面。結果，不看地面則已，一看，心中頓時熱流翻湧。只見那女子長袍下襬，竟然開了無數條口子。比象牙還要白皙的小腿和腳踝，半隱半露。一雙腳上，竟然沒著羅襪，只是簡單地套了兩隻尖頭絲鞋。在鞋口與腳踝相接處，又是一對兒嵌滿了紅色寶石的寬幅腳鐲，如火苗般，吸引著人的視線。

「這位，這位姐姐客氣了。」一向口齒伶俐的姜簡，忽然變得笨嘴拙舌，使出全身力氣回應了兩句場面話，卻乾巴巴地毫無滋味。「我們，客隨主便。蘇涼大當家，不用掛念。」

「夫人不必如此客氣。我們這一路上吃喝不缺，已經給商隊添了很多麻煩。哪敢要求蘇涼大當家，每晚都陪著我們用餐。」史笸籮畢竟是在平康坊裡打過滾的，恢復的速度，遠高於姜簡這個生瓜，幾大口唾液咽完之後，已經能夠正常思考。雙目之中射出來的火焰，也不再像最開始那般熾烈。

「妾身是蘇涼老爺的侍妾，不是夫人。」那波斯打扮的美豔女子笑了笑，用略顯生硬的唐言解釋自己的身份。隨即，輕移蓮步走向擺在帳篷中央的胡式桌案，笑著抬手發出邀請：「兩位少郎請入席，妾身奉蘇涼老爺之命，特地來陪兩位用餐。」

說話間，鐲子彼此相撞，發出悅耳的聲音。鐲子上的寶石交相輝映，在蓮藕般的手臂上，泛起五顏六色的波光。

「夫人客氣了！」史笸籮又狠狠咽了兩大口唾液，將心中重新燃燒起來的欲望強行澆滅，大步走向桌案。臨落坐之前，卻忽然又想起了姜簡，果斷轉身，用手指揪住了後者的衣袖，「姜兄弟，坐啊，夫人請咱們入席呢，別傻站著，羊肉冷了就膩了。」

「啊，噢，知道了。你先坐！」姜簡被拉了個趔趄，卻難得沒有對史笸籮怒目而視。答應著走到胡式方桌的屬於客人位置，先向著女子欠身致意，然後緩緩落坐於胡凳之上。雖然笨手笨腳，卻努力依足了波斯人的禮數。

女子看向姜簡的目光，頓時就有些不同。坐下之後，一邊吩咐侍女給客人切肉，一邊笑著詢問：「少郎以前接觸過妾身的族人嗎？或者有人教過你波斯禮儀？」

「我在長安讀書時，有個同窗，全家都是從波斯來的。」姜簡想了想，如實奉告。「我曾經去他家做過幾次客，見過其他客人如何入座。另外，我姐夫以前曾經在鴻臚寺任職，最近幾年接待過許多來自波斯的客人，他也曾順口跟我說過一些。」

「鴻臚寺，那是什麼地方，供奉的是哪個天神？」女子對大唐的瞭解很膚淺，瞪圓了水汪汪的眼睛詢問。

史笸籮的眼睛，卻是一亮，快速扭頭看著姜簡，對他即將給出的答案，充滿期待。

姜簡心中微微一痛，不願在外人面前過多地提起已故的姐夫韓華，想了想，非常籠統地回答：「鴻臚寺就是大唐專門用來接待其他國家貴賓的地方，我姐夫曾經在那邊為大唐朝廷做事，後來又去了兵部。」

「那你姐夫豈不是一個很大的官兒。」女子卻被他的話勾起了興趣，歪著頭刨根究底。雖然已經嫁做人婦，她年齡看起來卻跟姜簡、史笸籮兩個差不多大。舉手投足之間，既帶著少女的青春氣，又透出一股少婦的成熟。特別是那雙碧藍的眼睛，彷彿裡邊流動著一層層水波。

姜簡被看得心神不寧，搓了搓手，低聲否認：「很小，長安城裡隨便丟塊石頭都砸到三個那種。倒是我那同學的父親，雖然來自波斯，卻被封為左威衛將軍。」

後半句話，原本只是為了轉移話題。誰料想，女子聽了，眼神變得更加明亮。一邊親手給客人倒酒，一邊柔聲詢問：「左威衛將軍，是個多大的官？能不能告訴我，你同學的父親叫什麼名字？哪裡人？我也有幾個族人，十多年前去了長安城。但是這次，我卻沒找到他們。」

「左威衛將軍是三品官，只比大將軍和行軍總管低了一級。行軍總管，就是可以單獨領兵打仗的主帥。」姜簡轉移話題成功，心情一鬆，笑著繼續解釋。「至於我同窗的父親，應該叫阿羅漢，老家應該在一個叫泰西涪的地方。具體是不是這兩個人名和地名，我不確定。你們波斯人的語音，我學不來。我那同窗教了我很久，我只學會了一個詞，亞爾。」

少年男子見到美女，本能地就想表現一下自己的與眾不同。姜簡雖然拘謹，卻不能免俗。非但如實回答了女子的問題，並且將自己唯一知道的波斯詞彙，也給隨口發了出來。

「人的名字的確是阿羅漢，不過地名不是泰西涪，而是泰西封，波斯的國都泰西封。」女子莞爾一笑，目光忽然變得有些深邃，「早在十一年前，就被大食軍隊摧毀了。波斯人建設了四百年，大食人毀掉她只花了四天。」雖然連泰西封在什麼位置都不知道，家裡頭也沒有任何波斯親戚，姜簡卻聽得心中好生酸澀。

想說幾句話表示安慰，卻又發現，自己平時最熟悉的，是漢軍封狼居胥，是唐軍勒石燕然，對這種國破家亡之悲，接觸太少，短時間內，也想不出什麼合適的言辭。

帳篷裡的氣氛，迅速開始變冷。那少婦顯然也意識到了自己的失態，笑了笑，從侍女手裡接過第一份切好的羊肉，連同托盤一起，雙手捧給了史笸籮，「史少郎，請品嘗。」

先前跟姜簡囉囉嗦嗦地說了一大堆，到史笸籮這邊，卻只有六個字。登時，就讓史笸籮心中好生不服。

然而，在雙手接過托盤的剎那，史笸籮迅速恢復了冷靜。果斷將托盤在空中緩緩旋轉了半圈子，然後將托盤連同上面冒著油光的羊背肉，一道遞給了姜簡，「兄弟，你先來。這裡，你年齡最小。」

赴宴之時，優先照顧長者和最幼，乃是草原各部的通用習俗。少婦看了，微笑著朝著史笸籮輕輕點頭：「史少郎長相如此好看，又如此懂得照顧人。好在是在商隊，若是在城市裡，不知道會有多少少女會為你著迷。」

「我們突厥，評論男子不說長得好看，而是夠不夠強壯。」明知道沒有任何意義，史笸籮仍舊強調了一句。然後抓起一粒葡萄乾，丟進嘴裡慢慢品嘗。

那少婦非常擅長察言觀色，聽了史笸籮的糾正，立刻明白，自己剛才冷落了對方。笑了笑，溫柔地點頭：「少郎君說得沒錯呢，男子漢，當然要強壯一些，才能保護自己的女人和族人。不過，像少郎君這樣既威武強壯，又好看的，仍舊是無論走到哪裡，都有少女追著朝你懷裡擲手帕。」

「夫人說笑了，我這身板，在草原上可算不上強壯。」史笸籮心中的不滿，轉眼煙消雲散。咽下嘴裡的葡萄乾，笑著說道。「真正的射鵰手，都會比我高出一頭。虎背熊腰，站在草地上，宛若一塊岩石。」

「少郎君年紀輕，身體還沒完全長開。待長開之後，應該也是一個射鵰手！」少婦美目輕眨，繼續低聲誇讚。

「夫人盛讚，在下真的不敢當。」史笸籮擺手表示謙虛，同時用眼角的餘光，不著痕跡地觀察姜簡的動靜。

按照他的推算，如果蘇涼包藏禍心，時間應該就在最近三天之內。所以，這三天，別人沒吃過的東西，他堅決不會放入自己的嘴裡。別人沒喝過的東西，他也堅決不會咽入自己的喉嚨。

說話間，第二份羊肉已經切好。那少婦再度將盛放羊肉的托盤雙手捧起，再度笑著遞給史笸籮：「貴客請慢用。夥計們粗手笨腳，不知道他們的廚藝，能不能合貴客口味。」

待史笸籮接過了托盤，她又拿起一把叉子，從侍女還沒裝滿的第三只托盤裡，隨便插起了一塊羊肉，優雅地放在嘴裡，慢慢品嘗：「嗯，還好，火候多少老了一些。但味道還過得去。」

待品嘗過後，她好像才意識到，自己忘了招呼客人先吃。趕緊站起來，以手撫胸，躬身告罪：「兩位貴客勿怪，剛才妾身擔心夥計的廚藝不過關，竟然吃了第一口。真是羞死人了，羞死人了。」

盛夏時節，她身上的衣服原本就非常單薄，撫胸彎腰之際，波濤洶湧。慌得姜簡趕緊把頭移開，同時起身拱手還禮，「夫人客氣了，客氣了。我們已經叨擾了太多，哪敢吹毛求疵。」

「夫人千萬不要拘束於這些虛頭巴腦的東西，否則，我們兩個反而心中不安。」史笸籮也站起身，笑著還了一個突厥禮。隨即，又低聲請求：「在下還有兩個伴當，尚未用飯。不知道夫人……」

「已經安排到旁邊的帳篷裡邊了，每人安排了一隻烤羊腿和一小袋葡萄釀。」少婦雖然唐言說得不太標準，理解力卻極強，沒等史笸籮把請求說完，就給出了讓他滿意的回應。

「如此，就多謝夫人了。」史笸籮再度躬身致謝，同時悄悄觀察少婦的臉色。確定對方吃了羊肉之後，沒任何反應，才在心中暗暗鬆了一口氣。

「應該的，兩位少郎君不必客氣。」少婦躬身還禮，又是一片波濤洶湧。「二位且用些羊肉，放久了，羊脂就凝了。」

「多謝夫人盛情。」姜簡正窘得不知道將眼睛往哪邊看，聽少婦催促用餐，趕緊順勢坐了下去，然後用樹枝做的筷子，夾起一片羊脊背肉，大快朵頤。

走了一天路，他也的確有些餓了。三口兩口，就將第一片羊肉吃進了肚子。那史笸籮的吃相，卻比他斯文得多。先用叉子將羊肉壓住，再用刀子切成小塊兒。然後，又偷偷看了他一眼，確定他也沒事，才優雅地叉了一塊肉，放在口中細嚼慢嚥。

在途中牧人手裡購買的羔羊，都是當年春天所生，肉質極為細嫩，入口即化。姜簡的家境雖然寬裕，在長安時，也不可能經常吃到如此高品質的羊肉。因此，吃起來就有些收不住，轉眼間，就幹掉了小半托盤。

「蠢貨，就不怕被毒死！」史笸籮看得偷偷皺眉，卻無法阻止姜簡。只好自己多加小心。只吃了兩三小塊兒肉，就又把手伸向了桌案上的果品。

為了便於儲存和攜帶，那些果品都經過嚴格乾製，從裡到外，幾乎都沒有半點水分。而如果有人想在乾果之中下藥，直接撒上去，肯定會留下痕跡。將藥物用水化開之後潑上去，又會令乾果膨脹變濕。所以，整張桌案上，最不可能被下藥的，就是果品。無論他吃多少，都不用擔心被毒死，或者麻翻。

少婦自己，也吃了兩片烤肉。然後又切了片蔓菁解膩。待兩位客人肚子裡，都有了羊肉墊底，才指揮侍女，將自己親手倒滿了葡萄酒的酒盞，一一放在了客人面前。然後自己也拿了一盞酒，緩緩舉過眉梢：「兩位少郎，我家老爺今晚臨時有事，不能相陪。第一盞酒，妾身就替我家老爺向兩位少郎賠罪。」「不敢，不敢，我等理應客隨主便。」姜簡手忙腳亂地舉起酒盞，紅著臉回應。

「的確，是我們給蘇涼大當家添麻煩了。豈敢再胡亂挑他的禮？」史笸籮表現得遠比他從容，緩緩舉起酒盞，在唇邊碰了碰，笑著說道。

少婦將他的舉動看在眼裡，也不勸他開懷暢飲。自己先喝了一小口，然後將目光轉向姜簡，「剛才有個問題，忘記了問姜少郎。你那同窗是女子嗎？莫非在大唐，女子也能入學堂讀書？」這個問題，可是問得實在太突兀了，頓時，姜簡就有些猝不及防。趕緊放下酒杯，連連擺手，「男的，肯定是男的。四門學向來不收女學生。」

「啊，我先前差點誤會了，把她想做你的女人呢！」少婦誇張的驚呼，緊跟著，抬手輕輕掩住自己的紅唇，兩隻美目中，流淌著一片汪洋。

與她正面相對的姜簡，心中頓時湧起了一股濕熱的衝動，慌忙低下頭，快速補充：「夫人說笑了，他的名字叫庫發，還取了個唐人的名字叫李固。年齡比我小兩歲，卻生了滿臉金色的絡腮鬍子，怎麼可能是個女子！」

「庫發，意思是山丘，的確是一個常見的波斯男子名字。」少婦玩笑開夠了，放下手，主動向他解釋，「亞爾的意思，可以是愛人，也可以是朋友。你剛才說，他費了老大力氣，只教會了你這一個詞，所以我才以為，他是一個妙齡少女。」

「啊？」姜簡目瞪口呆，真恨不得殺回長安去，將那李固揪出來痛打一頓。轉念想到，自己在教李固說唐言中的俚語之時，也教了對方不少髒話，心中也就釋然了。拱了拱手，向少婦笑著道謝，「他教我遇到波斯人都這樣打招呼。虧得夫人解惑，否則，我以後難免會出大醜。」

「妾身名字叫珊珈，也是常見的波斯女子名。少郎身份高貴，不必稱我為夫人。」少婦深深地看了他一眼，隨即，再度舉起酒盞，「姜少郎，妾身這次單獨敬你。多謝你把逃難去長安的波斯人，當做朋友。」

「逃難？」姜簡聽得滿頭霧水，隨即，就想起少婦珊珈剛剛說過，波斯國都泰西封在十一年前，被大食人摧毀這件事，趕緊收起笑容，緩緩舉杯，「夫人不必客氣。我們大唐有句古話說，有朋自遠方來，不亦樂乎？更何況，朋友相交只看品行。李固真誠、善良，待人也極有禮貌，很多同窗都願意跟他交朋友。」

「看起來，他在長安過得還不錯。」少婦珊珈顯然對遠在長安的同族很感興趣，接過姜簡的話頭繼續詢問，「長安城中，像他這樣的波斯人多嗎？他們說話和長相，都跟你們大不相同，平時會不會被人欺負？」

「不多，也就二三十戶人家。」姜簡想了想，將自己所掌握的情況如實相告，「剛開始遇到他們，大夥肯定會覺得陌生。但日子久了，就沒人在乎彼此之間的差別了。反正長安城中，還有突厥人、高句麗人、新羅人和靺鞨人，甚至，甚至還有來自幾萬里之外的拂菻人，大夥彼此之間，都能相安無事。其中很多有本事的，也像李固的父親一樣，做了大唐高官。」

這些在大唐，都是司空見慣的事實，平素姜簡也沒覺得有什麼特別。而現在，當著少婦珊珈的面說起了，心中隱約卻湧起了幾分自豪。

「那可真好。」少婦珊珈舉起酒盞，自顧喝了一大口。然後笑著命令侍女把酒盞重新倒滿，雙手舉過眉梢，「我沒想到，族人離開泰西封之後，還能在大唐過上正常日子。我這次跟著蘇涼，只到了太原和洛陽，沒機會去長安。姜少郎，容我再敬你一杯，為了你們唐人，對我同族的善待。」

說罷，不待姜簡回應，將酒盞裡的葡萄釀，一飲而盡。

「是，是別人，是朝廷，善待了他們！」姜簡不敢居功，紅著臉解釋。然而，待看到少婦珊珈手裡的空酒盞和含著淚的雙眼，又笑了笑，也將酒盞的葡萄釀，喝了個乾乾淨淨。

「姜少郎，叫我珊珈，我不是蘇涼的夫人！」酒喝得有點兒急，少婦的臉上，浮現了火焰般的潮紅。她的眼睛裡，除了淚光之外，隱約也有火焰在跳動，就像兩支正在燃燒的燈芯。

「不，不太好，在我們大唐，不能隨便喊女子姓名。」沒想到少婦醉得這麼快，姜簡頓時覺得好生尷尬。連忙側開頭，低聲表態。

「那就隨你。」少婦珊珈也不勉強，朝他笑著點了點頭。隨即，將目光轉向自己的兩名侍女，分別用波斯語和唐言低聲吩咐：「妳們兩個，再去給這邊和史少郎的隨從那邊，取兩袋葡萄酒來。跟蘇祿管事說，是我的安排。」

「恰十目！」兩名侍女不懂唐言，有用波斯語答應著小步退出了帳篷。

目送侍女們離去，少婦珊珈又倒了一杯酒，卻沒按照酒席中的常規禮節，敬向另外一位客人史笸籮，而是端著站起來，搖搖晃晃走向姜簡，「來，姜少郎，珊珈再敬你一杯。你們唐人有句勸酒詞怎麼說來著，不醉不歸，不對，是一醉方休。」

「夫人，可否喝慢一些，在下有點兒不勝酒力了。」姜簡怕她摔在自己身上，紅著臉起身相勸。卻不料，越擔心什麼，越來什麼。那珊珈腳下忽然絆了絆，一個踉蹌，就栽向了他的懷抱。

「夫人小心！」姜簡攙扶也不是，不攙扶也不是，只能快速蹲身，用肩膀撐住珊珈的肩膀，避免對方直接摔在地上。一雙胳膊，卻筆直地張開，避免跟對方的身體發生接觸。胸口處，立刻傳來一股異樣的綿軟，剎那間，讓他全身的血液都幾欲沸騰。與此同時，一個低低的聲音，卻清晰地傳進了他的耳朵，「逃，儘快。蘇涼想把你賣到大食國去做奴隸！」

「什麼？」姜簡的身體晃了晃，差點支撐不住珊珈的重量。先前史笸籮猜測蘇涼包藏禍心，他還可以認為是疑心病重。此刻珊珈的示警，總不可能仍舊是挑撥離間。然而，還沒等珊珈告訴他更多，帳篷外，已經傳來了急促的腳步聲。緊跟著，一串陌生的語言就傳進了他的耳朵，「卡奴穆珊珈，撒拉蘇涼……」

「卡拉卡木得！」珊珈的脊背瞬間像弓弦一樣繃了起來，伸手朝著姜簡的胸口推了一把，借力快速後退，同時換上了一副端莊的女主人面孔，「知道了，大管事請稍待。」後半句話，她為了讓姜簡和史笸籮兩人聽懂，刻意切換回了唐言。隨即，一轉身，快步走出了帳篷。

姜簡再也顧不上羞澀，一個箭步竄到帳篷壁旁，將耳朵貼上去傾聽。然而，聽到的，卻是幾句陌生的波斯語，他連其中任何一個單詞都弄不懂。

「珊珈夫人好像看上你了，你小子豔福不淺啊！」先前珊珈湊在姜簡耳畔示警的聲音極低，史笸籮根本沒聽見其中內容。此刻見帳篷裡只剩下了姜簡和自己兩個，立刻酸溜溜地奚落。

此時此刻，姜簡哪裡還有心情跟他扯這種無聊的話題？先將手指豎在唇邊，示意他噤聲。隨即，快速返回到座位上，低下頭，用只有彼此能夠聽見的聲音幅度說道：「別胡說，問你一件事情，如果咱們今夜就離開商隊，你有沒有辦法，在天亮之前找到地方藏起來，別讓蘇涼的人發現？」

「你想拐了她私奔？」史笸籮詫異地看了他一眼，撇著嘴追問。話音落下，又瞬間臉色大變，「她跟蘇涼不是一條心，剛才是借機向你示警！你小子，這回總該明白，你自己先前有多蠢了吧。」

「別廢話，否則我殺了你滅口！」姜簡豎起眼睛，對史笸籮低聲威脅，「後半夜，我就離開。

你如果也想走，就跟我搭個伴。如果不想跟我一起走，留下另尋機會，也隨你的便。但是，千萬不要牽連無辜！」

「當然跟你一起走，傻子才會留下。」史笸籮想都不想，就做出了決定。「我馬上通知我的隨從。一會兒回到各自的帳篷，你記得準備好兵器和乾糧。不用帶水，這個季節，草原上不會缺了水，帶足了兵器能夠自保才是正經。」

「好！」沒想到史笸籮考慮得如此仔細，姜簡愣了愣，果斷點頭。

「駝城分內外兩層，裡邊是一層柵欄，外邊是連在一起的駱駝。想翻過去，都不太難。難的是瞞過值夜的夥計和刀客，如果被他們發現了，咱們就只能強行突圍。屆時，你來斷後。」聽他答應得痛快，史笸籮想了想，繼續補充：「我，以阿史那家族的名譽發誓，如果我能成功逃出去，肯定會想辦法帶人來救你。如果你不幸被殺……」

「你真的姓阿史那？」雖然在路上有所猜測，當聽到史笸籮自報姓氏，姜簡仍舊吃了一驚。追問的話脫口而出。

「我沒必要騙你。」希望姜簡能夠死心塌地為自己斷後，史笸籮信誓旦旦地繼續補充：「如果你不幸被蘇涼殺了，我發誓，讓整個商隊為你殉葬。並且，照顧好你的家人。」

熟料，姜簡卻堅決不肯上當，搖了搖頭，低聲回應：「我不會為阿史那家族的人斷後，也不需要你和你的人為我斷後。如果需要強行突圍，咱們就各憑本事脫身。」

「你……」史笸籮氣得兩眼冒火，舉起拳頭就想靠武力來「說服」姜簡。然而，轉念又想起這一路上自己單打獨鬥，就沒從對方身上占到過任何便宜，又果斷將拳頭收了起來，咬著牙說道：「那就各憑本事脫身，過後，我絕對不會再管你。」

「我也不需要你來管。」心中剛剛對史笸籮生出的一絲好感，瞬間消失殆盡，姜簡冷笑聳肩。

「像你這種蠢貨，沒有人指點，能在草原上活過十天，我跟你姓。」史笸籮氣不打一處來，咬牙切齒地說道。

「你剛說過，這個季節，草原上不缺水。而此地距離白道川不會超過兩百里，我就是爬，十天之內也能爬回去。」姜簡根本不在乎他的威脅，冷笑著回應。

「你，你計算過回白道川的路程？」沒想到姜簡竟然跟自己不謀而合，史笸籮詫異地看了他一眼，皺著眉頭發問，「你先前不是拿蘇涼當好人嗎，怎麼連每天走多遠的路都偷偷記了下來。」

「我只是不喜歡把人往壞處想，又不是小孩子，走路不記路。」姜簡翻了翻眼皮，低聲給出答案。隨即，抓起餐刀，加速消滅盤子裡的羊肉。

無論作戰也好，趕路也罷，都需要足夠的體力。肚子空了，再厲害的英雄好漢，本事也得下降一大半兒。這是胡子曰在故事裡講過的江湖經驗，姜簡當時聽了只是覺得有趣，沒想到有一天自己居然也用得上。

「你還吃，就不怕蘇涼命人在肉裡邊下了藥。」被他氣得鼻子冒煙，史笸籮拍著桌案提醒。

「毒死咱們，對他並沒好處。而如果肉裡邊有蒙汗藥的話，怕熱，烤肉的時候，藥性就散掉了。」姜簡看了他一眼，低聲解釋。「況且先前珊珈自己先吃了第一口，擺明了就是告訴你我，肉裡邊沒有下毒。」

「你從哪知道的，蒙汗藥怕熱的？」史笸籮本能地忽略了後半句話，皺著眉頭詢問。

「跟一位前輩學的，他年輕的時候是個大俠。」姜簡一邊吃肉，一邊含混地回應，「別囉嗦了，你也趕緊吃點兒。免得一會兒真的跟人動手，餓得提不起兵器。」

「嗯！」史笸籮答應一聲，也開始用刀子切肉。內心深處，卻愈發加強了將姜簡收歸自己所用的念頭。在他看來，對方既然要混入商隊逃到塞外，想必是在中原犯了案子，有家難歸。而這種時候，自己拉對方一把，就是雪中送炭。雪中送炭的情誼，最為寶貴。將來自己的父親車鼻可汗與李世民的後人爭奪江山，自己少不得要獨自執掌一路大軍。屆時，像姜簡這樣有本事，頭腦聰明，又不被大唐所容的豪傑，將是自己最得力的臂膀。

如是想著，他就開始在心裡頭盤算，該許下什麼好處，才能讓姜簡跟自己去突厥別部。還沒等想出個頭緒，帳篷門口處，卻已經傳來了珊珈夫人的聲音：「剛才妾身臨時有事，慢待兩位貴客了。還請兩位貴客多多擔待！」

「不妨事，不妨事。我們兄弟倆只是臨時跟商隊搭伴，又不是什麼客人。哪能要求夫人您一直陪著。」史笸籮迅速坐直了身體，笑著以手撫胸。

「夫人您儘管去忙，我們兄弟倆自己照顧自己就好。」姜簡扭過頭，笑著向珊珈夫人致意。卻發現，後者手裡捧了一隻裝飾華麗的銅壺，身後，還跟上一名高鼻深目的商隊管事。

「總歸是妾身的錯。安排事情的時候，不是忘了這兒，就是忘了那兒。來，妾身親自把盞，向兩位貴客賠罪。」珊珈夫人笑著搖了搖頭，隨即，彎下腰，親手用銅壺替姜簡和史笸籮兩人把面前的酒盞添滿。

「夫人您身後這位是？」史笸籮卻不肯端酒盞，先迅速向姜簡使了個眼色，然後抬起頭來詢問。

「這位是瑞詹管事，他擔心羊肉冷了，帶著幾個夥計過來，準備將羊肉端下去重新烤一下。」珊珈夫人想了想，柔聲回應。不經意間，穿著絲鞋的腳，卻踩上姜簡的腳背，腳趾悄悄轉動。

姜簡習慣性地將人往好處想，卻不是真的腦子裡缺弦兒。既然已經知道蘇涼準備對自己不利，又感覺到了珊珈夫人用腳趾發出的暗示，豈敢再像先前一樣大吃大喝？笑著擺擺手，低聲拒絕：「不瞞夫人，我們兄弟倆，已經不勝酒力了。再喝，怕是會耽誤了明天的行程。嗝……」說著話，還裝模作樣地打了個酒嗝。

「這？卻是不肯原諒妾身了。這樣，妾身先罰自己一杯，然後再向貴客敬酒。」珊珈夫人笑面如花，低下頭，用銅壺給自己也倒了一盞酒，舉向烈焰般的紅唇，再度一飲而盡。

「莫非我領會錯了，酒裡邊沒有加料？」姜簡看得微微一愣，在心中暗道。就在此時，腳背上傳來的壓力卻突然增大，耳畔，也傳來了那位管事的聲音：「兩位貴客，難道還真的要夫人喝滿三杯嗎？你們兩位可是男子漢！」

「不敢，不敢。瑞管事說笑了，我們剛才，只是沒來得及相陪。」姜簡毫不猶豫抓起銅壺，倒在一隻空的木碗裡。隨即，端起木碗，遞向管事瑞詹，「這麼晚了，還勞您過來重新烤肉，在下心中好生過意不去。這碗酒，借花獻佛，敬您！」

「使不得，使不得！」沒想到會引火焚身，管事瑞詹趕緊側身擺手，「這，這是給貴客喝的酒，我怎麼有資格喝？」

「您是管事，怎麼就喝不得了？」史笸籮手扶桌案站起身，笑著幫腔。

「說不能喝，就不能喝。」管事瑞詹脾氣很差，抬手推開木碗，皺著眉頭勸告，「哪裡有客人向主人勸酒的規矩？兩位貴客，你們自己喝吧。我去幫你們重新烤羊肉。來人，進來幫忙！」

「恰十目！」四名夥計高聲答應，邁步進入帳篷。每個人，都生得虎背熊腰。帳篷內，立刻變得無比擁擠。那管事瑞詹看了史笸籮和姜簡一眼，皮笑肉不笑地勸告，「兩位客人不乾了杯中酒，難道還等著珊珈夫人敬你們第二次嗎？這可不是做客人的禮節。」

「沒事兒，我再來。」珊珈夫人大度擺手，用銅壺將自己的酒盞重新斟滿。嘴裡說得輕鬆，她的眼神，卻忽然變得迷離。整個人跌跌撞撞，彷佛走在了棉花上。

「夫人小心！」姜簡見狀，豈能還猜不到銅壺裡的酒有問題？趕緊裝模作樣上前攙扶，「別摔倒。你們幾個別愣著，趕緊扶夫人下去休息。」

「這……」夥計們頓時不知道該如何是好，先從姜簡手裡接過了珊珈，然後將頭轉向瑞詹，用目光向他請示下一步行動方案。

「你們倆，扶夫人下去！」管事瑞詹原本就沒什麼耐心，見珊珈這邊已經漏了餡兒，索性也不再裝。板起臉，高聲用波斯語吩咐，「你們兩個，餵客人喝酒。」

「是！」四名夥計齊聲用波斯語回應，其中二人立刻扶著珊珈夫人退向帳外，另外兩人，則獰笑著撲向了姜簡和史笸籮。

本以為，用不了吹灰之力，就能將兩個少年郎拿下。卻不料，耳畔忽然傳來了一聲慘叫，「啊……」，緊跟著，眼前就失去了兩位少年的蹤影。

定神細看，只見管事瑞詹，被那個漢家少年壓著腿彎，長跪於地。而另外一位突厥少年，手裡卻不知道什麼時候，抓起了切羊肉的短刀。銳利的刀刃，此刻正壓在他的脖子上。

第十七章　魔高一丈

「退後，否則，就殺了他！」兩個少年像事先演練過無數遍一般，配合得無比默契，甚至連威脅的話，都異口同聲。

「別管我，殺了他們。殺……啊！」幾個彈指之前還把兩位少年當成待宰羔羊，轉眼卻被羔羊按倒於地，管事瑞詹的臉往哪擱？一邊掙扎，一邊聲嘶力竭地命令。

才叫了一半兒，他的聲音戛然而止，鮮血沿著壓在脖頸處的刀刃邊緣，淋漓而下。卻是史笸籮恨他氣焰囂張，用短刀在他脖子上抹了小半圈兒。

那餐桌上用來切羊肉的短刀，雖然不以鋒利著稱。這一抹，也切入了他脖頸兩分有餘。再深一分，就能直接割破他的動脈。

心中的羞惱瞬間被恐懼所取代，管事瑞詹張著大嘴，喉嚨裡卻不敢再發出任何聲音。兩名原本打算衝上來救他的夥計，也被史笸籮的狠辣給嚇了一大跳。果斷停住腳步，連連擺手，「別，別殺。

有話，有話好說。」

「別，別殺！他死了，你們也死。」另外兩名夥計扶著珊珈夫人已經退到了帳篷門口，也趕緊停住腳步，啞著嗓子威脅。

他們的唐言說得非常蹩腳，但意思卻基本表達清楚了。史笸籮聞聽，立刻抬手指向桌案上的銅壺，「不殺他，可以，你們四個，每人過來喝一碗酒！」

「卡和好施，米考娜姆杜吧……」四名夥計沒聽懂他後半句話，或者聽懂了卻故意裝作沒懂。揮舞著手臂，在原地發出一連串鳥語。

「讓他們過來喝酒，別耍花樣，否則，先挖了你一隻眼睛。」姜簡將擋在管事瑞詹背後的左手也亮了出來，沿著管事瑞詹額頭，緩緩滑向此人的右眼。寒光隨著他的動作閃爍，史笸籮愕然扭頭，這才發現，姜簡手中拿的是另外一把割肉刀。而這把刀子，先前一直頂著管事瑞詹的後心窩。

朝著姜簡投了一個會心的笑容，史笸籮手腕稍稍加力，沉聲命令：「讓他們按照我的話去做，否則，就把你變成瞎子。看看蘇涼會不會照顧你下半生。」最後一句話，可是打在了毒蛇的七寸上。

這年頭，行走於絲綢之路上的商隊，幾乎沒有一支手上沒沾過人血。為了追求高額利潤，商隊會想方設法鑽各國的法律空子，甚至直接將各國的法律視作無物。而商隊的頭領，往往還是整個商隊之中最狡猾的商人、最瘋狂的冒險家和最兇殘的匪徒。

那蘇涼為了賺錢，連綁架販賣大唐和草原各部年輕人為奴隸的惡行，都做得毫無愧疚。怎麼可能給一個瞎了眼睛的同夥養老送終？能堅持把瞎了眼睛的後者帶回泰西封，再踢出商隊，已經是念了舊情。如果不念舊情的話，通常的情況下，他會直接在半路上將後者殺掉埋在沙漠裡，再將原本屬於後者的分紅吃乾抹淨。

當即，管事瑞詹的抵抗意志，就被碾了個粉碎。一邊拱起雙手求饒，一邊高聲叫嚷，「別挖，別挖，我說，我說。你們四個，趕緊過來喝酒！」喊罷，他又用波斯語再度重複，唯恐夥計們動作慢了，拖累自己失去了眼睛。

「把珊珈夫人扶進來，放在地上，給我們當人質。」姜簡微微皺眉，愣著臉補充。

「把珊珈夫人扶進來，放在這位少郎腳下。」瑞詹不知道姜簡是在為珊珈開脫，本著拖人下水做替死鬼的念頭，先用唐言叫嚷，再用波斯語重申。

四名夥計無法再用不懂唐言為藉口拖時間，只好先將已經昏睡過去的珊珈攙扶進來，橫放在地上。然後滿臉不情願地走向餐桌，抓起銅壺分酒。

用眼神向史笸籮打了個招呼，姜簡將已經澈底失去抵抗意志的瑞詹交給他一個人看押，自己則快速蹲下身，用短刀指向珊珈夫人，同時惡聲惡氣地威脅，「快點兒，別磨磨蹭蹭。否則，我割了珊珈夫人的鼻子，看蘇涼會不會放過你們。」

比起管事瑞詹的眼睛，珊珈夫人的鼻子顯然更重要一些。四名夥計齊齊打了個哆嗦，趕緊加快動作，將銅壺裡的葡萄釀倒進碗裡，輪流一口悶下。待酒水進了肚子，四人緊繃的精神，瞬間就是一鬆。旋即，臉上相繼露出了釋然的表情。

銅壺內的葡萄釀，摻了麻藥。這點，他們四個心知肚明。既然是麻藥，肯定不會要了他們的性命，只是會讓他們睡上一整夜，第二天仍舊渾身上下提不起多少力氣而已。

如果他們四人不喝，接下來，無論管事瑞詹還是珊珈夫人，被「貴客」割傷，他們都逃不脫一場嚴厲處罰。而喝了下了藥的酒，昏迷不醒，接下來再發生任何事情，都跟他們徹底沒了關係！

「看好他，別讓他耍花樣！」見四名夥計喝了銅壺中的葡萄釀後，相繼軟倒在地。姜簡先不著痕跡地用手指感覺了一下珊珈的呼吸，然後迅速收起短刀，向史笸籮吩咐。

「放心，他敢造次，我就抹斷他的喉管。」史笸籮答應得毫不猶豫，話音落下，才忽然意識到，自己居然在聽別人指揮，又皺起眉頭找補，「你過來看著他。我去找史金和史銀，咱們人越多，越容易殺出去。」

「瑞管事帶人給咱們下毒，會放過你的那兩個隨從？」姜簡回頭撇了史笸籮一眼，毫不客氣地回應，「我去搜夥計的身，拿了他們的兵器自用。」

「除了掛在腰間的兵器，他們的靴子裡頭，應該還藏著匕首。」史笸籮皺了皺眉，沉著臉提醒。「快點兒，一會來了其他人，更麻煩。」

說罷，握著餐刀的手再度加力，「把你靴子裡的匕首掏出來放在地上。快點兒。別逼小爺發火。」

「我掏，我這就掏。輕點，輕點兒，疼！」管事瑞詹心中發苦，連聲答應著將手伸進靴子裡，拔出藏在裡邊的短匕。從頭到尾，不敢做任何冒險的嘗試。

他算是看出來了，那個姓姜的少年雖然聰明機變，心腸卻未失柔軟。而站在自己身邊這個突厥少年史笸籮，卻是個真敢下黑手的。若是自己玩花樣被此人發現，脖子上的血管，立刻就會被抹為兩段。

「蘇涼抽了什麼瘋，居然想把這兩人綁了去賣給大食人？」下一個瞬間，瑞詹心中又敲起了小鼓，「即便今晚成功拿下了他們，他們在路上也不會任人宰割。弄不好，整個商隊都要為此付出巨大的代價，甚至賠個血本無歸！」

正鬱悶之際，姜簡已經搜完了四名夥計的身，果然除了佩戴腰間的短劍，藏在靴子裡的匕首之外，還找到了六支飛鏢。鏢鋒呈難看的黑灰色，隱約還帶著一股子怪異的味道。讓人聞到之後，胃腸就一陣翻滾。

「小心，別碰那飛鏢的頭，上面塗了斷腸草。」史笸籮被嚇了一跳，立刻出言提醒。隨即，又快速補充。「毒鏢和匕首一人一半兒。劍一人拿一把就夠，那東西粗製濫造，多了反而累贅。咱們押著瑞總管先離開駝城，如果沿途遇到夥計和刀客，就拿此人做擋箭牌！」

「好！」姜簡答應得非常痛快，根本不在乎誰指揮誰。

史笸籮忽然意識到自己先前的某些舉止太孩子氣了。於是乎，皺了皺眉，又快速補充道：「你把夥計的腰帶解下來，把瑞管事綁了。然後再把夥計的衣服割成披風給他披上。這樣，咱們兩個一混出去。」

左一右劫持著他走，旁人就看不出端倪了。若是運氣好的話，說不定，能夠順順利利從駝城的正門

「好！」聽史筥籮的話有道理，姜簡答應一聲，立刻伸手去解夥計們的褲帶和衣服。三下五除

二，就按照史筥籮的指點，將瑞詹管事給綁了個結結實實。

外面的天色，已經完全黑了下來。兄弟兩個押著管事瑞詹，快速出了帳篷，借著夜幕的掩護，

直奔駝城的西門。

途中史筥籮不甘心，還從瑞管事嘴裡問了自家兩個隨從所在的偏帳，並悄悄向那邊掃了兩眼。

結果，卻赫然發現，史金、史銀兄弟倆，已經被人綁得像豬一樣，從偏帳內拖了出來。

「該死！」他不敢再心存僥倖，低聲罵了一句，用毒鏢頂著管事瑞詹的後心，逼對方老老實實

帶路。如果膽敢輕舉妄動，就立刻讓對方嘗嘗毒氣入體的滋味。

那管事瑞詹怕死，表現得極為配合，非但沒有趁機呼救，反而主動帶著他們繞開了駝城中人多

熱鬧的區域，專撿著人少陰暗位置走。途中有幾次遇到了巡邏的夥計，還主動打招呼為姜簡和史筥

籮兩人做掩飾。

如此七拐八拐，不多時，三人就來到了駝城的西門附近。正準備加快腳步溜出去，卻愕然發現，

有兩匹高大的駱駝，用繩子拖著兩大串活人，緩緩走了進來。

那些人數量在一百出頭，雙手上都鎖著鐵鍊，兩腳之間則捆著一根黑呼呼的繩子。兩根粗大的

牛皮繩索，將鐵鍊穿在一起，繫在隊伍前面的駝峰上。駝峰之間，則各自端坐著一名身穿灰色斗篷的傢伙，手中的皮鞭揮舞得啪啪作響。

「走快些，走快些，別磨磨蹭蹭，免得吃鞭子！」在隊伍左右兩側，還各有五六名騎著黑色高頭大馬，身披灰色斗篷的傢伙，揮舞著馬鞭厲聲威脅。彷彿被鎖著雙手的人根本不是他們的同類，而是會直立行走的牲口一般。

那些被鎖著雙手的人，都被黑布蒙了頭，根本看不見路，只能認命地被牛皮繩索牽著踉蹌前行。偶爾有人步子邁得太大，立刻被腳腕上的繩索絆得跌跌撞撞。

騎在馬上的灰斗篷們見狀，非但不讓同夥放緩速度，給即將跌倒的人時間重新站穩身體。反而將手裡的馬鞭，劈頭蓋臉地朝著此人抽將過去，頃刻間，就將後者抽得栽倒於地，淒聲慘叫。

「行了，別抽了。身上留了傷疤，就賣不上好價錢了。」終於有商隊的管事開口阻止，卻不是因為對倒地者心生憐憫，而是擔心影響力自家收益。

「那就直接宰了拉倒，殺一儆百。」灰袍子收起皮鞭，冷笑著回應。「大不了，老子再替你去抓一個補上。從這裡一路到天山腳下，獵物多得是。」

「那不是還得耽誤功夫嗎？」商隊管事笑著回了一句，隨即，吩咐駱駝停住腳步。又派出兩名夥計上前，將挨鞭子者扶了起來。

隊伍立刻停止了前進，所有被黑布蒙頭，手戴鐵鍊的人，站在原地，茫然不知所措。

正驚疑不定之際，那管事忽然清了清嗓子，朝著他們高聲宣佈：「爾等聽好了，蘇涼商隊見你們可憐，才出錢買下了爾等。如果有誰想回家，路上儘管托人給家裡捎信來贖。只要他的家人還清了商隊支付的錢財和利息，就可以將他帶走。我們大當家說話算話，絕不阻攔。」

「真的？」「多謝恩公！」「我家距離這只有四天路程。我這就可以寫信讓爺娘來贖。」黑布之下，立刻響起了亂哄哄的聲音。有男有女，聽起來，說話者的年齡都不是很大，應該與史笸籮和姜簡相仿。

「不過，若是有誰膽敢半路逃走。哼哼，就別怪商隊手狠。」那管事沒有對「貨物」們的話，做任何回應，而是冷笑著繼續宣佈，「只要被抓回來，立刻綁在馬背上拖出十里再說！」

黑布之下，聲音戛然而止。所有手戴鐵鍊者，都不寒而慄。

拖刑是草原各部落，對罪大惡極的人才會施加的處罰。將人的手綁在馬鞍後，高速拖著跑。甭說十里，十步之內，受罰者就會因為跟不上馬的速度而倒地。隨後，不超過三里，整個人就會被地面上的石頭、草根和沙礫，活活磨成一層皮。

「這一路上，吃，喝，都不會缺了你們的。若是有人生了病，老夫也會讓商隊裡的郎中，盡心地給他治療。」那管事要的就是這種威懾效果，頓了頓，再度補充，「要求只有一個，令行禁止。商隊往返萬里，所求不過是錢財，不是人命。從馬賊手裡買下你們，為的也是給你們找一條生路。到了波斯那邊，如果有好人家接手，你們的日子不會過得太差。說不定，還能聯繫上家人來接。如果死在了半路上，就成了孤魂野鬼，家裡人都沒法給你們收屍！」

黑布之下，有抽泣聲響起。卻不敢哭得太大聲，唯恐惹惱了商販和馬賊，死無葬身之地。

「好了，全部帶進駝城裡去，按照貨色等級分頭安置。」管事宣佈完了規矩，一擺手，沉聲吩咐。夥計們答應著上前，拉住駱駝的韁繩，將整個隊伍「牽」入駝城。城門附近，則有兩隊全副武裝的刀客，繼續嚴陣以待。哪怕門外，除了那些灰斗篷，再也看不到任何人影。

「這邊人多，咱們換個門走！」站在陰暗處等了片刻，遲遲等不到駝城西門附近的人離去。姜簡擔心夜長夢多，用匕首頂了頂管事瑞詹，小聲命令。

「只有，只有兩個門，一西，一東。東邊那個，要橫穿整個駝城。」瑞詹管事不敢怠慢，用蚊蚋般的聲音解釋。

「讓你換，你就換，別囉嗦！」史笸籮眉頭一皺，低聲呵斥。

「哎，哎，兩位少郎跟我來！」正所謂惡人自有惡人磨，瑞詹敢跟姜簡解釋，卻不敢招惹史笸籮，連聲答應著轉身就走。

史笸籮和姜簡互相看了看，快步跟上。然後押著管事瑞詹，再度七拐八拐，專撿陰暗人少之處而行。這一次，竟然順利得出奇，沒有遇到任何阻礙，就來到了駝城東門。

臨時搭建的東門口，有四名刀客正在抱著兵器打盹兒。先被腳步聲驚醒，又看到是管事瑞詹，連忙陪著笑臉上前迎接，「瑞管事，您老真是辛苦。這大半夜的，都不休息，還得四處查崗。」

「瑞詹管事，您這是去哪？小的剛才在外邊採了一些乾枝梅注二十二，正準備給您送過去。」

姜簡和史笸籮兩人，不約而同地加大了手上的力度。感覺到背後的毒鏢和匕首，瑞詹果斷板起臉，高聲吩咐：「別廢話，開門，老子有事情需要出去。」「哎，哎，這就開，您老稍等，稍等！」刀客熱臉貼了冷屁股，卻不敢惱怒，連聲答應著，搬開了充當東門的木柵欄。

「嗯……」管事瑞詹鼻孔裡發出一聲滿意的讚許，仰著頭，倒背著手，在姜簡和史笸籮的「伺候」下，不慌不忙走出門外。

一口氣走出了兩里路，待回頭已經看不見駝城的輪廓，他才在一片齊腰高的乾枝葉梅旁停下腳步，低聲請求：「兩位少郎，小的只能送兩位到這裡了。如果小的一直不回去，蘇涼大當家那邊肯定會起疑心。萬一他派人來追，反倒不利於兩位脫身。」

「放心，我們言而有信，不像你們這幫傢伙，明明簽了合同，卻還想把我們賣做奴隸。」史笸籮撇著嘴回應了一句，快速收起了毒鏢。

他沒有用目光詢問姜簡的意見，卻相信，對方跟自己一樣信守承諾。而事實也正如他的判斷，就在他收起毒鏢的同時，姜簡也默默地將匕首插回了自己的腰帶之下。

二人互相看了看，都在彼此的眼睛裡，看到了幾分僥倖。若不是今晚珊珈夫人及時示警，兄弟倆恐怕接下來，也要頭蒙黑布，被人繩捆索綁一路拖去異國他鄉當成貨物販賣，直到死去，也無法再回到故鄉。

然而，還沒等史笸籮和姜簡二人鬆一口氣，雙手還被反綁於背後的瑞詹管事，忽然拔腿向前狂奔。緊跟著，就有四十多條身影，自乾枝梅叢中竄了出來。手提鋼刀，將兄弟倆的前後左右，圍了個水洩不通。

注二十二、乾枝梅：又名補血草。草原上常見植物，花開不敗，兼有觀賞和補血功能。

第十八章 插翅難逃

「殺出去！」「這邊！」史笸籮和姜簡同時大叫，用詞不一樣，選擇卻毫無差別。飛鏢和匕首脫手而出，齊齊射向瑞詹。緊跟著，史笸籮和姜簡二人拔劍前衝，直奔擋在前方的幾個身穿灰斗篷的身影。

飛鏢落空，匕首扎在了瑞詹的後背上，深入盈寸，卻不足以致命。管事瑞詹嚇得亡魂大冒，慘叫著倒地，恰好擋住了一名「灰斗篷」的腳步。

那名灰斗篷，對他是死是活毫不在意，踩著他的腦袋繼續前衝，手中鋼刀快得如同一道閃電。

「噹啷！」姜簡及時地舉起短劍，將鋼刀撩偏。緊跟著翻腕揮臂，就來了一記斜抽，以短劍的劍刃為鞭子，狠狠抽向了灰斗篷的脖頸。這一招名為反腕割麥，並非傳自四門學的正統武科，而是胡子曰私下教授。

當初姜簡磨了胡子曰半個月時間，又以四桶西域葡萄美酒為代價，才讓胡子曰把這招傳給了自

己。因此平時練得格外認真。情急之時，根本不用腦子想，自然而然的就使了出來。

那名「灰斗篷」沒想到姜簡的反擊如此犀利，口中發出一聲驚呼，果斷側身斜竄。鋒利劍刃貼著他的左胳膊急掠而過，帶起一串殷紅色的血珠。

「啊！」那灰斗篷疼得低聲尖叫，連蹦帶跳地躲向一旁。姜簡沒興趣尾隨追殺，左腳落地為軸，身體快速左轉，右手中短劍借著旋轉之勢，迅速又來了一記直刺。

第二名灰斗篷剛好衝到他的身體左側，慌忙舉刀招架。好不容易擋住了他的側擊，正面處，史笸籮已經咆哮著衝到，劍鋒如同毒蛇吐信，狠狠捅向此人的小腹。

「啊！」那灰斗篷嚇得魂飛天外，雙腳交替橫挪，好不容易才躲開了史笸籮的必殺一擊。卻不小心跟第三名「灰斗篷」撞在了一處，同時摔成了滾地葫蘆。包圍圈立刻出現了缺口，姜簡和史笸籮潰圍而出。二人不管來自身後和側翼的灰斗篷們，撒開雙腿，以盡可能快的速度亡命狂奔。一口氣跑出了六七八百步，眼看著就要將灰斗篷們越甩越遠，身體左右兩側，卻又傳來了急促的馬蹄聲，「的的，的的，的的的的……」

兩肺處彷彿有火焰在燒，嘴裡發出來的呼吸，也變得又短又急。手中短劍迅速變沉，兩條腿也開始發痠，從小腿肚子，一直痠到大腿根兒。

姜簡知道，自己繼續跑下去，等戰馬追到近前之時，連招架的力氣都不會剩下。把心一橫，斷然改變方向，直奔夜幕下的一棵孤零零的大樹。同時，高聲向史笸籮吩咐：「繼續跑，我斷後。別忘了你的承諾！」

「你要幹什麼？」沒想到才認識了幾天，相處還不算愉快的姜簡，竟然在關鍵時刻，把活下去的機會留給了自己。史笸籮不敢相信自己的耳朵和眼睛，雙腿也本能地跟向對方。

「跑，快跑，別跟過來，你這個蠢驢！」姜簡氣得破口大罵，一邊揮舞著短劍示意對方趕緊趁機逃命，一邊高聲吩咐：「跑到他們看不見的地方，找個草叢躲起來，日後尋找機會給我報仇！」

「我，我……」眼淚立刻從史笸籮的眼睛裡奪眶而出，抬手抹了一把，他毅然轉頭，把自己與姜簡之間的距離，越拉越遠。

「來，戰，沒臉見人的灰耗子們！爺爺等你們前來受死！」將脊背靠向大樹，姜簡停住腳步，劍指策馬追來的所有灰斗篷，破口大罵。

帶隊的灰斗篷首領，正是自稱特勤的馬賊頭子阿波那，聽到姜簡的邀戰，立刻調整方向，策動坐騎向他直撲而至。手中大橫刀借著戰馬前衝的速度，奮力側劈。

「呼……」刀刃破空，夾著風聲劈向姜簡的肩膀。後者想都不想，雙腳發力，左手勾住一根橫伸出來的斷樹枝，奮力轉身。整個人像樹葉般，貼著樹幹飛起，輕飄飄地落在了樹的另外一側。

「嗯？」馬賊頭子阿波那一刀劈空，驚詫地皺眉，隨即被戰馬帶著遠離大樹。跟著他一道衝過來的嘍囉在樹前方看不到姜簡的身影，遲疑著拉緊戰馬的韁繩。還沒等他胯下的坐騎停穩，姜簡已經借著夜幕的掩護，鬼魅般來到了他的身後，一劍正中他的後心。

「噹啷！」劍鋒被藏在斗篷下的護背鐵板擋住，徒勞無功。那嘍囉的身體，無法繼續在馬鞍上坐穩，被姜簡手中的短劍，直接給推下了馬背。

第二名嘍囉策馬追至，將一切看得清楚，大叫著揮刀砍向姜簡的腦袋。後者果斷下蹲挪步，電光石火間，將自己藏到了第一名嘍囉的馬腹之下。緊跟著，揮動短劍，狠狠斬向了衝過來的馬腿。

短劍乃是阿拉伯制式的，長度與唐刀彷彿，劍身厚度卻遠超過唐刀，劍刃也遠不如唐刀鋒利。與其說是斬，不如說是砸。

眼前的馬腿，齊著膝蓋被砸折。可憐的戰馬收不住身體，轟的一聲摔出了半丈遠，將背上的主人摔成了滾地葫蘆。不待第三名嘍囉殺至，姜簡鑽出自己躲藏的馬腹，飛身躍上馬鞍。雙腿猛地一夾馬肚子，催動坐騎奪路而逃。

「小子找死！」第三名嘍囉策馬咬住姜簡的背影，緊追不捨。手中唐刀，瞄著姜簡的後心窩處畫影。

他是策馬飛奔而至，姜簡剛剛搶到手的坐騎，卻需要重新加速。眼看著，唐刀就要借著馬速，刺進姜簡的後心窩。姜簡的身體卻向側面一歪，忽然消失不見。

第三名嘍囉來不及變招，被自家坐騎帶著從右側超過姜簡。已經墜到戰馬左側的姜簡，左腿和腰桿同時發力，瞬間又返回了馬鞍之上。右手中的短劍當作菜刀，狠狠剁向了嘍囉的左肩。

「啊——」那名嘍囉嘴裡發出一聲驚呼，慌忙招架。唐刀與短劍相撞，濺出一串火星，隨即，脫手而出。

姜簡迅速將短劍下壓，刺向嘍囉的肋骨。

那嘍囉背後有護背板，前胸有護心鏡，肋下卻只有一層皮甲。頓時，被嚇得主動側墜身體，也來了一個鐙裡藏身。

姜簡一劍刺空，立刻改刺為剁。趁著雙方之間的距離沒有拉開，狠狠剁在了對方的馬屁股上。戰馬吃痛，帶著第三名嘍囉逃得不知去向。身邊瞬間一空，再也沒有第四名嘍囉。姜簡氣喘如牛，扭頭尋找史笸籮的蹤影，還沒等看清楚對方是否逃出生天，耳畔處，已經又傳來了阿波那的聲音，「小子，你的騎術和刀術是跟誰學的，報上你師父的名號來！」

「師父！」姜簡將目光轉向拔馬而回的阿波那，嚴陣以待，「我沒師父，教我本事的人很多。騎術學自我姐夫韓華，刀術學自長安大俠胡子曰。」

「長安大俠胡子曰？沒聽說過！」阿波那搖搖頭，聲音裡透出了明顯的失望。隨即，刀指姜簡，高聲命令，「下馬投降，我押你回去，可以饒你不死！匈奴劉氏的子孫，言出必踐！」

「下馬投降，我押你回白道川，可以在李素立大總管面前求情，饒你不死！」姜簡一邊努力調整呼吸，一邊用同樣話回應，「大唐男兒，不拿瞎話糊弄你！」

「小子找死！」阿波那被氣得七竅生煙，大罵著催動坐騎加速，揮刀直取姜簡的脖頸。

「賊頭不要臉，冒認祖宗。」姜簡一邊還嘴，一邊催動坐騎迎戰。

雙方之間距離轉眼拉到五尺之內，橫刀與短劍多次相撞，火花四射。緊跟著，雙方距離再度拉開，各自緊握著兵器，調整呼吸。

沒等一回合結束，姜簡就知道自己不是阿波那對手。經驗不如對方，力氣比後者也相差了一大截，阿拉伯短劍還有累贅的護鍔，只適合單手揮動。

不敢撥轉坐騎，再打第二個回合。他果斷用雙腿夾緊馬腹，同時將頭貼向戰馬脖頸。胯下的坐騎受到刺激，嘴裡發出一聲咆哮，撒開四蹄，逃了個風馳電掣。他的騎術不錯，選擇也足夠果斷。然而，棋差一招。

阿波那撥轉坐騎殺回，見他不戰而逃。立刻騰出手指，塞進了嘴裡，奮力吹響，「吱……」悠長的哨聲，瞬間傳入了所有人和馬的耳朵。姜簡胯下的坐騎猛然減速，隨即，高高地揚起了前蹄。

「啊！」姜簡猝不及防，被直接摔到了草地上，眼前金星亂冒。

待他掙扎著從地上爬起身，阿波那已經策馬追到了近前。右手猛地拋出一根套馬索，將他連肩膀帶手臂，套了個結結實實。

剎那間，又有兩名嘍囉追至，跳下坐騎，不由分說，把姜簡撲倒在地，捆了個四馬倒攢蹄。

「好在送走了史笸籮！」姜簡渾身上下，無處不疼。沒有力氣掙扎，趴在地上，於心中自我安慰。

然而，下一個瞬間，史笸籮聲音，卻已經從他頭頂方向傳了過來，「阿波那，你送我回金微山北的金鵰川，蘇涼許諾給你的賞金，我加四倍。我伯父是突厥大可汗頡利，我以阿史那家族的名義發誓。你送我回去，你和你麾下弟兄，以後再也不用做馬賊。」

姜簡艱難地抬頭看去，只見史笸籮也被捆成了待宰羊羔。幾個嘍囉用戰馬馱著他，獻到了阿波那面前。

第十九章 生死一線

「那邊，那邊有一條河，我不識水性！」忽然看見了被捆成一團的姜簡，史笸籮頓時愧疚得無地自容，紅著臉，期期艾艾地解釋。

「沒事，一會兒見了蘇涼，咱們再跟他談談。他抓咱們，不過是想賣個好價錢。」事到如今，姜簡也不能責怪史笸籮運氣差，艱難地給了對方一個笑臉，低聲安慰。

「我跟他談花錢自贖。無論他開價多少，我都答應他。包括你那份！」史笸籮立刻又來了精神，自己給自己打氣兒。隨即，又快速將目光轉向阿波那，繼續高聲誘惑，「阿波那，你想做特勤，其實很簡單。在草原上，阿史那家族想扶一個部落起來，只是舉手之勞。送我回金鵰川，你甭說做特勤，做埃斤都輕而易舉。」

「閉嘴！頡利可汗都被抓到長安多少年了，你打著他的名號能糊弄誰？」阿波那卻遠不像表面那樣粗線條，抬起手，乾脆俐落地給了史笸籮一巴掌。

「我伯父的確是頡利可汗，他雖然去了長安為官。可我阿史那家族，在草原上的仍舊說一不二。」史笸籮連躲都沒法躲，卻不洩氣，扯開嗓子繼續高聲叫嚷。「你怎麼也不可能做一輩子馬賊？你自己願意，你麾下的弟兄，老了總得有個歸宿吧！我阿史那家族……」

「去你娘的阿史那家族！」阿波那抬手又是一巴掌，不怒反笑，「老子是大漢光文皇帝的嫡系血裔，用得著你阿史那家族來扶？我們劉氏執掌草原的時候，你阿史那家族，還是一群打鐵的奴隸。」

「你！」史笸籮澈底說不出話來了。並非因為怕挨打，而是羞惱。

姜簡在一旁，則恍然大悟，隨即，苦笑連連。他先前就很奇怪，為何阿波那自稱匈奴劉氏。原來，原因在此。三百九十多年前，匈奴單于冒頓的後人劉淵，趁著中原內亂，建立了後漢。然後又效仿光武皇帝劉秀，自稱光文。

而劉淵之所以姓劉，則還要回溯到大漢高祖皇帝劉邦。此人在立國之初，迫於形勢，將一位宮女認作宗室之女，嫁給了匈奴大單于冒頓，並與冒頓約為兄弟。

「你笑什麼，老子說錯了嗎？」阿波那非常敏感，察覺到了姜簡臉上那一閃而逝的苦笑，立刻誤以為他在嘲笑自己，迅速蹲下身，與姜簡近距離四目相對，「你問問他，突厥兩個字，是不是來自鐵盔？他阿史那家族的祖先，是不是一群鐵匠？更何況，草原上向來一狼死，一狼立，他頡利可汗敗了，自然輪到新的狼王登場，哪還有阿史那家族什麼事情？」

姜簡沒力氣反駁，也沒興趣跟他爭論。索性閉上了眼睛，權當他在自說自話。然而，在內心深處，卻不由自主想起了一件事，大唐皇帝陛下纏綿病榻。那車鼻可汗，最初未必不是真心想要歸附。但是，在安調遮和自家姐夫韓華兩人帶著使團抵達漠北之際，大唐皇帝，草原各部公認的天可汗病重的消息，也傳了過去。

草原上的規矩，向來是一狼死，一狼立。

大唐皇帝臥病在床，當然讓無數野心勃勃的人都看到了機會。車鼻可汗只是第一個跳出來的而已。

「來人，把他也給抬到馬背上。咱們帶著他們兩個，去向蘇涼討要這一趟的報酬！」見姜簡不肯接自己茬，阿波那立刻認為已經將他駁斥得理屈詞窮。得意洋洋地站起身，高聲吩咐。

自有身穿灰斗篷的嘍囉上前，將姜簡抬起來，綁在了馬背上。眾馬賊由阿波那帶領，理直氣壯地返回駝城，向商隊首領蘇涼討要報酬。

對他們來說，綁票也好，抓人也好，都是生意。比起接受阿史那家族的扶持，無疑更有排面兒。

「你們兩個小兔崽子，這回終於又落到了老子手裡！」商隊管事瑞詹，已經搶先一步被送回了駝城，包紮好了屁股上的刀傷。看到姜簡和史笸籮像待宰羔羊一般被捆著送到了蘇涼面前，心中的羞惱立刻無法遏制。從灰斗篷嘍囉手裡搶過一支皮鞭，劈頭蓋臉朝著兩個少年抽去，轉眼間，鞭梢處就見了血。

「啊……啊……」史笸籮被抽得厲聲慘叫，卻不服氣。趁著瑞詹將發洩目標轉為姜簡的當口，忽然扯開嗓子高喊：「老王八蛋，有種你就殺了我。否則，早晚一天，老子會讓你付出代價。」

不等瑞詹將鞭子抽過來，他繼續扯著嗓子高呼：「大夥聽著，我是阿史那家族的沙缽羅。有誰把今天的事情告訴我的同族，都可以兌現二十兩黃金。阿史那家族有諾必踐，啊……，哪怕我死了，也不賴帳。啊……」最後兩句，他是頂著瑞詹的鞭子喊的。中間夾著慘叫，聽起來格外淒厲。

那管事瑞詹，想要讓他閉嘴，已經來不及。又怒又怕，將皮鞭高高地舉起來，朝著他的身上加力狠抽。

姜簡不忍看到史笸籮被人活活抽死，把心一橫，乾脆也扯開朝著周圍所有人高呼：「大夥聽著，我姓姜，我父親是大唐左衛大將軍。有誰把今天的事情，帶回白道川。無論何時，我家人必有重謝！」

「小兔崽子找死！」管事瑞詹聞聽，頓時惡向膽邊生。丟下皮鞭，伸手去搶一個商隊夥計的短劍。

商隊之中有來自波斯的夥計，有沿途雇傭的刀客，他無法保證每個人都能守口如瓶。而如果有人真的貪圖錢財，將他今日所作所為，講述給阿史那家族或者大唐的將領。除非他躲回波斯永遠不再來東方，否則，早晚會遭到血腥報復。

「噹啷！」朝著姜簡脖頸刺去的短劍，被一把大唐刀磕飛。馬賊頭子阿波那右手持刀，左手將管事瑞詹推了個趔趄，「瑞詹，你這是什麼意思？老子還沒交貨呢？你想殺他滅口，總也得蘇涼給老子先結了賬！」

說罷，又用刀尖指指面色鐵青的蘇涼，高聲要求：「趕緊結帳，老子把人交給你之後，你愛怎麼處置怎麼處置。奶奶的，早知道你膽子這麼大，老子才不蹚倘這坑渾水！」

第二十章 狼子野心

「瑞詹，帶人去取二十匹絲綢，交給阿波那特勤！」蘇涼的眉頭迅速跳了跳，卻強壓怒氣，沉聲吩咐。

當著這麼多人的面兒，用刀尖兒指著他的鼻子，絕對是不可饒恕的冒犯。然而，在事先沒做好充足準備的情況下，雙方火併，商隊未必能占得了上風。「放心！我和我的弟兄，不會幫他們帶話。阿史那家族，跟我有不共戴天之仇！大唐官兵，也恨不得將我碎屍萬段。」阿波那也不想跟自己的大主顧斷了聯繫，收起刀，高聲承諾。他行事心黑手辣，性子桀驁不馴，說話卻向來講究信用。商隊大當家蘇涼聽了，臉上的表情立刻輕鬆了許多。抬手撫胸，微微躬身，「多謝阿波那特勤出手相助，瑞詹剛才氣暈了頭，做事有失妥當，還請特勤見諒。」

「老子只管一手交錢一手交貨，不在乎這些。」阿波那不耐煩地擺擺手，高聲著回應，「另外，下次再有這種事情，麻煩你先打聽清楚了對方的身份再找老子出手。否則，別怪老子事後要你加

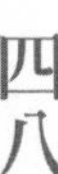

錢。」

「那是自然，阿波那特勤放心。不會再有下一次。」蘇涼站直了身體，頃刻之間，臉上的陰雲已經散盡，代之的是人畜無害的笑容。

「蘇涼，放了我們，我把貨物全都給你，再給你打一張二百兩白銀的欠條。另外，今晚的事情，全當沒發生過。否則……」見他的目光似乎掃向了自己，史笸籮趕緊高聲商量。

「閉嘴！你現在沒資格跟老夫討價還價！」不待他把話說完，蘇涼就厲聲打斷。緊跟著就將面孔轉向了身邊的夥計，「把他們倆上了鐐銬，跟今天的那幾個上等貨鎖在一起。從現在起，只給他們水喝，不准給他們吃任何食物。三天之後，老夫親手調教他們。」

「遵命！」幾名夥計齊聲答應著走到戰馬旁，將史笸籮和姜簡二人搬下馬背。然後直接拿杠子穿過繩索，像抬貨物一般抬走。

「蘇涼，如果你嫌錢少，我還可以再加。你把我賣去波斯，才能賺幾個錢？我給你寫五百兩銀子的欠條，你可以隨時去找阿史那家族支取。今晚的事情一筆勾銷。」史笸籮大急，一邊掙扎，一邊高聲加價，「否則，除非你今後再不走這條商道……」

「拿馬糞把他的嘴堵上，躁呱！」蘇涼眉頭皺得更緊，不耐煩地揮手。立刻有嘍囉從地上抓了馬糞，去堵史笸籮的嘴。後者氣得破口大罵，卻掙扎不得。很快，嘴裡就發不出任何聲音。

「蘇涼，五百兩銀子，可不是個小數目。老實說，你把他們賣到波斯那邊，未必能賺到這麼多。」

阿波那在旁邊看得有趣，忍不住笑著提醒。在場的幾個管事和夥計聽得怦然心動，也紛紛將頭轉向蘇涼，靜靜地等待他的答案。這年頭，白銀並非流通貨幣。卻可以用於大宗交易結算。按照行情，一兩白銀在大唐能換一千到一千二百文錢，或者一匹上等綢布。在波斯那邊，則可換八百到一千枚銅幣，或者一頭血統不錯的馬駒。而一名奴隸，哪怕來自東方，「品相」再出色，也很難賣到二百兩白銀以上。除非他是某個國家的公主或者王后。商隊萬里迢迢做生意，所求無非是錢財。放著現成的五百兩銀子不拿，還要冒得罪阿史那家族的風險，實在不該是蘇涼這種經驗豐富的大當家所為。

「如果他們一開始就報出這個價碼，老夫不介意跟他們化敵為友。」將管事和夥計們的動作和表情，全都看在了眼裡，蘇涼笑了笑，慢條斯理地給出了答案，「而現在，他們羞辱了老夫的女人，還打傷了管事瑞詹，老夫怎麼可能為了區區五百兩銀子，就讓自己人忍氣吞聲！」

他說得肯定不是實話，但無論是阿波那，還是周圍的管事和夥計們，都無法繼續刨根究底。只得乾笑著輕輕點頭。

蘇涼也不願意做更多解釋，耐著性子等了片刻，待管事瑞詹取來了綢緞，跟阿波那交割完畢，就與對方施禮告別。

轉頭回到自家寢帳，他臉上的笑容，立刻消失得乾乾淨淨。拍手喊來另外一名鷹鉤鼻子管事，沉聲吩咐：「從現在起，加強戒備。隊伍中的夥計、刀客，不經我親自批准，不准離開駝城半步。」

「是！」鷹鉤鼻子管事神色一凜，躬身領命。

「還有，跟夥計和刀客們宣佈，從明天起，薪水翻倍。但是，要在商隊平安抵達泰西封之時，才能支付。」不待鷹鉤鼻子離開，蘇涼又快速補充。

「是！」鷹鉤鼻子答應得更為響亮，卻沒有立刻出門，而是猶豫了一下，壓低了聲音提醒：「一共六十三名刀客，一百二十名夥計，如果薪水翻倍的話……」

「讓你宣佈，你就去宣佈。」蘇涼心情煩躁，沒好氣地呵斥。「商隊賺多賺少，不需要你來操心。」

鷹鉤鼻子好心沒好報，卻不敢表現出任何委屈的神態。躬身賠了罪，快步離去。

「一群讓人不省心的東西！」蘇涼心中的煩躁無處發洩，抬起腳，將一隻鑲嵌著寶石的皮馬紮，踹翻於地。緊跟著，又抓起桌案上的銅壺、銅盤、杯子等物，狠狠向門外砸去。

銅壺落在門內，發出沉悶的聲響。上等葡萄釀從摔變了形的壺上口淌出，轉眼間，帳篷內就湧滿了濃郁的酒香。

「老爺，不要生氣。反正已經將他們抓了回來。並且，他們並沒有對妾身做任何事情。管事瑞詹也只是被匕首扎破了屁股，傷得並不嚴重。」珊珈夫人帶著兩個侍女匆匆而入，聲音無比溫柔，白淨柔美的面孔上，也寫滿了討好的笑容。

「妳還想他們怎樣？」蘇涼瞪了她一眼，沒好氣的質問。「我白白損失了二十匹絲綢，還讓阿波那看了笑話。給夥計和刀客們的封口費，又是一大筆開銷。」

「到了泰西封之後，您可以對外宣稱，他們分別是突厥王和大唐公爵的兒子。也許，能賣個不錯的價錢。」珊珈已經習慣了做他的出氣筒，想了想，繼續柔聲寬慰。「並且，您不是說過，那個唐國少年，可能會知道造紙的秘密。只要從他嘴裡把這個秘密挖出來……」

「那也很難抵得上，商隊無法再來東方的損失！」蘇涼對她的曲意逢迎視而不見，繼續冷著臉說道。

「要不，您再召見一次那個史笸籮，把贖金加到一千兩白銀？他如果真的是頡利可汗的侄兒，他家人就肯定支付得起。」珊珈理解他的肉痛，一邊帶著侍女們收拾地上的狼藉，一邊繼續為他出謀劃策。

「他如果真的是頡利可汗的侄兒，將他帶回泰西封，想辦法托關係獻給哈里發，我能獲得更多。」蘇涼深深地吸了一口氣，咬著牙說了句實話。「哈里發一直想向東用兵，征服草原和唐國。但是卻找不到合適的接應者。阿史那家族統治草原多年，威名赫赫。我把頡利可汗的侄兒獻上去，所獲得的賞賜，不會低於獻上造紙術的秘密。」

「嗷……」草原上，傳來狼群的嚎叫，淒厲悠長，充滿了嗜血的渴望。

第二十一章　心中的光

「啊？」珊珈夫人豎起白皙修長的手指，掩住紅唇驚呼。看向蘇涼的眼睛裡頭，卻充滿了崇拜。

蘇涼虛榮心得到了很大的滿足，咬了咬牙，一邊想，一邊將自己的計畫低聲說給她聽。「把所有刀客和夥計帶回秦西封，然後解散了商隊，讓夥計回家休息。再委託埃米爾那邊，派人把刀客們全部除掉。這樣，就不會有人知道商隊的詳細情況。過上幾年，等我有了自己的封地，再重新組織一支商隊，換個名字，就又可以大搖大擺地在秦西封和洛陽之間往來。」越說，他心中越覺得自己想法可行。一雙眼睛裡，精光四射。

珊珈夫人被他的目光嚇得心臟打顫，卻繼續裝出一副崇拜的表情，低聲誇讚：「老爺您真聰明。妾身從沒見過，像老爺您這麼會做生意的人。」

「所以，我能白手起家，創立了這麼大一支商隊。」蘇涼抬起頭，滿臉自傲。

老爺累了吧，妾身再去給您取一碗駱駝奶來。您喝了之後，也好上床休息。」見他心情已經好轉，珊珈夫人行了個禮，繼續去收拾地上的狼藉。

「放下，這些先不急著收！」蘇涼抬手帶滿戒指的手指，在胸前交叉，活動。指關節發出「咯咯」的聲響，「我聽瑞詹說，是妳搶先喝了銅壺裡的藥酒，才導致計畫失敗？」

「妾身，妾身冤枉！」珊珈被嚇得打了個哆嗦，趕緊轉過身，小心翼翼地解釋，「妾身為了打消他們的疑惑，才主動喝了藥酒。老爺，您剛才也看到了，那史笸籮是多麼狡猾。」

「那妳最開始，為什麼不按照我的安排，帶著藥酒過去給他們喝？」蘇涼撇嘴冷笑，早已不再年輕的臉上，湧滿了惡毒和淫邪。珊珈的身體，抖得更加厲害，彷彿已經不受自己控制。緩緩跪在地上，她流著淚解釋：「老爺，妾身真的冤枉。妾身最開始帶了一壺藥酒過去。但是史笸籮的那兩個隨從且不跟他們在一起。妾身為了穩妥，只好先將藥酒給那兩個隨從喝了，然後吩咐金葉回去取第二壺。沒等金葉將藥酒取回來，管事瑞詹就自作主張插了手……」

「那妳為什麼，還跟他們有說有笑？」蘇涼就喜歡看她這副可憐巴巴的模樣，根本不聽她解釋，轉過頭，從帳篷壁上取下一根長長的皮鞭，凌空抽了個鞭花。

「啪！」鞭子發出清脆的聲響，珊珈的身體又打了個哆嗦，瞬間僵直，臉色也變得蒼白如雪。她知道接下來等待自己的是什麼，但是，她卻無力反抗，也無法逃避。兩名侍女見狀，趕緊躬身告退。蘇涼卻冷笑著用手指了指帳篷角的一隻箱子，高聲吩咐：「妳們兩個，給她戴上我最喜歡的那套首飾。」隨即，再度揮動長鞭虛抽，在半空中發出連續的聲響。「啪，啪……」珊珈的身體，隨著鞭子聲不停地顫抖，最終，認命地垂下了頭顱。兩名侍女快速打開箱子，將一隻鑲嵌了許多寶石，樣式華貴且莊重的金冠取了出來，為她戴在頭頂。隨即，又從箱子裡取出了臂釧、項圈、手鐲、腳鐲、指環、足飾等物，一一為她穿戴整齊。轉眼間，珊珈就被打扮得珠光寶氣，儼然是一位待嫁的公主。只是，脖頸處多了一個寬沿金項圈，項圈上，還拖著一根長長的黑色鐵鍊。蘇涼脫掉上半身衣服，露出毛茸茸的胸口，先抬手在自己胸口上捶了幾下，然後冷笑著拉緊鐵鍊，緩緩向上。鐵鍊一寸寸繃直，珊珈脖子吃痛，不得不站起身，用湧滿淚水的眼睛向蘇涼請求饒恕。後者的臉上，興奮與猙獰交織，搖了搖頭，猛然邁開了腳步。珊珈嘴裡發出一聲悶哼，被鐵鍊拉著踉蹌而行。身上的飾物彼此相撞，發出清脆的聲響。蘇涼聞聽，臉上的表情愈發興奮，眼睛裡甚至冒出了幾分狂熱。不管珊珈的身體是否承受得住，他邁開大步，在帳篷裡繞行。長滿黑毛的赤腳，踩過鑲著瑪瑙的酒杯，踩過嵌著珊瑚的托盤，踩過象牙雕成的筆架，無視這些物品的價值，一圈兒又是一圈兒樂此不疲。

直到珊珈被扯得尖叫著摔倒在地。他才終於放慢了腳步。加大力量扯緊鐵鍊，將珊珈拖到床榻前，將鐵鍊死死地鎖在床頭的機關上。然後，緩緩走開幾步，貪婪地欣賞珊珈的身體、表情，還有她的畏懼和絕望。

兩名侍女識趣地退出門外，將帳篷門關緊。蘇涼得意地吹了聲口哨，緊跟著，將手中的長鞭高高地舉起，狠狠抽向珊珈的脊背。一下，接著一下，不帶任何憐惜。

「啊……」珊珈疼得淒聲尖叫，哭喊求饒，卻無濟於事。而蘇涼卻越抽越興奮，宛若一頭發情的公狗。

「說，妳是波斯國的公主殿下，卑賤的蘇涼，怎麼敢褻瀆妳？」猛然丟下皮鞭，蘇涼拉緊鏈子，高聲命令。珊珈被迫抬起頭，緩解脖頸處的受力。嬌美的臉上，痛苦與屈辱交織。

然而，她卻不得不以波斯公主的口吻，厲聲呵斥：「我是波斯王之女，珊珈公主。卑賤的商販蘇涼，誰給你的膽子，這樣褻瀆我？」

「我不需要別人給我膽子。我是蘇涼，我現在是妳的主人！我擁有妳的一切。」蘇涼大叫著撲上去，將珊珈按於床上，瘋狂地肆意施為。

「說，我是妳的主人。」

「說，妳是蘇涼的女奴。」

「說，感謝蘇涼主人的賞賜。」

他不斷發出新的命令，逼迫她按照自己的命令行事。

她沒有力氣反抗，只能逆來順受。

波斯國的國都，十一年前被大食軍隊攻破，國王帶著王子們逃向了東方。她那貴為親王的父親，也不知去向。她化妝成婢女，隨著百姓們一道逃往鄉下，卻不幸落入了奴隸販子之手。蘇涼認出了她的身份，以三匹駱駝的價格買下了她。從此，她就成了蘇涼的女奴。她的一切都屬於蘇涼，直到屈辱地死去。

她曾經無數次向光明之神阿胡拉和人類保護神阿薩瓦斯西塔祈禱，請求兩位神明救自己脫離苦海，並且保佑自己的家人平安。然而，神明卻從來沒給予她一次回應。她原本已經心如死灰，但是，前一陣子在洛陽，卻聽說大唐有一個將軍來自波斯，並且恰好與自己的父親同名。今天又從一個少年嘴裡，聽到了更多有關家人的消息，聽到了自己的弟弟。聽到了弟弟叫那少年，朋友。

那一刻，她真切地感覺到了光明的存在。

「我是蘇涼的女奴！」

「感謝蘇涼主人的恩賜！」

一遍又一遍，她按照蘇涼的要求，高聲重複。她叫得越高亢，蘇涼就越興奮。終於，蘇涼在她的尖叫聲中，停止了所有動作。滾在床上，心滿意足地打起了呼嚕。她筋疲力竭，卻強迫自己不要睡著，睜著眼睛，等待體力一點點恢復。當四肢終於可以聽從大腦的指揮，她爬了起來，將身上的所有飾物和枷鎖一一摘除。然後，從床頭抓起一串鑰匙，蹣跚著走出了帳篷。

大唐收留了她的家人，給了他父親尊貴的身份，讓他弟弟進最好的學堂讀書。他弟弟在學校裡沒有受到任何歧視，還交上了朋友。

她必須回報這份善良。

哪怕為此粉身碎骨！

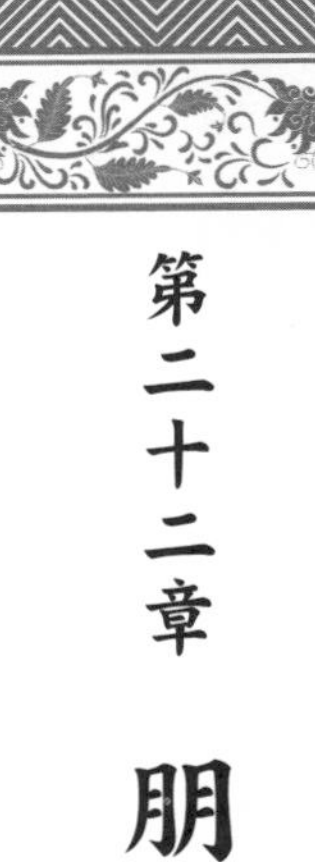

第二十二章 朋友

身上的鞭痕很快就腫了起來，被汗水一浸，火辣辣地疼。

「該死！」史笸籮罵罵咧咧地翻了個身，不知道是在罵管事瑞詹，還是這悶熱的天氣。在他的記憶裡，這個季節，草原上的夜風，應該很涼爽很乾燥才對，誰知道今夜究竟為何，竟然變得又黏又濕。鎖在雙手和雙腳的鐐銬，隨著他的動作，發出了刺耳「叮噹」聲。睡在他身邊的奚族少年被吵醒，痛苦地用雙手去捂自己的耳朵。結果，其兩手之間的鐵鍊，卻發出了更多的噪音。

另一名契丹少女也被吵醒，抱著雙膝縮蜷在帳篷角落裡，低聲啜泣。她的哥哥掙扎著站起身，走到她身側，用手輕輕撫摸她的頭髮，「別怕，阿爺和阿娘會派人來贖咱們。商隊想賺錢，把咱們賣到遠處去，未必有讓阿爺阿娘將咱們贖回去合算。」

帳篷裡，更多的少年和少女陸續醒來。或痛苦地呻吟，或者低聲哭泣，或者睜大了眼睛發呆。每一個人心中，都充滿了恐懼。他們都是蘇涼眼睛裡的「上等貨色」，所以被集中在一起看管。這

樣做，一方面可以節約寶貴的帳篷和人力，另一方面，也可以讓「貨物」們互相影響，消耗掉各自心中原本所剩無幾的反抗意志。

殺雞儆猴，這一招在粉碎人的意志之時非常有效。當看到有跟自己年齡、出身、長相都差不多的同伴，被打得遍體鱗傷，甚至奄奄一息，其他少年少女，就會心生畏懼，並且在本能的驅使下，避免重蹈受罰者的覆轍。

今天的兩隻「雞」，就是史笸籮和姜簡。二人被丟進帳篷裡之時，臉上、脖子上，全是鞭痕。身上的衣服也被皮鞭抽爛了好多處，鮮血沿著衣服的裂口，一層層往外滲。而窮凶極惡的商隊夥計們，卻仍舊嫌對他們的懲罰不夠重。對著全帳篷裡的人宣佈，三天之內，這兩個新來的奴隸沒有飯吃，也不准任何人與他們分享食物。否則，分享者就要與他們一起挨餓。

「哭什麼，難道你們哭，就能讓蘇涼心軟，放了你們？」史笸籮被哭聲弄得心煩，惡聲惡氣地用突厥語呵斥。突厥曾經統治草原多年，而草原上從鍋碗瓢盆到綢緞，大多數卻需要從中原來的商隊提供。所以，草原上各部落的上層，或多或少都懂幾句突厥語和漢語。特別是年輕一代酋長和長老們的子女，從小就要接受突厥語和漢語的教育，聽不懂這兩種語言的，要麼是天資太差，要麼是早就不被家人抱以希望。

沒有任何人對史笸籮做出回應。大部分少年少女看在他一身鞭痕的份上，不願跟他計較。有幾個年紀小的，則哭泣得更加委屈。

「有哭那力氣，不如想想，怎麼才能逃出去。」史笸籮皺了皺眉，主動將聲音壓低，「商隊總共才有一百來個夥計，你們和關在其他帳篷裡的所有人加起來，比夥計還多。大傢伙兒想辦法一起逃走，他們未必有本事把你們全都抓回來。」仍舊沒有人回應他的話，正在安慰自家妹妹的契丹少年和另一位靺鞨少年看了看他，目光中充滿了憐憫。

在被馬賊們綁架之初，他們怎麼可能沒想方設法逃脫？然而，每一次出逃，結局都是被抓回來，還額外遭到一頓嚴酷的懲罰。幾個身體最強壯，性子最驕傲的同伴，幾次逃命不成之後，被當眾活活打死，屍體直接丟給了野狼。

「呸！」對眾人的反應深感失望，史笸籮朝地上吐了一口唾沫，以示不屑。隱隱約約，卻感覺到有一股子馬糞味道，仍留在自己牙齒縫隙之間，怎麼吐也吐不乾淨。他的心情愈發煩躁，身上的鞭痕處，也疼得像小刀子在割肉。掙扎著又翻了個身，他將目光轉向另一側，尋求姜簡的支持。借助帳篷頂部圓窗處透進來的月光，卻發現姜簡正拿著一截草根，對著腳鐐比比劃劃。

「你，你能打開。」史笸籮的兩眼，瞬間瞪了個滾圓。努力靠近姜簡，用目光和頭部的動作向他詢問。

姜簡迅速看懂了史笸籮的意思，皺著眉輕輕搖頭。卻沒有放棄，而是用手向鎖孔和鎖簧處分別指了指，然後將手指頭彎曲伸直，不斷重複。他以前沒接觸過鐐銬，也沒開過任何一把鎖。然而，在胡子曰講述的故事裡頭，卻有一個隋末傳奇豪傑王君闊，在被官府冤枉入獄之後，半夜用鐵線打開鐐銬脫困而出，割了貪官的腦袋，高懸於城樓。所以，無論如何，他都要試一試，哪怕失敗，總好過坐以待斃。

「需要可以彎曲的銅線，或者鐵鉤。」史笸籮也迅速理解了姜簡的意思，抬手在自己身上摸索。很快，就苦笑著搖頭。被關進帳篷裡之前，他和姜簡兩個，都被夥計們從頭到腳搜了個遍。非但繳獲來的匕首、毒鏢全都被抄走了，二人荷包裡的銅錢，衣服上的飾物，也都統統被捋了個一乾二淨。眼下想找個金屬物件充當鐵鉤或者銅線，無異於做夢撿到金錠。

早就料到史笸籮無法提供自己需要的器具，姜簡也不感覺失望。繼續抓著草根，探索將鐐銬打開的可能性。手和腳上的鐐銬雖然沉重，構造卻不複雜。經過小半晚上的努力，他已經完全弄清楚了鎖頭的基本組成結構。如果此刻手上有一塊鐵片、一個銅簪子，或者一把銀勺子，他有三成希望，將鎖頭變成廢物。

一滴汗水從他額頭上落下，正好滴在了右手背上高高聳起的鞭痕處。姜簡猝不及防，疼得輕吸冷氣，「嘶……」趕緊抬起左手去擦。

史笸籮看得真切，心中頓時湧起一股暖流。壓低了聲音，向他道謝，「謝謝你！如果不是因為我，你不會吃鞭子。這份人情，我記在心裡頭了。只要能聯繫上家人，我一定想辦法，將咱們兩個贖出去。」

「客氣了！我當時，只是聽你自報家門報得豪氣，才學上一學。並非想吸引瑞詹的注意力，替你挨鞭子。」明明是捨己救人，姜簡卻堅決不承認，笑著連連搖了搖頭。大俠做事，向來不求回報，否則，就配不上一個「俠」字。胡子曰曾經無數次，告訴過他這一信條。

胡子曰自己做到沒做到，姑且不論。但信條應該沒錯。並且，胡子曰所講的故事裡，很多英雄豪傑都做到了。

「嘴硬！當時也不知是誰，叫的那麼慘！」史笸籮翻了翻眼皮，撇著嘴數落，臉上的善意，卻清晰可見。

「你挨鞭子的時候，叫聲比我還慘。」姜簡一邊回應，一邊繼續想辦法破壞鎖頭。草根太軟，撬不動鎖裡的機關。石片太厚，塞不進鎖頭之內。故事裡的大俠，每次落難，總是能找到合適的家什，而自己，左顧右盼，除了泥土，石片，草根之外，卻一無所有。

史笸籮臉色一紅，訕訕地解釋，「當時真的很疼，那個瑞詹當時動了殺心，恨不得活活將我給抽死，所以我才控制不住自己的嘴巴。」話音落下，他忽然又覺得，身上的鞭痕好像不如先前那麼疼了。想了想，乾脆又低聲問道：「你這一身本事，是跟誰學的？我看到好幾個馬賊，走路時都一瘸一拐的，其中一個，袍子後還被捅了個大窟窿。不會都是被你打的吧？咱們被押回來的路上，馬賊們對你的看管，也明顯比我這邊要嚴很多。」

「我小時候，父親手把手教過我一些。國子監的教習，也教過一些。還有我姐夫和一位姓胡的大俠，他們也指點過我。」姜簡想了想，如實回答。經過今晚的共患難，他對史笸籮的觀感已經好了許多。雖然仍舊覺得，此人的脾氣、秉性和行事風格，都不是自己喜歡的類型。卻不再排斥跟此人做個朋友。史笸籮發現說話分心，可以減緩疼痛，乾脆帶著幾分調侃的意思盤起了姜簡的老底兒，「令尊，真的是左衛大將軍嗎？他官職那麼高，你到底得罪了哪路神仙啊，居然還得逃到塞外才能避禍？」姜簡的本事高，性情堅韌，頭腦出色，心中的城府還不是很深。如果能將此人收到帳下，絕對會讓他如虎添翼。史笸籮有兩個哥哥，大哥缺乏頭腦，二哥胸無大志。只有他，跟他父親車鼻可汗最像。智勇兼備。而草原上，向來不講究長子繼承家業。父親老去之後，幾個兒子誰最有本事，誰才是家族裡的狼王！

「不是避禍，有人在漠北害死了我姐夫，官府管不到那邊，也沒空管。所以，我偷偷溜出來，為我姐夫討個公道！」姜簡不熟悉草原情況，急需要朋友幫忙領路。所以，笑著向史笸籮解釋。

「怎麼會沒空管？你父親不是大將軍嗎？還手握著天可汗最信任的那個衛？」史笸籮對大唐的情況非常熟悉，立刻皺起了眉頭低聲追問。

「我父親已經去世好幾年了。我沒繼承他的封爵。朝廷也沒封我任何官職。」姜簡神色一黯，迅速搖了搖頭，然後才低聲回應。

兒子不能繼承父親的官職和爵位，在草原上是非常容易理解的事情。所以，史笸籮也見怪不怪。

「抱歉，我不該問這麼多。能告訴我是誰害死了你姐夫嗎？我如果能脫身，就幫你一起找他去算帳。」

姜簡在危急關頭，曾經捨命替他斷後。姜簡在他被瑞詹抽得死去活來之時，曾經捨命轉移此人的注意力，替他挨鞭子。所以，無論從朋友角度，還是從拉攏此人歸帳下的角度，史笸籮都認為，自己該幫姜簡報其姐夫被殺之仇。

「謝了。」姜簡卻沒有給出仇人的名姓，只是笑著道謝。他在出塞之前，已經調查過，車鼻可汗帳下，如今坐擁狼騎三萬。史笸籮雖然也姓阿史那，還雖然自稱是頡利可汗的侄兒，身邊卻只有兩名親隨。讓史笸籮幫忙帶個路可以，幫忙去找車鼻可汗報仇，等同於讓史笸籮陪著自己一起去送命。

「你不相信我？」史笸籮頓時感覺受到了羞辱，抬手去抓姜簡胳膊，一動之下，身上的鐐銬又叮噹亂響，「我真的是頡利可汗的親侄兒，這裡人多耳雜，我不能告訴你我父親是誰，但是，只要咱們倆能到了金微山附近……」

話才說了一半兒，他卻戛然而止。嘴巴張得幾乎都能塞進一隻雞蛋。套在姜簡腳腕上的腳鐐，竟然被捅開了。粗大的鐵鍊子，像死蛇一樣，無聲地躺在了地上。

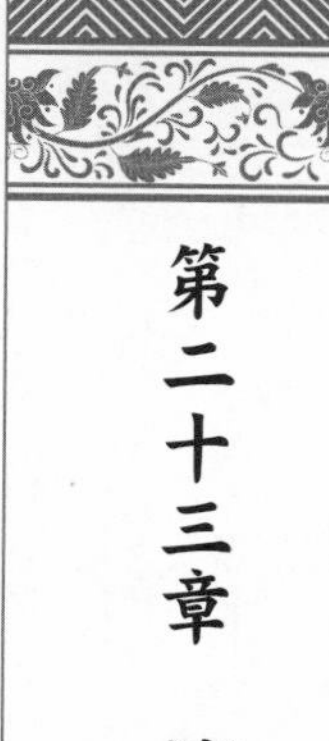
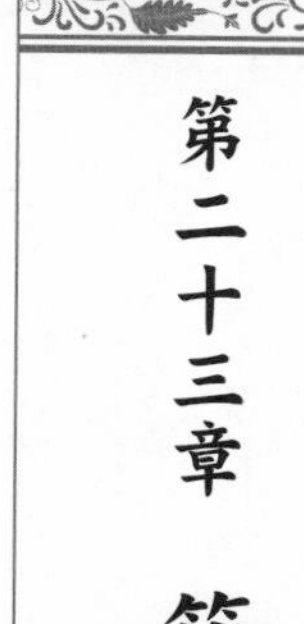

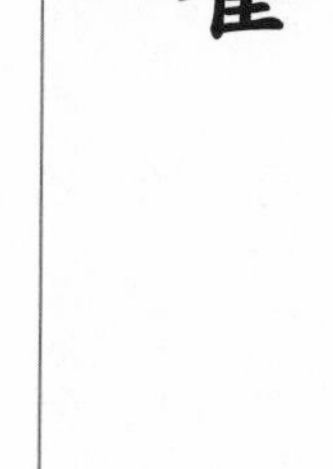

第二十三章　籠中雀

「繼續說，別停下！」姜簡用肩膀輕輕撞了史笸籮一下，以只有自己和對方兩個人能聽見的聲音吩咐。

史笸籮瞬間心領神會，開始滿嘴跑舌頭，「金微山下有個金鵰川，金鵰川東邊就是葛邏祿部。我堂姐去年夏天嫁給了葛邏祿部的大埃斤謀祿。只要咱倆到了金鵰川，我就可以找我姐夫出兵幫你……」

姜簡帶著手銬，在捅鎖眼的時候，即便動作再小心，也難免會發出鐵鍊撞擊聲。而頻繁的鐵鍊撞擊聲，很容易引起看守的注意。所以，史笸籮滔滔不絕地說話，剛好可以為姜簡的動作打掩護。二人的配合，不可謂不默契。只可惜，姜簡手中的工具太簡陋了。才對著另一隻腳腕上的腳銬捅了幾下，就悄無聲息地斷成了兩截。姜簡懊惱地握緊了雙拳，卻不肯半途而廢。很快，就低下頭，從泥土裡摳出另外一段草根，繼續對著鎖孔慢慢攪動。

事實證明，他能捅開第一隻腳銬，純屬瞎貓碰到了死耗子。足足捅了一刻鐘時間，套在他右腳腕上的腳銬，仍舊紋絲不動。姜簡心中有些著急，手指微微加力，卻感覺手上突然一空。低頭看去。好不容易才從泥土裡挖出來的第二支草根，已經又斷成了兩截。「咯咯。」他懊惱地握拳，咬牙。隨即，又用手指挖土，去摳草根製造第三件工具。還沒等有所收穫，耳畔卻傳來了一個溫柔的聲音，「給你，這個。」

「什麼？」姜簡被嚇了一跳，本能地抬頭看去，只見先前一直抱著雙膝哭泣的契丹少女，不知道什麼時候，已經挪到了自己對面。而其遞過來的手指之間，赫然捏著一根髮簪。

「牛角做的，不值錢！所以才沒被他們搶走。」少女很聰明，不待任何人起疑心，就主動低聲解釋。「我眼睛，得到過天女[注二十三]的祝福，在夜裡也能看見東西，和白天一樣清楚。剛才不小心看到了你在做的事情。」她的唐言說得極不標準，甚至帶著多餘的顫音。然而，落在姜簡耳朵裡，卻如同天籟。

低低地道了一聲謝，姜簡快速接過堅韌且輕薄的牛角簪子，隨即，將腳腕處的鎖孔轉向少女的眼睛，並盡可能讓對方看清楚自己的所有動作。

簪子沿著鎖頭的縫隙插了進去，與鎖芯發生了接觸。姜簡借助透窗而入的星光努力觀察鎖芯，同時仔細感覺簪子傳回來的力道，輕輕撥動。一下，兩下，三下，耐心又仔細。

功夫不負有心人，四十幾下撥動過後，鎖芯終於發出了一聲極其輕微的「咯噠」。鎖扣打開，他的右腳也恢復了自由。

「……我叔叔的二兒子，娶了室韋大埃斤的六女兒。」史管籮看得欣喜若狂，卻不敢停住嘴巴，繼續像和尚念經一樣，介紹阿史那家族輝煌龐大的族譜。

能打開第一副腳鐐，就能打開第二副。只要雙手和雙腳恢復自由，他和姜簡兩人，就有機會趁著天黑，再逃一次。這一次，沒有該死的馬賊幫忙，單憑著商隊的夥計和刀客，蘇涼未必能把他們兩個給抓回來。

然而，令史管籮失望且憤怒的是，姜簡居然沒有替他打開腳鐐。只管抬起手，輕輕拉住了契丹少女兩手之間的鎖鏈，嘴裡發出的聲音也出奇的溫柔，彷彿聲音高了，就會嚇到對方一般。「把手伸過來，我先幫妳開了手銬。」

「嗯。」少女用同樣輕柔的聲音回應，順從地將雙手，伸到了姜簡面前。就在此時，少女的兄長和另外三名少年，終於發現姜簡這邊的情況好像不對勁兒。紛紛握著兩手之間的鐵鍊挪了過來。待發現姜簡正試圖幫少女打開手銬，四人的身體同時一僵，緊跟著，阻止聲便脫口而出，「幹什麼，你們倆不要命了。」

「你自己不要命了，我妹妹阿茹還要。」

注二十三、天女：契丹傳說中，其祖先是乘坐青牛車的天女和騎著白馬的天神。

「停下，快停下，否則我就去喊看守。」

「你打開它有什麼用？沒用的。被人發現了，反而連累阿茹吃鞭子。」

「都閉嘴，誰在瞎叫喚，老子弄死他。」史笸籮立刻顧不上生氣，扭骨頭，惡狠狠地看著四名少年，低聲呵斥，「阿史那家族言出必踐。我身價高，蘇涼肯定捨不得殺我。你們三個不想逃，就滾一邊去老實蹲著。誰要是敢再發出聲音，老子只要活著，就一定找機會弄死他！」

他臉上的瘀痕未消，額頭、脖頸等處，還染滿了自己的血。發作起來，形象猙獰如惡鬼。那三個少年，雖然年齡都比他大，卻被他嚇得不敢以目光相對。紛紛將頭低下去，嘴裡小聲嘟囔：「能逃得掉，我們早逃了。」

「腳鐐這麼容易打開，說不定是故意留下的陷阱。」

「蘇涼都說了，可以讓家人來贖……」

「閉嘴，一群沒出息的東西！只配給人做奴隸！」史笸籮再度低聲唾罵，隨即，將頭轉向帳篷裡的其他少年少女。「你們幾個，等會兒想一起逃走的，就靠過來，注意別弄出任何聲音。想留下等著家人來贖，或者天生喜歡做奴隸的賤種，就靠另一邊去。只要你們不故意弄出動靜來，老子也不強迫你們。」正在閉著眼睛努力睡覺的少年和少女們，其實都沒有睡著。聽到他的話，猶豫著以目互視。

「我跟你們走，我寧可死了，也不想被賣做奴隸。」一名矮矮胖胖的少年，握著雙手之間的鐵鍊爬起來，緩緩向史笸籮和姜簡兩個靠攏，「我叫蕭朮里，是奚族可汗的侄孫。我家距離這裡有上千里遠，家人不可能聽到消息來把我贖回去。」

「我叫布魯恩，我阿爺是靺鞨左部的大染干[注二十四]。他肯定不會來贖我。」另外一名少年受到蕭朮里的影響，也慢吞吞地挪了過來。

「我叫蘇支，來自大潢水旁的霫部。」一名身材高挑，金髮藍眼的少女，也走上前，加入準備出逃的隊伍。

「我叫巴圖，室韋人。我阿爺是吐屯。」

「我叫李日月，突騎施人。我哥哥是突騎施的設[注二十五]。他巴不得我被賣得越遠越好。」

轉眼間，帳篷裡的少年少女們，就分出了陣營。除了契丹少女阿茹的親哥哥和他的三個小跟班之外，其餘少年少女，全都選擇了冒險出逃。少女的哥哥，頓時感覺好生尷尬。猶豫再三，也把心一橫，低聲道：「給我把手銬也打開，我得保護我妹妹。我會做陷阱，關鍵時刻也許還能幫上忙。」

「我也走！」

「我們也走。」

注二十四、染干：即可汗。

注二十五、設：相當於節度使。

「你們都走了，商隊肯定拿我撒氣。」三個小跟班，見自家老大都改了主意，也相繼改弦易轍。

「排隊，一個個排隊，先自己把自己腳上的牛皮繩子解了。那個，用不到我。」姜簡怕大夥兒驚動看守，壓低了聲音吩咐。同時，用牛角簪子，繼續幫契丹少女阿茹開鎖。

「都排隊去，在我身後。注意別發出動靜。自己把自己腳上的牛皮繩子解了。你們又不是牲口，睡覺還帶著絆子？」唯恐眾人聽不清，史笸籮主動幫忙維持秩序。

話音落下，他忽然又意識到自己的做派，非常像姜簡的跟班。想了想，又低聲補充，「等一會兒解開了鐐銬，別輕舉妄動。全都聽老子的命令行事。」

「繼續說話，說草原上的事情，或者隨便什麼廢話。」姜簡的聲音，緊跟著傳來，很低，卻又一字不漏地傳進了他的耳朵。

「知道！」史笸籮毫不猶豫地點頭，隨即，又將聲音稍稍提高了一些，繼續和尚念經，「草原上這些部落，想當初都是我們阿史那家族的下屬。自稱染干也好，埃斤也罷，沒有我們阿史那家族的認可，他就做不長。等我家人接到消息，把咱們倆贖回去。姜簡，你就跟著我幹好了。我保證，你身邊天天美女環繞，牛羊成群……」

說話間，他一眼不眨地盯著姜簡的動作。待姜簡給阿茹打開了手銬，立刻將自己的雙手和雙腳同時伸了過去。

「誰還有簪子，或者長而硬的物件？」姜簡抬起頭，向帳篷內的另外兩個少女詢問。

「這個行嗎？」兩個少女抬手在頭髮上摸索，其中一人遞過來一隻牛角做的髮夾，另一人遞過來一根髮釵。

「可以！」姜簡低聲回應，接過髮夾和髮釵，將手裡的簪子遞給了阿茹，「妳試著給他開腳銬，我給他開手銬。然後你再試著幫我也把手銬打開。」他跟阿茹素不相識，然而，卻通過對方先前的話語，推斷出此人可能成為自己的得力幫手。畢竟，即便是向來以眼神好自傲的他，在夜裡借助星光看東西也會有些模糊。而對方，剛才隔著半個帳篷，卻將他在黑暗中的一舉一動都看得清清楚楚。

「嗯！」阿茹的答應聲，仍舊和先前一樣低，隱約還帶著幾分怯怯的味道。然而，她手上的動作，卻沒有任何膽怯。事實證明，姜簡推斷沒錯。憑著一雙天生夜裡能看清楚東西的眼睛，阿茹輕鬆地就將髮簪插進了鎖頭的縫隙當中。隨即，按照剛才的觀摩和體會，她緩緩將髮簪捅向鎖芯。只用了十七八個呼吸時間，就成功捅開了一隻腳銬。有了第一隻腳銬練手，第二隻被打開的時間就更迅速。待姜簡給史笸籮將手銬打開，阿茹那邊也已經大功告成。

姜簡見此，乾脆將自己雙手遞向阿茹，請她先幫自己恢復雙手的自由。然後，一邊替小胖子蕭朮里開手銬，一邊低聲吩咐史笸籮：「想辦法刺探一下外邊的動靜，我感覺看守已經睡著了。否則，不應該這麼半天，也沒見他們進來巡視一下。」

「明白！」史笸籮停止「念經」，低聲答應，隨即，躡手躡腳地爬向帳篷門。卻不試圖去推門，而是用手在門旁的帳篷壁下，悄悄挖出了一個土坑。然後趴在地上，一點點在土坑附近的帳篷邊緣與地面之間，扒出條縫隙，用眼睛向外偷瞄。

只見星光下，兩個負責充當看守的刀客，背靠著一匹駱駝，睡得正香。而稍遠處，一隊當值的夥計，挑著燈籠，提著銅鑼和牛角號，往來巡視。

「誰？」忽然，有一名夥計手按刀柄，厲聲斷喝。

門口處，兩名刀客同時被驚醒，迅速拔刀，一躍而起。剎那間，渾身上下，殺氣瀰漫！

第二十四章 意外

史笸籮身體一僵，轉頭就去抓地上的腳鐐。這東西雖然又笨又重，好歹能當一件兵器用，勝過赤手空拳。再看姜簡，也停止了給少年少女們開鎖的動作，果斷將另一副腳鐐抓在了手裡。隨時準備跟衝進來的刀客拚命。

就在大夥緊張得幾欲窒息之際，從帳篷外又傳進來了另外一個熟悉的聲音，「你們眼睛不好使嗎？連我都認不出！」

緊跟著，夥計們的聲音也傳入了大夥的耳朵，「原來是珊珈夫人，您別生氣，天太黑，草原上最近又鬧馬賊。」

「馬賊？阿波那不就是馬賊嗎？他出沒的地方，哪個馬賊還敢跟他搶食？」珊珈夫人笑著反問，聲音聽起來比剛才柔和許多。

「夫人說得對，阿波那出沒的地方，其他馬賊的確要繞著走。」

「我等剛才的確是太緊張了，差點兒嚇到夫人，還請夫人原諒。」

夥計們七嘴八舌地回應，話語中，明顯帶著討好的味道。

珊珈夫人是蘇涼的寵妾，隨便吹幾句枕邊風，就可能讓他們丟飯碗。所以，珊珈夫人再驕橫跋扈，他們也只能忍著。更何況，平時珊珈夫人對他們都很和氣，從不會故意找他們的麻煩。甚至在他們遭受處罰之時，經常開口替他們求情。

「蘇涼大當家想要兩個奴隸去伺候他，讓我過來幫他挑。」沒心情跟夥計們多囉嗦，珊珈晃了晃手中的鑰匙，低聲交代。

「夫人請自便。」夥計們側身讓開道路，誰也不懷疑珊珈的話，每個人的臉上，都露出了淫賤的笑容。如果不是擔心珊珈惱羞成怒，他們真恨不得開口問上一句：「蘇涼大當家，今晚到底是吃了什麼聖藥，效果居然如此好？」帳篷不隔音，剛才蘇涼大當家和珊珈兩個折騰出來的動靜，幾乎大半個駝城的人都聽得清清楚楚。沒想到，蘇涼大當家竟然如此「驍勇善戰」，剛剛折騰完了珊珈，就打算在新買來的奴隸身上來第二場。將夥計們臉上的表情全都看在了眼裡，珊珈也不解釋。帶著兩名貼身侍女，信馬由韁地走到了關押「上等貨色」的大帳篷前，朝著兩名刀客再度亮出鑰匙：「把門打開，我要進去提兩個人。裡邊的人老實嗎？今晚有沒有故意搗亂？」

「沒，沒有，都老實得很。老實得很。」兩名刀客剛才一直在偷偷睡覺，根本沒進入帳篷裡面視察。此刻聽珊珈夫人詢問去，卻回答得信心十足。

珊珈夫人看了他們一眼，目光中帶著明顯的懷疑：「把門打開，你們兩個在外邊守著就行，不必跟進來。金花、銀葉，跟我進去挑人。」

「是，是！」兩名刀客心虛，連聲答應著，取下帳篷門上的鎖頭，將門推開。然後快速退到了一旁。

珊珈夫人又冷冷掃了他們一眼，才帶領侍女進了帳篷。隨即，借助侍女手中燈籠所發出來的光，迅速找到了縮在角落裡的姜簡，快步走過去，輕輕推動後者的肩膀。「趕緊醒醒，叫上你的朋友，趕緊跟我走。」

「珊珈夫人，妳怎麼來了？」正在裝睡的姜簡立刻裝不下去了，迅速睜開眼，用極低的聲音詢問。

「別問那麼多，我先送你們出去，咱們路上再說。」珊珈搖搖頭，低聲回應。同時伸手去抓姜簡手上的鐵銬，「我先給你開了鐐銬。金花和銀葉……」話說到一半兒，她目瞪口呆。赫然發現，姜簡手腳上的鐐銬，早就被打開了。此刻只是套在手腕和腳腕上裝個樣子。

「我自己悄悄捅開的。」既然珊珈夫人是特地趕過來相救，姜簡也不隱瞞。快速組織了一下語言，用蚊蚋般的聲音向此人解釋，「史笸籮那邊也打開了。您把鑰匙交給我，帳篷裡的其他人也準備跟我們兩個一起走。」

「你不要命了。這麼多人，怎麼可能走得掉？」珊珈嚇得臉色煞白，瞪圓了眼睛連連搖頭，「我特地帶了金花和銀葉，就是為了一會兒找地方，將她們的衣服換給你和史笸籮。」

「珊珈夫人，用我們幫忙嗎？」充當看守的刀客們，存心討好珊珈，在門外探頭探腦。

「不用你們管，替我把門關上。你們不知道蘇涼大當家的喜好。我挑一下，看誰今晚運氣好。」珊珈扭頭回應了一句，隨即，裝模作樣地用手挑起姜簡的下巴，用燈光照著，仔細觀賞。

「知道了！夫人您慢慢挑。」兩名刀客聳聳肩，將頭又縮回了門外，隨手關好了帳篷門。各自的臉上，都露出了幾分鄙夷。蘇涼是個老色痞，看樣子，珊珈夫人跟他乃是一丘之貉。剛才那個動作，哪裡是替蘇涼挑選洩欲的物件，分明是借機為自己挑選面首。不過這種事情，刀客們也只能在心裡鄙夷或者羨慕一下。根本沒資格去管，也懶得去管。他們跟商隊是短期雇傭關係，一趟一結算。下一趟，蘇涼未必是他們的雇主。

扭頭朝門口看了看，確定刀客沒有繼續窺探，珊珈鬆開姜簡的下巴，快速補充：「金花和銀葉都是我的人，換好衣服之後，你把她們打暈了，就能讓她們蒙混過關。然後你和史笸籮扮成我的侍女，我帶你們混出駝城去，找到草深的地方藏起來。」為了讓姜簡聽從自己的安排，一口氣兒，她把自己所做的整個計畫，都交代了個清清楚楚。本以為，這樣就可以讓少年人，放棄不切實際的幻想，趕緊跟自己走。誰料想，姜簡卻趁他不注意，乾脆俐落地從她手裡搶過了鑰匙，快速遞給了史笸籮。

「珊珈夫人，妳聽我說。」眼睛與珊珈夫人憤怒的眼睛相對，姜簡快速解釋，「我看到了，商隊中有獵犬。如果只有咱們三個人逃出去，肯定還得被蘇涼抓回來。對他來說，我和史笸籮，就是兩袋會走路的銅錢，無論如何他都不會放棄。所以，想擺脫他，唯一的辦法是，讓他明白，繼續追捕咱們，所付出的代價，將遠遠超過咱們三個本身的價值。」

「付出代價，什麼代價？」珊珈夫人聽得似懂非懂，眨巴著眼睛詢問。

「蘇涼和阿波那，互相提防。如果半夜阿波那忽然向駝城發動了襲擊……」姜簡將聲音壓得更低，向圍攏過來的幾名少年和珊珈夫人介紹。

這一招，大將軍李旭用過。胡子曰每次講起來，都眉飛色舞，彷彿他自己當時就追隨在李旭身邊一般。不過胡子曰這廝，只要講到最關鍵處，都會停下來，故意用眼睛去瞄桌案上的酒壺。每當這個時候，姜簡大大方方地掏出銅錢，讓快活樓的夥計替自己把胡子曰的酒壺續滿。雖然，快活樓裡頭所有酒水，原本就屬於胡子曰。

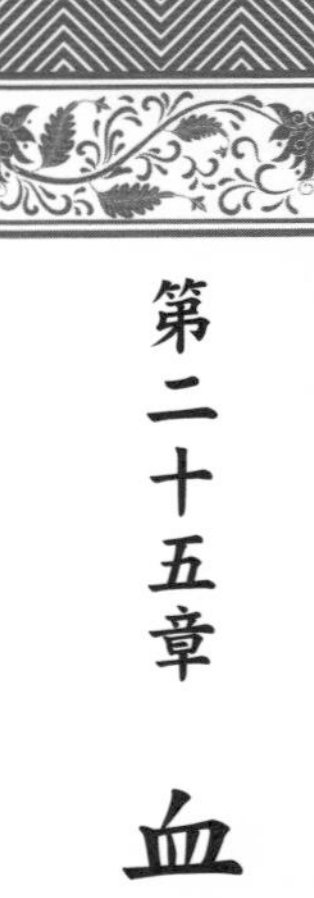

第二十五章　血與火

帳篷門一直關著，好半晌也不見珊珈夫人出來。兩個充當看守的刀客等得不耐煩，互相看了看，狐疑地皺起了眉頭。

「啪！」帳篷內，忽然傳出來一記清脆的耳光聲。緊跟著，便是珊珈夫人憤怒的叱罵，「蠢貨，居然敬酒不吃吃罰酒！我今天倒是要看看，你能硬氣到什麼時候。來人，進來把他給我拖出去餵蚊子！」

「是！」不用問，兩位刀客也知道，後半句話喊的是他們。當即答應一聲，推門而入。借著侍女手中的燈籠，他們看到一名以手捂臉的少女，正在拚命將身體往角落裡縮。而另外兩名帶著手銬的少年，則站在那少女的身側，向珊珈怒目而視。

「小子，不想死就讓開。」兩位刀客立刻知道自己要對付的目標是誰了，大叫一聲，撲上前，先拳打腳踢，將兩名少年驅逐到一邊，又彎下腰去拉少女的胳膊。

「嘩啦！」鎖在少年手腕處的鐵鍊，忽然纏上了二人的脖頸，奮力扯緊。與此同時，另外四名少年先後撲了上來，抱大腿的抱大腿，扯胳膊的扯胳膊，將他們狠狠按倒於地。

「呃呃，呃呃……」兩位刀客想要呼救，喉嚨處卻被鐵鍊勒得死死，只發出了一串模糊斷續的雜音。他們使出全身的力氣掙扎，卻掙脫不了少年們的控制。眼前的世界迅速變紅，他們的雙手和雙腳越來越使不出力氣。喉嚨處的鐵鍊越勒越緊，越勒越疼，有一股輕飄飄的感覺，卻很快就籠罩了他們全身。終於，兩位刀客停止了掙扎，黑紅色的血漿，從二人鼻孔、嘴巴、耳朵等處緩緩湧出，又沿著面頰和脖頸淋漓而下。

「行，行了，他們的脖子都給你們勒斷了，不可能再活過來了！」珊珈年紀最長，經歷的事情也最多。第一個看清楚了刀客們七竅出血的慘狀，用顫抖的聲音發出提醒。

「呼哧……呼哧……」姜簡鬆開手裡的鐵鍊，大口大口地喘氣，宛若一條剛剛被撈上岸的鯉魚。渾身上下，也大汗淋漓。

「呼哧……呼哧……」史笸籮的呼吸聲，也大得宛若有風箱在拉。然而，他卻強撐著丟下手裡的鐵鍊，從其中一名刀客腰間拔出了橫刀，先後抹斷了兩個死人的脖頸。血流了滿地，眾少年和少女們挪動雙腳躲避。卻沒有任何人發出驚呼。草原上部落多得如同夜空裡的星星，部落之間的征服和吞併，每年每月都在進行。作為部落酋長的孩子，他們很早就面對過殺戮，對人類的鮮血也不陌生。

「蕭朮里，換上侍女的衣服，然後咱們倆跟珊珈夫人去放火。其他人留在這，聽史笸籮指揮。」強迫自己停止喘息，姜簡從屍體上抽出另一把刀，握在手裡晃了晃，低聲吩咐。

「是！」名字叫做蕭朮里的奚族小胖子回答得很乾脆，絲毫不介意聽從姜簡的指揮。從最初的堅持用草根開鎖，到剛才的安排計畫伏殺看守，姜簡的行為，已經令他和帳篷內大多數少年少女們心折。

「你多小心。」史笸籮本能地皺眉，隨即，卻決定不在這當口跟姜簡計較該由誰來發號施令。嘴裡說出來的話，也由質疑改成了叮囑。

「記住咱們剛才一起制定的計畫。看到火光，再帶領大夥行動。如果一直沒火光，就說明我失敗了。你們趕緊另想辦法，或者把自己再鎖起來，裝作毫不知情。」姜簡看了他一眼，低聲叮囑。

「知道了，你趕緊換衣服吧，囉嗦！」史笸籮不耐煩地回應了一句。手卻將刀插在地面上，然後接過侍女銀葉剛剛脫下來的外袍，幫助姜簡快速穿好。

「我們走了，各位等我們的好消息。」姜簡向眾人握了握拳頭，將剛剛繳獲來的橫刀用刀客的衣服裹好，抱在懷裡，轉身走出了帳篷。

奚族小胖子蕭朮里提起燈籠快步跟上，在帳篷外站穩，抬手撩開了帳篷門。珊珈夫人深吸一口氣，瞬間又恢復白日裡那副高貴且妖嬈的模樣，邁動蓮步，緩緩出了帳篷。然後在兩位「侍女」的打扮下，緩緩走向了駝城深處。

絲綢之路，自秦漢時期就已經得名。波斯商隊往來於泰西封和洛陽之間，向東出發的時候，帶的是珊瑚、寶石、各種精美的飾物、地方高價值特產和成桶的葡萄釀。向西返回，則帶的是瓷器，漆器，茶團和成箱成箱的絲綢。駱駝在夜間需要休息，所以宿營的時候，各種物資都必須從駱駝身上卸下來，分門別類存放。

其中利潤最高的，就是絲綢和茶葉。所以，這兩種商品，在貨物中所占比例也最高。用牛皮做成大箱子裝著，一箱箱整齊地碼放在駝城中央位置，宛若兩座拔地而起的方台注二十六。

作為大當家蘇涼的愛妾，珊珈除了要時刻滿足此人的獸欲之外，還得幫忙做記帳、點貨和管理奴僕等很多事情。所以，清楚地知道駝城中每一種貨物的存放位置。她帶著扮作侍女的姜簡和蕭朮里二人緩緩而行，不慌不忙地，就避開了所有巡夜的夥計，來到了由一箱箱絲綢碼放而成的「方台」附近。

「方台」四周，用繩索和木樁，又拉了一圈柵欄。兩名當值的夥計，背靠著木樁，眼皮不停地打架。商隊人數有限，白天時還得趕路，主要防備的敵人還是馬賊，當然不可能安排太多夥計來輪流看守貨物。因此，時值後半夜，被安排當值的兩個夥計，都疲憊到了極點。姜簡和蕭朮里，將燈籠迅速交到了珊珈之手，隨即，雙雙將身體隱入黑暗當中，悄然潛行。

注二十六、方台：中國古代祭祀神明的高台，造型類似於埃及金字塔。草原和中原地區都有分佈。

「誰？」兩個夥計心中警兆陡然而起，睜開眼睛，皺著眉頭喝問，目光卻迅速被珊珈手中晃動的燈籠所吸引。越是黑夜，動物的眼睛卻會主動尋找光源，人類也絕不例外。而下一刻，珊珈夫人嬌糯的回應聲，也及時地響了起來，「是我，珊珈。我的金子不見了，你們兩個看到我的金子了嗎？」

金子是一隻貓，在商隊中地位非常超然。除了可以讓管事和夥計們，排解旅途寂寞之外，還擔負著防備老鼠半夜潛入駝城，咬壞貨物的重任。所以，兩位夥計不敢怠慢，雙雙迅速搖頭，「沒有啊，我們沒看見。金子一般夜裡喜歡去存放乾糧……」話沒等說完，姜簡已經從側後方猛撲而至。手中橫刀當空一抹，剎那間，將左側那名夥計脖子上的動脈和氣管同時抹成了兩段。

右側的夥計立刻感覺到了危險，本能地拔刀轉身。沒等他做出更多的動作，蕭朮里已經從暗處撲至，用最近幾天捆在自己兩隻腳腕之間的皮繩，死死勒住了此人的脖子。

「呃呃，呃呃……」右側的夥計一邊翻著白眼，一邊拚命掙扎，嘴裡發出含糊不清的聲響。姜簡鬆開左側那位夥計的屍體，又一刀砍了過去，正中此人的鎖骨窩。橫刀遠比大食短劍鋒利，貼著鎖骨和脖頸的連接處，砍進去足足八寸深。鮮血噴射而出，將兩個少年的半邊身體，都染滿了紅。生命力隨著血漿迅速流失殆盡，倒楣的夥計嘴裡也冒出一股血，圓睜著雙眼死去。

「咯咯噠，咯咯……」姜簡緊張得牙齒互相碰撞，呼吸再度沉重得宛若拉風箱，兩眼中央處，也又酥又麻。這是他第一次，從正面殺死一個同類。距離近到可以清楚地看見對方被橫刀砍中之前眼睛裡的恐懼和絕望。這令他的心臟處彷彿被押上了一大塊鉛錠，又悶又沉。有一種類似於溺水的感覺也接踵而至，無論他怎麼努力呼吸，都不能緩解分毫。他努力邁動雙腿，卻發現雙腿竟然開始顫抖。緊跟著，手中的刀柄也變得又濕又滑，只要他稍稍鬆開手指，就會脫離掌控。

「你怎麼了？」親手殺了一個人，蕭朮里小胖子蕭朮里的反應，遠比姜簡鎮定，扯了後者一把，低聲詢問，「快點兒，別婆婆媽媽，他不死，死的就是咱們。」

「他不死，死的就是咱們。」姜簡喃喃地重複，失去焦距的眼睛，瞬間重新發出了生命的光芒。

「我沒事兒，沒事兒！你先去隔開那些箱子，準備引火材料。」抬起左手，他推開蕭朮里，隨即，又狠狠掐了自己大腿一下，用劇痛驅趕走身上的所有不適。緊跟著，揮刀割斷柵欄上的繩索，三步並作兩步衝上了方台。他不想死，也不想被賣去萬里之外給大食人做奴隸，所以，他只有殺出一條血路。無論擋在面前的是誰，也不應該去管對方的血脈是胡是漢。

右手握住刀柄，他用刀刃割開一隻牛皮做的箱子。緊跟著快速俯身，將裡邊的綢緞像扯乾草一樣給扯得滿地都是。蕭朮里先他一步衝上前，割開了另外一隻牛皮箱子。將裡邊的上等絲綢扯出來，丟在其餘箱子周圍。

兩個少年互相看了看，兩手不停，切開第三只，第四只、第五只箱子……，這是他們在殺死看守之前，就已經商量好的計畫。所以動作看起來雖然忙亂，成果卻按部就班。很快，「方台」的底層，就被堆了厚厚的一大圈兒絲綢。華貴光鮮，豔麗奢靡，就像是準備獻給神明的祭禮。

珊珈夫人咬著牙走到近前，遞上手中的燈籠，兩隻眼睛裡，隱約有仇恨的火苗翻滾。姜簡接過燈籠，取出裡邊的蠟燭，彎下腰，圍著方台快速跑了一整圈兒，將所有露在皮箱外邊的絲綢，全部點成了火把。

「跑！」嘴裡發出一聲低低的提醒，他丟下蠟燭，以最快速度遠離方台，信手抓住珊珈的手腕。後者被他拉了一個趔趄，也恍然大悟般邁開雙腿，被他拉著朝黑暗處狂奔。蕭朮里愣了愣，撒開雙腳緊緊跟上。

絲綢沾火就著，燒起來速度不亞於油脂。轉眼間，三人背後，就出現了一座火焰山，濃煙夾著金白色的火苗，扶搖而上。

「起火了，起火了！快，快起來救火。」一個住在「方台」附近的管事，被火光從睡夢中驚醒。連鞋子都顧不上穿，一頭鑽出帳篷，高聲叫喊。姜簡鬆開珊珈，一個箭步撲過去，揮刀將此人砍翻在地。「敵襲！」他踩著屍體，用一刻鐘之前，剛從史笸籮那裡學到的突厥語，高聲示警。

「馬賊，阿波那帶著馬賊來了！馬賊殺進駝城裡來了。」蕭朮里立刻做出了正確反應，用比他標準了十倍的突厥語高喊。

「呼嗚嗚嗚……」數十匹專門供管事和大夥計騎乘的駱駝受到驚嚇，紛紛站起來，嘴裡發出瘆人的叫聲。

「吁，吁……」負責看守駱駝的馬夫從睡夢中驚醒，手忙腳亂地去安撫駱駝。姜簡快速從他身邊衝過，一刀在他後背上砍出了半尺長的口子。鮮血如瀑，馬夫慘叫著栽倒。蕭朮里踩著馬夫屍體奔向受驚的駱駝，將繫在駱駝腿上限制其行動的絆索，一根接一根切斷。

動物怕火，乃是天性。受驚的駱駝，嘴裡發出悲慘的叫聲「呼嗚嗚嗚……」，一頭接一頭張開四蹄，遠離火光。幾名剛剛從帳篷裡鑽出來的夥計，還沒等弄清楚發生了什麼事情。就被發狂的駱駝撞得倒飛而起，口中鮮血狂噴。

一名管事讓開衝向自己的駱駝，緊追數步，去拉駱駝的韁繩。卻被瞬間拖翻在地。緊跟著，又一匹駱駝衝過來，將此人踩得筋斷骨折。

「轟！轟！」失火的絲綢方台內部，發出雷鳴般的聲音。濃煙和烈焰一道翻滾，像開了鍋一般朝四周擴散。數卷帶著火苗的絲綢，被烈焰噴出，呼嘯著砸向臨近存放茶葉、漆器和補給品的位置。火苗落地，轉眼就變成了火把。火把繼續燃燒，轉眼又變成了火堆、火湖、火池、火山。

「呼嗚嗚嗚……」跪在地上，被繩索連在一起，組建駝城的駱駝，也受到了驚嚇，悲鳴著站起身，試圖遠離危險。牠們彼此拉扯，羈絆，碰撞，很快，就令駝城也變了形。露出一個又一個空檔。更多的夥計和管事們從睡夢中被驚醒，尖叫著衝向火山，撿起所有能利用的東西，企圖控制火勢，卻毫無成效。也有管事帶著夥計，試圖去控制駱駝，維護駝城。卻被受驚的駱駝踩在腳下，轉眼就失去了動靜。

「內鬼，有內鬼！這裡有內鬼。」一名管事忽然看到了女扮男裝的姜簡，一邊拔刀阻攔，一邊扯開嗓子向同夥發出提醒。姜簡一刀劈過去，將其開膛破肚。這回，溺水的感覺仍舊出現了，卻變得遠不及先前來的嚴重。

「來人啊！達拉布管事被殺了。」管事身後的夥計被嚇得亡魂大冒，尖叫著轉身逃命。蕭朮里快步追上去，從背後將此人捅了個對穿。

「馬賊，阿波那帶著馬賊來了！馬賊殺進駝城裡來了。」抬手抹了一把臉上的血，蕭朮里聲嘶力竭叫喊。

「馬賊，阿波那帶著馬賊殺進駝城裡來了。」

「馬賊，馬賊在放火！」

稍遠處，也響起了淒厲的叫喊聲。史笸籮看到了約定中的火光，帶著其餘少年少女們衝出囚牢，將恐慌和混亂向四下傳播。

第二十六章　死與生

「回去，誰叫你們出來的？再亂喊亂叫，老子劈了你們！」一名商隊夥計恰巧從史笸籮等人旁邊經過，停住腳步，用短劍指著眾人厲聲威脅。

半夜中被驚醒，他根本不清楚駝城內都發生了什麼事情。還以為自己面對的是傍晚時那群逆來順受的奴隸。卻不料，沒等他話音落下，史笸籮已經一刀劈了過去，將此人的手臂齊肘切成了兩段。

「啊……」商隊夥計疼得眼冒金星，用左手握住噴血的右臂，淒聲慘叫。史笸籮毫不猶豫地又補了一刀，將他砍翻在血泊之中。

「小子大膽！」一名管事帶著五六個夥計救火，恰好將史笸籮補刀的畫面看了個清清楚楚。果斷丟下水桶、草叉等物，大呼小叫地衝過來鎮壓。

「珈韋德被殺了，奴隸殺了珈韋德！」

「快來人啊，奴隸造反了！」

想要逃走已經來不及，身邊的少年少女們，也都沒有趁手兵器。史笸籮咬了咬牙，只好舉刀迎了上去。一交手，他就知道事情不妙。那管事根本不給他施展武藝的機會，指揮著夥計們結陣而戰。

「卑鄙，無恥，有本事跟老子單挑！」史笸籮一邊用罵聲干擾對手心神，一邊連連後退。轉瞬間，身體周圍就險象環生。

靺鞨少年布魯恩悄無聲息地衝上前，拿腳鐐當作鏈子錘，朝著夥計頭上猛砸。「跟他們拚了！」少年巴圖突騎施少年李日月等人，也怒吼著跟上，手中鐐銬揮舞得呼呼作響。這些人雖然從沒在一起演練過戰陣配合，身體素質卻都是一等一。此刻豁出去性命相拚，登時就讓史笸籮轉危為安。

「波爾茲，放箭，放箭射死那個帶頭的！」管事大怒，咬牙切齒地高聲命令。

「遵命！」一名守在他身邊的夥計聞聽，立刻從背上解下了短弓。扣箭於弦，將弓臂迅速拉成了半月形。

「轟！」幾匹受驚的駱駝忽然疾衝而至，將他和管事同時撞飛出了三丈遠。角弓落地，羽箭射得不知去向。管事和波爾茲兩人摔在了一頂坍塌的帳篷上，厲聲慘叫。火苗從帳篷一角湧起，濃煙迅速吞沒了二人的身影。

正在結陣與史笸籮等少年廝殺的夥計們，聽到管事的慘叫聲，心煩意亂。彼此之間的配合立刻出現了空檔。史笸籮連劈三刀，將正對著自己的那名夥計逼得踉蹌後退。緊跟著，搶步，下蹲，橫掃。刀刃在距離地面兩尺處掃起一陣風，兩名夥計慘叫著倒地，手抱著被砍破的膝蓋骨滿地打滾兒。

戰陣瞬間破碎，另外四名結陣的夥計見勢不妙，尖叫著撒腿逃命。史笸籮毫不猶豫追上其中一名夥計，從背後將此人放翻。巴圖和李日月各自追上一個，揮動腳鐐狠狠砸在了對方的後腦勺上。最後一名夥計趁機遠遁，一邊跑，一邊高聲求援，「快來人，快來人，不是阿波那，是奴隸，新來的奴隸造反……」

「在哪，在哪！」身穿侍女服飾的蕭朮里高聲答應著迎上，趁夥計不辨敵我，一刀捅入了此人的左側小腹。求援聲戛然而止，夥計的身體晃了晃，軟軟地栽倒。

「快，救其他人。」姜簡拉著珊珈匆匆而回，扯開嗓子向大夥發出命令。「關押奴隸的帳篷都在這附近，咱們救下的人越多，越容易脫身。」

「先撿了地上的兵器防身。」珊珈夫人跑得上氣不接下氣，卻啞著嗓子補充。

「進其他帳篷救人，先不用管手銬，割了他們自己腳上的繩子，讓他們自己過來會合。腳上沒繩子還沒勇氣逃的，由他們去！」史笸籮杵著刀，一邊喘息一邊強調。

眾少年連聲答應，彎腰從死者身邊撿起的短劍。阿茹的兄長止骨悄悄地撿起短弓，拉了兩下，又彎腰從周圍撿起了七八支散落的箭矢。這些兵器都帶著典型的大食風格，大夥用起來遠不及大唐制式的橫刀和角弓順手。但是，有了它們，大夥就具備基本的自保之力，登時，一個個信心倍增。

姜簡帶著蕭朮里、布魯恩、李日月和止骨結伴衝向附近的帳篷，向看守發起攻擊。史笸籮帶領室韋少年巴圖、契丹少女阿茹等人，衝進帳篷裡營救其他被綁架來的少年少女。配合得非常默契。

此時此刻，駝城內，到處都是火頭。大部分擔任看守的刀客，都主動衝去救火。留下來看管奴隸者，寥寥無幾。

發現姜簡帶著少年們衝來，背後還有弓箭手壓陣，看守們不肯吃眼前虧，一個個果斷尖叫著逃走。史笸籮立刻揮刀將帳篷割出窟窿，招呼被關押在裡邊的少年少女們出來結伴自救。

不多時，幾個充當牢房的帳篷，就全都被攻陷。姜簡和史笸籮兩個身後，聚集起六十多名不願意做奴隸的少年少女，每個人的眼睛都被火光照得無比明亮。也有二十幾個少年少女，擔心逃走不成，平白搭上性命，遲遲不肯從帳篷裡自己走出來。姜簡和史笸籮兩個見了，也不勉強，嘆了口氣，由他們自生自滅。為了方便白天趕路，每個少年少女的腳腕上，都只拴了一條牛皮繩子。此刻姜簡等人有刀在手，三下兩下，就將所有繩子盡數割成了兩截。

「趁著沒人注意，大夥趕緊跟我走。史笸籮，你負責警戒右邊。止骨，你負責警戒左邊。阿茹，妳一邊走，一邊想辦法給他們開了手銬！打開的鐐銬先不要丟，手裡沒傢伙的，暫時拿它當兵器。」

不敢做過多耽擱，割斷身邊所有人腳上的繩索之後，姜簡立刻高聲命令。

「好！」

「明白！」

「是！」答應聲四下而起。姜簡向著大夥點點頭，轉身快步衝向駝城的「外牆」。

本以為，駱駝怕火，此時此刻，駝城的「外牆」已經分崩離析。誰料，走到近處才發現，事實與設想大相徑庭。

那「城牆」雖然已經被扯得看不出形狀，還到處都是空隙，但是，繫在駱駝之間的繩索卻仍舊完好無損。駱駝們彼此拉扯，羈絆，無法逃得更遠，一隻隻變得極為憤怒。

姜簡還沒等向牠們靠近，就看到了地上的一具具屍體，全都被踩得血肉模糊。很顯然，是負責安撫駱駝的夥計和刀客們，慘死在了這些龐然大物的蹄子之下。

「嗚呼呼……」發現又有人靠近，駱駝們集體發出低沉憤怒的嘶鳴聲。緊跟著，暴風驟雨般的唾液，就迎著姜簡噴了過去。饒是姜簡反應敏捷，也躲不開七八頭駱駝同時發起的唾液攻擊。剎那間，從頭到腳，就被澆了個透。又酸又臭，還帶著濃重的嘔吐物味道，剎那間，就讓人五臟六腑都一陣翻滾。

「呀……」姜簡低聲驚呼，強忍嘔吐的欲望，抬起左手去抹臉上的唾液。還沒等他將眼睛周圍擦拭乾淨，身背後，卻已經傳來了低聲的號角聲，「嗚嗚嗚，嗚嗚嗚，嗚嗚嗚……」史笸籮等人愕然扭頭，只見商隊大當家蘇涼，帶著五十多名夥計，結伴追了過來。每一名夥計手裡，都握著明晃晃的短劍。在夥計身後，還有二十多名刀客，一個個彎弓搭箭，箭鏃處倒映出點點火星。

「衝出去！」史笸籮大急，高喊一聲，就衝向了駱駝，試圖冒死用橫刀割斷駱駝之間的繩索，帶領大夥兒強行突圍。十幾支羽箭呼嘯而至，直奔他的後心。史笸籮聽到風聲，毫不猶豫地撲倒在地，身體快速翻滾。羽箭落空，他的突圍行動，也無疾而終。

「投降，或者死！」蘇涼光著上身，將手中長刀指向姜簡，臉上的橫肉跳動不停，「我數三個數，你來決定。他們的性命，全在你一句話。三……」

「嗚嗚嗚……」他身邊瑞詹，吹響牛角號，將絕望送入所有少年少女的耳朵。

「二！」蘇涼獰笑著繼續倒數，牛角號再度響起，宛若寒冬臘月的北風，「嗚嗚嗚嗚嗚……」姜簡渾身上下，一片冰涼。並非因為夜風和濕漉漉的駱駝唾液，而是耳畔的催命號角。

他不知道自己該如何做決定。姐夫沒教過他如何面對這種情況。大俠胡子曰也沒教過他。如果只是他自己，他寧願舉刀衝向蘇涼，當場戰死。但是，此時此刻，他身邊還有六十多名無辜的同伴，每個人的性命，都懸在他的手上。這讓他握在手裡的橫刀，重逾萬斤。無論如何，都舉不起來。想要放下，卻又不甘心，一根根青筋，在手背上亂蹦。

「哼……」把姜簡的反應全都看在眼裡，蘇涼冷哼一聲，緩緩舉起了長刀，「小子，你可別後悔……」

「嗚……」一聲短促的號角，搶在姜簡做出選擇和蘇涼數第三個數之前，在曠野中突然響起。大地忽然開始顫抖，起伏，緊跟著，馬蹄聲猶如奔雷。

數以百計的戰馬，忽然出現在火光之下。馬背上的騎手，一個個全以黑布蒙著全身，手中長刀，如魔鬼口中的獠牙般，閃閃發亮。

「阿波那，阿波那。他不守信用。」一名夥計手指姜簡等人身後，高聲叫嚷。

「不是！不是阿波那。」蘇涼高聲否認，手中的鋼刀，卻不受控制地顫抖。不是阿波那！馬賊阿波那雖然窮凶極惡，卻素來信守承諾。答應不以自家商隊為洗劫目標，就斷然不會於離開之後，再殺一個回馬槍。此外，阿波那需要商隊定期為他提供各種補給，做出這種將補給和提供補給的商隊一口吞下的惡行，從今往後，哪支商隊還敢跟他合作？

「不是阿波那，不是阿波那！」與蘇涼持同樣「有見識」的人不止一個，管事瑞詹忽然丟下牛角號，啞著嗓子驚呼，「是戈契希爾，是戈契希爾，我看到了馬賊旗面上的火流星！」這一嗓子，無異於晴天霹靂。當即，尖叫聲此起彼伏。

「是戈契希爾！」

「戈契希爾，阿拉胡，我們造了什麼孽，你竟然降下如此懲罰？」

「戈契希爾，是戈契希爾來了。旗面上是火流星和岩漿！」

眾管事，夥計們，一邊尖叫，一邊紛紛掉轉身，四散奔逃，再也沒有管姜簡等人的死活。

再看大當家蘇涼，終於停止了顫抖，揮舞著鋼刀四下阻攔，「站住，結陣，結陣迎戰啊。你們往哪跑？」

「站住，站住，駝城沒破，擋住賊子第一輪攻擊，還可以跟他們花錢買路。」

「站住，站住，你們怎麼可能逃得掉！」他喊得聲嘶力竭，回應者卻寥寥無幾。大多數夥計和刀客們，全都頭也不回，堅決自尋活路逃命。

戈契希爾，乃是波斯神話中的審判之火。降臨之際，將帶來流星和岩漿，滌盪世間的一切。屆時，善良守序的人將在火焰中得到淨化，升入天堂。而作惡多端之輩，將遭到烈焰焚身之苦，然後永久墜入深淵。

在絲綢之路上，戈契希爾，指的則是一支兇殘神秘的馬賊團夥。大約在十年前開始出現，沒人知道他們的具體活動範圍和真正來歷。凡是被他們盯住的商隊，非但貨物財產會被洗劫殆盡，頭領、管事、刀客和夥計們，也全都會被其滅口，從來沒有任何人能夠倖免。

「走！咱們從東門出去。別管來的人是誰！史笸籮，起來帶著大夥從東門走！馬賊來得沒那麼快！」姜簡來自長安，從沒聽說過戈契希爾這四個字，當然也不會被嚇到。見管事和夥計們，忽然不戰而潰，趕緊舉起橫刀，朝著周圍的少男少女們招呼。

「走，咱們從東門走！跟上我，快！」史笸籮一個骨碌從地上爬起來，一邊邁開大步向東而行，一邊揮舞著橫刀高聲重複姜簡的命令。

蘇涼明顯聽到了他和姜簡兩人的呼聲，迅速朝少年少女們這邊看了一眼，卻沒有做任何阻止。而是搶先一步，帶著僅剩下的一名管事和三名夥計，匆匆離去。

眾少年少女們絕處逢生，紛紛跟在史笸籮身後。唯獨珊珈，彷彿被嚇傻了般，站在原地一動不動。直到手腕又被姜簡拉住，才如夢初醒，一邊踉蹌著跟上姜簡的腳步，一邊低聲求肯：「帶上金花和銀葉，帶她們一起走。落到戈契希爾手裡，她們肯定活不了！」

「去東門肯定要經過關押我們的帳篷！」姜簡想都不想，就高聲答應，「她們倆先前假裝被我打暈了，眼下肯定還躲在帳篷裡。妳經過帳篷時，喊上她們一起走。」

「嗯！」珊珈驚魂未定，順從地點頭。原本就白皙的面孔，白得像陰雲下的積雪。

「跑起來，我不管戈契希爾是誰。只要我活著，就不會讓妳落進他手裡。」迅速猜測到珊珈失魂落魄的原因所在，姜簡手上微微加大了些力道，鄭重承諾。

「嗯！」珊珈眼睛裡，騰起一股微弱的火苗，再度用力點頭。二人加快速度，跟上史笸籮等少年少女，在起火和倒塌的帳篷之間穿行。沿途不停地遇到管事、刀客和夥計，卻沒人再多看他們一眼。

駝城已經廢了，商隊中最值錢的兩種貨物，絲綢和茶葉，也被燒成了火焰山。外邊還殺來了從不留活口的戈契希爾匪幫。繼續留在駝城中，已經沒有任何意義。抓了少年少女們，也無法立刻變現。弄不好，還會因為身邊多了幾個累贅，拖累他們被戈契希爾追上，人財兩空！

「夫人，珊珈夫人……」沒等姜簡抵達最初關押自己的帳篷，珊珈的兩個貼身侍女，已經哭喊著跑了過來。二人先前將外袍脫給了姜簡和蕭朮里之後，一直按照珊珈的安排，裝作被打暈躲在帳篷之內。後來聽到外邊一片大亂，也堅持沒有露頭。誰料天空中卻飛來了一團火苗，點燃了帳篷頂子。二人不得不倉皇逃出，才發現管事和夥計們在爭相逃命。危急關頭，沒人在乎兩個侍女的死活，更不可能將她們帶上一起走。金花和銀葉兩個不知所措，只好隨便從地上撿了兩包別人掉落的乾糧背在身上，然後東張西望，尋找正確的逃命方向。結果，恰恰看到了急匆匆尋過來的珊珈和姜簡。商隊之中，裝乾糧的包裹樣式很獨特，姜簡一眼就看清楚了金花和銀葉肩上背的是什麼。顧不上安慰二人，啞著嗓子追問：「妳們在哪找的乾糧？還有嗎？那邊有沒有兵器？」

「繼續向東，蘇涼的帳篷旁邊就有成箱的弓箭。」珊珈忽然清醒了過來，指著駝城中最高最大的帳篷回應，「叫大夥收集駱駝，能帶走幾頭就帶走幾頭。」

「不用找乾糧，別耽誤時間。」阿茹的兄長止骨，從旁邊匆匆跑過，扭著頭向姜簡提醒，「這季節，草原上餓不死人。」

「打獵，捕魚，採，採蘑菇，都能填飽肚子。」室韋少年巴圖，停下腳步，喘息著補充，「快，快點兒，能把蘇涼嚇成這個樣子，戈契希爾肯定比他還兇惡！」這話，可是說到了關鍵處。所有少年少女們，逃命的腳步頓時又加快了三成。

「看到兵器就撿起來，看到肯聽話的駱駝就帶著走。蕭朮里、巴圖、李日月、布魯恩，你們幾個跟我去拿弓箭。止骨，你招呼你妹妹阿茹和隊伍中所有女子。」姜簡卻不敢只顧埋頭逃命，深吸一口氣，高聲給自己能叫上名字的人佈置任務。

少年人學東西很快，尤其是在遇到挫折之後。這一路上，姜簡先遇到了蘇涼，然後是阿波那，再然後是戈契希爾，一個比一個窮凶極惡。

他不知道接下來，自己還會遇到什麼樣的人。

他卻隱約觸摸到了，在群狼環伺之下生存的關竅。

「頭領，商隊沒有抵抗，自己逃走了！」駝城外，那支高速飛奔而來的黑衣隊伍中，忽有人向帶隊者彙報。

「吹角，通知弟兄們放慢速度，讓商販們先逃一會兒。」臉上也蒙著黑袍的馬賊首領緩緩拉緊了戰馬韁繩，沉聲吩咐。「他們逃散了，咱們才好狩獵。」「是！」有人高聲答應，隨即，將牛角號放在嘴邊吹響，「嗚嗚嗚嗚，嗚嗚嗚嗚……」如來自北方雪山上的夜風，吹得人遍體生寒。

第二十七章 大食帝國的野望

草原上的狼群哪怕再餓，也不會從正面對成群的獵物發起進攻。牠們會耐心地在周邊徘徊，等待，威嚇。直到獵物們奪路而逃。才從側後方衝過去，將失去一頭接一頭拚命意志的獵物撲倒，分而食之。

戈契希爾匪幫首領哈桑的行動計畫便如此。他們主動放慢速度，以免將商隊的管事、刀客和夥計們，全堵在駝城之內，因為那樣做很容易導致後者團結起來做困獸之鬥，給馬賊這邊造成不必要的傷亡。而先放「獵物」逃上一會兒，再派遣馬賊分頭追殺，則可以將自己一方的損耗降到最低。

至於時間，草原上最不缺的就是時間。下手之處是他精挑細選出來的，距離大唐最近一個駐軍地點白道川，足足有一百五十里路。「獵物們」即便再能跑，明天日落之前，也跑不進唐軍的視線之內。有下半夜和明日一整天時間，足以讓他麾下的馬賊們，將所有獵物一個接一個砍死在草原上。

這個計畫，直到黎明到來之前，都完美無缺。整座駝城不費吹灰之力就落在他手中。駝城內的財富，除了被焚毀的絲綢和茶葉令人稍微感覺惋惜之外，其餘都成了他的戰利品。

而絲綢和茶葉被焚毀的原因，也不是由於商隊絕望之下，準備跟他拚個魚死網破。據被他俘虜之後又親手殺死的商隊夥計招供，在他們出現之前，商隊之中就發生了奴隸暴動。兩名被拐賣來的少年，煽動商隊剛剛收購來的其他奴隸集體逃走，為了製造混亂，二人點燃了集中存放的絲綢，才導致了火勢不可收拾。

「那兩個小傢伙兒，還挺能折騰！傳令下去，抓到之後先不要殺掉，我要親自招攬他們入夥。」哈桑絲毫不同情蘇涼商團雞飛蛋打，反倒對那兩個深陷絕境，仍舊能給商團造成巨大損失的少年人，非常感興趣。殺死了被俘的商隊夥計之後，連刀刃上的血都沒顧上擦，就高聲命令。

戈契希爾需要不斷補充新鮮血液，特別是來自東方的新鮮血液。因為接下來戈契希爾的活動範圍，要不斷東移。尋常牧民和盜賊，素質很難滿足戈契希爾對人才的要求，也配不上戈契希爾這個偉大的名字。只有那些聰明、頑強、堅韌，且心狠手辣者，才有資格成為他哈桑的下屬，與他一道去完成真主賦予的使命！

令哈桑非常失望且憤怒的是，直到太陽升到了頭頂，他麾下的馬賊們，也沒能將那兩個小傢伙抓回來。反而，給他帶來了一個壞消息。有一個什注二十七弟兄，在追殺獵物之時，遭到了獵物的伏擊，

注二十七、什：小隊，每隊十個人。

折損了七個人不算，還被搶走七把刀，七套皮甲、四張弓和十二匹駿馬。

「什長是誰？戰死了還是逃回來了？」哈桑的手按在了刀柄上，聲音聽起來冷得像冰。

「阿巴斯什長胸前中了三箭，砍死了四名伏兵突圍回來報信，然後就昏了過去。郎中正在給他拔箭。」報信的親兵被嚇得心裡直哆嗦，彎著腰呼應。

「別浪費藥了，直接殺了吧。還有另外兩個跟他一起逃回來的，也一起殺了！」哈桑鬆開刀柄，輕輕擺手，彷彿是吩咐親兵去丟掉一袋發霉的乾糧。

「饒命，哈桑首領饒命。我們在攻打尼哈旺德時就跟了您，從那時起，作戰從沒退縮過！」一百多步外的人群後，立刻響起求饒聲。兩名全身籠罩在黑袍之下，肩膀上裹著葛布繃帶的馬賊，跪地乞憐。

尼哈旺德乃是波斯的一座名城，距離哈桑腳下，足足有三千五、六百里。作為大食國軍隊的秘密先鋒，哈桑帶著自己的馬賊團夥，從尼哈德旺一路向東開拓，走到腳下這裡，足足用了六年。

然而，他卻絲毫不念兩名求饒者六年來的戰功，吩咐聲冷靜且平淡，「殺了，阿巴斯的那個什取消。等會兒誰給他們報了仇，就出任什長。」

哈桑四名手持利刃的親兵，立刻向跪地求饒的馬賊圍攏過去。一名講經人則面朝西南方，低聲禱告。兩名跪地求饒的馬賊苦苦哀求卻沒有結果，不甘心被處死。忽然間急中生智，扯開嗓子高喊：「我們帶回了重要情報，帶回了重要情報。伏兵不是商隊的成員，伏兵的首領，正是那兩個放火的年輕人！」

「停一下！」哈桑眉頭一皺，快速舉起了右手。隨即，三步兩步走向求饒者，低下頭詢問：「你們怎麼知道他們是我要找的人？你們有什麼證據？」

「那兩個人，帶隊衝在了最前頭。」左側的求饒者反應稍快，立刻高聲回應。

「伏兵年齡都在十六、七歲左右，一大半兒的人手裡頭沒有正經兵器，拿的是鐵鍊子。」另一個求饒者反應稍慢，說話卻更有調理，「他們先派出女子，吸引我們上當。然後拉動了藏在草叢裡的絆馬索。還用弓箭射死了哈費副什長，射傷了阿巴斯什長。整個過程，都是同一個人下令，用的唐言。另一個人用突厥話幫他翻譯！」在場的馬賊，全是跟了哈桑多年的老手。聽了兩個求饒者的話，腦海裡迅速就還原出的整場戰鬥的全貌。

晨光下，幾名女子跌跌撞撞逃命。後半夜搜索很長時間，卻毫無所獲的阿巴斯等人，立刻獸性大發，策馬緊追不捨。草叢裡忽然彈起數根絆馬索，將阿巴斯等人連同坐騎一同絆倒，整個什的騎兵瞬間失去速度優勢。緊跟著就是羽箭攢射，令阿巴斯及其所率領的弟兄，瞬間折損了三分之二以上。再往後，就是伏兵的兩名首領身先士卒，帶領全軍撲上。

完美的伏擊戰，除了最後一招發動得太急之外，其餘都無可挑剔。想到那首領帶的是一群烏合之眾，而不是經過嚴格訓練的士兵，最後一招，就又變得順理成章。

「阿巴斯什長說他殺死了四名伏兵，突圍而出，是真話還是假話？」在腦海裡推測完了整場戰鬥經過，哈桑對兩個少年的興趣更濃，用手拍了拍求饒者的頭頂，低聲詢問。

「這……」兩名求饒者先是猶豫，然後滿臉緊張地搖頭，「沒看見。我們爬起來後，就立刻掉頭往回闖，途中僥倖抓住了備用的戰馬。」

「阿巴斯謊報戰果，處死！」哈桑心中早有預料，冷笑著再度重複。沒有人再求饒，也沒有人敢給阿巴斯說情。隨著誦經聲，親兵手起刀落，將剛剛包紮完了傷口，還處於昏迷狀態的什長阿巴斯送回了老家。

「那兩個年輕人，叫什麼名字？」待誦經聲停歇，哈桑換了個問題繼續詢問。

「沒聽清。」兩名求饒者不敢對他撒謊，啞著嗓子高聲彙報。「敗得太快，沒聽清那些人如何稱呼他們的首領。那些人的喊聲也很怪異，好像操著不同的語言。」

「那些人應該都是商隊的奴隸，手裡的鐵鍊子是打開的鐐銬！」

「嗯……」哈桑的手又緩緩舉了起來，即將宣佈兩名求饒者的命運。被敵人打了個全軍覆沒，卻連敵軍頭目的名字都沒弄清楚，這樣的下屬，留之何用？

「我知道，我知道。」就在此時，剛剛被押過來還沒顧上審問的俘虜當中，有人高聲彙報，「哈桑首領，我知道他們的底細。那個來自大唐的年輕人名字叫做姜簡，他父親是大唐皇帝最信任的將軍之一。那個突厥少年，出身於阿史那家族。其家族以前是草原的實際掌控者，二十年被唐軍擊敗，舉族歸降了大唐。」

「嗯？」哈桑迅速放下手，眼睛閃閃發亮。有意思了。他剛剛抵達東方，還沒想好該如何完成哈里發交給的任務，就有如此重要的兩個人送到了手邊上。

這是真主的恩賜嗎？

他忽然閉上眼睛，面向西南方，虔誠地表達感謝。隱約間，彷彿看到了大食國的旗幟，插遍了整個東方。「那裡是流淌著奶和蜜的土地，樹上包裹著一層層絲綢……」多年前，就有從大唐西返的大食商人，如是向哈里發彙報。

如果將那片土地納入統治之下，地上天國就不再是夢想。

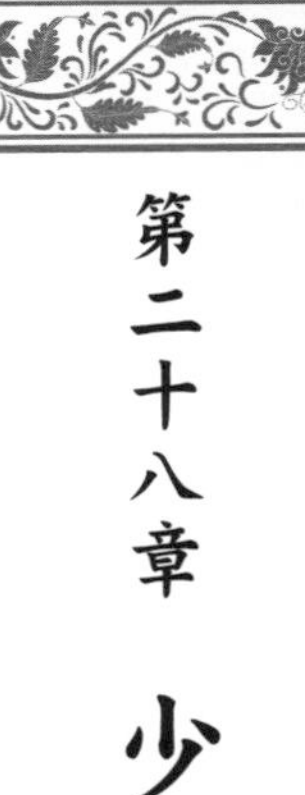

第二十八章　少年

馬蹄踩在橘紅色的黃土上，印出一串串花紋。幾個同窗好友鮮衣怒馬，手持半月形球杖，結伴向對手的球門發起進攻。馬球在球杖間滴溜溜亂竄，宛若流星。球場外，歡呼聲此起彼伏。

「姜簡，姜簡……」歡呼聲中透著焦急，還有人在推他的胳膊。「推人犯規！」姜簡本能地發出抗議，睜開眼，卻看到了蔚藍的天空和一張滿是鞭痕的面孔。剎那間，姜簡就意識到自己身在何處。睏意迅速從眼睛周圍消退，手臂，腰桿、大腿、小腿等位置，傳來的感覺又痠又疼。

不是在長安，也沒有馬球比賽，他現在位於距離長安城數千里外的草原上，正背靠著一匹駱駝的駝峰，積蓄體力。

「抱歉，我剛才一不小心就迷糊了過去。」掙扎著將後背離開駱駝，他低聲向喊醒自己的史笸籮表示歉意，「是不是馬賊又追上來了？讓珊珈帶著銀葉、阿茹她們幾個小娘子[注二十八]先走。你和我帶領其他人……」

「沒這麼快，你只睡了不到半刻鐘。」史笸籮笑了笑，輕輕搖頭。滿臉縱橫交錯的鞭痕，令他原本略顯陰柔的氣質，平添了幾分男子漢味道。「我是說，馬賊來得沒那麼快。之所以叫醒你，是因為止骨他們幾個瓜分兵器和鎧甲時，發現了一些新情況。」

「新情況？」姜簡鬆了一口氣，抬起手，用力揉搓自己的額頭，努力讓自己儘快恢復清醒。

從昨天晚上接到珊珈的示警，一直到半刻鐘之前的這六、七個時辰裡，他不是在跟人鬥智鬥勇，就是在倉皇逃命。無論精神還是體力，都消耗到了極限。此刻忽然又聽史笸籮說有新情況，頭腦的反應明顯跟不上趟。

「兵器比咱們從商隊那裡得來的大食劍長了半尺多，劍柄可以用雙手去握，像大橫刀那樣。劍身非常結實，劍刃能直接砍斷胳膊粗的木頭卻不崩出豁口。」史笸籮能理解他的痛苦，儘量詳細地向他介紹，「弓也是一等一的騎弓，比你們大唐軍隊用的弓還好。」

「你們」兩個字，讓姜簡聽得有些彆扭，他的眉頭皺了皺，卻沒有出言糾正。突厥整體歸附於大唐還不到二十年，史笸籮不能像契苾何力、史大奈等人那樣，把他自己當一個真正的唐人，也可以理解。

注二十八、唐代稱呼未婚少女為小娘子。小姐特指風塵女子。

「鎧甲雖然是單層牛皮甲，肩膀、前胸和後心處，卻縫了專門的口袋。插在口袋裡的鐵板是專門打造出來的，作戰時插進口袋裡頭護身。行軍時拔出來，減低鎧甲的分量。」阿茹的兄長止骨帶著其他幾個骨幹，也圍了過來，一個個全都臉色慘白，表情無比凝重。

「這麼精良？」姜簡心中忽然湧起一股不祥的預感，低聲刨根究底，「你們有沒有發現什麼特殊標記？比如文字、編號、花押和工匠的名字之類？」精良的武器，精良的甲冑，若是有專門的標記，答案就呼之欲出。

「沒有！」史笸籮遲疑著輕輕搖頭，「但是，我在劍身、弓臂和鐵板內側，都發現了明顯刮磨痕跡。應該是怕暴露身份，故意磨掉的。」

「你懷疑他們不是尋常馬賊，而是某個國家的軍隊假冒？」姜簡感覺自己心裡頭寒氣滾滾，聲音聽起來也又低又啞。

沒等史笸籮回答，奚族小胖子蕭朮里啞著嗓子補充：「我剛才問過珊珈，據她所說，這支馬賊的匪號叫戈契希爾，搶劫時從不留活口。而戈契希爾，在拜火教中是審判之火，世界覆滅之時才會出現。這支名叫戈契希爾的馬賊，具體出現時間是十多年前，而那會兒，剛好是大食國攻入波斯的時間。」

「他們是大食國的斥候。打著馬賊的幌子，為軍隊開路並刺探對手情報。搶劫時不留活口，乃是為了殺人滅口！」寒氣從心臟處湧入血管，剎那間擴散遍全身，姜簡迅速站了起來，握在刀柄上的手指關節，因為用力太大，變得隱隱發白。

在大食軍隊攻入波斯之時出現，利用波斯國教中，對審判之火的描述，增加自身的神秘感。通過殺戮和劫掠，試探各地防禦的虛實，熟悉道路和地形，同時收集對手的情報。必要之時，再成為軍隊的先導，甚至潛入對手之後殺人放火，製造動盪……

通過這種手段，大食已經毀滅了波斯，毀滅了半個天竺。如今，他們又將毒牙和利爪，伸向了大唐。

「如果他們是大食國的斥候隊，絕不會放過咱們。我跟蕭朮里他們幾個商量了一下，把兵器、鎧甲和戰馬，先分給身手最好的人。萬一再有馬賊來追，就由配了兵器和鎧甲的人負責斷後。」史笸籮的手指同樣發白，聲音也同樣的嘶啞。

草原上信奉一狼死，一狼立。所以，他父親車鼻可汗聽聞大唐皇帝李世民時日無多，心中才湧起了恢復突厥，尋機謀取中原的打算。

而現在，從遙遠的波斯方向，又殺來了一頭巨蟒！他父親車鼻可汗如果不趕緊調整策略，恐怕取代李世民不成，反倒會在大食和大唐交手之前，就被雙方擠成肉醬！

「你們商量的結果沒錯，給我留一套鎧甲和戰馬，大食劍我使不慣，就不要了。」發現史笸籮臉色越來越難看，姜簡還以為他是因為過於緊張，抬手拍了拍他的肩膀，低聲查缺補漏，「我建議，分到了鎧甲、兵器的人，就別再拿弓箭了。讓剩下的人毛遂自薦，充當弓箭手。等會兒跟追兵交手之時，弓箭手射空了箭壺，就可以提前撤離。我記得有十二匹馬、五張弓、七套鎧甲。剛好給甲士和弓箭手每人配上一匹。駱駝留給小娘子們，由珊珈統一負責帶領她們撤退。」這樣安排，比史笸籮等人的商議結果，又仔細了許多。眾人聽了，齊齊點頭。

整個隊伍當中，除了珊珈之外，年齡最大者不過十八、九歲，年齡小者則只有十四、五歲。都是少年心思，沒沾染太多的紅塵污濁，再複雜也有限。

因此，兵器、鎧甲和戰馬，順順當當就分配完畢。作為逃命行動的組織者，姜簡和史笸籮兩人的表現有目共睹，自然分到了最好的鎧甲和戰馬。阿茹的兄長止骨射術超群，則成了弓箭手們的臨時頭領。少年少女們停止休整，牽著戰馬和駱駝，繼續向東而行。身背後，則留下了五座低矮簡陋的墳塚。黎明時伏擊馬賊那一戰，雖然因為戰術得當，大獲全勝。他們仍舊付出了戰死五人，輕傷四人的代價。接下來，如果再度被馬賊追上，他們誰也不敢保證，自己還有機會活著逃出生天。

但是，整個隊伍中，卻沒有任何人因為害怕而選擇放棄。而是一個個都緊緊握著手中的兵器，哪怕只是一根簡陋的木棍，一塊堅硬的石頭。大食人毀滅了波斯，毀滅了半個天竺，馬上又要到草原上來了。他們生長在草原上。哪怕部落再小，氈包再破，也是他們的家。他們必須拿起兵器，要麼戰死，要麼成功將消息送回去，讓族人做好準備。除此之外，沒有第三個選擇！

第二十九章 那時花兒

六十一個人，只有十二匹馬，五頭駱駝，當然不可能走得很快。好在草原也並非一馬平川，特別是靠近白道川這一片，有很多起伏的丘陵和小山。雖然山和丘陵都不算高，卻也能拖延追兵的腳步。姜簡帶著大夥找了片靠近山腳的樹林鑽了進去，一路穿梭向東。當樹林走到了盡頭，每個少年少女的頭頂上，就多了一頂用嫩樹枝編製的圓帽。所有戰馬和駱駝的脊背上，也披了一層翠綠色的草席。

這是胡子曰在故事裡講過的隱身手段，姜簡也不知道其到底好不好用。剛鑽進樹林那會兒，他試著用嫩樹枝，先給自己編了一頂圓帽，請史笸籮幫忙驗證效果，然後帶著圓帽，跑到了三百步外灌木叢中快速下蹲。結果，史笸籮立刻表示，已經完全看不見他的蹤影。

周圍的少年們大受鼓舞，立刻紛紛動手用嫩樹枝編織起了帽子。幾個少女心靈手巧，在編好了各自的帽子之後，還用青草為牲口編了涼席。整個隊伍的隱藏能力迅速翻倍。阿茹的兄長止骨特地

跑到遠處觀察，發現只要隊伍不繼續移動，隔得稍遠一些，就很難將大夥與周圍的環境區分開來。這下，大夥平安脫身的希望也增加了不止一成。隊伍中的少年和少女們頓時心裡一鬆，很多人臉上立刻出現了陽光。

「你在哪學的？怎麼知道的這麼多？四門學裡頭，應該不會連隱匿行跡也教吧？」史笸籮的心情剛剛不那麼緊張，就立刻想起為他自己招攬人才，湊到姜簡身邊，不停地沒話找話。

「不是四門學教的，是長安大俠胡子曰教的。他在西市口那邊開了家酒樓，專賣各種下水。你想學，等哪天回到長安，我帶你去吃葫蘆頭，你可以當面向他討教。」姜簡對史笸籮的品行多少已經有了一些瞭解，知道此人並沒多少壞心眼，想了想，笑著回應。

「不去，不去！」史笸籮立刻連連搖頭，態度極為堅決，「我費了九牛二虎之力，才從長安逃回來。打死也不會再回去。」

「為什麼要逃？你們阿史那家族，不是有很多人都做了大唐的高官嗎？有幾個還在領兵為大唐開疆拓土？」姜簡聽得大為驚詫，忍不住低聲詢問。連日來，一直都是史笸籮對他刨根問底，而他卻出於禮貌，從沒盤問過史笸籮的底細。如今二人已經多次同生共死，有些事情，問一問就不算唐突了。

然而，史笸籮卻不願意回答，猶豫再三，才吞吞吐吐地解釋：「你說的是阿史那忠、阿史那思摩和阿史那泥孰他們吧？他們幾個，手裡頭原本就有兵有將，還深受皇帝陛下賞識，當然日子過得比在草原上還滋潤。我，我的情況和他們不太一樣。」

「怎麼個不一樣法？你不是頡利可汗的親侄兒嗎？按道理，在家族中地位不會太低。」姜簡反正走路走得無聊，順口繼續追問。

「頡利可汗的侄兒全加起來，不下五十個，我在裡面，能排到第四十九。」史笸籮聳聳肩，悻然回應，「如果我留在長安，頂多混個開國縣男的爵位，然後拿一份乾巴巴的俸祿，混吃等死一輩子。」

「那你回到草原上能做什麼？難道還能重新起兵，跟大唐分庭抗禮啊？」姜簡聽出他話語裡的不甘，笑著提前規勸，「我看還是算了吧！即便大唐騰不出手來討伐你，即將到來的大食人，也不會放過你。況且，你在草原上的那些族人還未必肯跟著你一起冒險！」

「誰說我要回去起兵造反了！你，你別亂猜！」史笸籮立刻像被人踩了尾巴一樣跳將起來，揮舞著手臂反駁。「我在長安城裡悶得慌，想回草原上住幾天不行嗎？頡利可汗的嫡親子侄那麼多，長安城裡缺了我一個，根本不會有人注意。而我回到金微山下，就是一呼百應的特勤。想怎麼快活就怎麼快活。」

一番話，說得理直氣壯。到最後，卻是他自己也不相信。迅速將面孔錯開，避免眼睛跟姜簡的眼睛相對，他又悻然補充：「反正，我有我的苦衷就是了。你不要管。」

「好，我不管就是。」姜簡笑了笑，非常爽快地答應。在他眼裡，史笸籮根本就是個小孩子心性。也許會有很多不切實際的想法，甚至可以稱之為野心勃勃。但能否將想法付諸實施，有沒有將野心化作實際行動的能力，卻都要兩說。

既然如此，姜簡也沒必要現在就非逼著史笸籮認清現實，別試圖與大唐為敵。畢竟，到目前為止，史笸籮都沒有對大唐表現出強烈的敵意。並且，眼下大夥還在結伴逃命的途中，能否活著逃過大食斥候隊的追殺，未必可知。

「對了，我叫阿史那沙缽羅，不是史笸籮！」見姜簡這麼痛快地就不再管自己的閒事，史笸籮心裡反而又覺得有些空盪盪的。用手扯了一下姜簡衣袖，鄭重聲明。

「阿史那沙缽羅？」姜簡愣了愣，啞然失笑，「那我叫你什麼，史沙缽羅，還不如史笸籮好聽呢。」

「叫我沙缽羅特勤。或者沙缽羅殿下！」史笸籮恨得牙根癢癢，瞪圓了眼睛要求，「或者叫我特勤也行。」

「噢，明白了，笸籮殿下。」姜簡翻了翻眼皮，故意將「笸籮」兩字，發得格外清晰。

「你！」史笸籮作勢欲打，卻忽然又想起了自己根本不是姜簡的對手，只好改成了口頭威脅，「你等著，早晚有一天，你會落到我手裡。那時候，看我怎麼收拾你。」

「我傻啊，明知道你要收拾我，我還往你跟前湊？」姜簡撇了撇嘴，對史笸籮的威脅不屑一顧。

「你不傻，就是兩眼一抹黑，就敢愣頭愣腦往草原上鑽。還想讓人販子帶著你去找仇家！我好心好意提醒你，你還拒絕相信。」光動嘴，史笸籮可不怕任何人，看了他一眼，開始冷嘲熱諷。

姜簡從小到大做過的蠢事，最蠢莫過於此。當即，就羞得面紅過耳。正準備組織言語發起反擊，耳畔卻傳來了一句糯糯的聲音，「姜家兄長，吃些胭脂豆子吧。我剛採來的，解暑又解渴。」

扭頭看去，卻是契丹大賀部落的少女阿茹，將幾串如同葡萄般的野果子遞了過來。修長的手指，在綠色的葉子和紫色的果實映襯下，宛若粉雕玉琢。

第三十章　獵人與獵物

大熱天的，跟一個粉雕玉琢的小姑娘分享野果子，肯定比跟一個滿臉鞭痕的「糙老爺們」鬥嘴舒坦。當即，姜簡就笑著接過了「胭脂豆子」，低聲稱謝。這種野果子在長安城外的農田旁很常見，味道遠不如市面上的水果，沒熟的時候還有輕微毒性。所以，姜簡即便在城外遇到了，往往也是不屑一顧。

而今天，阿茹遞過來的這幾串「胭脂豆子」，卻又大又甜，還帶著一股子泉水的冷冽滋味。吃進嘴裡，立刻讓姜簡感覺神清氣爽，連肌肉的疲憊都減少了幾分。

阿茹見他吃得香甜，立刻把抓在另一隻手中的幾串「胭脂豆子」也遞了過來。姜簡哪裡敢如此貪得無厭？笑著輕輕擺手，「夠了，已經足夠了。好不容易採的，妳自己也吃一些吧！多謝！」

「我們先前在樹林裡採了很多呢，這些是剛剛用溪水洗過。你先吃，我一會兒再去洗。」阿茹有點兒害羞，說話時始終半低著頭，不敢與姜簡目光相對。卻堅持將手裡的「胭脂豆子」朝他面前遞，

「姜家兄長不必跟我客氣，如果不是你，我，我們昨夜根本沒機會從駝城裡逃出來。」

「嗯咳，嗯咳！」史笸籮眼巴巴地在旁邊看了半天，卻沒見阿茹把「胭脂豆子」也分給自己一顆，忍不住低聲咳嗽。

「我，我再去洗，小溪就在那邊。」阿茹聞聽，立刻滿臉漲紅。將「胭脂豆子」直接朝姜簡手裡一塞，隨即，如同受驚的小鹿般逃了開去。

史笸籮仍舊一顆「胭脂豆子」都沒撈到，氣得哼哼唧唧地撇嘴。正用草席托著洗好了的野枸杞給大夥分享的珊珈見了，笑著搖了搖頭，加快腳步走上前，遞上一把濕漉漉的野枸杞。「給你吃這個，剛採來的。」

枸杞其實比胭脂豆好吃很多，然而，史笸籮卻吃得索然無味。囫圇吞了幾顆，就將剩餘的枸杞一股腦放回了草席子上。

「我去四周圍巡視一圈，免得被馬賊盯上了，咱們還毫無察覺。你們也別繼續走了，這附近既然有小溪，就再找一處樹林去歇歇。讓大夥吃點東西，恢復一下體力。」彷彿自己是隊伍的頭領一樣，他對姜簡和珊珈吩咐，緊跟著，跳上馬背匆匆而去。

「他今年多大了。」珊珈莞爾，先目送他離開，然後小聲向姜簡詢問。

「我也不知道，應該有十七了吧。性子還是個小屁孩，還特別喜歡裝大人。」姜簡也被史笸籮的行為，逗得啞然失笑。一邊舉頭觀察周圍的環境，一邊低聲回應。

附近有一座不知道名字的小山，比一路上見到的其他山丘都高一些。山上的樹不多，卻有一條小溪歡快地從陽坡上奔流而下。時間臨近正午，陽光從頭頂直射而下，將溪水照得如同飛花洩玉。

「大夥都有點疲了，從昨天夜裡到現在，也沒吃任何東西。」作為整個隊伍之中年齡最長的大姐姐，珊珈想了想，柔聲提醒。

姜簡立刻就明白了她的意思，朝四下又掃了幾眼，輕輕搖頭，「這一帶太空曠，容易被追兵發現。咱們沿著溪流往上走幾步，看看有沒有岩石或者樹林可以藏身。不用太多，有十幾塊豎立的岩石，或者一片二十步方圓的小樹林，就能把咱們全都藏進去。」

他沒有任何野外生存經驗，以前也從未帶過十個人以上的隊伍。在長安時，哪怕是跟同窗結伴外出踏青，通常也是聽從某個師兄的指揮。從昨夜起，卻被趕鴨子上架，成了所有少年少女的領頭羊。

好在少年人心思單純，他的領頭羊地位，才沒受到任何挑戰和質疑。而他倉促發出的那些命令，無論正確與否，也都得到了貫徹執行。這讓他愈發感覺肩頭責任重大，咬著牙將全身本領給發揮到了十二分。

而老天爺不負有心人，大約一刻鐘之後，前方探路的突騎施少年李日月，終於送來了一個好消息。小溪的上游，有一處山澗。山澗右側的岩石林立，岩石後，則有足夠的空地可以供大夥兒暫時藏身。

姜簡嘴裡長長出了一口氣，立刻通知所有人改變方向，拉著牲口，直奔小溪上游的山澗。不多時，就在岩石區，找到了一個絕佳的隱蔽地點。

眾人早就又睏又乏，立刻背靠著岩石坐了下去，躲在岩石的陰影裡歇緩體力。姜簡自己，也恨不得立刻四仰八叉躺在地上，卻咬著牙又蹭到山澗邊緣，用目光向溪水中探尋是否有野魚存在。

胡子曰在故事裡說過，打仗之時，計毒莫過於絕糧和絕水。斷了水，人活不過四天。而斷了糧食，再強大的軍隊，三天之內也會喪失鬥志，成為一群待宰羔羊。想當年，李密帶著十萬瓦崗軍攻打洛陽，就是因為被王世充切斷了糧道，而一敗塗地。姜簡現在帶的是一支烏合之眾，更不敢讓大夥兒餓著肚子行軍。大夥昨夜急於逃命，又沒顧得上從駝城內收集乾糧。今天上午擔心被追兵發現，也沒敢分派人手去打獵。此刻守著一條小溪，想要填飽肚子，捕魚就是最佳選擇。

老天爺今天心情顯然不錯，很快就又展示了他仁慈的一面。在山澗的中段拐彎位置，竟然有一處四丈方圓的石潭。姜簡蹭到石潭邊向下望去，只見上百條巴掌大的野魚，在清可見底的潭水中往來游動。察覺到有人窺探，野魚們也不覺得害怕，甚至浮上水面，歡快地吐起了泡泡。

這個時候，姜簡可是顧不上欣賞野魚戲水的身姿。跌跌撞撞返回大夥休息區域，拉起小胖子蕭朮里、室韋少年巴圖等人，就去抓魚。

隊伍中幾個少女聞訊，也強撐著趕過來幫忙。大夥將披在牲口身上的兩張草席扯開，重新編織成草網，踩著石頭，拉在石潭通往下游山澗的出口。然後在岸邊撿起石塊，丟進石潭中驅趕野魚。

很快，就拉上了第一網漁獲。

有了第一網、第二網和第三網，就更輕車熟路。大約一刻鐘之後，岸邊的石板上，就擺滿了野魚。眾人丟掉已經被水泡壞了的草網，七手八腳將魚清理乾淨，又找來乾草生了火，把魚烤熟。儘管缺油少鹽，仍舊吃了個不亦樂乎。「要是昨夜離開駝城的時候，找到了那批弓箭就好了。」吃飽喝足，史笸籮躺在岩石的陰影下，拍著肚皮說道。「那樣的話，大夥就可以圍獵。我剛才看到了一大群黃羊，可惜沒等我靠近，牠們就逃走了，我追都追不上。」

「知足吧，昨天晚上那麼亂，能逃出來，就是長生天保佑了。」阿茹的兄長大賀止骨年齡比他大，跟他混熟了，說話就不再瞻前顧後。

「可不是嗎？」室韋少年巴圖很少吃魚，喉嚨卡了根魚刺，一邊努力吞咽溪水，一邊低聲附和。「昨夜駝城裡到處都是火頭，外邊還來了大批馬賊，再耽擱下去，咱們不被馬賊殺死，也得被火給燒死。」

「我只是覺得可惜。」史笸籮撇撇嘴，懶得理睬這倆容易滿足的傢伙。「咱們現在不缺食物和清水，如果手頭有足夠的弓箭。哪怕大食馬賊追上來，也可以憑險據守。此處距離白道川只有一百多里遠，那些大食馬賊再凶，也不敢在同一個地方停留太長時間。否則，一旦大唐邊軍聞訊趕至，他們那點兒人，根本擋不住對方一次衝鋒。」這話，聽起來的確有些道理。止骨和巴圖兩個想了想，低聲嘆氣。如果大夥昨夜逃命的時候，能成功拿到珊珈所說的那批弓箭，非但可以結伴圍獵黃羊，還可以利用地形，重創追兵，逼著對方知難而退。戰馬無法逆著山勢發起衝鋒，而六十張角弓，足以封死上山的道路。

大唐雖然在草原上駐紮兵馬，腳下這片草原，眼下卻屬於大唐的領土。那群假扮馬賊的大食斥候，根本沒有後續部隊，還深入了大唐境內不知道幾千里遠。一旦被大唐邊軍發現，肯定會死無葬身之地。

事實證明，史笸籮是個不折不扣的烏鴉嘴。

他的話音剛落，輪班警戒任務的布魯恩，就從岩石上跳了下來，三步兩步直奔姜簡，「馬賊，馬賊的斥候追上來了。西南邊六百步左右，身邊還帶著獵犬。」

「該死的獵犬！早晚被人給烤了吃！」眾少年紛紛爬起來，一邊低聲詛咒，一邊趴在岩石後朝西南方張望。獵犬鼻子靈敏，既然已經追到附近，大夥藏得再隱蔽，也會被牠給找到。接下來，一場惡戰，已經不可避免。借著中午的陽光，他們清楚地看到，有七八個騎著戰馬的斥候，在獵犬的指引下，正沿著溪畔逆流而上。

每個人渾身上下，都被黑布裹得嚴嚴實實。

「有兵器和弓箭的，全留下，其他人，拉著坐騎向山頂撤！」就在大夥驚慌失措之際，姜簡的聲音，又響了起來。「趁著馬賊主力沒到，快。」

這個決定未必正確，但是，總好過沒有決定。

登時，所有少年和少女們就又有了主心骨。大部分手中沒有兵器者，紛紛幫忙拉著坐騎向高處撤離，其餘人，則快速向姜簡靠攏。

「你們幾個，也跟著一起撤。鐵鍊子不太好用。追兵現在只有八個人，還不到大夥一起跟他們拚命的時候。」姜簡稍稍緩了口氣兒，再度高聲命令。

上一戰，犧牲掉的五個同伴，便是因為手中缺乏合適兵器，才被對手奪回了先機。這一次，他無論如何都不允許自己犯同樣的錯誤。

「我們，我們有這個！」幾個拎著鐐銬準備參加戰鬥的少年停住腳步，高聲抗議。雖然留下來戰鬥，有可能會讓他們丟掉性命。但是，自己離開讓別人斷後，在他們看來卻是非常不講義氣的行為，給他們帶來的屈辱遠遠高於戰死。

「快走，服從命令。你們現在的任務，是誘敵，誘敵，懂不懂！等幹掉了這批馬賊，繳獲的兵器讓你們幾個先挑！」史笸籮見狀，不由分說衝過去，一腳一個，將手持鐵鍊的少年們生生踢走。

「哎，哎！」幾個手持鐐銬的少年屁股上吃了飛腳，卻心情愉悅，連聲答應著撒腿跑遠。

「屁都不懂，盡添亂！」史笸籮朝著幾人的背影嘀咕了一句，邁動雙腿，迅速返回到了姜簡身側，低聲提醒，「你有把握嗎？這招先前咱們已經使過一次了。那些大食人再傻，也不會上第二次當吧？」

「如果換了你是大食人，你會不會相信，同樣的招數，我會用第二次？」姜簡知道不僅僅是史笸籮一個人心中有此疑問，想了想，笑著反問。

「這……」史笸籮雙眉緊皺，沉吟再三，才鄭重搖頭，「不會。八成不會。頂多我讓底下人多加小心。」

「肯定不會，他們越覺得自己聰明，越想不到！」其餘少年，也恍然大悟，看向姜簡的目光裡，瞬間又多出了幾分佩服。

唯恐大夥心裡存著疑慮，趁著追兵衝上來之前，姜簡繼續低聲補充，「上次咱們只讓幾個小娘誘敵。這次呢，咱們讓四十多個同伴，一起撤向山頂。山下的追兵未必清楚咱們這邊究竟有多少同伴。看到那麼大一批人，拉著坐騎往山頂走，肯定會認為那已經是咱們的全部。」

「肯定是這樣，換了我，也不會仔細去數！」大賀止骨聽了，心悅誠服地點頭。

「姜兄，你說怎麼辦就行了。不用解釋那麼多！」蕭朮里更痛快，揮著手裡的大食長劍催促。

「對啊，姜兄，你下命令就是，我們都聽你的。」史笸籮也緊跟著表態，彷彿剛才提醒姜簡同樣招數用了第二次的人，跟他沒任何關係一般。

「那我就不客氣了！」姜簡聞聽，果斷接過話頭，「呼延忠、查罕、特拉爾胡、尉遲勒，你們四個身上沒鎧甲，一會兒不要衝在前頭，只負責補刀。」

「是！」兩個手拿大食長劍和另外兩名手持大食短劍的少年，齊聲答應。姜簡對他們點點頭，又迅速將目光轉向大賀止骨，「止骨兄，老樣子，弓箭手全都交給你指揮。等會兒先別急著放箭。待斥候靠近咱們二十步之內，再用最快速度給他們來一個三輪齊射。優先幹掉他們的獵狗，然後再射人。三輪齊射過後，你立刻帶著弓箭手後撤，拉開與追兵的距離，自行尋找機會。」

「好！」阿茹的兄長大賀止骨拱起手，肅然領命。

「咱們幾個，組成一個簡單的陣型。」將目光看向史笸籮、蕭朮里、巴圖、李日月、布魯恩和另一名來自鐵勒部落的少年薛突古，姜簡的聲音漸漸變得低沉，「咱們幾個身上有鎧甲，結陣而戰肯定比亂打一氣容易幹掉對手。因為沒有時間訓練如何結陣，咱們就來個最簡單的。等會兒我不出聲，大夥就都藏在岩石之後不要動。我喊動手，大夥兒就跟著我一道繞過岩石，衝向敵軍。我打頭，史笸籮和蕭朮里一左一右保護我的側翼。其餘四個人，跟在我們仨之後保持一把刀的距離，除非我們三人當中有誰倒下，否則無論如何不得超過我們。」

唯恐眾人聽不懂，他一邊說，一邊拿大橫刀在地上快速勾畫。很快，就用代表大夥的七個圓點兒和連接在彼此之間的線條，勾勒出一個帶有底座的三角形。待史笸籮等人紛紛點頭，他在岩石後，又用刀向山澗斜指，「咱們是沿著山澗右岸上來的，大食馬賊想要快點兒追上珊珈她們，也會選擇同樣的道路。山澗旁的草有點滑，他們不能騎著馬上來，等會兒，咱們就是徒步對徒步。」

「站住，站住，不要逃，你們逃不掉！」

「站住，我們首領說了，投降就不殺光你們！」

彷彿與他的話相印證，山澗下游的右側岸邊，大食斥候紛紛跳下坐騎，一邊用蹩腳的唐言高聲威脅，一邊徒步展開了追擊。

「別搭理他們怎麼叫喚。咱們這邊占據了地利，七個打八個，還有五名弓箭手壓陣，贏定了。」史笸籮輕蔑地看了大食斥候們一眼，低聲給大夥鼓勁。

「對，咱們占據了地利。」姜簡笑了笑，點頭表示贊同，「等會兒咱們是沿著山坡往下衝，大食人卻要仰面向上，地勢對咱們非常有利。只要結陣把他們衝散，再幹掉帶隊的頭目，咱們基本就鎖定了勝局。」

「嗯！」眾少年握緊手中兵器，用力點頭。

「那就去收拾鎧甲，記得把鐵板都插好。然後，調整呼吸，等他們上來。」姜簡能交代的已經交代完畢，笑著揮手。鎮定得彷彿身經百戰的老將一般。事實上，他的心跳速度，比平時高了足足一倍有餘。雙眉間，也因為緊張而陣陣發麻。

但是，此時此刻，他卻必須裝出勝卷在握模樣，慢條斯理地整理鎧甲，插入鐵板。無論如何，都不能讓大夥兒看到自己的真實內心。

「當家的不能喊窮，否則全家的日子就沒法過了。帶兵打仗，也是一樣。」胡子曰在故事當中，曾經用過日子的道理，來類比如何做一個合格的主帥。姜簡當時因為覺得這個比方非常有趣，所以印象深刻。卻沒想到，自己這麼快，就成了故事裡的「當家人」。

「老天爺保佑，我能夠贏下這一仗。」偷偷看了一眼大呼小叫衝過來的追兵，他在心中默默祈禱。

老天爺沒有回應，四下裡，只有追兵的威脅聲，腳步聲和同伴們沉重的呼吸聲。

「別緊張，咱們一定能贏！咱們累，他們同樣一夜都沒睡覺。」他笑了笑，用極低的聲安慰大夥。同時自己先深深吸氣，又將肺裡的空氣用力吐出。吸氣，呼氣。再吸氣，再呼氣。

隨著胸脯的起伏，他感覺到自己雙眉之間的區域不再麻木。耳朵也變得越來越靈敏。他聽見有一個追兵在山澗旁跌倒，然後罵罵咧咧爬起來，繼續向自己藏身處靠近。

他聽到追兵的腳步聲越來越沉重，罵聲越來越囂張。

他聽到獵犬在咆哮，上氣不接下氣。

他聽到山澗中的流水，轟隆隆而下，宛若瀑布。

「去死！」頭頂上的忽然傳來一聲叫罵，緊跟著，是羽箭脫離弓弦的聲音。一個擔任弓箭手的少年，受不了臨戰前的壓力，搶先向追兵發起了攻擊。「壞了！我忘記了弓箭手那邊也全是新手！」姜簡追悔莫及，卻強迫自己不要立刻採取行動。先伸手拉住作勢欲衝的史笸籮，然後從岩石後探出半個頭，繼續觀察敵軍。

敵我雙方相隔足足四十步遠，哪怕是居高臨下，匆忙放箭的少年也無法保證準頭。羽箭落在草地上，濺起了一串綠色的碎屑。

敵軍立刻發現前方有埋伏，果斷停止推進，就地尋找岩石躲藏。待發現伏兵好像只有四五個人，又大罵著重新發起了進攻。

八名敵軍，一頭獵犬，迅速組成一個雁行陣。帶隊的小頭目，將身上的黑袍解下來，當作軟盾快速揮動，遮擋從上方射下來的羽箭。六名兵卒分成兩隊，彼此拉開距離，如同南來的大雁般，一左一右跟在他身後。最後一名斥候，則取下了背上的羽箭，仰面朝天發出了一支響矢「吱……」拴在箭桿上的哨子，發出淒厲悠長的聲音，將找到獵物的消息，傳得很遠很遠。

大賀止骨又驚又急，趕緊帶著弓箭手們放箭殺敵，然而，戰果卻乏善可陳。

「射狗！先射狗！」姜簡脊背陣陣發涼，卻果斷高聲提醒。

擔任弓箭手的少年們，終於記起了各自的職責，紛紛調轉角弓，朝著獵犬展開攢射，眨眼間，就將走在追兵隊伍前頭的獵犬，給射成了一隻刺蝟。

追兵們怒不可遏，咆哮著加速前衝。大賀止骨帶著弓箭手們，咬緊牙關繼續開弓放箭。堪堪又射了兩輪，卻只放倒了一名敵軍。

少年們胳膊開始發痠，追兵也近在咫尺。

「動手，跟我上！」姜簡大吼一聲，帶頭從藏身的岩石後撲出，直奔追兵的頭目。響箭已經被追兵放出，敵軍的大隊人馬，很快就會出現在山腳。這會兒，想改變對策，已經澈底來不及。他只有盡可能地殺傷眼前的這夥雜碎，搶到更多的兵器，才能讓更多的同伴，不至於空著手跟敵軍拚命。至於六十一名被命運安排在一起的少年，能否拚得過一支身經百戰的精銳斥候隊。姜簡暫時顧不上去想，也不願去想。

「哈瓦日注二十九……」沒想到岩石後還藏著人，帶隊的斥候頭目用尖叫聲向所有下屬示警，同時舉刀迎戰。他個子比姜簡高了一頭，身體修長，手臂粗壯有力。雖然在地勢方面吃了一些虧，作戰經驗卻有效彌補了這點差距。姜簡借助下衝之力劈落的大橫刀，被他沒費任何力氣就卸到了一旁，緊跟著，他蹲身，反腕雙手握著大食長劍抹向姜簡的小腹。

「啊！」姜簡衝得太猛，根本無法收攏腳步，手中唐刀也因為招式用老，來不及撤回來阻擋劍刃。整個人就像主動送上去一般，與橫抹過來的劍刃撞在了一處。

「叮！咯嗤嗤……」劍刃抹破了皮甲，又與姜簡預先插進鎧甲胸前口袋中的鐵板接觸，先發出清脆的撞擊聲，隨即是刺耳的摩擦聲。已經認定自己必死無疑的姜簡，全身上下剎那間冷汗如漿。隨即，果斷放棄了防禦，左臂抱住斥候頭目的脖頸，右手揮刀迅速回剁。「叮！」又是一聲脆響，刀刃砍中了頭目鏈甲的下襬。鏈甲柔軟堅韌，姜簡倉促之間回剁的那一刀，又無法將力氣用足，根本破不開前者的防禦，只相當於狠狠拍了一下對手。

大食斥候頭目的屁股吃痛，嘴裡發出一聲悶哼，騰出左手抓住姜簡的右肩，盡可能地控制他的手臂活動範圍。同時右手橫拖，試圖將長劍從二人身體之間的縫隙中撤出。姜簡來不及琢磨如何變招，卻本能地知道不能讓此人如願，乾脆借著山勢和前衝之力，將自己整個人貼了過去，同時擺動右手中的橫刀上下切削。

雙方之間瞬間變成了面貼面，彼此都能感受到對方滾燙的呼吸。雙方手中的兵器，都發揮不出任何作用，一個夾在彼此之間遲遲無法拉出。一個貼著對手的後背上下揮動，將鏈甲刮得火星四濺。

跟在姜簡左右兩側，原本負責保護他兩翼的史笸籮和蕭朮里，沒等出招幫忙，就被跟在大食斥候頭目身後的兩名斥候攔住。雙方一個占據了地利之便，一個占了戰鬥經驗和年齡的便宜，殺了個旗鼓相當。

雁行陣後側的另外四名大食斥候果斷向前推進，試圖利用陣型變化，繞到側後方，向姜簡、史笸籮和蕭朮里三人發起襲擊。巴圖、李日月、布魯恩和薛突古哪裡肯讓他們的圖謀得逞？怒吼著結伴上前，從左右兩個方向擋住他們的去路。

大食斥候頭目精心擺出的雁行陣瞬間失去作用，姜簡臨時組建的帶底座三角陣，也攤成了一張胡餅。敵我雙方擠在一個狹小的區域裡廝殺，都試圖立刻了結對手的性命。卻都無法在三招兩式內

注二十九、哈瓦日：大食語，小心。

得償所願。短兵相接迅速退化成了兩夥流氓打群架，看不出任何章法，也沒有任何理智可言。

「射那個持弓的，一起射死他！」已經按照戰術安排退到二十多步之外的大賀止骨突然轉身，叫嚷著向斥候隊伍中唯一的那名弓箭手開弓放箭。

那名弓箭手先前以一對五，射得手腕發軟。此刻剛剛恢復了一些腕力，正準備尋找機會射殺姜簡和史笸籮二人中的一個。猛然間聽到羽箭破空之聲，本能地側身跳躍，「啪！」大賀止骨射來的箭矢，貼著他的大腿邊緣射到了草地上，深入數寸，箭尾的羽毛在陽光下高速顫動。

那大食弓箭手果斷放棄了偷襲計畫，調轉角弓，與大賀止骨展開對射。大賀止骨經驗沒他豐富，動作也沒他快，轉眼間，就被此人一箭射中大腿根兒。

血，立刻從大賀止骨的大腿根兒處噴射而出，他疼得嘴裡發出一聲悶哼，迅速蹲在了一塊石頭之後。沒等那大食弓箭手來得及高興，四支羽箭同時射至。兩支貼著他的脖頸掠過，另外兩支分別命中的他的眼窩和胸口。

「叮！」射在胸口處的羽箭被塞在皮甲口袋中的鐵板阻擋，徒勞無功。射進眼窩裡的那支，卻無聲地深入了兩寸有餘。那大食弓箭手疼得厲聲慘叫，身體仰面朝天栽倒，隨即，順著山坡翻滾而下，沿途的河灘，迅速染滿了紅。

「啊……」位於姜簡右側的薛突古終究不如大食斥候老辣，被後者找到機會，一劍刺在了毫無防護的左側肋下三寸，慘叫著倒地。攻擊得手的大食斥候抬腳邁過他的身體，直撲姜簡，試圖幫助自家頭目解決戰鬥。卻不料，姜簡嘴裡忽然發出一聲怒吼，集中全身力氣前推，剎那間，與斥候頭目一道摔成了滾地葫蘆。二人沿著山坡快速翻滾，距離山澗越來越近，越來越近。眼看著就要滾入山澗中，做一對水鬼。斥候頭目急得方寸大亂，鬆開扳在姜簡右肩膀處的左手，死死抓住了一塊凸起的石頭。二人的身體停止滾動，驟然分開數寸。位於上方的姜簡猛然彎腰低頭，照著斥候頭目的鼻樑，就是一記頭槌。

「砰！」青草編織的圓帽受壓迅速變形，蓋在青草內的大食鐵盔邊緣與將大食斥候頭目的鼻樑相接觸，瞬間將後者砸成了扁平狀。鮮血從斥候頭目的眼窩、鼻孔、嘴巴同時冒出。他眼前五彩繽紛，耳朵裡也宛若開了水陸道場，鐘鼓鑼磬齊鳴。姜簡發覺招數見效，果斷又是兩記頭槌，「砰！砰！」青草圓帽澈底從頭上脫落，金屬頭盔的前方也染滿了血漿。再看那大食斥候頭目，四肢不受控制地抽出，握劍的右手無力地張開。眼窩、鼻孔耳孔處血流如注，圓張的大嘴裡，血漿與白色嘔吐物交替噴湧。姜簡自己也被撞得頭暈目眩。咬著牙抓起橫刀，一刀抹斷了斥候頭目的脖頸。還沒等他站起身，剛剛殺死了薛突古的兇手已經咆哮著追至，雙手持劍，狠狠砍向他的脖頸。

「噹啷！」姜簡倉促舉刀招架，大橫刀與阿拉伯長劍相撞，被砍出了一個樹葉大小的豁口。那兇手一擊不中，迅速撤劍，擰身，借著沿山坡下衝的速度，繞到姜簡身側，又是一記橫掃。

「噹啷！」姜簡再度舉刀招架，大橫刀受力不住，瞬間斷成了兩截。「啊啊啊……」那兇手嘴裡厲聲咆哮，揮舞著長劍再度劈刺。兩支羽箭及時射至，一支命中了他的小腿肚子，另外一支擦著他臉頰飛過，帶起數顆血珠。

「啊！」兇手疼得高聲尖叫，身體瞬間失去了平衡，長劍錯過連滾帶爬的姜簡，劈在地面上，泥沙與火星飛濺。僥倖躲過的致命一擊的姜簡，反應忽然變得無比迅速。伸手抓起死去那個斥候頭目的長劍，一劍捅在了兇手的小肚子上。長劍貼著鐵板的邊緣刺入兩尺餘，劍鋒從兇手背後頂著另一塊鐵板冒出。兇手臉上，立刻出現了震驚與痛苦交織的表情，身體跪地，圓睜著雙眼死去。毫不猶豫拔出長劍，姜簡雙手握住劍柄，以劍為槍，轉身逆著山勢飛奔，去援救同伴。一名斥候正跟史笸籮殺得難解難分，被他一劍捅在後腰上，將鏈甲和身體，同時捅了個對穿。那斥候疼得淒聲慘叫，扭過頭，試圖揮劍砍死姜簡。姜簡果斷鬆開劍柄，縱身後躍。斥候的垂死反撲落空，身體失去平衡，插著一把長劍在原地踉蹌著轉圈兒。史笸籮跨步揮刀，砍飛了此人的頭顱，緊跟著轉身怒吼，揮刀撲向小胖子蕭朮里的對手。姜簡果斷從無頭的屍體上拔出長劍，與史笸籮一道向此人發起了進攻。

那名斥候，原本憑藉經驗和體力，鎖定的勝局，將蕭朮里殺得毫無還手之力。猛然間，卻變成以一敵三，頓時心裡著了慌。被蕭朮里抓住破綻，一刀砍掉了半截小腿。

「啊……」缺了半截小腿的斥候倒地，痛苦地來回翻滾。殺紅了眼睛的姜簡一個箭步跟上去，揮劍砍斷了他的脖頸。

「娘……」慘叫聲再度響起，卻是突騎施少年李日月，肚子上被對手刺了一劍，踉蹌著跪倒於地，大口地吐血。

「天殺的狗賊！」姜簡怒不可遏，舉起血淋淋的長劍，怒吼著撲向刺傷李日月的大食斥候。「殺光他們！」史笸籮和蕭朮里以怒吼聲相應。

三人先後抵達李日月的身側。一人扶住了奄奄一息的李日月，另外兩人揮舞兵器，朝著李日月的對手殺招迭出。李日月的對手，原本身上就已經見了血。同時應付兩把兵器，立刻左支右絀。蕭朮里放下李日月的屍體，含淚加入戰團，一劍將此人的腳掌釘在地面上。

「啊……」淒厲的尖叫聲從斥候嘴裡發出，撕心裂肺。蕭朮里又一劍自下向上刺出，半截劍身都刺入斥候的小腹，直貫到了胸腔。

全身的力氣瞬間消失，那斥候丟下兵器，滿臉難以置信地看著蕭朮里，大口大口地吐血。史笸籮一腳踹過去，將此人踹倒於地。緊跟著又彎腰補了刀，澈底結束了此人的性命。

八名大食斥候，在不到半刻鐘時間內，陸續被幹翻了六個。而參與短兵相接的七名少年，卻還剩下五人。以五敵二，局勢瞬間變得無比清晰。

「殺光他們！」姜簡舉起染血的長劍，高聲向姜簡等同伴發出呼籲。

「殺光他們！」史笸籮、蕭朮里等人齊聲回應，刀劍並舉，招招不離最後兩名斥候的要害。

「殺光他們！」四名因為身上沒有鎧甲，被姜簡當做預備隊的少年，也大吼著衝了上來，圍著剩餘的兩名大食斥候亂砍。

那兩名大食斥候以二敵九，如何還有膽子繼續支撐？虛晃一招，轉身就逃。姜簡等人想都不想，咆哮著高舉兵器緊追不捨。沾滿了人血的草地太滑，一名斥候不小心被滑了個踉蹌，跌跌撞撞向前撲倒。追上來的姜簡看都不看，隨手一劍砍在了他的鎖骨上。緊跟著繼續邁動雙腳，將長劍刺向了最後一名斥候的後心窩。最後一名斥候猛地斜向跨步，隨機快速轉身揮劍橫掃。這一招無比狠辣，可惜，用錯了地方。

在緊張、憤怒、痛苦、自責等多重情緒的作用下，姜簡的反應變得靈敏無比，一個斜向縱躍，就讓斥候的殺招落到了空處。緊跟著，他雙手持劍，也來了一記秋風掃落葉，劍刃拖著寒光，狠狠斬在了視野裡鏈甲的下襬邊緣。

「噗！」斥候的大半截左腿，應聲而落，整個人橫飛出去半丈遠，摔在地上昏迷不醒。史笸籮咆哮著追至，彎腰奮力補刀，將此人砍得身首異處。姜簡迅速停住腳步，持劍四下張望。連續看了兩圈兒，才終於確定四周圍已經沒有了站著的敵軍，忽然身體晃了晃，眼前一片黑暗。他迅速將長劍插向地面，雙手握住劍柄，用雙臂奮力支撐住身體，才避免自己一頭栽倒。

疲憊如同海浪般，一波波接踵來襲，瞬間淹沒了他的全身。他的胸口起伏，呼吸聲又短又急。鼻孔、嗓子等處，都彷彿在冒煙，嘴巴裡也乾得好像塞滿了蘆花。他努力呼吸，卻於事無補，臉色被憋得一片青紫。他用劍柄頂住自己前胸，試圖讓胸脯起伏的別那麼狂野。然而，心臟卻如同發了瘋的野鹿，「怦怦怦，怦怦怦」，不停地撞擊胸骨。

「不能倒下！」他在心裡對自己下令，「大食斥候的主力馬上就到，他們已經放出了鳴鏑！如果你倒下了，所有人都會死！」

「你死了，車鼻可汗的陰謀就徹底得逞，沒有人會在乎你姐夫死得冤不冤枉。」

「你姐姐會很傷心，你叔叔會很得意，還有人會急著瓜分你名下的那點田產，就像你姐夫死訊傳到長安之時，韓家人做的那樣……」

理由一個接著一個，每一個，都令他靈魂痛苦無比。同時，讓他頭腦漸漸清晰。讓他更倔強，更努力地支撐起自己的身軀。也許只用短短幾個彈指，也許是七八個呼吸，當眼前的黑霧漸漸消散，他終於又看到了顏色。

綠色的草地、紅色的血漿白色的劍刃，還有一隻青灰色，盛著少許清水的石頭片子。

「喝，喝水！」史笸籮的聲音，也傳入了他的耳朵，斷斷續續，還夾著濃重的喘息，「喝水，喝完，趕緊上山。」姜簡沒有道謝，接過石片兒，將表面小坑中的清水，一飲而盡。隨即，努力站直身體，儘量讓自己看起來信心十足。「補刀，砍下所有馬賊的腦袋，丟進山澗裡，別忘了剝頭盔。」深吸一口氣，他高聲命令，隨即，又重新組織語言，「先補刀，防止有馬賊裝死。然後再剝頭盔和鎧甲，收攏所有兵器。布魯恩、巴圖，你們兩個你年紀小，先走一步去跟珊珈會合。止骨，止骨兄……」連喊兩遍，他都沒得到回應，詫異轉頭搜索，才發現身邊缺了這位出色的弓箭手。心臟猛地一沉，他低頭盯住一名手持角弓的少年，啞著嗓子追問：「止骨呢，他是不是受傷了？傷得重不重？」

「止骨陣亡了。」那名少年的眼淚立刻控制不住，啞著嗓子哭喊，「他跟大食人弓箭手對射，中了一箭，被傷到大腿上的血管兒，血流盡而去。他說，他臨去之前讓我們幫他拜託你，拜託你，將他妹妹阿茹送回大賀部。他還說，還說，如果，如果你打輸了，就先殺了阿茹，無論如何都別讓阿茹再落到馬賊手裡！」

「噗！」話音未落，一口血從姜簡嗓子眼裡湧了出來，瞬間染紅了他的牙齒、下巴和胸甲。

「姜簡……姜簡……」史笸籮等人大驚失色，趕緊上前扶住他的胳膊，「不怪你，你已經做得夠好了。咱們這邊戰死了三個，卻殺掉了八名賊人……」

「我沒事！」姜簡掙脫眾人的攙扶，抬手抹去自己下巴和嘴角等處的鮮血。「不用管我。笸籮，帶著大夥補刀，收拾兵器、頭盔和甲冑，咱們上山。」他不再感覺疲憊，也不再感覺緊張，甚至靈魂深處的痛苦，也降低了許多。已經理解了什麼是死亡，也理解了什麼是恐懼，卻變得更加堅強。

「布魯恩、巴圖，你們兩個先走一步，通知珊珈，在山澗的源頭處紮營，然後立刻分派人手，收集柴草。」不知道是不是因為剛剛吐過血的緣故，此時此刻，姜簡的頭腦，也變得無比清醒。發佈出來的命令，井井有條，「大食人肯定會追上來，咱們徒步，肯定跑不過戰馬。告訴大傢伙，不想被殺，就準備足夠多柴草，點起狼煙，然後以死相拚。看大食人先攻上山頭，還是白道川的大唐邊軍看到狼煙後先殺過來！」腳下這座五名山頭，距離白道川頂多一百三十里路。而據胡子曰說，當年大唐騎兵千里奔襲頡利可汗老巢，每天晝夜行軍三百餘里，五日之後，仍有餘力向頡利可汗的本陣發起衝鋒。扮做馬賊的大食斥候們，將他和史笸籮等人當做獵物。只要他帶領大夥兒，堅持到大唐邊軍趕至，誰是獵物，誰是獵人，還未必可知。

第三十一章　林有樸樕

沒有多少眼淚，也顧不上悲傷，參戰的少年們帶著從敵軍屍體上剝下來的盔甲，帶著從血泊中收起來的兵器和箭矢，抬起陣亡的同伴，快速向山澗源頭處轉移。剛剛經歷了一場生與死的考驗，每個少年都在迅速成長。原本非常在意的一些事情，忽然就變得微不足道。而原本感覺很模糊，很虛幻的東西，也迅速變得清晰且真實。還沒等他們走到目的地，珊珈已經帶著另外三十幾個少年少女主動迎了下來。先從他們手裡接過了盔甲、兵器、箭矢和勇士的遺骸，然後兩個人負責一個，像攙扶傷患一般，架著他們繼續往上走。

「沒事，沒事，我自己能走！」發現過來架自己的，竟然是珊珈和她的侍女金花，姜簡窘得臉上發漲，一邊側身躲閃，一邊低聲拒絕。

「阿茹剛才暈過去了。」珊珈低聲向姜簡彙報，隨即，趁著對方微微發愣的瞬間，抓住了他的胳膊，不由分說搭在了自己的肩膀上，「我安排銀葉在照顧她。別亂動，小心咱們三個一起滾下山去。

這是你應得的，在波斯，勇士凱旋歸來，會被兄弟姐妹們抬著走進家門。」

「體力，恢復，打下一仗。保護我們！」金花唐言說得遠不如珊珈熟練，斷斷續續地在一旁補充，同時雙手扯住了姜簡另外一條胳膊，將自己的肩膀頂在了他的腋窩之下。

鞋底處有點兒滑，姜簡不敢用力掙扎，只好遂了她們兩人的意。在邁開腳步之後，卻又忍不住低聲詢問：「山澗的源頭距離這裡多遠？阿茹醒過來了嗎？其他人怎麼樣？我剛才安排布魯恩和巴圖幫忙傳話給妳……」

「其他人都去收集柴草了，我讓他們不管是什麼東西，只要能點著的，全都收集起來。」畢竟是經歷過戰爭的人，珊珈沒等他把話說完，就明白了他的意思，按照重要次序快速打斷，「大夥都有點害怕，但是卻不後悔跟著你一起逃出來。否則，大夥昨天晚上就被大食人滅了口。山澗的源頭距離這邊還有大約二里遠，是個很大的泉眼，水量非常充足。我下山時，阿茹已經醒了，有點兒不願相信止骨已經戰死的消息，但人沒大事兒。她只是看起來嬌小，其實內心遠比外貌堅強。」

「辛苦你了！」姜簡長出了一口氣，儘量將身體站直，以減輕珊珈和銀葉兩人的負擔。珊珈卻也跟著將身體挺直，甚至還試圖踮起腳尖，「你別躲，否則我們兩個更累。沒什麼辛苦不辛苦的，我不想再給蘇涼做奴隸，更不想落在大食人手裡。她也是一樣！」

「大食人看上了我家的房子，我父親不給，被殺。我母親和弟弟哭，也被殺。我和我妹妹，被賣了，二百個銅錢，一共。」金花抓著姜簡胳膊的手緊了緊，紅著眼睛補充。她們兩個身材都比尋常大唐女子略高，身材修長，體型豐滿。努力挺起胸，立刻讓姜簡的手掌，觸摸到了一種別樣的柔軟。姜簡連忙將腰彎下了一些，兩手虛抬，避免更多無意間的接觸。同時，心中卻沒有湧起多少香豔的感覺，反而是深深的悲涼。雖然住在消息最靈通的長安城，他以前，卻很少關心大唐以外的事情。甚至連京畿之外的事情，也不怎麼太感興趣。而現在透過珊珈和金花兩人短短幾句話，他卻清晰地看到了波斯帝國覆滅後的畫面。

所有被入侵者看上的東西，都予取予奪。給得稍慢或者稍微表達出一些不滿，就會失去性命。成年男人哪怕放棄了抵抗，也會被找藉口大肆屠戮。女人和孩子，全都會變成戰利品，價格甚至還不如一頭肥羊。

被賣做奴隸的人，想要活下去，就必須小心翼翼地討好主人。哪怕遇到一絲善意，也會本能地當作救命稻草抓住不放。就像珊珈和金葉現在這樣，明明心裡充滿了恐懼，卻盡一切努力來討好自己。

姜簡不希望大唐也落到同樣的下場，雖然眼下大唐兵強馬壯，而大食軍隊的主力，距離大唐的邊境還非常遙遠。

雖然，大食人到目前為止，只向大唐派出了一隊或者幾隊斥候，甚至還以馬賊的身份做遮掩，但是，其對大唐的惡意，卻已經暴露無遺。

「此地距離白道川只有一百二、三十里路，那邊的大唐邊軍，每天也會派斥候出來巡邏。斥候的例行巡邏範圍是五十里，咱們點燃狼煙，也許就能被大唐斥候看見。即便看不見，也有往來的商隊會收到警訊，把消息帶入白道川。」有意緩和珊珈和金花兩女心中的恐懼，姜簡一邊走，一邊低聲解釋，「大食人遠道而來，還扮作馬賊掩飾身份，就是不想被唐軍抓到把柄。咱們努力堅持到明天晚上，即便大唐邊軍沒趕過來，大食人害怕被邊軍發現，也會主動退走。」

「你選的地方很好，有泉眼，就不用擔心缺水。」珊珈溫柔地笑了笑，低聲回應，「我剛才留意了上山的路，目前只發現了一條。比前半段陡，大食人不可能騎著馬發起衝鋒。」

「嗯。」姜簡一邊觀察周圍的地形，一邊輕輕點頭，「沒乾糧，可以殺馬烤了吃。這次又繳獲了八套盔甲和兵器，一會兒給大夥發下去。還是老樣子，身手好，敢拚命的優先。十五名甲士，足夠卡住上山的關鍵位置，大食人很難攻上來。」

「泉眼那裡，距離山頂就沒多遠了。山後是一片絕壁，大食人肯定沒法從後面繞上來。」珊珈很是細心，用極低的聲音補充。

「那更好！」姜簡再度點頭。

山背後是絕壁，意味著大夥想下山，也只有腳下這一條道路。但是，他卻並不覺得絲毫的失望。沒有足夠的戰馬，對周圍地形和道路也不夠熟悉。即便下了山，大夥也逃不過敵軍的追殺。反倒是背靠著絕壁死守，活下來的可能性更高。

二人你一句，我一句，盡可能地列舉自己這邊的優勢。心中的緊張感，俱消退了許多，走在山坡上的雙腳，也變得輕快。不知不覺間，就來到了山澗的源頭。

正如珊珈先前所介紹，泉眼的水量非常充沛，已經在岩石上形成了一個翻滾著水花的「臉盆」。整個「臉盆」的面積有七尺方圓，仔細看去，「盆底」處還分佈著七個拳頭粗的「子泉眼」。每個子泉眼兒，都在汩汩地冒水，甚至給人一種隨時可能噴湧而起的趨勢。

「我去洗一下手和臉，全是血，乾巴巴的很難受！」姜簡立刻就找到了理由，不由分說從珊珈和金花兩女肩膀上撤回胳膊，撒腿奔向「臉盆」，接住正在沿河「臉盆」邊緣外溢的泉水，清理手和臉上的血跡。

珊珈和金花兩個互相看了看，輕輕搖頭。

不一樣，眼前大唐少年與她們以前近距離接觸過的所有男子，都不一樣。大多數波斯人都信奉拜火教，做事情也喜歡轟轟烈烈。想當初，哪怕明知泰西封已經即將失守，從城牆上輪換下來休息的波斯勇士們，也沒忘記找女人的尋求慰藉。他們盡情地享受肉體的歡愉，然後無所畏懼地拔劍赴死。生命就像火苗一樣短促而熾烈。而眼前這個大唐少年，二十歲不到，卻沉穩得宛若湖泊。對於女人的身體，則欣賞遠遠高於渴望。她們不清楚這樣到底好還是不好，但是，她們卻清楚地知道，除了身體之外，已經拿不出任何東西來酬謝對方，更拿不出任何東西，換取對方不顧性命的保護。

「別瞎想，能不能活著渡過這一劫，還不一定呢？」泉眼旁，姜簡心中偷偷叮囑自己。洗掉了手上和臉上血跡，又開始用清水拍打自己的脖頸。不知道是不是因為長時間沒有睡覺，或者連續見血的緣故，此時此刻，他心裡感覺非常怪異。彷彿有某隻沉睡已久的雄性野獸，在心臟中忽然醒了過來，讓他的身體和靈魂深處，都充滿了對異性的渴望。

「林有樸樕，野有死鹿。白茅純束，有女如玉。舒而脫脫兮，無感我帨兮，無使尨也吠。」《詩經》中的一首經典，毫無預兆地出現在他的腦海。當初讀的時候，他還曾經笑寫詩的人猴急。此刻，卻發現，自己那會兒其實根本沒讀懂。

耳後忽然傳來了一串腳步聲，嚇得姜簡手一抖，差點兒把捧起來的水，灑在鎧甲上。胡亂朝著臉上撩了一把水，他迅速扭頭，透過掛在睫毛上的水珠，看到一個嬌小的身影，快步走到了自己近前。

不是珊珈，也不是金花，她們兩個骨架都遠比眼前的女子高大，胸前還有波濤起伏。又用手快速在眼睛處抹了一把，姜簡終於分辨出來人是誰，低下頭，柔聲詢問：「阿茹，找我有事嗎？別怕，有我在，沒人能夠傷害妳。」

「給我一張弓，五支箭。」來自契丹大賀氏的少女阿茹，臉上依舊帶著失去兄長的痛楚，目光卻明澈且堅定，「我要當弓箭手。我一直比止骨射得準，只是力氣沒他充足。」

第三十二章　帝國的爪牙

「把蘇涼押過來。」看到被手下嘍囉收集起來的屍體，大食馬賊首領哈桑咬著牙吩咐。一天之內，接連損失了兩個斥候小隊，雖然沒有令整個團夥傷筋動骨，卻也讓他心疼得面部抽搐，臉色鐵青。

不像在波斯作戰之時，他可以隨時為麾下的這支隊伍補充新鮮血液。草原上地廣人稀，牧民們又各自有各自的信仰，對講經人嘴裡的神跡不屑一顧，憑藉正常手段，他很難招募到合格的新兵。而強行去抓人入夥，又面臨著一個忠誠度不足和身體素質符合不符合要求問題。並且，以他目前的實力，遇到稍大一些部落，就只能主動退走，根本不可能像當初在波斯那樣，動輒就攻入村子，將村子裡不肯屈服的人屠殺殆盡。此外，因為已經深入大唐的勢力範圍之內兩千多里遠，他不可能再得到大食軍隊主力的任何支持。反而需要處處小心，以免驚動了零星分佈在絲綢之路上關鍵位置的小股唐軍。

那些唐軍的數量雖然都不多，戰鬥力卻非常驚人，並且彼此之間有一套完整、迅捷的傳遞情報方式。無論招惹了其中任何一股，都可能引起大唐邊軍主力的追剿。那樣的話，接下來，他和他麾下的斥候們，必然會遭受滅頂之災。大約七個月之前，在俱戰提附近，哈桑曾經親眼看到一支為禍多年的真正馬賊，因為襲擊了送信的大唐斥候，遭到了大唐邊軍和突騎施部落的聯合征剿。兩千多人的馬賊隊伍，在不到半天時間裡，被殺了個一乾二淨。

當時多虧他反應靈敏，提前得到消息之後，立即將整個斥候隊，都喬裝打扮成了進貨的商隊。並且不惜血本，買了大量的當地特產和駱駝，宣稱準備運往大唐。否則，哈桑真不敢保證，一旦被唐軍發現自己的真實面目，自己和麾下的弟兄們，能不能擋住對方的第一輪衝鋒？

即便當時能擋得住，他也不會帶著手下嘍囉去擋。哈桑從沒懷疑過他自己對真神的虔誠，但是，他卻更堅信，只有先保存自己，才能更好地傳播真神的福音和榮光。

所以，當時他果斷將自己和麾下所有馬賊打扮成了絲綢之路上商人。所以，在向東滲透的這一路上，他只襲擊規模中等和偏小的商隊，主動避開了大型商隊、沿途的眾多草原部落以及各路馬賊。而今天，一群逃亡的奴隸，卻先後殺死了他麾下二十名爪牙，試問，他如何不憤怒得幾欲發狂？

「尊敬的哈桑謝赫注三十，蘇涼奉您的召喚而來。」一腔怒火正找不到發洩之際，耳畔卻響起了

注三十、謝赫：首領，酋長，長者。早期大食帝國由很多部落組成，謝赫既是官職也是尊稱。

「叮噹叮噹」的鎖鏈拖地聲。緊跟著，就又傳來了商隊大當家蘇涼諂媚的問候。

「去死！」哈桑轉過身，一腳踢在蘇涼的胯骨處，將此人踢翻在地，順著山坡滾出了半丈遠。

「我皈依了真神，我早就皈依了真神。泰西封講經人長老的寺廟基石上，刻有我的名字，奉獻者蘇涼。」蘇涼被摔得頭破血流，卻不敢說出半句怨言，一邊努力控制自己不繼續直接滾入山澗，一邊高聲哀號。

隊伍中的講經人阿里聽到了哀號，皺著眉頭走上前，附在哈桑耳畔低聲提醒：「我盤查過他的底細，他的確已經皈依了真神。並且十年來捐獻不斷。昨晚被咱們滅口的很多夥管事和夥計，也早就皈依了真神……」

「那是誤殺，倉促之間，弟兄們來不及分辨他們是不是自己人。」哈桑皺了皺眉，低聲打斷，「並且，也是為了傳播真神的榮光，不得不做出的犧牲。」「我知道，我沒有指責你的意思。」講經人阿里後退半步，輕輕彎下腰，以表示對哈桑的尊重，「但是這個人，前後已經向寺廟捐獻了一萬索得里（金幣），手上持有維奇爾[注三十一]簽發的憑證。」

「所以我才讓他活到現在。」哈桑皺了眉，回答聲裡帶著明顯的不耐煩，「並且我剛才也沒拔刀。」如果他能夠做主，他絕對不會允許自己的身邊，有講經人的存在。然而，作為大食帝國的一名中下層軍官，他卻無法拒絕上面的統一安排。

講經人、聖戰士（狂信徒）和商人，被現任哈里發視為帝國發展的三大基石。相比之下，他這種身經百戰的中下級軍官，隨著帝國疆域的不斷擴大，反而越來越不受重視。

「相信我，讓他活著，給你帶來的收益，將遠遠超過你的想像！」敏銳地察覺到了哈桑的不愉快，講經人阿里也不介意，繼續溫言軟語地勸告，「這裡雖然號稱在大唐境內，卻屬於可有可無的邊緣地帶。而咱們再小心再努力，也進入不了大唐腹地。只有他，不光可以從大唐腹地為帝國賺來滾滾錢財，還能幫你探聽大唐內部的情報，繪製地圖，完成哈里發交給你的任務。」

「我相信。」哈桑自知說不過對方，也懶得跟對方繼續掰扯，冷著臉點頭，「我只是需要問他一些事情，並且交給他一個任務。」

「真神保佑你，哈桑。」講經人阿里也不過分干涉哈桑行使職責，說了句祝福的話，緩緩退到了一旁。

「還不滾過來，難道等著老子去攙扶你？」哈桑立刻豎起眼睛，低聲咆哮。

「來了，來了，在下這就來。」蘇涼昨晚對待奴隸們有多兇殘，此刻就有多卑微，答應著從地上爬起，拖著鐐銬返回哈桑面前，躬身行禮，「尊敬的哈桑謝赫，蘇涼隨時等待您的吩咐！」

「你說過，逃到山上那些奴隸當中，帶頭的是一個突厥王子，一個大唐侍衛長的兒子，確定嗎？」哈桑皺著眉頭掃了此人一眼，低聲詢問。

注三十一、維齊爾：古代大食國官職，類似於宰相。

「確定，確定，蘇涼從來都不說謊。」蘇涼被看得心裡打了個哆嗦，趕緊認真地回應，「他們兩個無論打扮、談吐，還是出手大方程度，絕非普通人所能做到。那個突厥少年史笸籮，被我抓了之後，不止一次聲稱，誰幫他將消息帶回突厥部落，就能得到阿史那家族的重謝。那個唐人少年姜簡，雖然只說了一次，他父親是大唐皇帝的左衛大將軍。但身手非常好，還懂得指揮作戰，如果不是傳承了家族的學問，以他這個年紀，絕無可能。」

「嗯！」哈桑沉吟著點頭。

這個時代，無論是大食帝國、拜占庭帝國，還是已經只剩下了最後一口氣兒的波斯帝國，都不存在像大唐那樣完整的教育體系。很多學問，特別是有關軍事、政治方面的學問，都是依靠家族內部教育，或者師徒教育，才得以傳承。按照上述三個帝國的情況來推測，姜簡出身於大唐頂級豪門，幾乎是板上釘釘。

「我曾經在這座山下取過水，知道這座山的大致情況。」見哈桑沉吟了一句，就不再說話，蘇涼急於討好對方，又主動彙報，「山頂沒有果樹，山後是一片斷崖，有一百多尺高。只要堵住下山的路，就能將他們活活餓死在山上。」

「你錯了，我不想讓他們餓死。」哈桑看了他一眼，臉上忽然露出了一絲笑容，「他們在絕境中還頑強戰鬥，已經贏得了我的尊重。你去幫我勸他們下來投降，我可以在真神面前發誓，誠心邀請他們當中所有男人成為我的屬下，所有女人成為他們當中某幾個男人的妻子。只要他們肯答應，以前對我的所有冒犯，都不再追究！並且，我還會給他們與其餘屬下，一樣的待遇，絕不食言。」

第三十三章 烽火狼煙

「饒命！」蘇涼毫不猶豫地跪倒在地，雙手去捧哈桑的靴子，「哈桑謝赫，饒命！我欺騙了他們兩個，還將他們兩個綁了做奴隸。他們兩個見了我，一定會立刻把我殺掉，根本不會給我勸降的機會！」

「那我現在就殺了你！」哈桑抬腳將他踹倒，果斷從腰間抽出大食長劍，「是死在我的劍下，還是去勸他們兩個帶著所有人下來投降，你自己選。」

「饒命，我皈依了教門。講經人說過入了教之後，就都是自己人。」蘇涼哪裡肯選，趴在地上苦苦哀求。

「哈桑，給他一套鎧甲。」講經人阿里聽蘇涼抓住教義不放，皺了皺眉，再度上前干涉，「我跟他一起去。」說罷，他快速走到蘇涼身側，蹲了下去，望著對方的眼睛補充：「只有你會說他們的語言，勸降這件事非你不可。但是，你不用走到他們身邊，隔著三百尺的距離，讓他們能聽見你

說什麼就行。」

「能不能再給我，再給我一面盾牌，我好，保護，保護您。」蘇涼自知推托不過，哆嗦著從地上爬了起來，小心翼翼地請求。

「可以。」講經人阿里毫不猶豫地答應，「除了盔甲之外，再多給他一面盾牌！要鐵盔和披甲，能插進護身鐵板的那種皮甲。」

「是！」當即，就有嘍囉答應著，為蘇涼取來了盾牌和甲冑。後者不敢再找任何藉口，硬著頭皮，將甲冑穿好，拎起盾牌，一步一捱地走向山頂。

講經人阿里也取了一面騎兵專用的圓盾，拎在手裡，邁步跟上。對擺在山路上那些嘍囉們的屍體，視而不見。

大食斥候頭領哈桑見狀，趕緊高聲提醒：「阿里，那群奴隸中，有幾個人的射術相當出色。光奧馬爾一個人身上，就發現了兩處箭傷……」講經人阿里聞聽，立刻笑著擺手，「沒事，我靠近了去觀察一下他們的反應。真神會保佑我平安歸來。」

「真神保佑你！」哈桑見他主意已定，只好由他。扭過頭，卻又叫了兩個機靈的嘍囉，拿著盾牌和長劍跟了上去，不惜代價保護講經人的安全。雖然哈桑非常不喜歡，自己的隊伍中跟著一個講經人。但是，既然這種安排抗拒不得，他就只能退而求其次，爭取隊伍中的講經人不是喜歡爭權奪利之輩。而跟阿里合作這幾年來，此人雖然偶爾會干涉他的決定，卻一直沒表現出任何喜歡爭權的跡象。所以，比起換一個新的講經人來給自己添亂，哈桑當然更希望阿里能在自己身邊活得長久一些。

對於哈桑主動提供的好意，講經人阿里當然不會拒絕。一手持盾，一手杵著根純銅手杖，他在兩名嘍囉的保護下，緩緩而行。不多時，就在前方七、八十步外的山路旁，看到了一塊橫空出世的巨大岩石。

岩石將原本就不太寬敞的山路，給擠沒了一半兒。剩下的另外一半山路，則緊貼的山澗。只要有兩三名甲士躲在岩石背後，死戰不退，就能讓進攻一方寸步難行。

「別放箭，千萬別放箭，我奉命前來向姜少郎傳話。」不待阿里走得更近，蘇涼已經果斷停住了腳步，先用盾牌護住自己的臉和上半身，然後，才將一塊白色的手帕，用左手高高舉過了頭頂，「我奉哈桑頭領的命令，向姜少郎傳話。」

「有屁快放！」岩石後，果然藏著人。聽到蘇涼的喊聲，立刻探出半個頭，高聲命令。

「別聽他放屁，直接給我射死他！」話音未落，史笸籮的聲音已經響起，不待任何猶豫，「毒蛇嘴裡，不會吐出珍珠。射死他，不用聽他說什麼。」

「太遠！」擔任弓箭手的靺鞨少年大野仲虎搖搖頭，低聲解釋，「我剛才就試圖瞄準他，但是他走到八十步處就停了下來。手裡還一直拿著盾牌。我只有七支箭，用一支少一支。」

「姜簡已經安排珊珈和銀葉她們，削樹枝做箭了。」史笸籮皺著眉頭，低聲安慰。說罷，卻又果斷擺手，「算了，你還是省著用吧。樹枝做的箭，不可能穿透鎧甲。」

就在二人探討值不值得浪費箭矢之際，蘇涼已經趁機喊出了他需要傳達的正題，「哈桑頭領說，佩服你們絕境中還堅持戰鬥，希望姜少郎和阿史那特勤帶著你們下來投降。他可以……」

以史笸籮的聰明，怎麼肯給他動搖軍心的機會？毫不猶豫地高聲打斷，「姜簡不在這兒，你上來自己跟他說。老子才不替你傳話！」

「阿史那特勤，你在也可以。」蘇涼激靈打了個哆嗦，果斷將上半身藏得更加隱蔽，「哈桑頭領說了……」

「我聽不清楚，你還是過來說吧！」史笸籮扯開嗓子，再度將他的話攔腰憋了回去。

蘇涼對史笸籮的忌憚，尤在姜簡之上。堅決不肯再向前半步，一邊悄悄後退，一邊使出吃奶的力氣補充：「哈桑頭領承諾，只要你們投降，他可以向真神發誓……」

「你喊啥，我聽不清楚！」史笸籮從岩石後縱身而出，揮舞著橫刀快步撲向蘇涼，「過來慢慢說，我帶你去見姜簡。」

「啊……」蘇涼毫不猶豫地轉過身，撒腿就跑。一邊跑，一邊將最後幾句話斷斷續續吼出，「哈桑，哈桑發誓不殺你們。發誓拿你們當他的兄弟。隊伍中的女人，你們自己，自己分……」

「保護蘇涼，一起退下去！」講經人阿里被蘇涼狼狽逃竄的模樣，氣得鼻子冒煙兒。卻高聲命令哈桑安排護衛自己的兩名嘍囉，上前接應。隨即，他將銅杖當作長劍，且戰且退。

駐守在第一道關卡的另外四名少年，擔心史笸籮寡不敵眾，也怒吼著殺了下來。轉眼間，就跟上前保護蘇涼的兩名嘍囉，戰在了一處。

大夥以五敵二，很快就鎖定了勝局。將兩名嘍囉其中之一砍死，另一人直接踢下了山澗。待大夥提著兵器去追殺蘇涼，卻發現此人已經和那個手持銅杖的傢伙，跑到二百步之外。而半山腰處，也有三十幾名大食馬賊，正高舉著兵器快速向上攀登。不得已，大夥只好先放棄了追殺，拖著死去嘍囉的屍體和兵器，返回了岩石之後。

姜簡在高處早就聽到了警訊，帶著巴圖等人衝下來助戰。幾個擔任弓箭手的少年，在馬賊們殺到距離岩石五十步左右時，率先發起了反擊。其他少年則在姜簡和史笸籮的指揮下，沿著山路往下滾石頭。大夥齊心協力，迅速遏制住了馬賊們的攻勢，令後者拖著兩具屍體，怏怏退向了半山腰。

「這次只是試探，正式進攻馬上開始。你注意警戒，抽空收集一下落在周圍的箭矢。我馬上去泉眼兒那邊點燃烽火！」見敵軍沒有立刻發起總攻的跡象，姜簡擦了一下頭上的汗，低聲向史笸籮吩咐。

此地距離白道川只有一百二十多里遠，點燃烽火，即便不能立刻讓駐守在白道川的大唐邊軍接到警訊，至少也能讓大食馬賊們瞻前顧後，時刻擔心被趕過來的大唐邊軍堵個正著。

「別去！」誰料，史笸籮卻一邊拉住了他，高聲阻止，「這件事你必須聽我的，天太亮，火光根本不明顯。煙霧升不了多高，也會被山風吹淡掉，遠處的人根本看不見，除非你手頭有足夠的乾狼糞。想要傳信，最好是在太陽剛一落山那會兒。天色將暗未暗，只要有煙柱和火光，哪怕隔著幾十里路，都能看得清清楚楚。」

「啊？」沒想到點烽火居然還有這麼多講究，姜簡心臟猛地一沉，驚呼聲從嘴裡脫口而出。居高臨下，他這才看得非常清楚。半山腰處，至少聚集了三百多名偽裝成馬賊的大食斥候。每個人的黑袍之下，都鼓鼓囊囊，顯然全都有甲冑在身。而他這邊，只剩下了五十八人，並且還沒有足夠的弓箭。但是，很快他就不再想這些沒用的事情。站直了身體，驕傲地四下環顧：「那就先戰到日落時分再說。馬賊想讓咱們投降，去他娘的春秋大夢！」

「好！那就戰到日落時分再說。」史笸籮心中熱血激盪，揮刀跟姜簡手中的大食長劍互撞，高聲重複。周圍的其他少年們的情緒也受到感染，一個個精神抖擻地從岩石旁衝出去，收集敵我雙方遺落在戰場上的箭矢。

有些箭矢射進了石頭縫隙中，箭鏃明顯受損。有些箭矢則在與地面接觸的瞬間損壞了尾羽。但磨一磨，調一調，都能湊合著用。穩定性和威力，肯定好過剛剛削尖的樹枝。

「看到趁手的石頭，也撿一些。剛才居高臨下砸馬賊的腦袋，效果好像不錯！」姜簡沒有跟著大夥一起去收集箭矢，而是從岩石後探出頭，高聲提醒。隨即，又快速將面孔轉向史笸籮，跟他一起商量具體戰術。

通往泉眼旁的這一小段山路，總計有四百多步長，地形比半山腰相對陡峭，沿途有三塊巨大的岩石卡在路上，可以作為天然屏障。常規防禦戰術，應該是在每一塊巨石後，安排兩名弓箭手外加三到四個甲士，層層阻擊敵軍。然而，考慮到自己一方沒有足夠的箭矢，戰鬥經驗也不足，姜簡反覆斟酌之後，提出了一個大膽的建議。

「眼下咱們手頭共有十五套鎧甲、六張弓。層層防守，只會被馬賊層層吃掉。不如把弓箭手和甲士，直接分為兩隊。一隊就頂在第一塊岩石這裡，另外一隊就放其身後二十步遠處。第一隊有人受傷，第二隊立刻派人上前補位。如果第一隊整體頂不住了，第二隊就衝上去支援。如果兩隊都頂不住了，大夥再撤向第二塊岩石。」

「好。你一隊，我一隊。」史笸籮想都不想，就果斷點頭。隨即，又快速補充：「剩下的人，再分成三隊，女的不算。輪流下來抬傷號，幫忙收集石塊。需要的時候，可以隨時補充進前兩隊。盔甲從傷號身上直接扒下來穿，兵器也撿傷號的用。這種時候了，沒必要再講究！」

「好，趁著馬賊還沒發起進攻，咱們把大夥召集到一處，把隊伍先整理清楚。」姜簡想了想，低聲做出決定。二人都儘量不提「死」字，但是，二人心裡頭卻都明白，接下來傷亡不可避免。

夏季天長，從現在到日落，至少還有三個時辰。在點燃烽煙之前，二人不知道多少同伴會戰死在岩石下，也不知道活到最後的人裡頭，包不包括自己。「我不會投降，更不會加入他們，去禍害自己的族人。」發出集合命令之後，趕在大夥聚集到一處之前，史笸籮拉了一下姜簡的胳膊，鄭重交代：「如果我傷到站不起來的地步，拜託送我一程。」

他心高氣傲，以前幾乎看不起身邊任何人，甚至包括他的兩個兄長。但是現在，卻對只結識了不到半個月的姜簡以性命相托。

「如果那時我還活著，就一定不負所托。」聽到史笸籮的交代，姜簡先是愣了愣，隨即鄭重回應，「如果我先倒下，也麻煩你下手痛快一些，別婆婆媽媽。」

「放心。」史笸籮感覺自己眼睛裡有淚在往外湧，抬手抹了一下，笑著咬牙。「包在我身上！」

二人伸出拳頭，互相捶了一下對方的胸口。隨即，強迫自己忘掉對死亡的恐懼，開始將陸續趕過來的同伴們重新「整編」。包括二人和史笸籮的兩名親隨在內，一共還剩五十八個人。其中共有九名女子、四十九個男兒。把主動提出擔任弓箭手的阿茹拉入可直接參戰者的隊伍當中，則整整有五十名戰兵。剛好按照大唐府兵編制，組成一隊，內部包含五個夥。

蕭朮里在上一場戰中表現出色，被委任為第三夥的夥長。第四夥和第五夥的夥長，則分別由來自鐵勒部的洛古特和來自薛延陀部的烏古斯擔當。

蕭朮里帶走了一套鎧甲，剩下的十四套鎧甲，剛好平均分配給了最先與馬賊廝殺的第一夥和第二夥戰兵。姜簡親自做了第一夥的夥長兼五十名戰兵的隊正。史笸籮這次沒有跟他爭，主動「屈尊」做了第二夥的夥長兼整個隊伍的隊副。

「整編」過程非常順利，所有少年少女們，都知道，萬一讓馬賊攻破了關卡，等待大夥的將是什麼命運。巨大的生存壓力面前，所有與戰鬥無關的心思都自動被收了起來。所有意氣之爭，都變得微不足道。也有很多人聽到了先前蘇涼替馬賊首領哈桑轉述的承諾，但是，大夥卻全都拒絕相信。

一夥藏頭露尾，連真實身份都不敢公開，並且搶劫時從不留活口的惡棍，他們的許諾再動聽，也註定都是謊言。選擇血戰到底，大夥還有機會活下來。選擇下山投降，就成了主動把頭伸入狼嘴巴裡邊的羔羊！

「妳們幾個，也組成一個夥。負責照顧傷號，如果有可能，就燒點兒熱水。」待所有戰兵組隊完畢，姜簡想了想，柔聲向少女們吩咐。隨即，又將頭轉向珊珈，「妳年紀最長，來做這個夥的夥長。安撫大夥不要害怕，山路這麼窄，馬賊沒那麼容易攻上來。」

「嗯！」少女們和珊珈先後答應，聲音由於緊張而略帶顫抖，目光卻濕潤而又明亮。

「嗚嗚嗚，嗚嗚嗚……」山腰處，響起了牛角號聲，淒厲而又怪異，不同於草原上的任何一個族群。

「馬賊攻山了！大食人假扮的馬賊攻山了！」幾個少年低聲發出叫嚷，齊齊將目光轉向了姜簡。

「第一夥，第二夥留下。其他各夥，退向第二道防線。娘子軍，返回泉眼，準備救治傷號！」姜簡深吸一口氣，高聲下令。手中的大食長劍，高高地舉過了頭頂。

「當家的不能喊窮，否則全家的日子就沒法過了。帶兵打仗，也是一樣。」胡子曰在故事裡說過的話，再度於他耳畔響起。他努力挺直腰，抬起頭，表現得好像胸有成竹。

「不用跑那麼快，馬賊一時半會兒上不來。山路這麼窄，他們人再多，一次能撲到岩石前的，也不超過五個。」又深深地吸了一口氣，他繼續高喊，儘量讓大夥認為他說的全都是事實，「馬賊的身手也就那個樣。前兩次戰鬥，咱們都贏了，還繳獲了十五套鎧甲和兵器，這次，馬賊估計又是送貨上門。」

「對！」史笸籮跳上一塊岩石，揮舞著橫刀表示贊同，「再送三次，咱們所有人就都能披上大食鎧甲。正經八本的上等貨色。平時咱們想買都買不到，今天全都不要錢就能白撿。」

「哈哈哈……」眾少年少女們放聲大笑，心情依舊緊張，臉上卻已經沒有了多少恐懼。

「嗚嗚嗚，嗚嗚嗚……」淒厲的號角聲再度傳來，卻壓制不住爽朗的笑聲。很多少年少女，笑著笑著，就流出了眼淚。卻快速抬起手將眼淚擦去，然後驕傲地仰起頭。他們已經被逼著做過一次奴隸，知道失去自由和尊嚴，是什麼滋味。

他們既然結伴逃了出來，就不會再被人抓去做第二次奴隸。哪怕今日注定會戰死在這座無名的小山上，從此再也回不到各自的故鄉。

「嗚嗚嗚嗚……」大約在一刻鐘之後，第三輪號角聲又響了起來。走在大食馬賊進攻隊伍最前方的五名刀盾兵同時停住腳步，用盾牌架起一道矮牆。跟在其後的六排大食弓箭手先後張開角弓，將羽箭射向了斜上方的天空。

「嗖嗖嗖……」三十支羽箭帶著風聲，掠過六十步距離，調頭下扎，直奔遮斷了半邊山路的那塊岩石的背後。

「甲士趴好，將身體貼到石頭上。」岩石背後，姜簡的聲音立刻響了起來，聽上去似乎非常內行，「他們的弓很硬，臨陣超不過三矢，肯定不超過五次射擊。」臨陣不過三矢，是指的弓箭手放箭阻攔敵軍騎兵。最多三次射擊，就會被騎兵衝到近前。他隨口將三改成五，身邊既沒有多少作戰經驗，也沒讀過兵法的少年們，根本聽不出其中謬誤。

兩軍交戰，即便主將發出錯誤命令，也好過沒有命令。聽不出姜簡在命令中所犯下的錯誤，少年少女們紛紛將身體與岩石貼得更緊，位置不夠，就乾脆身體貼著身體。岩石後是羽箭的死角，從半空中落下來的羽箭，無一建功。姜簡心中又驚又喜，扯開嗓子繼續高聲吩咐：「都別動，讓他們繼續射。羽箭不停，他們自己的人也不敢衝得太近。」

又一輪羽箭呼嘯著從半空中落下，仍舊未收穫任何戰果。少年們緊張的心情迅速鬆弛了下來，張開嘴巴大口大口地喘氣。看向姜簡的目光裡，又多出了幾分信任和佩服。

「等會兒弓箭手射他們的臉和小腿。別射上半身和腰下。」姜簡也大口大口地喘氣，一邊偷偷將腦袋探出岩石外，觀察敵軍動向，一邊壓低了聲音補充，「他們上半身的皮甲裡塞著鐵板，腰和大腿那塊，還有細鎖鏈甲編製的護裙！」

「嗯！」兩名擔任弓箭手的少年，和契丹大賀部少女阿茹同時低聲答應，隨即，將羽箭搭在弓臂上，輕輕活動弓弦。

「等會兒羽箭一停，弓箭手立刻反擊。其他人先往下丟一輪石頭。不用太大塊，照著頭盔砸。即便砸不死他們，也能讓他們眼冒金星！」又偷偷向外看了一眼，姜簡的命令聲變得信心十足。其中一大半兒信心都是強裝出來的，但是也有一小半兒，是自行從他心裡產生。

大食馬賊兇惡歸兇惡，給他的感覺，戰術水準卻很一般。或者說，大食馬賊習慣於騎著馬廝殺，並不熟悉如何以優勢兵力，徒步攻取一個山頭。

第三輪羽箭很快也從半空中落了下來，距離岩石後的死角更遠，看上去像是在清場。緊跟著，短促且高亢的命令聲在山坡上響起，馬賊中的弓箭手們迅速做出回應，隊伍由五縱六横，變成了三縱十横。跟在弓箭手隊伍之後的四十多名馬賊邁步向前推進，沿著弓箭手讓出來的半邊山路，超過了他們，迅速頂在了刀盾兵身後。

五名組成盾牆的刀盾兵，也邁開了大步，撲向少年們藏身的岩石。包著鐵皮的靴子踩在山路上，轟轟作響。

「弓箭手，放箭攔截，自行尋找目標！」姜簡在岩石後看得真切，立刻高聲下令。隨即，單手抓起一塊茄子大小的石頭，快速站起身，咬緊牙關等待戰機。

「嗖！嗖！嗖！」三支弓箭從他身邊飛出，比起先前馬賊那邊三十張弓漫射，聲勢差了不止十倍。正在前衝的馬賊刀盾兵同時舉盾，迎向凌空飛來的羽箭。雖然是在狂奔中，動作卻依舊又穩又準。

「啪！」「啪！」三支羽箭當中的兩支，被盾牌擋住，發出令人遺憾的脆響。另外一支射得太偏，貼著刀盾兵的頭盔落入了山澗。跟在刀盾兵身後衝上來的馬賊們哈哈大笑，看向少年少女們的目光裡充滿了嘲弄。擔任弓箭手的少年和少女，面孔迅速漲紅，咬著牙射出了第二輪羽箭。

但依舊毫無建樹，雖然他們射得比上一輪還準。但大食馬賊作戰經驗太豐富了，用盾牌輕鬆鎖死了羽箭的所有攻擊路線。

「輪流射，不要一起。射完這輪之後立刻後撤！」姜簡看得心中著急，忍不住高聲提醒。

兩名正在尋找目標的少年愣了愣，本能地選擇了服從。兩支羽箭先後飛出，一支奔向刀盾手的小腿，另一支從刀盾手的頭頂一丈高處掠過，然後急轉而下。第一支羽箭仍舊被刀盾兵磕飛，第二支羽箭成功命中了一名馬賊的前胸。卻被插在鎧甲中的鐵板擋住，沒造成任何傷害。馬賊們再度哈哈大笑，隨即將腳步加到最快。轉眼間，距離姜簡等人藏身的岩石已經不足三十步。

「嗖！」一支羽箭脫離阿茹的弓臂，射向一名刀盾兵的眼睛。那名刀盾兵老練地舉箭阻攔，將羽箭磕飛在地。沒等他放下盾牌，又一支羽箭再度脫離阿茹的弓箭，居高臨下，正中他的小腿骨。

「啊！」刀盾手疼得眼前發黑，身體卻收勢不住，慘叫著向前栽倒。緊跟在他身後的另外兩名馬賊，因為距離太近且衝得太急，相繼絆在了他的身上，摔成了一對滾地葫蘆。

其餘馬賊紛紛努力閃避，你撞我，我推你，隊形立刻變得無比散亂，衝鋒速度，也為之一滯。只有位於隊伍最前方的另外四名刀盾兵沒受到影響，兀自舉著盾牌，大步向岩石迫近。

「弓箭手退後！」姜簡放聲高呼，「其他人，請馬賊吃石頭！」

話音未落，他已經揮臂將自己手中已經握濕了的石塊甩向了一名刀盾兵的腦門。卻因為高度估算失誤，石塊貼著此人的頭盔飛過，徒勞無功。

那名馬賊刀盾兵被嚇了一大跳，本能地舉起了盾牌護住自己的腦袋。又一塊鴨蛋大小的石頭，卻呼嘯而至，不偏不倚，正砸中了他左腿的膝蓋骨。劇烈的疼痛，瞬間傳入該名刀盾兵的腦仁。他踉蹌著停住腳步，將右手中的大食長劍戳在地上，支撐住自己的身體避免摔倒。左手中的盾牌，卻顧不上再使用，笨笨地垂在了身側。

正在奉命後撤的阿茹，忽然轉身。居高臨下，將早就偷偷搭在弓臂上的羽箭迅速射出，只一箭，就射穿了他的喉嚨。

「啊啊啊啊……」其餘三名刀盾兵急得連聲咆哮，使出全身力氣，將兩條腿的邁動速度加到最快。遮斷了一半兒山路的岩石，前後兩側都是弓箭射擊的死角。只要衝到岩石之下，岩石後哪怕藏著更多弓箭手，都對他們無可奈何。

「砰！」先前丟石頭砸爛了一名刀盾手膝蓋的室韋少年巴圖，再立新功，一石頭扔在了衝得最快的那個刀盾兵鼻樑上，將對方砸得鼻血狂噴。不得不停止前衝，手捂著鼻子給其身後的同夥讓開道路。其餘少年也接二連三丟下石塊，準頭和效果卻遠不及巴圖。要麼沒有命中目標，要麼砸在目標的護甲或盾牌上，只發出一串熱鬧的「叮噹」聲。

轉眼間，兩名刀盾兵和另外七名馬賊，已經衝到了岩石之下。「跟我上，堵住他們！」姜簡不敢做任何耽擱，大吼著迎上去，雙手揮劍就是一記橫掃千軍。

「咚！」一名刀盾兵熟練地豎起盾牌，擋住劍刃，卻被盾牌上傳回來的衝擊力，推得踉蹌後退。

「他沒我力氣大！」姜簡立刻意識到自己的優勢所在，果斷撤劍又是一記橫掃，「咚！」劍刃又被盾牌擋住，刀盾兵退得更遠，腳步也更加踉蹌。

「呀呀呀……」另一名刀盾兵見勢不妙，立刻大叫著趕過來支援，卻被兩名少年捨命攔住，遲遲無法靠近到姜簡身側。不給對手站穩身體的機會，姜簡雙手握住劍柄，跨步擰身，揮劍。大腿、腰桿、手臂相互配合，第三次橫掃千軍。「咚」，長劍砸在盾牌表面，發出擂鼓般的聲響，對手被砸得接連後退數步，一腳踩空，慘叫著跌下了山澗。周圍立刻出現了空檔，「曼米卡達哈……」先前跟在盾牌手身後的一名馬賊高聲怒吼，大步上前，持劍朝著姜簡胸口猛刺。

姜簡側身避開劍鋒，雙手掄起長劍還擊。馬賊被迫回劍招架，緊跟著又刺出第二劍，劍鋒如毒蛇，直奔姜簡毫無遮擋的脖頸。

「噹！」姜簡及時豎起兵器，將對手刺過來的劍鋒撥開。緊跟著又還了一招斜剁，逼著對手撤劍自救。二人於狹窄的山路上你來我往，誰也無法迅速解決掉對方。其餘馬賊紛紛上前助戰，卻因為地形狹窄，無法加入戰團。徒勞地擠在岩石下，大呼小叫。

「去死！」巴圖雙手舉著一塊冬瓜大小的石頭，從岩石後探出身體，奮力砸落。岩石下的馬賊們慌忙躲避，卻受困於地形狹窄，無法躲得太遠。

「冬瓜」落地，第一時間沒砸到任何人，順著山坡向下快速翻滾。一名三角眼馬賊身體被自家同夥擋住，躲無可躲，眼睜睜地看著「冬瓜」碾上了自己的左腳。尖頭包著鐵皮戰靴瞬間變形，腳趾痛得鑽心。三角眼馬賊丟下兵器，雙手抱著受傷左腳狂跳，慘叫聲宛若狼嚎。

「丟石頭，撿大塊的丟，砸死一個算一個！」巴圖攻擊得手，用突厥語高聲向同伴傳授經驗。

同樣因為山路狹窄，加入不了戰團的另外三名少年聞聽，果斷丟下兵器，雙手去抱事先堆在附近的石塊。大夥居高臨下，位置很占便宜。只要把石塊從岩石上滾下去，即便砸不中馬賊，也能讓馬賊們手忙腳亂。而岩石下的馬賊，卻礙於高度落差，無法對他們進行反擊，一個個氣得暴跳如雷。

「嗖！嗖！」有半山腰處的馬賊弓箭手，試圖用羽箭壓制巴圖等人。卻又擔心誤傷自家同夥，射出來的羽箭又高又飄，沒碰到少年們半根寒毛。

「嗖……」手腕緩過一些力氣的阿茹再度發出一記冷箭，穩穩地射中了最後一名刀盾兵的額頭。她體力不足，耐力也欠佳，射出的羽箭卡在刀盾兵的額骨上，未造成致命傷。那刀盾兵疼得淒聲尖叫，抬手試圖將羽箭拔出。與他交戰的鐵勒部少年李思摩瞅準機會，一劍削去了此人半截小腿。盾牌和長劍同時落地，斷腿的刀盾兵痛苦地在血泊中翻滾。與姜簡捉對廝殺的馬賊被慘叫聲分了心，動作走形，胸前空門大露。姜簡改劈為刺，雙手握著劍柄，將大食長劍捅進了此人胸前偏左處的兩塊護心鐵板縫隙。長劍透胸而過，推著馬賊踉蹌後退。姜簡拔劍，抬腳，一腳將垂死掙扎的馬賊踹下了山坡。李思摩單膝跪地，劍刃下揮，將斷了腿的刀盾兵砍得身首異處。二人身前又出現了空檔，卻沒有馬賊上前補位。接連的死亡，令其餘馬賊心中發怵，不願再單獨與他們兩個為敵。

「受死！」姜簡大吼著揮舞長劍，主動向一名黃鬍子馬賊發起進攻。那名馬賊硬著頭皮迎戰，同時用陌生的語言發出一連串叫嚷。

姜簡聽不懂對方在喊什麼，卻看見有兩名馬賊在聽到叫聲之後，揮舞著兵器向自己衝過來，試圖以三戰一。他毫不猶豫邁步後退，將戰場縮回岩石之側。李思摩和另外一名少年不用他招呼，就全力撲上，與他一起，再度將僅剩下的半邊山路，堵了個嚴絲合縫。

三名馬賊對三名少年，雙方人數一模一樣。雙方各自身後都有同伴，卻受到地形限制，根本無法加入戰團。

山坡上的弓箭手試圖放箭助戰，視線卻被自家同夥的身體阻擋。阿茹和擔任弓箭手的兩名少年也不敢再輕易發出冷箭，以免沒射死敵人，反而誤傷了自家袍澤。

「用石頭砸，繼續用石頭砸！阻擋其他馬賊。」不知道是誰，大喊了一嗓子，同時丟出了一塊鵝蛋大的石頭。一名靠近岩石的馬賊，腦袋處被砸了個正著。雖然因為戴著精鐵打造的頭盔，沒有受到皮肉傷。卻被頭盔發出的聲響，震得眼冒金星，不得不轉身退向山腰。更多的石塊落下，有大有小。砸在身體上不會致命，卻讓馬賊們一個接一個，被砸得頭破血流。

加入不了戰團的馬賊紛紛後退，以免繼續白白挨砸。巴圖趁機爬上了岩石頂，居高臨下，將一塊青磚大小的石頭從側面砸了下去，正中一名馬賊的頭盔。馬賊被砸得眼冒金星，暈倒在地。雙方短兵相接的人數，從三對三變成了三對二。姜簡這邊立刻佔據了上風。剩餘了兩名馬賊顧此失彼，身上很快就見了紅。虛晃一招，轉身就走。

李思摩和另一名少年咆哮著緊追不捨，姜簡迅速蹲身，雙手將長劍下戳，將從昏迷中醒來的馬賊直接釘在了地上。

「別追，退回來，小心遭到圍攻！小心弓箭手！」不顧去抹濺在臉上的血跡，他扭過頭，朝著追殺敵軍的同伴高聲提醒。兩名少年愣了愣，迅速恢復了理智，停止追殺，轉身快速向後。

退下去的敵軍反應不及，沒有趁機對兩名少年展開圍攻。半山腰處的馬賊弓箭手們，卻紛紛張弓攢射。兩名少年嚇得亡魂大冒，連滾帶爬躲回了岩石後，身邊落箭如雨。姜簡比二人搶先一步逃離了羽箭的攻擊範圍，也趴在岩石後，氣喘如牛，喉嚨如同著了火，額頭處的汗水，卻一股接一股地往外冒。

剛才的戰鬥，雖然只持續了短短半刻鐘，甚至還不到半刻鐘，卻將他的體力耗了個乾乾淨淨。如果敵軍現在又撲上來，他都不敢保證自己還有力氣拿得起長劍。

「嗖嗖嗖……」半空中又一輪羽箭下落，卻是緩過了力氣的大食弓箭手們，趁著雙方暫時脫離接觸，發起了新一輪覆蓋射擊。

「貼到岩石後，貼到岩石後，弓箭手躲遠點，不要跟他們對射！」姜簡立刻顧不上再喘粗氣，扯開嗓子高聲示警。他麾下披著鎧甲的少年們紛紛奉命行事，將身體緊緊地貼向岩石，彼此之間，都能看到對方臉上油汗，能聽到對方瘋狂的心跳。頭頂落下來的羽箭一波接一波，大夥臉上，卻忽然露出了笑容。大食弓箭手擔心誤傷，在其同夥攻到岩石附近之時，絕對不敢用箭矢發起覆蓋性射擊。眼下這幾輪瘋狂覆蓋，等同於宣告他們的同夥沒有折回來，宣告第一輪進攻已經結束。

「我殺掉一個馬賊！還砍傷了另外一個的前胸。」鐵勒少年李思摩抬起手，在岩石下揮舞手臂，「要不是第二個人的鎧甲裡，藏著護心鐵板，我就把他也給砍死了。」

「我砸傷了一個，不對，是兩個，不對，是三個！」室韋少年巴圖，也興奮得不能自已，將手握成拳頭上下揮舞，「不對，是四個。還有一名拿著盾牌的傢伙，被我砸爛了膝蓋。然後阿茹放箭結果了他。」頭頂上仍舊有羽箭下落，他們倆不敢脫離岩石下的射擊死角，只能在小範圍之內比比劃劃。

「我砸傷了一個！就是敵人傷得太輕。」

「我砸傷了兩個，一個傷在小腿上，另一個被我打中了他的頭盔。但是我看到他耳朵流出了血！」

「阿茹射死了一個敵軍，還射傷了另外兩個。」一個名叫拔悉彌的少年興奮地補充，看向阿茹的目光裡閃閃發亮。

「姜簡殺死的馬賊最多，三個。」另一個少年高聲總結，對姜簡佩服得五體投地。其他少年立刻停止了慶祝，紛紛將目光看向姜簡，一個個心裡充滿了崇拜。

姜簡額頭上的汗水，立刻變得更多，如小溪一般，沿著頭盔的邊緣往下流，「不用著急，馬賊還有很多，大夥都有機會親手幹掉他們其中之一！我剛才只是運氣好，撿了巴圖和阿茹的漏！」他擺了擺手，低聲自謙。隨即，又掙扎著摸向岩石邊緣，探出頭向外觀望。

大食弓箭手們已經停止了射擊，再度將隊伍收攏成兩列的細長條。先前鎩羽而歸的那數十名馬賊沿著弓箭手讓出來的通道緩緩下撤，顯然，他們剛才也累得不輕，急需到寬闊處恢復體力。更下方，則有上百名馬賊生力軍，持著盾牌，舉著兵刃迅速上爬，準備先與下山者交換位置，然後發起新一輪強攻。

「換人，咱們也換人！」史笸籮在第二道防線後看得真切，叫喊著站起身，帶領第二夥弟兄們衝向姜簡，「你帶著第一夥去後面休息，銀葉送來了好多奈子注三十二。還沒熟，但是能吃。」

著了火一般的喉嚨裡，立刻分泌出了唾液，姜簡果斷站起身，一邊走，一邊招呼身邊同伴跟史笸籮等人換防。待與史笸籮在半途中相遇，又高聲向對方介紹，「岩石後是個死角，可以躲避敵軍射來的羽箭。馬賊不擅長攻山，戰術很死板。如果他們衝上來，你帶兩三個人，就能堵住岩石旁的山路。其他人不要急著一擁而上，站在岩石後用石頭砸，更為妥當。」

注三十二、奈子，又名沙果。中國特有植物，蘋果的遠親。唐高宗曾經為其命名為文林郎。

「我記下了，我剛才一直看著你們怎麼打！」史笸籮一改以前的驕傲，認認真真地點頭。「你放心去吃幾顆柰子，萬一我撐不住了，會立刻喊你帶人下來幫忙！」

「小心！隨時都可以喊我！」姜簡抬起手，輕輕拍了拍史笸籮的肩膀，彷彿自己比對方年齡大出十幾歲一般。

「嗯。」史笸籮低聲答應，抬手拍了拍他的手腕，繼續走向第一道防線。才走了三五步，卻又掉頭而回，「姜簡，我有件事忘記了告訴你。」

「什麼事？你說好了！」姜簡遲疑著停住腳步，回頭詢問。

「沒，沒事了！」史笸籮忽然又笑著搖頭，「我剛才犯迷糊了。對了，往回走的路上，記得撿羽箭。馬賊大方，怕咱們沒箭用，剛才專門射了好幾百支箭上來。」說罷，他迅速轉身，再度邁步向下。一邊走，一邊頻頻彎腰，從山路旁拔起一支支帶著泥土的箭矢。

「毛病！」姜簡被史笸籮欲言又止的模樣，弄得滿頭霧水，聳了聳肩，低聲嘟囔。他為人灑脫，花錢也不吝嗇，因此在長安城內有很多同齡朋友。然而，以往任何一個朋友，都不像史笸籮這樣，無論性情還是舉止都透著古怪。

「大夥聽到沒有，順路撿一撿地上的羽箭！」沒功夫仔細去考慮史笸籮剛才到底想要說什麼，嘟囔過後，姜簡抬起頭，向巴圖、李思摩等人高聲招呼。「已經在撿了！」巴圖、李思摩等人笑著揮手，每個人手裡，都抓著四五支帶著泥土的箭矢。撿得最多的是拔悉彌，不但兩隻手裡抓滿了箭矢，腋下還夾著一小捆兒。一邊回應，一邊朝著阿茹嘿嘿傻笑。類似的笑容，姜簡也曾經在駱履元臉上看到過。那時，駱履元的眼睛裡，只有杜紅線。別人怎麼喊他，他都不會聽得見。

「不知道小駱他們怎麼樣了！」忽然間忘記了山下的敵軍和身上的血腥氣息，他抬起頭，向著南方遠眺。目光的極限處，卻什麼都看不見。只有藍色的天空，和綠色的曠野。

「阿姐，紅線，等等我，等等我！」藍天下，駱履元快步追向姜蓉和杜紅線，對白道川城內來來往往的人群，視而不見。「東西我都置辦齊了，馬又買了十匹。你們別走那麼快，我一直在這裡等你們。」

「噓……」杜紅線扭過頭，停住腳步，將手指豎立在嘴唇旁，示意他不要喊得那麼大聲。白皙的手指，與濕潤的紅唇相映襯，頓時讓眼下的陽光都為之一亮。駱履元立刻忘記了疲憊，拎著手裡的大包小裹追上前，用更低的聲音詢問：「蓉姐妳們怎麼樣？見到李大都督了嗎？他老人家怎麼說？」

「李大都督公務繁忙，沒見我們。見我們的是燕然都護府副都護元禮臣。」杜紅線偷偷看了看繼續默默走路的姜蓉，聲音壓得更低，話語中的失望卻無法掩飾，「他私人給了蓉姐二十兩黃金，卻沒答應派人跟著蓉姐一起出塞調查姐夫的死因。這群狗官，沒求他們做事的時候，一口一個賢侄女，叫得那個親熱。求他們幹點兒正事兒，立刻推三阻四，理由一個比一個充足！」

「這個，他們也許有不為人知的難處吧！」駱履元理解不了杜紅線的失望，又不願意冷了場，反覆斟酌之後，才小心翼翼地開解。

他雖然也號稱是官宦子弟，但是他父親卻是憑藉算學出色被朝廷錄用的流外官。平時家裡頭能來個八品主簿，都覺得蓬蓽生輝。像燕然都護府大都護和副都護這種手握重兵的封疆大吏，更是拎著厚禮主動去求見，都不可能進得了對方的家門。

所以，在他看來，燕然大都護李素立和副都護元禮臣注三十三兩個，肯讓親兵放姜蓉入都護府二堂敘話，已經給予了後者超越常規的禮遇。而二十兩黃金，哪怕放在長安城裡，也不能算是小數目。

至於副都護元禮臣沒有答應派親信陪著姜蓉一道去突厥別部，則屬於早應該在意料之中的事情。畢竟，作為韓華的頂頭上司，崔敦禮的官職和實權都比大都護李素立只高不低。連此人都明顯想把整個使團被殺之事糊弄了賬，李素立和副都護元禮臣兩個都不願意插手，也在所難免。

「難處？他們當然個個都有難處！」杜紅線非常不喜歡駱履元這種總是替對方考慮的樣子，狠狠剜了他一眼，低聲反駁：「問題是，他們最大的難處，也不過是怕事後給皇上責備幾句。而蓉姐卻先沒了丈夫，如今弟弟又隻身前往虎穴，生死不明。」

「可，可畢竟姜伯父已經過世好幾年了。而這件事，姜簡的叔父，也從始至終都沒伸手管過一回！」駱履元偷偷看了一眼走在前面的姜蓉，確定對方聽不見自己的話，才低聲向杜紅線提醒。

官場上，人走茶涼，乃是常態。即便在大唐，也不例外。

姜簡的父親姜行本的確與燕然大都護李素立、副都護元禮臣都有過並肩作戰的交情。可姜行本已經戰死快四年了，在朝廷和軍中的影響力接近於無，他以前跟李素立和元禮臣兩人交情再厚，此刻也應該被時光沖得所剩無幾了。更蹊蹺且無奈的是，一直到現在，姜蓉和姜簡二人的叔父姜行齊，都沒露面。只是在韓華下葬前的那天，派府上管家給姜蓉送來了兩百匹絹布以示慰問。連自家親叔父都指望不上的事情，又怎麼可能指望外人？

「你到底站在誰這邊？」杜紅線忍無可忍，柳眉倒豎，「怎麼每次都替別人說話，顯得你特聰明是嗎？」

「我，我只是不想看妳，看妳和蓉姐太失望！」駱履元立刻鬧了個大臉紅，搖了搖拎著補品的手，訕訕地解釋，「至於站哪邊，當然站在妳，站在蓉姐這一邊。否則，我何必瞞著家人，偷偷跟著妳們一起來到這裡？」

「哼！」杜紅線迅速意識到，自己剛才說話有點衝，卻不想表達歉意，翻了翻眼皮，小聲數落：「你還覺得辛苦了不是？又不是我們要你跟著來的。這一路上，就數你騎馬騎得慢，還天天喊腰疼背痛。」

「我，我不是不放心妳，不放心妳和七兄嗎？」駱履元又一次滿臉通紅，用極低的聲音辯解。

注三十三、燕然大都護是從二品。崔敦禮是光祿大夫，也是從二品。兵部尚書在皇帝身邊，影響力大過大都護。

他是在地的江東人，在全家隨著父親搬來長安之前，甭說騎，近距離摸過馬的次數都屈指可數。短短三兩年內，當然不可能憑空變出一身嫻熟的騎術。而他的年齡，比杜紅線還略小幾個月，體力遠不如隊伍中其他人，也實屬正常。

「我才用不到你關心。」見他始終溫言軟語，杜紅線的心也迅速變軟。看了他一眼，柔聲回應。「我有兄長，有蓉姐……」話說到一半兒，她忽然又想起來沒看到自家兄長杜七藝。又趕緊低聲追問：「我哥呢，他去了哪裡？怎麼沒跟你在一起？」

「他和胡大俠帶著新買的坐騎，一起回客棧了，還有高叔父、黃叔父他們幾個。」駱履元終於緩過一口氣兒，笑著回應，「胡大俠說，咱們的人太少了，想要問問客棧掌櫃，這邊招募刀客的行情。畢竟，他也有些年沒來白道川了，需要把行情和口碑打聽清楚一些，才好去招募幫忙的人手。」

「薑還是老的辣！」杜紅線聽聞可以自行招募幫手，眼睛立刻開始閃閃發亮，「我大舅他怎麼不早點兒說，早知道能招到人手，蓉姐就不用去都護府裡找氣受了。你剛才沒看見，蓉姐就差跪下求那元禮臣了，他竟然死活不鬆口。」「他不是給了蓉姐二十兩金子嗎！」駱履元想了想，笑著寬慰，「我雖然不知道這邊的行情，但雇一個刀客，肯定用不了十吊錢。一兩金子能換十四到十五吊，蓉姐自己再添點兒，就能雇三十名刀客了！」

刀客乃是出塞商隊的基本配置，每一支往來於絲綢之路的商隊，都會在離開大唐某座城池之前，雇傭大量刀客。

這些刀客的裝備和整體戰鬥力，肯定不如大唐邊軍，但個人身手卻遠比普通邊軍士卒好。並且在胡子曰講過的故事中，個個都信守承諾，悍不畏死。

「好啊，小駱，蓉姐剛剛得到的金子，你居然都替她給安排怎麼花了？」有了新的希望，杜紅線心情大好，扭頭看了駱履元一眼，笑著打趣。

「不是我，不是我，是胡大俠，是妳舅舅。」駱履元聞聽，趕緊又輕輕擺胳膊，「他買完了坐騎，就開始謀劃雇刀客的事情了。他好像，他好像……」又偷偷看向姜蓉一眼，他將聲音壓得更低，「他好像一開始，就預料到了有人會拿錢來打發蓉姐。但是沒有明著跟大夥說。」

想了想，他又輕輕挑了一下大拇指，「妳舅舅可真厲害，從離開長安到現在，所有的事情，他都安排得井井有條。甚至連咱們在途中可能遇到的麻煩，他都提前預料到了。」

「也不是誰，當初還罵我大舅，眼睛裡頭只有錢來著？」杜紅線心中甚為自家舅舅胡子曰自豪，卻順勢翻起了駱履元的舊賬。

她說的是半個多月前的事情。

當時，姜蓉大病初癒，立刻找到了她舅舅胡子曰，請後者幫忙出塞去尋找弟弟姜簡，並調查丈夫的真正死因。胡子曰一開始百般推托，後來被駱履元用他平時說的那些有關俠義之道的話質問：

「韓華的死，算不算不公？姜蓉現在的情況，算不算弱小。車鼻可汗，算不算為惡？姜簡孤身前往突厥別部，算不算朋友有難？」此人才無可奈何地答應了前往漠北一行。

但是，答應歸答應，胡子曰卻替他自己和同行的另外五位兄弟，要了足足一千吊錢為報酬。好在姜蓉家底足夠厚，又賣掉了長安城裡的宅院，才把錢湊齊。否則，換了別人，真未必請得動胡子曰這尊「大佛」。

駱履元當時覺得非常失望，因為他心目中的胡大俠，絕對不該是一個貪財的人。胡大俠每天掛在嘴邊上的那些話，他每一句都記得清清楚楚。

「誦義豈能畏路遠，除惡何必問山高？」

「若聞不公，縱使為惡者遠在千里之外，亦仗劍而往。道義所在，縱赴湯蹈火，也不敢旋踵。」

「言出必信，行必有果，已諾必誠，不愛其軀……」

這些話，每一句都擲地有聲。誰料想，最後卻變成了一千吊開元通寶！

然而，少年人情緒來得快，去得也快。待大夥騎著馬走在了半路上，駱履元心中的失望，就漸漸被佩服所取代了。

胡子曰的確狠狠「敲」了姜蓉一大筆，但是並沒有獨吞，而是與另外五名跟他年齡差不多的老江湖平分了其中九百吊。剩下的一百吊，則寄放在了快活樓的賬上，作為繼續維持生意的本金，由樓裡新雇來的尹掌櫃代為保管。萬一他回不來，則留給杜紅線做嫁妝。而因為付出了一千吊錢，姜蓉就成了胡子曰等老江湖的東家。在一路上，幾個老江湖聯手，基本沒讓缺乏出遠門經驗的姜蓉操任何心，便抄近路趕到了燕然都護府所在地，白道川，又名受降城！

「每個人都不是光桿一個，不能輕易以身犯險。」這也是胡子曰親口說過的話，容易站在別人角度著想的駱履元，現在認為這話並沒錯兒，也不是找藉口推托。胡子曰讓姜蓉拿出了她最大限度能拿出來的錢。胡子曰用這筆錢，解決了他本人和五個老兄弟的後顧之憂。哪怕一去不回，家人也不至於衣食無著。胡子曰出發之前，做出了充足的準備，將沿途可能遇到的許多問題，都預料都了前頭。讓隊伍中每一個人，活著返回長安的機率，都大幅增高。而如果他當初直接答應了姜簡的請托，恐怕大夥連路上吃飯喝水，都成問題。

「我，我不是一時氣憤嗎？」想到這些，駱履元心中更虛，低下頭，小聲解釋。「要不，改天我當面給舅舅道個歉？看在妳面子上，他應該不至於……」

「我沒面子，此外，他是我舅舅，不是你舅舅。」杜紅線肯接受駱履元的歉意，卻不肯接受他順著杆子爬的行為，白了他一眼，低聲提醒。

正準備再敲打幾句，以免駱履元不知道進退。前方街道上，卻忽然傳來了一串兒激烈的馬蹄聲。緊跟著，就有一道粗重的叫嚷聲，傳遍到了所有人的耳朵，「讓路，讓路，斥候歸營。小心戰馬！讓路，快讓路，斥候歸營，受降城外二百里處出現了馬賊！」

「西北方向，等級普通！」駱履元立刻通過斥候背上的旗幟，把軍情等級和來源方向，都判斷了個清清楚楚。這份本事，他可不是跟大俠胡子曰學的，而是學自他的好朋友姜簡。本以為，露了一小手之後，能讓杜紅線心中對自己多幾分欣賞，誰料，胳膊處卻傳來了一股大力，將他拉得踉蹌而行。緊跟著，耳畔就又傳來了杜紅線的斥責聲，「你找死啊！看到斥候也不躲？萬一被戰馬撞飛，白搭上半條命不說，還得被拉去治你一個蓄意阻擋軍情傳遞之罪！」

「還，還遠著呢！」駱履元被扯得胳膊生疼，心中卻湧起了一絲絲甜蜜。他知道，杜紅線終究還是關心著自己，不像表面看上去那樣對自己不冷不熱。至於男人的面子，不需要從女人身上找，至少不需要從自己喜歡的女人身上找回來。

「哼！我不拉你一把，看你會不會被撞飛！」杜紅線氣得直撇嘴，抓在駱履元胳膊上的手指，卻絲毫沒有放鬆，彷彿自己一鬆手，駱履元就會被風吹到馬蹄下一般。

「讓路，讓路，斥候歸營。小心戰馬！讓路，快讓路，斥候歸營，受降城外二百里處出現了馬賊！」斥候們大叫著，從二人身邊疾馳而過。誰都沒注意到這對歡喜冤家，也沒時間留意路邊都站著什麼人。

受降城是大唐燕然都護府的所在地。駐紮於此的大唐燕然軍，擔負著維持東起俱倫泊（滿洲里），西到天山，方圓上萬里，十三個羈縻州府基本秩序的重任。無論草原上發生什麼風吹草動，都必須引起足夠的警覺。特別是在突厥別部叛亂在即，而大唐朝廷卻詭異地連續數月沒有任何聖旨傳來的時候，軍中將校怎麼小心都不為過。

燕然都護府的大都護李素立，並不以善戰聞名，卻非常擅長治軍。在他的全力治理下，燕然都護府雖然才成立了一年多，運轉卻十分高效，並且內部秩序井然。策馬歸來的斥候們，一路疾馳抵達大都護行轅門口，立刻就被專門的校尉帶人扶下了坐騎。

隨即就有伙夫送上加了鹽和蜂蜜的茶水，幫助斥候恢復體力。待斥候有了力氣說話，就又有兩名參軍注三十四帶著紙筆，上前簽收軍情文書。若是沒有文書，則斥候負責口述，兩名參軍分別記錄，相互驗證，以防出現錯誤。程序聽上去頗為複雜，實際執行起來卻非常便捷。前後總計只用了半刻鐘功夫，一份完整的軍情報告，已經由斥候旅率注三十五吳六和兩名參軍，共同呈送到了燕然大都護李素立的案頭。

「匪號戈契希爾？西北方，可能從波斯遠道而來，目前活動範圍不定。規模四百人上下，戰馬甚多，人人皆套黑袍且黑布包住頭盔……」李素立只粗粗看了最前面幾行字，就將花白色的雙眉皺了個緊緊。他祖父是北齊的絳州長史，父親做過前朝大隋的郎中，家學淵源。無論做人，還是做事，都甚講究規範。而手中這份由斥候頭目和參軍共同整理出來的軍情文書，卻極不規範。除了馬賊團夥的名字和嘍囉大致數量之外，其他全都是毫無價值的廢話。

「消息是一支過路的商隊派人送回來的。他們救了一個從死人堆裡爬出來的商販。」斥候隊正

注三十四、參軍，全稱為參軍事，為軍中文職，正八品下。如果前面加上職責，如司倉參軍，則為正七品下。
注三十五、旅率，府兵制官職，管兵一百人。

吳六是個老行伍，看到李素立的臉色，立刻就猜到了問題出在哪裡。趕緊拱了拱手，喘息著解釋：「據商販們說，戈契希爾是波斯國教中的末日審判之火。而打著這個旗號的馬賊，在絲綢之路的西段惡名遠播。搶劫之時，非但會將貨物和錢財拿走，並且不會留下任何一個活口。」

這就解釋清楚，為何斥候拿不出更多有用資訊了。馬賊團夥流竄作案，不留活口，嘍囉並非來自漠南漠北的草原各部，自然沒人知道這支馬賊的根底。而一個從死人堆裡爬出來的商販，除了戈契希爾匪徒的惡行之外，恐怕也說不出更多東西。

李素立的表情立刻大為緩和，用手指彈了彈軍情文書，低聲詢問：「那支商隊叫什麼名字？首領是哪裡人？死裡逃生的商販呢，此刻人在何處？」

吳六非常幹練，立刻如數家珍般給出了答案：「啟稟大都護，商隊名字叫日東升，是一夥粟特人。頭領名字叫史君福祿，依附於弘農楊氏。獲救的商販身體情況不佳，正由氈車載著往大都護行轅這邊送，如果他沒死在路上，大約三天之後能趕到。史君福祿擔心遭到戈契希爾的洗劫，已經停止繼續西行，帶領商隊調頭折返白道川。具體到達時間，應該也是三天之後。」

「嗯，他倒是謹慎。」李素立點點頭，輕輕放下了手中軍情文書。「好了，你下去吧。休息之後，繼續帶人去探查馬賊的消息。這次，探查範圍拓展到西北方八十里。老夫會另外安排三支斥候，接管正西，正北和東方的任務。」

「遵命！」斥候旅率吳六肅立拱手。卻沒有立刻告退，而是猶豫一下，低聲提醒：「大都護勿怪屬下多嘴，這夥馬賊從波斯，一路搶到了漠南，走得未免太遠了一些。人生地不熟，他們搶劫得手之後，又如何銷贓？」這話說得極為內行。

馬賊雖然號稱來去如風，然而，卻都有固定的活動區域。如此，才能避免跟同行之間發生沒必要的衝突。也能保證自己搶到的贓物，能找到熟悉的下家脫手。而下家，肯定就是當地某個實力強大的部落。其不但幫馬賊銷贓獲利，還會救治馬賊中的傷病號，給馬賊提供休整空間，借助馬賊之手去幹一些自己不方便出面的髒活。雙方在長期合作過程中，會形成一種相對穩定的共生關係，甚至一些部落的貴族和牧民，蒙上臉就變成了馬賊！

而這夥匪號為戈契希爾的馬賊，明顯不符合上述特徵。那就意味著，其馬賊的身份，相當可疑！

「你說得極是！」李素立瞬間就明白了吳六的意思，嘉許地點頭。隨即，卻又笑著揮手，「不過，咱們也不用管他是真是假！待你探查出其具體方位，老夫就派兵剿滅了他就是。」

「遵命！屬下這就去召集弟兄們。」吳六被說得心頭火熱，答應著拱手告退。

「末世審判之火？呵呵，好大的口氣！」李素立目送他離開，將軍情報告放在一旁，不屑地搖頭。「老夫倒是要看看，你能禁得住幾桶涼水！」無論這支匪號戈契希爾的馬賊，到底是什麼來路，擔負著什麼秘密使命。直接將其連根拔起，都是最簡單有效的應對辦法。至於其他旁枝末節，等俘虜了馬賊再嚴加審訊，自然就能拿得到。他不信，這世界上，還有馬賊能夠擋得住燕然軍的全力一擊。

「大都護，這夥來歷不明的馬賊，會不會跟突厥別部有關？」見李素立好像並未把馬賊太當回事，副都護元禮臣走上前，低聲提醒。

他與李素立配合多年，早就習慣了為對方查缺補漏。而李素立，也向來重視他的意見，不會因為他找出了自己的疏漏，就誤會他對自己不夠尊重，或者想要奪權。這次，也是一樣，聽完了元禮臣的話，李素立沉吟將眼睛轉向牆壁，對著掛在牆上的輿圖反覆掃視了好半晌，才將目光收回來，輕輕搖頭，「可能性不大，距離太遠了。如果馬賊試圖與車鼻可汗勾結，應該走金微山北麓，直接去他的地盤。而不是走受降城這邊，還暴露了行蹤。」

「的確有點兒遠！」元禮臣輕輕點頭，「應該是我多慮了。我總是覺得，車鼻可汗明明主動要求內附，卻又突然屠戮整個使團這件事情背後，透著蹊蹺。卻又想不出來究竟是誰，有本事讓車鼻可汗出爾反爾。」

「未必是外力，此刻周邊各方勢力自顧還不暇，哪裡顧得上挑唆車鼻可汗造反？」李素立笑了笑，自信地搖頭，「至於出爾反爾的原因，倒也好解釋。有可能一開始他尋求內附，便是想換取朝廷准許他割據一方。沒想到。朝廷把他的試探當了真，竟然派了安調遮和韓華兩個，帶著使團去接他。」

「嗯，應該如此。」元禮臣輕輕點頭，又一次對李素立的觀點表示贊同。見他似乎還有話一直憋在肚子內沒說，李素立用手輕輕拍了下桌上的軍情報告，笑著詢問：「怎麼，還是為拒絕了姜家侄女的事情耿耿於懷呢？你已經仁至義盡了。他們家的事情，不好沾，也不能沾。『老薑』給侯君集做了那麼多年的副總管，五年前，侯君集謀反被誅，老姜怎麼可能完全都不知情？陛下不追究歸不追究，心裡未必不清楚。否則，老姜戰死之後，家族裡欺他親生兒子年幼，強推他弟弟承襲爵位之事，陛下也不會從始至終都聽之任之。」

「唉……」元禮臣先是神情一凜，然後喟然長嘆。

「老薑」是他和李素立等人替姜蓉的父親，左衛大將軍姜行本取的綽號。暗指此人又老又辣，為官做人的手段都極為高明。

然而，又老又辣的「老薑」，卻逃不過命運的安排，從貞觀十一年起，就奉大唐皇帝之命，到交河道大總管侯君集帳下做副手。

貞觀十三年，侯君集奉旨討伐高昌，姜行本隨行，為他謀劃糧草輜重，令大軍雖遠征千里，卻從無補給之憂。

兩年之後，侯君集滅高昌，俘虜其國主凱旋。被文官彈劾洗劫高昌王宮，貪財自肥。又是姜行本夥同中書舍人岑文本，據理力爭，才讓侯君集和所有將士都逃過了秋後算帳。姜行本也因為平定高昌之功，受封金城郡公。此後侯君集權傾朝野，威望直追衛國公李靖。姜行本也在皇帝面前大紅大紫，一路做到了左衛大將軍。直到貞觀十七年初，二人酒後因為小事口角，才不再稱兄道弟。

而同年四月，侯君集就因為支持其女婿，當時的太子殿下謀反失敗，被捕入獄，隨即認罪服誅。當時受到牽連的文臣武將有數十人，甚至還牽連到了已故太子太師的魏徵。害得後者本人的墓碑被皇帝下令推倒，其子與公主的婚約也被取消。

牽連這麼廣的案子，偏偏跟侯君集搭檔多年的姜行本能把自己摘出來，也著實不愧他的「老薑」之名。可有本事從案子裡把自己摘出來是一回事，能從皇帝陛下心裡把自己摘乾淨，就又是另一回事了。

侯君集被殺之後，姜行本不再像以前一樣受到皇帝陛下信任。皇帝陛下要親征遼東，他全力勸諫，卻適得其反。不久，又在兩軍陣前中了高句麗人射出的流箭，血灑沙場。

皇帝陛下追悔莫及，撫屍落淚。然而，過後卻聽任姜行本的弟弟滅等繼承了他的郡公爵位，沒有給他的親生兒子任何關照。在歷朝歷代，越是手握重兵，為朝廷坐鎮一方的宿將，就越需要懂得避嫌。姜行本到底參與沒參與侯君集謀反一案，至今還眾說紛紜。試問，哪個在外帶兵將領，敢調動麾下弟兄，為姜蓉、姜簡姐弟倆出頭？

「老薑當年跟著侯君集一道攻滅高昌，據說沒少發財。」搭檔多年，清楚元禮臣容易熱血上頭，李素立想了想，又低聲補充，「只要姜家姐弟自己不惹事，這輩子都會衣食無憂。而侯君集的案子，終究會冷下去。屆時，朝廷肯定會想起老薑的功勞來，賜他的兒子一個好出身。更何況，金城郡侯姜行齊未必真的不管自家侄女侄兒，只是那麼大一個家族，總要考慮如何保證族中最大利益，不能因小失大。」

「是啊！不能因小失大！」元禮臣點頭，苦笑，不甘心卻又無可奈何。「我其實也不是光想著跟老薑之間的情份。我一直關注此事，主要還是因為咽不下這口氣。自打頡利可汗被擒之後，十八年來，這還是第一次，有人敢對大唐的使團舉刀。」

「有什麼咽不下去的？車鼻可汗能囂張得了幾天？眼下不過是百官耐著陛下和房僕射（房玄齡）的面子，不想現在就追究罷了！」李素立站的位置比他高，看得也比他明白，擺擺手，冷笑著開解，「待陛下龍體痊癒，房僕射也好得七七八八，朝廷必然會派出大軍，將車鼻可汗犁庭掃穴。」

「終究沒有現在就發兵，為使團討還公道理直氣壯！」元禮臣絲毫不懷疑李素立的推測，卻扁著嘴搖頭。

「有什麼區別？」李素立翻了翻眼皮，笑著反問，「不過是早幾個月，晚幾個月的事情罷了。就是推遲上個兩三年，車鼻可汗還能一統漠北不成？更何況，朝廷發兵討伐突厥別部，也不需要打著為使團討還公道的理由！隨便找個藉口出來，莫非他車鼻可汗還有資格喊冤？」

「大都護說得是，的確不需要這個理由！」元禮臣無法反駁，苦笑著回應。然而，肚子裡卻如同喝了劣質酒水一樣，翻騰得厲害。

「派人暗中盯著姜家侄女一些，你既然做了好人，就乾脆做到底。實在不行，就把她打暈了，用馬車直接送回她叔叔那裡去！」李素立卻認為自己已經徹底將元禮臣說服，抬手拍了拍對方的肩部，低聲叮囑。「陛下龍體欠安，房僕射也病了好幾個月了。多事之秋，千萬別讓她們姐弟倆再由著性子胡來。至於他夫君，既然做了大唐的左屯衛郎將，為國捐軀，也是分內之事。作為已故大將軍之女，她心裡頭應該能想明白！」

「大都護說的是，末將這就去安排。」元禮臣的胃腸又是一陣翻滾，卻禮貌地拱手領命，然後告退出門。

原本他還想在李素立面前，提一提姜簡已經潛往漠北，調查使團被殺真相之事。看清楚了李素立態度之後，他就不想再浪費唇舌了。李素立不會准許燕然都護府插手，哪怕姜簡也死在突厥別部，他一樣會認為那是分內之事。

夕陽西下，已經變柔和的陽光將燕然大都護府行轅，照得金碧輝煌。元禮臣不由自主停住腳步，向西北張望。除了被鍍上了一層金色的遠山和蔚藍的天空之外，卻什麼都看不見。突厥別部太遠了。沒有皇帝陛下的聖旨和大都護李素立的軍令，他這個副都護，什麼事情都做不了，也鞭長莫及。

那個膽大包天的少年，只能自求多福了。希望他姐姐口中那些百戰老兵，還來得及追上他，將他平安地帶回來。

「換人！換人！」流蘇一般的陽光下，姜簡舉著砍出了豁口的大食長劍，衝下山坡，衝到第一道防線。將筋疲力盡的史笸籮從岩石旁拉開，然後持劍而立，準備迎接大食馬賊的下一輪進攻。

他身邊還是七名甲士，數量比兩個時辰之前不多不少，然而其中卻有四個，已經換了新面孔。地利與人和，無法彌補作戰經驗和兵力方面的巨大劣勢。敵軍的戰術，也不是一成不變。

少年們已經堅持了一下午，創造了奇蹟，也付出了巨大的犧牲。而天色仍舊很亮，太陽下落得很慢，很慢，甚至彷彿被固定在了天空當中，一動不動！

「距離天黑還有一段時間，摩珂莫，這次你們隊上。務必一擊將巨岩拿下。」抬頭看了看天空中的斜陽，大食馬賊統領哈桑皺著眉頭吩咐。指揮馬賊們廝殺了一下午，他的嗓子早已又乾又啞。但人看上去卻精神矍鑠，目光中甚至還帶著一股子無法掩飾的狂熱。

「遵命。」被點了將的百人長摩珂莫低聲答應，然後蹣跚著去整隊。他麾下的弟兄傷亡不算多，然而，此時此刻，隊伍中的每個人，卻都像他一樣，累得兩腿發軟，手臂也像灌了鉛一樣沉。

太難了，他們原本都是騎兵，卻放棄了戰馬去攻擊敵軍占據的山頭，原本就是以自己的短板，去跟別人的長處較勁兒。偏偏占據了山上有利地形的敵軍，又是一群發了瘋的半大小子。人在十七八歲的時候，最不知道死活。你給他一把柴刀，他就敢去跟野狼單挑。更何況，少年們還全都被逼上了絕路。

今天下午，摩珂莫和他的同夥們，不是沒有竭盡全力。然而，通往山頂的道路就有一條，攔腰處還橫著一塊城牆般高矮的石頭，將原本就不到六尺寬的山路，硬生生給卡掉了一半兒。剩下三尺寬的通道，外側還臨著山澗，讓他和他麾下弟兄們，怎麼可能，將一身本事施展得開？非但施展不開本事，還無法結陣互相配合。每次攻到那岩石下，就會被守山的少年們死死擋住去路。然後，雙方就又開始了一場毫無戰術可言的亂鬥。每一方能直接與敵軍面對面廝殺的，只有三個人。擠在不到四尺寬的空間中，用大食長劍相互亂砍亂捅。什麼招數、步伐、配合全都用不上，比的就是誰出手快，誰力氣足，誰更不要命。

在出手快這方面，摩珂莫自問不比山上的少年們差。力氣方面，雙方基本上也是旗鼓相當。少年們雖然身子骨都沒完全長開，卻是各自部族中的精華。如果不是精華的話，遭到綁架之後，早就被賤賣或者撕票了，根本不會再專程送到奴隸販子蘇涼手中。然而，在不要命方面，哪怕是摩珂莫這種老行伍，也不敢吹噓比少年們更豁得出去。他早就在泰西封那邊置辦的莊園和產業，還娶了三個嬌妻，養了八名女奴。如果死在大食帝國東征的戰場上，也就罷了。好歹還能得到一筆撫恤和獎賞。死在距離大食帝國邊境數千里外的一座連名字都沒有的小山上，又圖個哪般？

「還上啊，咱們可一整天沒吃東西了！」

「非但沒吃東西，今天連向真神禱告的時間都沒有。」

「不過是一群逃走的奴隸，把他們全殺了，咱們能得到什麼好處？」摩珂莫手下的馬賊們，比他更不願意跟敵軍以命換命。一邊慢吞吞地整理鎧甲和兵器，一邊連聲嘀咕。首領哈桑心黑手狠，他們不敢直接對哈桑抱怨。但是，他們的直接上司百人長摩珂莫，卻不在心黑手狠之列。並且，這個百人隊中，至少有七十人，與摩珂莫來自同一個部族。馬賊頭領哈桑，其實將嘍囉們的抱怨，聽得一清二楚。然而，他卻抽搐著臉皮強行壓下了心頭的怒火，裝作什麼都沒聽見。

因為擴張太快。大食帝國軍制非常混亂，兵源也極為複雜。很多人馬，都是由主動歸附的部落牧民轉化而來。這樣，可以最大程度上保證基層軍官與士卒，互相熟悉。但是，卻極容易讓軍中出現一個又一個小小的「山頭」。

如果今天的戰鬥像往常一樣順利，個別士卒口出怨言，哈桑當然可以立刻對其施加嚴懲。此人的同族或者同鄉，哪怕再不服氣，也得忍氣吞聲。然而，仗打了一下午，卻連山上的第一道關卡都沒能成功拿下，此時此刻，嘍囉們士氣低落，心中厭戰情緒高漲。作為首領，哈桑就不能一味地選擇嚴厲鎮壓了。否則，萬一激起反彈，很容易引發內部火併。

「摩珂莫，先別忙著出發，給你們隊每個弟兄，發半斤肉乾，一兩茶磚。」就在抱怨聲越來越高之際，講經人阿里忽然牽著兩匹來補給的駱駝走上了山坡，笑呵呵向即將上陣的百人長摩珂莫吩咐。

「是！多謝智者。」摩珂莫喜出望外，立刻忘記了身體疲憊，小跑著上前接過了駱駝的韁繩。

駱駝載重能力遠遠超過戰馬，爬坡本事也比戰馬強出許多。兩匹駱駝身上背的肉乾，足足有四百斤。安撫山坡上所有飢腸轆轆的馬賊嘍囉，都綽綽有餘。摩珂莫和他麾下的嘍囉即將出戰，每人優先分到了半斤肉乾。哈桑又命隨從打開駱駝背上的一個皮口袋，將包裝精美的茶磚，從裡邊拿出了八十七塊，親手分到摩珂莫和他麾下的每名馬賊手中。

這些肉乾和茶磚，包括運送物資的駱駝，都是四天前他們洗劫另外一支商隊所得。其中肉乾和駱駝，是消耗品，不值什麼錢。然而，每塊一兩的茶磚，在波斯那邊卻是硬通貨，價格五倍於白銀。並且越往西走，價格越高。

眾馬賊嘴裡有了肉吃，口袋中裝了「硬通貨」，士氣頓時就以肉眼可見的速度回升。而那講經人阿里，自己卻不急著填飽肚子。先高聲背誦了一段讚美真神的經文，然後又笑著向嘍囉們說道：「勇士們，永遠不要低估你們對真神的貢獻。也不要低估真神的偉力。今天山坡上那群逃奴，未必不是真神故意的安排。作為傳播真神榮光的前鋒，你們是第一支，深入到唐國境內的大食精銳。唐國軍隊是否如同傳說般強大，將由你們親自來驗證！」

頓了頓，他換了口氣，聲音變得更高，「我說的，不是叫你們直接去挑戰唐軍，咱們人太少，那樣做等同於自尋死路。我說的是，咱們在距離唐國軍隊重兵集結之地只有一百多里遠的曠野中作戰，唐軍如何反應，反應是否及時，都足以驗證他們的成色！」

「讚美真神！」幾個狂信徒，立刻跪倒於地，將雙手舉過頭頂，帶頭放聲高呼。

「讚美真神！」眾馬賊嘍囉甭管聽懂沒聽懂講經人阿里的話，一個個卻感覺心頭火熱，也紛紛高喊著舉起了雙手。

「他可真有本事，連石頭都能說開了花！」馬賊首領哈桑見狀，心中的怒火跟煩躁迅速消失，取代之的，是對阿里深深的佩服。

最開始決定追殺這群奴隸的時候，他一方面是因為要給被殺的嘍囉報仇，另一方面，則是由於受了蘇涼的煽動，認為阿史那家族的笸籮和大唐皇帝侍衛長的兒子，奇貨可居。根本沒想過什麼真神，什麼驗證唐軍。而現在，講經人阿里的話，無疑為他提供了另外一個理由。更動聽，更高尚，更冠冕堂皇。

「阿普羅、阿巴西米，你們兩個，也準備整隊。」佩服過後，哈桑深吸一口氣，果斷再度高聲點將，「等會兒如果摩珂莫隊進攻受挫，你們兩個輪流帶著隊伍殺上去。中間不留任何閒置時間。那群奴隸早就筋疲力竭了，你們就是比拚體力，也能將他們生生累垮！」

「李思摩、巴圖，你們兩個靠近我。」趁著大食馬賊還沒發起新一輪進攻，姜簡努力做戰術佈置。「等會兒馬賊攻到近前之時，咱們三個不要站一排。我頂在最前方，你們兩個依次向後挪一步半距離。咱們斜著站位，貼近岩石，把靠近山澗那側，讓給馬賊。」

「好！好的！」「知，知道了！」鐵勒少年李思摩和室韋少年巴圖兩個喘息著回答，聲音聽起來有氣無力。

「辛加、敏圖，你們兩個站在這裡。不急著現身，當馬賊試圖取巧，從側面繞過我們的時候，你們兩個橫著推過去。這樣，咱們就能五打三。」姜簡自己也疲憊不堪，沒有精力給李思摩和巴圖打氣兒，將目光看向另外兩個剛剛從第四隊補過來的生力軍，低聲吩咐。

「明白！」兩個看起來和他差不多大的少年齊聲答應，目光和手中的劍刃一樣明亮。

「你們兩個，輕易不用出來厮殺，只管丟石頭。哪怕是再小的石塊，也能讓敵軍分心。」姜簡又迅速將目光轉向剩下的另外兩個他叫不出名字來的隊友，繼續排兵佈陣。

「好！」另外兩個少年沉聲答應，目光中充滿了敬重。

少年人崇拜強者和英雄，帶領大夥跟馬賊反覆厮殺，身體多處受傷，卻死戰不退的姜簡，無疑已經成為他們當下最崇拜的人。所以，此時此刻，姜簡發佈的任何命令，他們都不會質疑。

「阿茹，還有你們兩個！我忽然想到一個招數。」姜簡向兩個少年點點頭，又將目光轉向了隊伍中僅有的三名弓箭手。其中兩人已經換成了新面孔，他能叫出名字的，只剩下了契丹大賀部少女阿茹。不過，無論兩個新面孔，還是少女阿茹，都把他當成了大夥活下去的關鍵。抬起頭，靜靜等著他的下令。「我看下面山坡上，距離咱們八九十步遠的位置，有好大一片山杜鵑。」姜簡指了指岩石外的山窪，聲音迅速轉低。「那一片地勢遠比山路低，還有許多溝壑，但山杜鵑的樹根附近，存了很多枯草和爛樹枝。你們想辦法，把衣服扯成布條，纏到箭桿上，做幾支火箭出來。等會兒敵軍攻到岩石這裡之時，你們就找機會把火箭射到山杜鵑下。只要能點起幾處火頭，就算大功告成。即便未必打斷敵軍的進攻，濃煙也可以熏得他們手忙腳亂。」

「嗯……」兩名新補上來的弓箭手眨巴著眼睛，苦苦思索姜簡的招數是否可行。來自契丹大賀部的少女阿茹，卻立刻蹲身抓了一把土，然後把手舉平，將抓在手心處的泥土緩緩釋放。

山風倒捲著泥土，吹向她的臉和身體。她躲避不及，被嗆得側著身體彎下腰，大聲咳嗽。待塵土被山風澈底吹散，她的眉毛變成了土黃色，嘴巴周圍也彷彿長了一小圈淡黃色的鬍鬚。然而，周圍卻沒有任何人嘲笑她傻。每一個同伴的臉色，都變得無比凝重。

風向在不知不覺間變了，先前是從北向南，現在是從南向北。這意味著，馬賊當中的弓箭手，在下一次進攻之時，可以將羽箭射得更遠。而大夥兒射向馬賊的羽箭，射程和威力卻會大打折扣。

「風力不算太大，瞅準機會，我應該能把箭射到杜鵑叢中。」抬手在自己嘴邊抹了抹，阿茹柔聲說道，「但是，萬一引起山火，煙和火就會沿著山坡捲向咱們這邊。」

「嗯……」姜簡低聲沉吟，然後踮起腳尖四下張望，久久不敢做出決定。阿茹說得沒錯，火勢只要起來，就很難控制。如果風向一直由南向北吹，一旦火勢蔓延開來，山上的人就是死路一條。

「嗚嗚嗚嗚，嗚嗚嗚……」低沉的號角聲，再度響起，如鬼哭一般，令人頭皮發緊，脊背上一片冰涼。

姜簡如同從噩夢中被驚醒了一般，激靈靈打了個冷戰，隨即，用力揮手，「沒事，妳儘管點火。靠近山澗的位置，地面很濕，山火不容易蔓延。源頭那裡水量充沛且全是石頭。萬一火勢失控，也足夠容納下咱們這幾個人。」

他剛才已經將山坡上的植被分佈情況，看得非常清楚。灌木和雜草，雖然沒有連綿成一整片。

卻東一叢，西一片，斷斷續續地從山腰一直分佈到了山頂。如果點燃八十步外杜鵑叢，他其實無法保證，火勢不一路蔓延到山頂，讓他和同伴們，集體落個玉石俱焚的下場。

然而，不點這把火，他不知道，自己和身邊的同伴們，還能不能頂住馬賊的新一輪進攻。

「好！」阿茹點了點頭，聲音仍舊像以往一樣輕柔。隨即，蹲下身，抓起一把斷劍，先從自己的衣服下襬處割了一片麻布，又迅速將麻布裁成布條。

「趁著賊人沒攻上來，麻煩你去一趟珊珈姐姐那邊，幫我借一份火摺子和一塊馬油。」一個弓箭手試圖上前幫忙，卻被她低聲分配了新的任務。「她那邊一個時辰之前，剛殺了一匹馬，正準備烤熟了給大夥做軍糧。」

「哎，哎！」那名弓箭手連聲答應，隨即，小跑著遠去。

阿茹沒有分神，從地上採了些發黃的野草，用麻布條包成一個細卷兒。然後又拿起一支箭，將細卷緩緩於箭鏃之下，纏成一個圓環。她的箭壺裡有很多支羽箭，都是前幾次戰鬥間歇時，一個名叫拔悉彌的庫莫奚少年幫她撿的。

草原上民風開放，少年男女從不畏懼直接表達對某個人的愛慕，即便被拒絕，也不會感覺太羞惱。然而，還沒等她想好，到底該接受這份愛慕，還是拒絕，那個名叫拔悉彌的庫莫奚少年，已經長眠於腳下的山路旁。

「如果你的靈魂沒有走遠，一會兒就幫我把火點起來。」在心中默默念了一句，她將做好的第一支火箭，插在了腳邊上，如同焚香。隨即，就是第二支，第三支，第四支，第五支，為了他的兄長止骨，為了突騎施少年李日月，為了鐵勒少年薛突古，為了那一個個她沒來得及記住名字的同伴。他們原本都該好好活著，娶老婆，生孩子，帶著老婆孩子一起養羊，放馬，修氈包，做乳酪，一起看著日出日落，草綠草黃。馬賊從數千里外而來，殺死了他們。馬賊必須為此付出代價，無論他信的是什麼神，念的是什麼經。

「嗚嗚嗚……」第三遍號角聲傳來。她從同伴手裡接過烤得半熟的黃色馬脂，一滴滴擠在用乾草和布條做成的圓環上，認真而又虔誠。

「羆斯波若，羆斯波若……」號角聲未歇，鬼哭狼嚎般的叫嚷聲已經從半山腰響了起來。休整結束的大食馬賊，吶喊著發起了新一輪強攻。

不再進行羽箭覆蓋，實驗已經證明了在有岩石遮擋的情況下，羽箭覆蓋毫無效果，並且還白白送給了對手無數箭矢。而戈契希爾遠離大食軍隊，補給全靠劫掠，羽箭儲備也不豐富，能節省一點還是節省一點為好。

放棄了覆蓋戰術的馬賊弓箭手，奉命自行尋找機會，射殺敵軍目標。這一轉變，在上一輪和上上一輪戰鬥之中，令少年們損失慘重。

第一隊被換下去的四名少年，有三個都是在爬上岩石朝馬賊丟石塊的當口，被冷箭所傷，並且身上都挨了不止一箭。萬幸的是，大食鎧甲品質過硬，關鍵部位還插著薄鐵板，才讓三人暫時都保住了性命。然而，想要繼續參加戰鬥，已經不可能。

「都不要露頭，也不用反擊，注意聽馬賊的叫嚷聲和腳步聲。」人在死亡的壓力下，學習能力也被迫提高，發現敵軍故技重施，姜簡也迅速給出了對策，「等馬賊衝到岩石下，再狠狠收拾他們。馬賊的弓箭手怕誤傷自己人，那時候輕易不敢再放冷箭！」

「是！」「知道了！」「放心！」他身邊的少年少女們，陸續答應。然後紛紛把自己藏得更加隱蔽。

事實上，不用姜簡提醒，他們也知道該怎麼做。所有人都在進步，不止姜簡一個。仗打到現在，進步慢的人，要麼已經被送到了泉眼附近接受照顧，要麼已經化作了一縷英魂。

「羆斯波若，羆斯波若……」見少年們不做任何反擊，馬賊們叫得愈發囂張。一個個加快腳步，沿著狹窄的山路快速前撲。雙腳踏起的塵土和草屑迅速化作黃色的煙塵，在半空中扶搖而上。

姜簡不再下達任何命令，將身體藏在岩石後，緩緩調整呼吸，積蓄力量。身上的疼痛和疲憊感覺，漸漸衰退。不是真正變弱，而是被臨戰的緊張和興奮給掩蓋。

他的心跳迅速加快，無論怎麼調整呼吸，都無濟於事。有一股奇怪的熱浪，隨著心跳，湧遍了他的全身，讓他的目光越來越明亮，聽力越來越強悍，渾身上下的血液，也彷彿烈烈燃燒起來，給予他更多的勇氣，讓他變得無所畏懼。

當腳步聲和吶喊聲，迫近到距離岩石十步之內，姜簡不再藏匿身體，雙手持劍從岩石後衝出，同時扯開嗓子高聲斷喝：「放箭！」

「嗖！嗖！嗖！」三支羽箭貼著岩石的邊緣射出，直奔衝在最前方的三名馬賊。距離太近，馬賊們根本來不及做任何反應。眼睜睜地看著羽箭射在了自己身上。

品質過硬的大食甲冑，再度發揮作用。擋住了其中兩支羽箭，讓鎧甲保護下的馬賊毫髮無傷。然而，卻有一名馬賊，被羽箭射在了毫無遮擋的眼睛處，慘叫著倒了下去，沿著山路痛苦地翻滾。山路狹窄，後續衝上來的馬賊不得不跳躍閃避，以免將受傷的同伴活活踩死。整個隊伍，瞬間出現了斷檔。而中箭後毫髮無傷的那兩名馬賊，卻帶著胸前的羽箭，直接衝到了岩石下。

距離太近，阿茹等人來不及射第二輪。馬賊弓箭手的視線完全被他們的同夥阻擋，也無法繼續施放冷箭幫忙。敵我雙方的甲士，立刻不受干擾地短兵相接。姜簡、巴圖和李思摩，聯手以三敵二。

他們按照事先的約定，以姜簡為前鋒，貼著岩石邊緣站成了一條斜線。彼此之間拉開一步半距離，各自揮動長劍朝著兩名馬賊發起攻擊，劍刃和對方劍身相撞，不停濺起一簇簇火星。

兩名胸前鎧甲上還帶著羽箭的馬賊，被逼得手忙腳亂，尖叫著退後。來自霫部的辛加趁機抓起一塊石頭砸過去，將其中一名馬賊砸了個滿臉開花。

鮮血立刻模糊了這名馬賊的視線，他尖叫狠狠向前劈了兩劍，然後試圖抬手抹掉眼皮的血跡。姜簡看得真切，飛起一腳，將他踹下了山澗。

「啊……」馬賊慘叫著掉下山澗，生死未卜。他的同伴被慘叫聲干擾，全身上下破綻百出。李思摩挺劍急刺，正中此賊的脖頸。

一劍封喉，馬賊全身力氣迅速消失，圓睜著雙眼向後栽倒。沒等他的屍體倒地，姜簡又是一記側踹，將屍體當做武器，直接砸向了下一組敵軍。

那三名馬賊剛剛擺脫了中箭倒地的自家同夥，衝到岩石附近，猛然又看到一具屍體凌空飛至。來不及做任何思考，同時揮劍阻擋。

鋒利的劍刃，砍破了屍體上的皮甲，血漿瞬間濺了他們滿頭滿臉。

不給他們抬手擦臉的時間，阿茹和少年弓箭手同時射出羽箭，瞄的全是他們的眼睛。一支命中嘴唇，射飛了兩顆門牙。一支命中面門，令目標慘叫著跪倒於地。第三支射飛，在半空中帶起一股寒風。

唯一沒有受傷的馬賊，頓時不知道該繼續前衝，還是放慢腳步等待其他同夥上前補位。姜簡大吼著從岩石側面衝下，雙手揮劍，砍向此賊的肩膀。馬賊不得不舉起長劍遮擋，卻被姜簡直接將兵器砍得脫手而出。

「啊……」他嘴裡發出驚恐的尖叫，快步後退，哪裡還來得及？姜簡又一劍劈過去，將他劈成了兩截。

血光沖天而起，驚得後續衝上來的馬賊本能地把腳步放慢。姜簡一擊得手，絕不戀戰，兩腿交替後躍，轉眼間，就又回到了岩石側面，與李思摩、巴圖兩人一道，死地堵住了被岩石侵占剩下的半邊山路。

「有諾伯克師，有諾伯克師……」陸續衝來的馬賊怒不可遏，嘴裡發出一連串瘋狂的大叫，結伴撲向姜簡。

山路狹窄，位置有限，他們再英勇，再憤怒，最終能與姜簡、李思摩、巴圖交手的，也只有三個人。

姜簡毫不猶豫地揮劍砍向其中一名刀疤臉，將後者逼得踉蹌後退。李思摩從側面挺劍而刺，逼得一名矮個子放棄對姜簡的進攻，回劍自保。第三名馬賊則被巴圖揮劍擋住，無法前進半步。六個人面對面，沿著一條無形的斜線，戰做一團。岩石外的山路上，大群馬賊揮舞著兵器咆哮，卻幫不上自家同夥任何忙。

一名少年悄悄爬上岩石，將冬瓜大小的石塊從岩石上推下去，滾向馬賊。兩名馬賊躲閃不及，被「冬瓜」砸中了小腿，慘叫著滾下山坡。十幾支冷箭凌空飛向岩石頂，推「冬瓜」的少年身上至少中了四箭，一個跟頭栽回了岩石背後。

「敵烈，敵烈……」岩石後，有人淒聲呼喊中間少年的名字，隨即舉起手，向第三道防線處的同伴請求支援。第三道防線處，立刻有三名少年結伴衝下，其中兩名身上沒有鎧甲的少年，抬起中箭者快速撤向泉眼兒附近臨時設立的療傷處，另外一個少年有鎧甲護身，則默默頂替了傷者的位置，撿起石頭丟向岩石外。

岩石外，也有馬賊撿起石塊，奮力向裡丟。他們的位置太低，也看不清岩石後的情況，丟過來的石塊當然沒什麼準頭。然而，卻勝在數量足夠多，逼得岩石內側的兩名少年不得不接連後退。

「嗖……」阿茹快速探出身子，向岩石外射了一箭，正中一名馬賊的脖頸。中箭者用手抓住箭桿，試圖將羽箭拔出，卻忽然失去了力氣，仰面朝天摔倒於地。他周圍正在撿石頭的馬賊們被嚇得頭髮倒豎，趕緊舉起兵器或者盾牌護住各自的要害，丟向岩石後的石塊瞬間變得稀稀落落。

遠處有馬賊弓箭手看到了阿茹的身影，聯手向她發起了反擊。阿茹如小鹿般跳開，三縱兩縱就脫離了馬賊們的視線。下一個瞬間，她卻又出現在姜簡身後不到十五步遠的位置，抬起角弓就是一箭，貼著姜簡的腋窩，將正在與他廝殺的一名馬賊射成了獨眼龍。

「啊……」那名馬賊疼得淒聲慘叫，轉身逃命。卻與衝過來的自己人撞在一起，雙雙站立不穩。姜簡從背後撲過去，雙手揮動長劍斜劈，在中箭的馬賊後背劈開了一條兩尺長的血口子。慘叫聲戛然而止，那名馬賊瞬間失去大量血液，倒地而死。姜簡迅速蹲身，手中長劍緊跟著又是一記橫掃，切下兩條裹著葛布的小腿。

「啊……」另外一名馬賊雙腿齊著膝蓋被切斷，慘叫著倒地，咕嚕嚕滾向山下。周圍的馬賊躲避不及，又是一陣手忙腳亂，與最前方的同夥之間，再度出現了斷層。

姜簡瞅準機會，快速轉身，與李思摩合戰一名馬賊。那名馬賊以一敵二，招架不迭，被李思摩一劍砍飛了半邊腦袋。

「去死！」巴圖趁機發威，用長劍刺穿了對手的小腹。岩石下，忽然變得空空盪盪，除了三個少年和幾具屍體之外，再無他人。

「向我靠攏！」姜簡顧不上調整呼吸，就扯著嗓子高呼。隨即，又將面孔轉向阿茹，大吼著吩咐：「火箭，放火箭。馬賊太多了，必須將他們的攻勢打斷。」

「馬上！」阿茹答應著將一支纏著布條和乾草的箭矢點燃，搭於弓臂之上。緊跟著向後仰身，拉弓如滿月。

「嗖！」火箭脫離弓弦和弓臂，直奔八十多步外長滿杜鵑的那處山窪，沿途引起一片驚呼。

「滅火，滅火！」幾個馬賊弓箭手經驗豐富，立刻用大食語叫喊著衝向山窪。倉促之間卻找不到爬下山窪的道路，只能朝著火箭落地位置，亂丟石頭。「罷斯波若，罷斯波若……」其他馬賊們如夢初醒，大吼著加速發起強攻。

三名經驗豐富的老賊，一隻手持著盾牌，一隻手持著短斧，結伴衝向岩石旁的山路。他們的腳步故意放慢，彼此之間卻盡最大努力相互配合，用盾牌組成了一道移動的短牆。

「不要管這邊，繼續射火箭！」姜簡大吼，帶領李思摩和巴圖迎戰。長劍揮舞，將盾牌剁得「砰砰」作響。

手持盾牌的三名老賊左遮右擋，寧可不反擊，也不給姜簡等人抓到任何破綻。剎那間，雙方就陷入了僵持狀態，誰都拿對方無可奈何。

「嗖，嗖，嗖……」阿茹和另外兩名少年，則繼續開弓放箭。不追求準頭，只追求射程。將預先做好的十幾支攙著布條和乾草的火箭，盡數射到了杜鵑叢中。數股黑色的煙霧從杜鵑叢中湧起，但是，很快就被山風吹散。整個山窪中，沒有任何火苗出現！

「羆斯波若，羆斯波若……」幾名馬賊忽然丟下了兵器，大叫衝到了岩石下的老賊身後，用手推上了老賊的背甲。

三名持盾的老賊，後背處得到了同夥的保護和支撐，也大吼著將盾牌奮力向前推去。推得姜簡、李思摩和巴圖三個站不穩腳跟，不得不踉蹌後退。

「羆斯波若，羆斯波若……」已經摸到岩石下的另外四名馬賊喜出望外，也迅速返回山路上，助同夥一臂之力。

姜簡、李思摩和巴圖三人，既無法迅速殺死持盾的老賊，又無法跟老賊們比拚力氣，第一道防線岌岌可危。

兩名擔任弓箭手的少年射光了火箭，從側面爬上岩石，居高臨下向馬賊發起反擊。三名馬賊先後中箭，前推之勢瞬間停滯。下一個瞬間，二十多支羽箭凌空落向了岩石頂。兩名少年弓箭手的身體上迅速冒起血花，無聲無息地滾下了岩石。

「羆斯波若，羆斯波若……」山路上的馬賊高聲叫囂，將攻勢再度加強。姜簡、李思摩三人同時被盾牌擠了個趔趄，防線迅速崩開了一道豁口。

「殺光他們！」三名老賊圖謀得逞，用大食語高呼著衝過岩石，結伴向姜簡發起進攻。李思摩和巴圖重新站穩了身形，重新加入戰團，卻被另外兩名衝過山路最窄處的馬賊，給堵了個正著。

躲在岩石後的辛加、敏圖結伴衝上，從側面將一名馬賊放翻，將另一名馬賊用長劍直接推下了山澗。沒等他們轉身，又有三名馬賊衝過了山路最窄處，獰笑著向他們發起了攻擊。

形勢急轉直下，預計中早已點燃的山火，卻遲遲不見半個火星。阿茹來不及重新製造火箭，只好不停地拉動角弓向衝上來的馬賊射擊。她接連射出五箭，箭無虛發，然而，卻有更多的馬賊衝過了山路最窄處，揮動兵器圍著姜簡等少年亂砍亂剁。

「支援！」史笸籮帶領第二夥少年衝了下來，與馬賊們戰做一處。姜簡所承受的壓力頓時減輕了一大半兒，瞅準機會，一劍刺入了自己面前那名持盾老賊的胸膛。

那名老賊慘叫著倒下，然而，卻有另外一名手持盾牌的傢伙迅速接替了此人的位置。姜簡揮劍橫掃，劍刃被盾牌擋住。撤劍再剁，又被盾牌擋了個結結實實。一名黑鬍子馬賊悄悄繞到了他身後，準備向他發起偷襲。姜簡反手一劍，砍斷了此人的鼻樑骨。

一把斧子忽然凌空飛至，逼得他不得不側身躲閃。身邊空門大漏，又一名馬賊趁機用長劍刺向他的軟肋。巴圖咆哮著衝過來，用長劍將馬賊的長劍砸歪，隨即，就被兩把兵器刺中，緩緩跪倒在血泊之中，死不瞑目。

「巴圖……」姜簡嘴裡發出了淒厲的悲鳴，抬腳踢起一面盾牌，砸向位於自己正面的馬賊。那名馬賊猝不及防，被盾牌砸了個正著，視線一面模糊。姜簡趁機快速擰身，長劍在半空中掃出一道雪浪。從他側面過來的一名馬賊，被攔腰砍中，披甲、肚皮同時碎裂，腸子伴著血漿落了滿地。

「殺，殺，我要殺光你們這群狗雜種！」姜簡叫嚷得聲嘶力竭，繼續揮舞長劍，向身邊的馬賊發起進攻。如同一隻發了瘋的老虎。

一把長劍刺中他的胸口，卻恰恰被塞在皮甲中的鐵板擋住，無法繼續深入分毫。姜簡嘴裡噴出一口血，揮劍斬落了對方的頭顱。左臂處傳來一陣刺痛，寒光掠過，血花迅速飛起。一名馬賊攻擊得手，獰笑著發動了第二擊。

「皮外傷！」反覆有人在耳畔告訴他傷勢，姜簡強忍刺痛，迅速蹲身，將馬賊抹向自己脖子的利刃避過。手中長劍貼著地面左右撥動，將此人的左腳和右腳相繼與大腿分離。

「啊……」慘叫聲撕心裂肺，斷了腳的馬賊倒在地上翻滾。姜簡身前忽然沒有了敵軍，他心中大喜，作勢邁步前衝，緊跟著卻停步轉身，腰桿，大腿，手臂同時發力，用長劍向側後方掃了一記霸王橫鞭。

「砰！」一面盾牌被長劍掃中，四分五裂。盾牌的主人左手腕骨斷折，疼得齜牙咧嘴。姜簡咆哮著又是一記力劈華山。將此人左半邊身體齊著鎖骨砍去了三分之一。

他雙手持劍繼續撲向下一名馬賊，腳步踉蹌，渾身是血。那名馬賊不敢單獨與他交手，扯開嗓子招呼同伴支援。另外兩名馬賊迅速趕至，與求援者站成了一個三角。

姜簡以一敵三，毫無懼色。將長劍揮得就像一架風車。時間忽然變慢，同時變慢的還有馬賊的動作。他看到了其中一名馬賊的破綻，持劍刺向此人的肋骨。對方向後縱跳躲閃，腳下卻忽然打滑，直接摔了個滾地葫蘆。姜簡左右揮劍，逼得另外兩名馬賊不得不回劍自保。緊跟著，他嘴裡發出一聲狂笑，邁開腳步衝到正準備從地上爬起來的那名馬賊面前，一劍將此人送回了老家。

轉過身，再又撲向回劍自保的那兩名馬賊，彷彿猛虎撲入了狼群。「支援，支援！」周圍隱約傳來了大叫，姜簡無暇去分辨是誰，也無暇做出回應，只管繼續撲向自己的目標。

一名馬賊持劍向他猛刺，被他一劍將兵器磕歪。那人側身跨步，試圖卸掉兵器上傳來的衝擊力，動作在姜簡眼裡，卻慢得像烏龜。快步追過去，姜簡用長劍刺中此人毫無遮擋的脖頸。劍鋒迅速將脖頸穿透，在此人頭盔下露出了紅色的一大截。揮動長劍摔開屍體，姜簡轉身又撲向下一名馬賊。那名馬賊恰恰從他背後撲到，雙方在不到三尺的距離上，面對面挺劍互刺。

姜簡果斷側身，讓過了刺向自己的劍鋒。同時，刺向對方的長劍也走了空。來不及變招，他猛地低頭，用頭盔砸向對手的腦袋。對手側頭讓過，用包裹著披甲的肩膀，硬吃他一記頭槌。緊跟著，單手鎖向他的喉嚨。

姜簡再度側身，閃避，張開大嘴咬向對方的手指。對方咆哮著收回左手，提膝，撞向他的小腹。幾乎同時，姜簡也提起了膝蓋，向對方小腹猛撞。

「砰！」膝蓋對膝蓋，二人都疼得呲牙咧嘴。身體踉蹌著拉開距離，雙方同時舉起兵器。

「呼……」一股山風夾著濃煙滾至，將馬賊的身體籠罩。馬賊被熏得鼻涕眼淚直流，趕緊回劍自保。姜簡跨步繞了半個圈子，揮劍斬向濃煙，帶起一串紅色的血污。

又一股濃煙被山風捲著滾至，也將他的身體籠罩。姜簡流著眼淚，從濃煙中衝出，艱難扭頭掃視，四周圍，卻已經找不到任何敵軍。不知道什麼時候，被所有人認為點燃失敗的山火，竟然燒了起來。轉眼間，就被山風推著席捲了了半邊山坡。

沒衝過岩石的馬賊焦頭爛額地逃下了山，不敢做絲毫停留。已經衝到了岩石後的馬賊，失去了支援，被史笸籮和蕭朮里帶著所有少年們，以優勢兵力全殲！

「趕緊撤，撤向第三道防線。我讓人在第二道和第三道防線之間潑了水，火頭應該燒不過那邊去！」蕭朮里踉蹌著上前，扶住姜簡一條手臂。

「撤，撤！」姜簡喘息著點頭，手臂和大腿忽然同時開始顫抖，渾身上下無處不疼。不敢倒下，他用長劍支撐住自己的身體，扭頭吩咐：「史笸籮，帶人多剝，多剝點兒鎧甲，趁著這裡還能站人。咱們，咱們接下來還有硬仗要打。」

「不用剝了，已經夠了！」史笸籮兩眼通紅，哽咽著搖頭。

「夠了？」姜簡愣了愣，再度扭頭環顧。果然，除了弓箭手之外，他身邊的二十幾名少年，幾乎每人身上都套著鎧甲，帶著頭盔，有人甚至腰間還圍著鎖鏈戰裙。

「還有其他人呢，其他人也需要。」姜簡的心臟立刻開始發沉，卻紅著眼睛拒絕往壞處想。

「都在這了，能站起了的都在這了！咱們，咱們就剩下這幾個人了，就剩下這幾個人了啊！」

史笸籮終於堅持不住，半跪在地上，放聲嚎啕。

第三十四章　薪火傳承

四下裡，抽泣聲陸續響起，每一名少年少女，都難過地低下頭，以手抹淚。今天上午剛剛甩開大食馬賊的時候，他們還有六十一名同伴。九名少女、五十二名少年，而現在，山坡上全部能站起來的少年，只剩下了二十二人。男子的傷亡超過一半兒，草原上任何部落，都承受不起這麼重的傷亡。接下來，哪怕敵軍退走，也無法獨自熬過馬賊、狼群的襲擊，還有冬天的酷寒。

而草原上，當一個部落陷入絕境，還有機會被附近某個大勢力吞併。通過成為後者的僕從和爪牙，為整個部落換取一線生機。而現在，大夥身後是斷崖，身前是來歷不明的馬賊！

「不要哭，都不要哭，咱們五十人迎戰四百多馬賊！咱們打了兩個時辰，沒有向後退卻半步！」姜簡心中，剎那間也難過得宛若刀割，但是，他卻咬著牙將身體站直，振臂高呼。

風捲著濃煙，嗆進他的嘴巴和鼻孔。他被熏得彎下腰，大聲咳咳，眼淚不受控制地往外淌。然而，下一刻，他卻迅速擦掉淚水，倔強地將身體重新站得筆直。

「今天下午，咱們以區區五十個人，迎戰四百多大食馬賊，半步未退！」抬手抹掉嘴角的血，他再度重申，「咱們傷亡了三十人，大食馬賊那邊，傷亡至少是咱們的兩倍。大食馬賊想把咱們抓去做奴隸，注定是白日做夢。咱們用手中的兵器告訴了馬賊，他們休想在這片土地上為所欲為！」

他不知道這樣喊有沒有用，但是，除了站出來振臂疾呼之外，此時此刻，他不知道自己還能做什麼？

在胡子曰講過的故事裡，每逢危難關頭，總會有一個英雄豪傑挺身而出，驅散大夥心中的絕望，喚醒大夥心中的熱血，然後帶領大夥殺出一條血路。他不知道自己做英雄豪傑夠不夠資格，卻知道此時此刻，自己責無旁貸。

「他們的兵力是咱們的八倍，花費半天時間，死傷近百，卻無法前進半步。他們就這點兒本事，還想征服各位的部落，怎麼可能？」彎下腰，他抓住史笸籮的胳膊，將後者硬生生從半跪拉成站立，「起來，別哭，你說過，你是阿史那家族的男兒。蕭朮里，還有你，我記得你是奚族可汗的侄孫。還有你，洛古特，你父親是庫莫奚的大長老。還有你們，全都是各族的菁英，你們今天親手，維護了各自父母和祖先的尊嚴。」

史笸籮沒他力氣大，被拉得踉蹌著站直了身體。蕭朮里臉色發紅，咬著牙擦乾眼淚。洛古特、烏古斯，還有一個個姜簡記得不記得名字的少年，陸續停止了哭泣，抬手抹乾臉上的血淚，用兵器支撐著各自的身體，努力將脊背挺得和他一樣筆直。

「我，來自長安城的姜簡，今天為與你們並肩而戰為榮。」姜簡知道自己的辦法奏了效，胡子曰沒有騙他，那些故事，真實地發生過。李旭、步兵、王伏寶、韓老六……，那一個個站在長城上的身影，這一刻，在他心中無比的凝實。

「這一戰，我們不僅僅是為了自己，而是為了大夥身後的部落和族人。」全身的熱血再度滾燙，他聲音變得沙啞，吐字卻無比清晰，「這一戰，我們不能屈服，無法後退。因為，我們的背後，就是我的家，我們的父母，我們的族人！」

「戰！戰！戰！」史笸籮抬手抹掉最後的眼淚，高舉起滿是豁口的橫刀，喊得聲嘶力竭。

「戰，戰，戰！」蕭朮里、洛古特、烏古斯、阿茹，所有少年少女們高舉兵器，放聲高呼。

草原各部落逐水草而居，百姓們心中沒有多少國的概念。然而，每個人心中，家的概念，卻與中原百姓一樣清晰。

後退一步，就是我家。

所以，大夥只能戰，不能退。不能哭，更不能屈服，哪怕下一刻，大夥就要結伴迎接死亡！

濃煙夾著火苗，在岩石外扶搖而上。照亮每個人的面孔，每個人的眼睛，將他們的身影，永遠照進了歷史當中。

山風捲著濃煙和烈火，將蔥蘢的山坡一分為二。

「小崽子們在叫喚什麼？」山腳下，焦頭爛額的大食馬賊首領哈桑鐵青著臉詢問。四周圍的馬賊們紛紛搖頭，包括最有智慧的講經人阿里，都滿臉茫然。

大食帝國最近二十年來劇烈向外擴張，速度宛若草原秋天的野火。而沿途各國紛紛匍匐於屠刀之下，根本沒有多少抵抗之力，更助長了某些野心勃勃之輩的囂張氣焰。他們決定將觸角伸向東方的大唐之時，其實並沒有經過深思熟慮，更沒有做出充足的準備。

野心家們以廣種薄收為原則，大肆派遣細作和斥候。有的冒充商隊，有的冒充馬賊，向東而行。反正只要派出去的冒牌貨們，有一到兩支能帶著大唐帝國的虛實返回，他們就穩賺不賠。只不過，恐怕最初將哈桑等人派出來的野心家也沒想到，這支打著戈契希爾匪號的斥候隊伍，能走得這麼遠。非但繞過了龜縮在蔥嶺下的波斯餘燼，並且還繞過了大唐安西都護府。

所以哈桑和阿里等人，在出發之前，根本沒有認真學習過大唐的語言。為了掩飾身份，他們一路向東走，一路殺人越貨，從不留下活口，也沒機會學習補上這塊缺失。

此刻聽到少年們在濃煙和烈火之後齊聲吶喊，二人頓時就發了懵。誰也弄不清，少年們到底喊的是什麼，接下來有沒有可能主動投降？

不過，這個問題也難不住哈桑。確定講經人阿里也跟自己一樣滿頭霧水之後，他果斷向身邊親信下令：「把蘇涼押過來！那廝常年往來於唐國和波斯，肯定聽得懂唐人的語言！」

「是！」親信們答應一聲，立刻小跑著找到蘇涼，將此人押回了哈桑面前。後者果然不負哈桑所望，立刻就給出了答案，「啟稟哈桑謝赫，他們喊的是戰鬥，他們要死戰到底，絕不屈服！」

「該死！」哈桑心中，頓時失望得無以復加。大罵著抬起腳，將蘇涼踹了個仰面朝天。

事實上，他雖然聽不懂漢語，先前卻將少年們在吶喊聲中所包含的不屈，聽了個一清二楚。只是他心裡始終懷著一絲期盼：少年們在意識到雙方實力的巨大差距和身陷的絕境之後，會選擇下山投降，而不是繼續以死相拚。

「謝赫饒命，謝赫饒命。我沒有撒謊，真的沒有撒謊。」蘇涼臉上挨了一腳，鼻血長流，卻不敢喊冤，趴在地上連聲哀告。

「押下去，兩天之內不要給他吃任何東西！」哈桑怎麼看，怎麼覺得蘇涼不順眼。卻又不能掃了阿里的面子，將此人直接大卸八塊。只好強壓下心中的殺意，高聲吩咐。

他身邊的親信們，同樣覺得今日之所以損失慘重，都是因為遇到了蘇涼這個災星。答應著撲上前，將蘇涼從地上扯起來，一邊向遠處拖，一邊拳打腳踢。蘇涼被打得淒聲慘叫，然而，先前曾經多次為他說話的講經人阿里，這次卻選擇了裝聾作啞。

短短一個下午時間，戈契希爾就損失了八十多名嘍囉。其中超過三分之二是直接陣亡和重傷，輕傷退下來，將來還有機會上馬揮劍的，還不到總傷亡人數的三分之一。也就是頭領哈桑平素殺伐果斷，下手狠辣，又捨得給重賞。才令隊伍沒有失去戰鬥力和戰鬥意志。否則，根本不用繼續攻山，能不能保證自家隊伍不崩潰，都是問題。

然而，隊伍雖然不至於崩潰，從上到下每個馬賊心裡頭，卻都憋足了邪火。作為隊伍的核心人物之一，講經人阿里有責任，讓馬賊們將邪火發洩出來。讓人當眾毆打蘇涼，則是最簡單，最廉價的手段！

「饒命，饒命……」蘇涼哪裡想得到，在貌似寬厚善良的講經人眼裡，自己這個教友，價值竟然如此低廉。開始還扯開嗓子慘叫，後來叫聲越來越淒厲，越來越絕望，最終，吐了幾口血，抽搐著昏了過去。

「別打死他，這人知道的事情多，留著還有用！」講經人阿里朝著蘇涼暈倒的位置掃了一眼，漫不經心地吩咐。隨即，他拉起哈桑的手，緩緩朝隊伍周邊走了十幾步。待確定附近沒有嘍囉們偷聽，壓低了聲音提醒：「傷亡有些重，即便最後攻下山頭，恐怕也是皮洛士式的勝利。不如以山火難以熄滅為理由，掉頭向西。」

「皮洛士式的勝利」，是在西方流傳極廣的一句諺語。意思是付出了代價高昂的慘勝，得不償失。哈桑雖然沒讀過什麼書，卻對這句話耳熟能詳。皺了皺眉頭，低聲解釋，「山澗中的流水有響聲，說明山上的泉眼水量充沛。這把火，未必能燒死那群小狼崽子。也未必能持續很久。付出了巨大的代價，如果看不到他們屍體，我怕接下來軍心難穩。」

「嗯！」講經人阿里知道哈桑說的乃是事實，沉吟著點頭。然而，很快，他又用更低的聲音提醒：「據蘇涼招供，一百多里外就有一座城池，裡邊駐紮著一支規模龐大的唐國軍隊。煙霧這麼濃，又升得這麼高，我擔心會把唐國的騎兵招來。」

「不可能是大部隊。大部隊出征，需要預先做準備。倉促之間，即便來，頂多也是斥候。況且，天色這麼亮，刮的還是南風，火光和煙霧，都不可能傳到南方一百里之外。」哈桑經驗豐富，立刻低聲反駁。

「你說的都對。」講經人阿里也不跟他爭論，抬頭看了看已經落到遠方天地相接處的夕陽，繼續低聲提醒道：「但總是小心些為好。唐人與波斯人不一樣。咱們以前從來沒跟唐軍交過手，不知道他們的實力強弱。而今天山上這些少年，表現得居然比咱們以前遇到的軍隊還要頑強。」

「一群不知道死活的小狼崽子！」提起山上的少年們，哈桑就氣得直咬牙。然而，他卻不得不仔細掂量。

連尋常百姓，都讓他蒙受前所未有的慘重損失。大唐正規軍，戰鬥力怎麼可能比百姓還差？萬一看到火光之後，趕過來的不是區區幾名斥候，而是一支完整的大唐巡邏隊。他麾下已經筋疲力盡的嘍囉們，未必能在交手時占到上風。然而，就這樣走了，他又怎麼可能甘心？因此，想了又想，哈桑最終咬著牙做出決定，「等兩個漏格[注三十六]時間，如果山火還沒熄滅，小狼崽子就會被活活燒死在山上。咱們兩個即便走，也對戰死的弟兄們就有了交代。如果火滅了，就在下半夜發起強攻。一舉將山上的小狼崽子殺光，然後迅速撤離。唐軍即便派出了巡邏隊，也不會連夜殺過來。而明天天亮之後，巡邏隊即便來了，也找不到咱們的行蹤！」

「好，那就等等再看！」講經人阿里想了想，點頭表示贊同。

草原上缺乏遮擋，夏季時天黑得晚，但是，只要天色開始變黑，速度卻非常快。哈桑和阿里兩個才等了一刻鐘，太陽就已經墜到了西邊的草海之下。夜幕漸濃，將草原籠罩，二人面前的山坡上，火勢也迅速減弱，就像一隻冒著煙霧的炭盆。

「讓弟兄們吃晚飯，休息，十六個漏格之後，立刻起來，打著火把攻山。這次，我要親自帶隊！不殺光他們，誓不甘休！」哈桑心中一喜，咬著牙下達命令。

「吃飯，休息，十六個漏格之後攻山。」親信齊聲高喊，將命令迅速傳遍所有馬賊的耳朵。

「攻山，攻山！」馬賊們七嘴八舌地重複，士氣卻不怎麼高，聲音也綿軟無力。

「嗯？」哈桑的眉頭迅速皺緊，本能地就想喊上幾嗓子，鼓舞士氣。然而，還沒等他斟酌好措辭，視野忽然被火光照得無比明亮。

愕然抬頭，他看見山頂上，有一道紅色的火柱托著滾滾濃煙沖天而起，頃刻間，就將夜幕撕開了一個巨大的窟窿！

注三十六、漏格：古代沙漏發明之前，用水漏壺計時。從埃及到中國都是。通常一個漏格為十四分鐘半。

第三十五章 敵人的敵人未必是朋友

「烽火，烽火！」

「狼煙，他們點燃了狼煙！」

「他們在傳訊，他們在向唐國軍隊傳信求救！」立刻有嘍囉扯開嗓子驚呼，聲音裡充滿惶恐。

雖然以馬賊身份為掩飾，他們當中每個人的內心深處，卻都清楚地知道，自己是大食軍隊的斥候！如今已經深入大唐控制地區數千里，不可能得到母國的任何支援。甚至，如果他們被唐軍全殲，當初派他們出來的那位埃米爾注三十七，都未必會承認他們的存在。

「肅靜，喊什麼喊。狼煙有什麼好奇怪的？唐國距離這裡最近的一支軍隊，也在一百多里之外。不可能半夜趕過來！」戈契希爾首領哈桑被吵得心煩意亂，拔出劍，狠狠朝著身邊的野樹劈了一記，高聲呵斥。

「咔嚓！」野樹被攔腰砍斷。眾馬賊的叫聲戛然而止。但是，每一個馬賊臉上的表情，卻都驚疑不定。夜間長途奔襲，的確是兵家大忌。然而，他們人地兩生，唐軍卻在此地駐紮了多年，熟悉周圍的地形和一草一木。天亮之後，如果唐軍發現了他們的行蹤，誰也不敢保證，他們真的就能擺脫唐軍的全力剿殺。

「吃飯，休息，十六個漏格之後攻山。」戈契希爾首領哈桑才不會像嘍囉們那樣瞻前顧後，又揮了下長劍，固執地重申。話音未落，他忽然又皺起了眉頭，騰出一隻手放在耳朵上做傾聽狀。隨即，快速臥倒於地，將長劍貼於地面，將耳朵與長劍也貼了個緊緊。

「什麼情況！」講經人阿里的心中，立刻湧起了一股不祥的預感。舉頭四顧，低聲詢問，「今晚誰當值，負責戰場警戒的斥候呢，撒出去多遠？」

沒有人回答他的話，也不需要回答。夜風已經自動為他送來了答案。

「的的，的的，的的……」隱約有馬蹄聲，在向他和他身邊的嘍囉們靠近。很輕，卻急切如暴風驟雨。下一個瞬間，戈契希爾首領哈桑從地上一躍而起，高舉著長劍厲聲高呼，「備戰，全體上馬，備戰！敵軍，西南方向，至少三百騎！」

「備戰，所有人上馬備戰。把繳獲的駱駝全都趕到西南方。阻攔敵軍！」講經人阿里也迅速扯開嗓子，查缺補漏。肯定不是自家派出去警戒戰場周邊的斥候。七八個騎著馬的斥候，無論如何，

注三十七、埃米爾：總督。

都跑不出上百匹戰馬狂奔的聲音。

「備戰，備戰，把駱駝朝西南方趕！」

「上馬，快上馬。唐軍，唐軍來了！」

「上馬，唐軍殺過來了！」

叫喊聲再度轟然而起，大小頭目和嘍囉們，一邊高聲互相提醒，一邊拎著兵器衝向各自的戰馬。很多嘍囉剛才積極執行哈桑的命令，已經摘盔卸甲，準備吃飯休息。驟然間聽聞有危險臨近，根本來不及重新披掛整齊。一個個歪戴著頭盔，斜披著鎧甲，手忙腳亂地往馬背上爬。

「嗚嗚嗚……」警報聲終於響了起來，夜幕下，數名斥候一邊策馬瘋狂逃回，一邊吹起號角向哈桑示警。他們的身影，伴著越來越近的馬蹄聲，衝破夜幕，被來自山頂的火光，照得越來越亮，越來越亮。數百支羽箭，忽然從他們的背後射至，將其中三名斥候連人帶馬，一起射成了刺蝟。

「嗚嗚嗚，嗚嗚嗚……」剩餘的五名斥候，俯身於馬背上，繼續用力吹響號角，以免警報聲傳不到自己人的耳朵。又一輪羽箭飛至，將其中兩名斥候推下了馬背。

「嗚呼呼……」被大食馬賊們驅趕到隊伍西南方的駱駝，看見了夜幕下箭鏃反射的火光，嘴裡發出驚恐的叫聲。最後三名大食斥候知道自己的使命已經完成，丟下號角，策馬衝向駱駝之間的縫隙。試圖用比戰馬高出一大截的駝峰，為自己遮擋來自身後的下一輪羽箭。他們的選擇堪稱老到，也無比正確。然而，兩三個彈指過後，半空中，卻忽然落下了上百顆「流星」。

「是火箭！」剎那間，三名大食斥候的胸腔，就被絕望填滿。

那支尾隨而來的敵軍，竟然比他們經驗還豐富，比他們心腸還惡毒。在策馬疾馳的同時，點燃了一批火箭，直接射向了駱駝群。

動物怕火，乃是天性。昨天半夜才被繳獲來的駱駝，腿上根本沒拴絆索，彼此之間，也沒有用繩索相連。看到火箭如流星般從天空中落下，立刻驚慌張開了四蹄，奪路狂奔，橫衝直撞。

三名大食斥候，連尖叫聲都沒來得及發出，就被駱駝撞下了馬背。緊跟著，他們的戰馬也被駱駝撞翻，與他們一道，被受驚的駱駝反覆踐踏。轉眼間，人和馬就變成了六團肉泥。

「點火把，沒上馬的人立刻點火把，驅散駱駝。已經上馬的人，迎戰，結陣迎戰，擋住他們！」戈契希爾首領哈桑看得眼眶欲裂，扯開嗓子連聲咆哮，「阿普羅，帶著你的百人隊先頂上去，阻礙敵軍。阿巴西米，你迂迴到敵軍側翼。其他人，跟我來！」

「不要慌，他們不是唐軍，肯定不是唐軍。唐軍來不了這麼快，烽火剛剛點燃，唐軍即便飛都飛不過來！」講經人阿里臨危不亂，一邊高聲補充，一邊從篝火中抽出燃燒的木材，衝向發了狂的駱駝。

不是唐軍，肯定不是唐軍。唐軍距離這裡至少一百二十餘里。火光和烽煙，都傳不了那麼遠，除非沿途還有其他烽燧接力。

而迄今為止，他沒在夜幕下看到任何被點燃了的烽燧。並且，即便唐軍接到了消息，也不可能在短短幾個彈指之內，跑完一百二十里的路程。

「不要慌，他們不是唐軍，肯定不是唐軍……」數名聖戰士（狂信徒）也從各自附近的火堆中，抽出木柴，高舉著跟在了講經人阿里身後，同時將他的判斷反覆傳播。幾匹愣頭愣腦衝過來的駱駝，被火把嚇得改變方向，繞路而去。一場由火箭引發的災難，迅速被化解。

被哈桑點了將的百夫長阿普羅又驚又喜，深吸一口氣，高聲招呼麾下嘍囉向自己靠攏：「第二大隊，整隊，整隊迎戰。不要慌，他們不可能是唐軍！迎戰，真神在看著我們。」

「為了真神的榮光！」眾嘍囉高聲回應著策動坐騎，不管是否信奉真神的存在，至少這樣喊可以緩解他們各自內心深處的緊張。受驚的駱駝，不敢衝向集結起來的騎兵和火把，紛紛繞路逃命。敵我雙方之間，迅速騰出了一道寬達五十步遠的空檔。狂奔而來的那支隊伍，不再發射羽箭，馬背上，一個個身披斗篷的壯漢，高高地舉起闊背長刀。不是大唐騎兵所用的大橫刀，他們手中的兵器，比大橫刀多出一個輕微的弧度，刀身也寬了許多。他們身上，披的也不是統一的鎧甲，而是多達七八種樣式，其中有三成是牛皮甲，三成是大葉鐵甲或者鎖子甲，剩下的則看不出究竟由什麼打造，顏色也有深有淺。為了標識身份，或者為了不顯髒，他們將身上的斗篷，染得像塵埃一樣灰。

「他們肯定不是唐軍！」匪號戈契希爾的大食馬賊們，心中齊齊鬆了一口氣，剎那間，變得勇悍絕倫。

雙方以最快速度，相互靠攏。面對面高高舉起了兵器。戰馬繼續加速，帶著各自背上的主人衝向對方。刀光和劍光同時閃耀，「轟！」地一聲，兩支隊伍迎面相撞。血漿四濺，斷肢亂飛，數十具屍體圓睜著雙眼落入塵埃。

大食馬賊的隊伍，像撞上了石頭的冰塊一樣，剎那間分崩離析。身披灰斗篷的敵軍也損失慘重。然而，他們的隊伍卻仍舊齊整，留在馬背上的每一名「灰斗篷」都繼續揮舞橫刀，高歌猛進。

「向我靠攏，向我靠攏！真神在看著我們！」戈契希爾百夫長阿普羅悲憤莫名，一邊努力撥轉坐騎，一邊試圖將麾下尚未戰死的嘍囉們重新集結。

敵軍的實力根本沒多強，剛才雙方隊伍撞在一起的瞬間，他沒費太大力氣就將對手砍到了馬下，自己卻毫髮無傷。然而，他麾下的大多數弟兄，卻不具備像他一樣體力和耐力。在下午的反覆攻山戰鬥中，嘍囉們已經累得筋疲骨軟。他們根本沒來得及休息，也沒來得及吃飯。卑鄙無恥的「灰斗篷」們，卻趁著他們又累又餓的時候，向他們發起了偷襲。

戈契希爾百夫長阿普羅不服氣，也不甘心。他堅信，如果敵我雙方都吃飽喝足，堂堂正正地面對面廝殺，一個照面就被撞得四分五裂的，肯定是「灰斗篷」！然而，戰場之上，卻既沒有如果，也沒有什麼堂堂正正。

儘管戈契希爾百夫長阿普羅喊得聲嘶力竭，儘管僥倖沒在第一輪衝擊就被打下馬背的大食嘍囉們，聽到自家百夫長高誦真神之名後，都強忍住心中的恐慌，努力向他身邊聚攏。他們的對手，那群身披著灰色斗篷的陌生敵軍，卻連頭都沒回，將他們直接丟在了身後，繼續長驅直入。

騎兵硬撼，被衝散了架的隊伍，戰鬥力還不如先前的半成。重新集結需要時間，撥轉坐騎需要時間，戰馬重新加速還需要時間！

「灰斗篷」們作戰經驗豐富，根本不給被衝散者糾纏自己的機會。揮舞著雪亮的橫刀，呼嘯著撲向下一群目標。

那是戈契希爾第三大隊和其首領哈桑的本隊，同樣是倉促集結。隊伍中每一名馬賊，都疲憊不堪，且飢腸轆轆。馬賊們在經文的鼓舞下，懷著對天國的憧憬，催動坐騎迎向山洪般滾滾而來的灰斗篷，因為緊張，每個人嘴裡都發出鬼哭狼嚎般的叫喊，「啊啊啊，啊啊啊，啊……」

四個彈指時間之後，兩支隊伍又結結實實地迎面撞了個正著。血肉再次橫飛，叫喊聲戛然而止。戈契希爾第三大隊與第一大隊一樣，像撞上了石頭的冰塊一般碎裂。然而，哈桑的本隊，卻因為人數足夠多，位置又相對靠後，只碎掉了一大半兒。

「灰斗篷」們的攻勢難以為繼，幾個明顯是核心骨幹的傢伙，帶著各自身邊的弟兄，就近向對手發起攻擊。戈契希爾中的聖戰士（狂信徒），也高聲背誦著經文，衝向距離自己最近的一名「灰斗篷」，與對方不死不休。

雙方對周圍寬闊的田野視而不見，擠在一個非常扁平的區域裡，高舉兵器互相砍殺。鋼鐵與鋼鐵碰撞，濺出淒厲的火星。戰馬與戰馬互相踢打，嘶鳴聲連綿不斷。

「頂住，頂住。第二大隊已經迂迴到位，第一大隊已經在敵軍背後重新集結！」戈契希爾首領哈桑一邊瘋狂地揮舞著長劍向對手猛砍，一邊扯開嗓子鼓舞士氣。

他喊的乃是事實。

第二大隊奉他的命令，搶在敵軍衝過來之前，就迂迴向了戰場左翼。如今，已經在八十步外，整體撥轉坐騎，開始加速回撲。

第一大隊雖然被敵軍衝散，但是，忠心耿耿且經驗豐富的百夫長阿普羅，卻在努力重新集結隊伍。敵軍雖然來勢洶洶，人數卻不多，絕對沒有戈契希爾規模的一半兒。只要他帶領本隊嘍囉，將敵軍攔住十個彈指左右，局勢就能徹底逆轉。

然而，事實往往都有正反兩面。

哈桑沒看到，也沒喊出來的另一面事實是，「灰斗篷」中的幾個核心骨幹，本事遠遠超過了他麾下的聖戰士和親兵。

雖然坐騎的速度，因為連續遭遇阻擋而變慢，「灰斗篷」中的幾個核心骨幹，卻將各自手中的大橫刀，揮得更加迅猛。

兩名聖戰士（狂信徒）合力迎戰一名「灰斗篷」骨幹，只跟對方交換了兩招，就相繼被砍下了馬背。一名十夫長蓄足了力氣，朝著距離自己最近的那名「灰斗篷」骨幹發起攻擊，兵器卻被對方直接磕飛。緊跟著，那名「灰斗篷」骨幹反手掄刀，一刀砍掉了十夫長的腦袋。

「衝散他們！」兩名「灰斗篷」骨幹用一種哈桑聽不懂，卻完全能猜出意思的語言高呼，帶領各自身邊的弟兄，繼續向前突擊。原本就已經十分單薄的戈契希爾本隊，迅速被二人撕開了一道裂口。那兩名「灰斗篷」骨幹，立刻帶領身邊的弟兄拔馬橫推，彈指間，將口子變成了大窟窿。更多「灰斗篷」從窟窿處呼嘯而過，同時向各自能碰得到的大食馬賊揮刀。大窟窿變得越來越寬，越來越寬，可以供四匹戰馬並行而過。

「擋住，擋住他們！」哈桑看得眼眶欲裂，丟下對手，親自帶著親兵去封堵窟窿。他本領高強，作戰經驗豐富，體力也充足，眨眼間就砍翻了兩名灰斗篷，衝到了窟窿的中央。

一名虎背熊腰，還生著滿臉的絡腮鬍子的「灰斗篷」，忽然向他甩動手臂。哈桑沒看清對方甩出了什麼，卻果斷在馬背上側身躲閃。「呼……」一根套馬索貼著他的肩膀落下，徒勞無功。沒等他將身體坐直，絡腮鬍子已經到了他面前，手起刀落，砍中了他胯下戰馬的脖頸。

兵刃深入脖頸一尺，血落如瀑！

戰馬的頸椎被直接斬斷，身體失去控制，轟然而倒。

哈桑尖叫著縱身而起，搶在戰馬的軀幹與地面發生接觸之前，脫離馬背，斜著縱出半丈遠。兩名「灰斗篷」在馬背上同時揮刀，一刀砍中了他的胸甲，一刀砍中了他的後頸窩。

鮮血在半空中噴起四尺多高，哈桑的頭顱和屍體伴著血漿同時落地，死不瞑目。更多的「灰斗篷」策馬衝過，將他的屍體踩成了一團爛泥。

「吱……」長著滿臉絡腮鬍子的灰斗篷骨幹，吹響含在嘴裡的骨頭哨子，招呼所有「灰斗篷」跟上自己的戰馬。

他率領眾人，趕在戈契希爾第二大隊橫著殺過來之前，踏過哈桑的屍體，衝向遠處的夜幕。大約十幾個彈指過後，又在兩百多步外，兜了另一個大圈子，掉頭而回。

「商隊是老子的羊，你們搶劫也就罷了，還將商販都殺光。讓老子今後吃什麼？」在重新發起衝鋒之前，絡腮鬍子吐掉嘴裡的骨頭哨子，用突厥語向戈契希爾馬賊們高聲質問。

「商隊是老子的羊，你們搶劫也就罷了，還將商販都殺光。讓老子今後吃什麼？」唯恐對面的人聽不清楚，跟在絡腮鬍子背後的其他「灰斗篷」，齊聲將質問重複。一個比一個理直氣壯！馬賊一行有馬賊一行的規矩，至少，在絲綢古道的東段如此。

對於主動放棄抵抗的商隊，通常只拿走貨物總數的三成，或者與總數三成價值相當的金銀。對於頑抗到底的商隊，也不能趕盡殺絕。砍死商隊的首領和主要管事，掠走全部貨物之後，得給夥計們留下能返回最近城池或者綠洲的食物和飲水。否則，整條商路就會斷絕，或者改道。馬賊們就要面臨集體改行或者餓死的風險。

戈契希爾作案不留活口，犯了絲綢古道東段的行規。「灰斗篷」在自己的活動範圍之內討伐他，天經地義！

沒有人回答他們的質問，奉命從側翼迂迴包抄「灰斗篷」的戈契希爾第二大隊終於跟哈桑的本隊會合在了一處，然而，卻發現自家頭領不知去向。

「哈桑千夫長在哪？誰看到哈桑千夫長了？」

「哈桑千夫長呢？」

「艾本侍衛長呢？」

「阿巴斯，阿巴斯，你在哪？」

追問聲相繼而起，越來越高，越來越恐慌。以第二大隊百夫長阿巴西米為首的幾個頭目，驚慌失措，甚至顧不上再留意，「灰斗篷」已經又發起了第二輪進攻。

「整隊，整隊迎戰，敵軍又殺回來了。」好在講經人阿里頭腦冷靜，衝過去，狠狠給了阿巴西米一記耳光，高聲命令，「整隊迎戰，否則，咱們都得死在這裡。」

「哈桑千夫長戰死了！我看到他被打下了馬背！」

「頭盔，那是哈桑千夫長的頭盔！」

「鷹隼，頭盔頂部鑄著鷹隼！」

沒等阿巴西米等頭目恢復理智，尖叫聲，就傳進了他們的耳朵。幾個追隨了哈桑多年的老賊，抱著一頂被馬蹄踩扁了的金色頭盔，放聲哀號。

「完了！」剎那間，阿巴西米和剛剛帶著殘部聚攏過來的阿普羅兩人，心臟就沉到了紅海的海底。筋疲力竭，飢腸轆轆，主將又在第一輪交鋒中被敵軍陣斬，這仗，接下來無論怎麼掙扎，都必輸無疑！

「胡說，你們胡說，哈桑將頭盔借給了他的親兵阿巴斯。我親眼看到他將頭盔借給了阿巴斯！」

就在他們陷入絕望的瞬間，講經人阿里忽然舉起了手杖，高聲疾呼，「不要傳謠，誰再傳謠，真神就讓他下火獄。哈桑千夫長受傷了，被艾本侍衛長保護著向東先走了一步，現在，所有人，跟我向東轉進，去追趕千夫長哈桑。」

說罷，高高舉起了銅製手杖，撥馬就走。

「向東，向東，跟著阿里智者向東轉進！哈桑千夫長受傷了，他命令阿里智者帶著大夥一起向東走！」阿巴西米和阿普羅兩人如夢初醒，扯開嗓子，將謊言一遍遍重複。

「向東，向東，跟著阿里智者向東轉進！哈桑千夫長受傷了，他叫大夥跟著阿里智者向東轉進！」所有聖戰士（狂信徒）也扯開嗓子，閉上眼睛高聲重複。彷彿只要自己不看那頂被踩扁的頭盔，講經人阿里的話，就會變成事實。「轉進，向東轉進！」

「快走，快走！」

「啊啊，快跑，灰斗篷又殺過來了！」

原本就已經瀕臨崩潰邊緣的大食馬賊們，哭喊著策馬向東逃命。一個比一個逃得快，顧不上去想哈桑到底是死是活，只恨自己背上沒生出翅膀。

「灰斗篷」們策馬追殺，從背後將戈契希爾匪徒一個接一個砍下坐騎。然而，後者不做任何反抗，一心只管逃命，他們很難將所有大食匪徒斬盡殺絕。隨著雙方距離烽火越來越遠，「灰斗篷」們的視野變得越來越暗，越來越窄。大食馬賊卻借著夜幕的掩護，逃得越來越快，越來越嫻熟。

「好了，剩下的事情，交給草原上各部落牧人和長生天。」又追了大約兩刻鐘時間，留著絡腮鬍子的「灰斗篷」首領，毅然拉住了坐騎，將胳膊舉過頭頂。在他身側，立刻有親信扯開嗓子，高聲重複：「阿波那首領有令，停止追殺，將剩下的事情交給各部落牧人和長生天！」

「阿波那首領有令……」

「……剩下的事情……長生天！」

草原空曠，絡腮鬍子阿波那的命令聲，隨著夜風，迅速傳遍了所有「灰斗篷」的耳朵。眾人放緩坐騎，撥轉馬頭，重新向他靠攏。隨即，跟在他身後，不緊不慢地返回了戰場。大食馬賊遠道而來，在當地沒有部落為落腳點。戰敗逃走之時，也沒有攜帶補給和乾糧。當他們以往的惡行傳開，草原各部落一定不會放過痛打落水狗的機會。而草原上，除了各部落的私兵之外，還有成群結隊的野狼。

落單的大食馬賊人生地不熟，在野外遇到狼群，只有成為食物的下場。

「可惜了，他們身上那麼好的鎧甲。」有「灰斗篷」不甘心，低著頭小聲嘀咕。

「金方，通知方圓五百里內的各部落，我阿波那買大食馬賊身上的鎧甲和手裡的長劍。」阿波那聽覺靈敏，立刻大笑著命令。

「是！」一名頭目高聲答應，卻沒有立刻付諸行動，而是湊到阿波那近前，低聲提醒，「單于，咱們手頭的錢……」

「蘇涼的全部家底都給大食馬賊搶了，大食馬賊剛剛又被咱們幹翻了。你跟我說缺錢？」阿波那立刻豎起了眼睛，佯出一副財大氣粗模樣。

「哈哈哈……」四周圍，哄笑聲立刻響成了一片。每一名活著的灰斗篷，都樂不可支。他們知道蘇涼商隊富的流油。但是，出於江湖道義，他們卻不能搶劫跟自己做生意的商隊。而向洗劫了蘇涼商隊的大食馬賊團夥動手，則天經地義。蘇涼知道後，非但不能控訴他們黑吃黑，還應該感激他們給自己報了仇。當然，前提是蘇涼現在還活著。

大食馬賊逃的匆忙，如今，蘇涼商隊的全部積蓄，全部都丟在戰場附近。沒有人敢在阿波那口中奪食，除非來的是唐軍。每個灰斗篷，都堅信這一點。所以，他們根本不擔心戰利品被其他人偷偷拿走。

事實也是如此，戰場在他們追殺大食馬賊之時什麼樣，他們回去之時，還是什麼樣。死去的戰馬、敵軍、散落的貨物，都原封不動。只有受到驚嚇的駱駝，漸漸恢復神智。三三兩兩地徘徊在戰場邊緣，嘴裡不停地發出低沉的悲鳴。

「呼延子義、蘭永福，你們兩個，帶領各自麾下弟兄，打掃戰場。這群外來戶身上的盔甲比大唐官軍用的都精良。全從屍體扒下來帶走，一件都別落下。」迅速掃視了一下四周，又抬頭看了看山頂上已經變得忽明忽暗的烽火，「灰斗篷」首領阿波那高聲吩咐。

「是！」兩個被他點了將的頭目，答應著拱手。然後各自帶領四十幾名灰斗篷跳下坐騎，去收攏散落在地上的屍體和戰利品。

「呼延」和「蘭」，都曾經是匈奴族中的大姓，在六百年前的草原上，高貴無比。然而，呼延子義和蘭永福，卻生得與北方漢人沒什麼兩樣，並且名字也完全依照了漢人的取名傳統。

其他灰斗篷的長相，也跟二人差不多。除了局部特徵，如頭髮和瞳孔之外，身體其他位置，已經很難再體現出多少匈奴人模樣。穿衣打扮，也完全成了一個漢人。唯有其首領阿波那，還努力做匈奴打扮。並且做事風格，也儘量模仿他想像中的祖先「大漢光文皇帝」劉淵。

只見他，縱身跳下坐騎，揭掉身上的「灰斗篷」，露出穿在裡邊的金冠和金色鎧甲，手按大橫刀的刀柄，沿著山路緩緩而上。如同街頭扮演帝王的優伶一般，每一步，都走得氣度非凡。幾個親信怕他遭到伏擊，也相繼跳下馬背，帶著盾牌和兵器，緊緊追上來，護在他的左右兩側。

阿波那笑著擺擺手，繼續龍行虎步。直到抵達第二道防線處，才在姜簡和史笸籮的斷喝下，停止了前進。雖然因為隔得太遠，反應也不夠及時，沒有看到完整的交戰過程。但是，姜簡和史笸籮等少年，卻將阿波那帶隊追殺大食馬賊的場景，看了個一清二楚。

此刻見阿波那親自前來交涉，姜簡和史笸籮二人，立刻搶先畫出了底線。「阿波那，我們不會投降。想要將大夥抓走重新賣做奴隸，你儘管率部來戰。」

打，基本上是打不過的。但是，大夥先前沒有向戈契希爾匪幫屈服，此刻，也不會向阿波那屈服。哪怕戰鬥到最後一個人。

「蘇涼不知道死到哪裡去了，沒有買主，我抓你們作甚麼？」出乎所有人意料，身穿匈奴大單于服色的阿波那，表現得非常大度。擺擺手，笑著反問。然而，下一個瞬間，他就原形畢露。抬手先指了指史笸籮，又指了指姜簡，高聲叫嚷：「你，還有你。老子今夜救了你們兩個的命，你們兩個認還是不認！老子跟你們非親非故，不能白幹。每人一千兩白銀，或者等值的物品。要麼當場付清，要麼打借據給老子，年息四分。否則，老子把就你們兩個卵子割下來！讓你們做一輩子太監！」

第三十六章 與狼共舞

即便是對於阿史那家族，一千兩銀子也不是個小數目。年息四分，更是黑得不能再黑。然而，與殺散了戈契希爾匪幫，救下山上所有人性命相比，這個代價卻相當於白送。

當即，姜簡與史笸籮小哥兩個互相看了看，就準備點頭答應。誰料，身背後卻忽然傳來了一個嫵媚的聲音，「阿波那大當家真會開玩笑，兩千兩白銀，怎能酬謝你今晚相救之恩。姜簡、笸籮，還不請阿波那大當家進來說話！他帶著麾下兄弟打生打死忙碌了大半夜，咱們只給他兩千兩白銀，如何對得起他麾下那些戰死的弟兄們？」

「啊，這……」姜簡和史笸籮愕然回頭，看著緩緩從泉眼處走下來，儀態萬方的珊珈，無論如何，都猜不出她究竟想要哪般？

「咕咚！」阿波那非常明顯地吞了口吐沫，隨即皺著眉頭詢問，「珊珈夫人，妳怎麼在這兒。蘇涼呢，他去了哪？」

「蘇涼被那夥大食強盜抓走了，你剛才擊潰大食強盜之時，沒見到他嗎？」珊珈沒有直接回答阿波那的話，而是眨了眨又大又水靈的眼睛，柔聲反問。

她出身富貴，接受過完整的波斯宮廷禮儀教育。落難後又在蘇涼身邊，以色娛人多年，對付男人的經驗無比豐富。因此，稍稍發揮一下特長，魅力就令人難以抵擋。

剎那間，不光阿波那一個人眼睛發直。姜簡、史笸籮和周圍其他男性，心裡也湧滿了青春的悸動。只想把她攬在懷裡好好保護，無論如何都不能讓外人欺負了。

「敢教珊珈夫人得知，我等剛才一直忙著廝殺，沒看見蘇涼大當家。想必是趁亂逃走了，或者被大食強盜給帶走了。」阿波那身邊親信當中，有臉上長了黑痞子的傢伙，年紀肯定超過了四十歲，見多識廣，且定力過人。先悄悄踩了一下自家上司的腳趾頭，然後高聲替上司回應。

「的確，剛才，剛才光顧著殺賊，沒，沒注意到蘇涼。否則，說什麼我也得把他救下來！」阿波那腳趾頭吃痛，迅速意識到自己失態。擺了擺手，高聲強調。

「大食強盜來得突然，夥計和刀客們抵擋不住。多虧了姜簡和笸籮，帶著這些買來的娃娃們救下了我。」珊珈朝著阿波那輕輕點頭，隨即柔聲解釋。「不過，如果剛才不是阿波那大當家來得及時，我和姜簡他們，肯定會遭了大食強盜的毒手。救命之恩，不敢拿金銀來衡量，且請阿波那大當家上山，先吃些烤好的馬肉，然後再仔細商量，商隊該支付給您的酬勞！」

「阿波那不知道我們先在駝城內放了火！」

「大食馬賊殺來的時候，阿波那不在。不知道當時的具體情況！」

姜簡和史笸籮兩個如夢方醒，偷偷看向珊珈的目光裡，充滿了佩服與讚賞。他們兩個之所以願意給阿波那打借條，認下兩千兩銀子的高利貸，是建立在阿波那對大夥這邊的情況完全瞭解的判斷上。

而事實卻是阿波那既不知道大食馬賊到來之前，他們已經在駝城內放了火，更不知道珊珈為了脫離蘇涼的掌控，主動跟他們一起造了商隊的反。

眼下商隊的主人蘇涼生死未卜，其他管事、夥計和刀客，都遭了大食強盜的毒手。隱瞞下協助脫離蘇涼，跟大夥一道「造反」的這段經歷，珊珈就是商隊的唯一繼承人！阿波那與商隊之間的合作關係，就仍舊存在，作為蘇涼的小妾，珊珈也是唯一的見證與合作對象！

「這個，這個……」阿波那臉上的表情，立刻變得好生精彩。喃喃半晌，才正色擺手，「珊珈夫人客氣了，我剛剛殺過人，吃不下任何東西去，就不上山打擾妳了。至於救命之恩，不過是舉手之勞，不值得一提，不值得一提。」

「怎麼能不提？」珊珈立刻接過話頭，笑著反對，「對你來說也許是舉手之勞，對我們來說，卻是生與死的區別。這樣吧，你不想吃東西，我跟著你下山好了。順便看看商隊裡的貨物，究竟還剩下多少。無論剩下什麼，我都做主，拿出四成來給你做酬勞。」

「這……」阿波那大聲沉吟，臉上的表情，在忽明忽暗的火光照耀下，反覆變幻不定。

如果商隊中所有人都死於大食強盜之手，財貨就是無主之物。他當然可以盡數獨吞。而只要珊珈活著，貨物就屬於商隊，按照江湖道義，他就沒理由將原本屬於商隊的財產和貨物拿走。

「夫人，這就過分了吧！如果不是我們，妳和山上所有人，恐怕此刻已經死在了大食人的刀下。」阿波那身側，那名臉上有痦子的中年馬賊緩緩用手按住了刀柄，冷笑著提醒。

姜簡和史笸籮心中頓時一凜，迅速握住了腰間劍柄。其他幾個在場的少年也感覺到了危險，果斷向前移動腳步，站在了珊珈的身側與身後。

夜風忽然開始變涼，吹透身上的鎧甲，吹透裡衣，吹透肌膚，一直吹到人的心底。而珊珈，卻彷彿根本沒聽出「痦子臉」故意流露出來的威脅之意，也沒感覺到周圍氣氛的緊張，嫵媚一笑，宛若夜花在月光下綻放，「所以，我才想把剩下財貨的四成，送給阿波那大當家做酬勞啊！如果阿波那大當家嫌少，咱們也可以再商量。難道阿波那大當家，打算把商隊的財貨全都拿走嗎？不會吧，我可聽蘇涼說過，阿波那大當家凶歸凶，卻是天下少有的守信之人。否則，商隊也不會冒著被官府發現的危險，給阿波那大當家帶各種補給。」

「此事與守信不守信無關！」臉上有痦子的中年人氣得兩眼冒火，卻強忍著沒有當場拔刀，「你們的財產和貨物，都落在了大食馬賊手裡。我們擊敗了大食馬賊，他們手裡的財產和貨物，都是我們的戰利品。」

「如果這麼算，當然也可以！」珊珈看了「痦子臉」一眼，仍舊笑得如嬌花照水，「我沒意見。反正財產和貨物，都在你們手裡，我不再糾纏便是。對了，我也可以給阿波那大當家寫個欠條，一千兩白銀，年息四成。阿波那大當家，這樣你就放過我們，別再殺人滅口，行嗎？」

她的動作和語言，都無比溫柔，目光中還帶著幾分楚楚可憐。然而，阿波那聽了，卻宛若被人狠狠抽了七八個大耳光。紅著臉後退了半步，用力擺手，「罷了，妳也別拿話來擠兌我既然約了商隊前來交易，就該保證商隊的安全。就按妳說的辦，山下的財產和貨物，四成歸我，六成給妳留下！」

說罷，一跺腳，轉身就走。

「阿波那，阿波那大單于！」臉上有痦子的中年人大急，趕緊追過去，一把拉住他的胳膊，「帳不能這麼算，他們……」

「走！」阿波那狠狠甩了一下胳膊，將「痦子臉」甩了個趔趄。「痦子臉」不敢再勸，回過頭狠狠瞪了珊珈和姜簡等人一眼，然後快步跟上。

姜簡和史笸籮互相看了看，偷偷吐氣，都在彼此臉上看到了幾分慶幸。

珊珈卻仍不滿足，邁開小碎步追了下去，柔聲補充：「阿波那大單于且慢，我還有話要交代。」

「什麼話，妳儘管說，只要我能做得到。」阿波那實在不願意再跟這個難纏的女人正面交鋒，停下腳步，背對著她承諾。

「財貨太多，商隊的管事和夥計也死光了，我拿不走。」珊珈邁著小碎步追上去，輕輕拉住阿波那的胳膊，宛若一個少女，在像自家兄長撒嬌，「可不可以先寄放在你那裡？等我下次招募足了人手，再過來找你拿？這次，你只給我留六十匹駱駝和六十個人吃半個月的乾糧即可。我知道這個請求很過分，但是我也是沒辦法了。如果你嫌棄貨物保管起來不方便，就替我找機會變賣了，然後記個賬。等我下次回來，再找你分錢。」

「妳？」財貨失而復得，阿波那有些無法相信自己的耳朵。扭過頭，滿臉戒備地看著珊珈，沉聲詢問，「妳就不怕，我把貨物賣掉之後，把錢給獨吞了？」

「你可是阿波那大單于。匈奴帝國和大漢帝國的雙重繼承人。怎麼可能，為了這點蠅頭小利自毀名聲！」珊珈果斷搖頭，彷彿擔心對方忘記了自己的身份般提醒，一張吹彈可破的面孔上寫滿了崇拜。

「好，那就按妳說的辦！」阿波那胸中豪氣沖天而起，長滿絡腮鬍子的臉上，瞬間綻放出驕傲的光芒。

他是匈奴唯一的大單于，他是大漢光文皇帝的嫡系血脈。他注定要成為中原和塞外的主宰，怎麼可能為了幾千吊錢的買賣，自毀名聲？

「擊掌為誓！」珊珈鬆開阿波那的胳膊，豎起白皙的手掌。指甲縫隙裡，還留著烤肉時沾上的黑灰，然而，卻美得令人目眩。

「好！」阿波那爽快地答應著伸出手，與她擊掌立約，隨即，快步下山。

「珊珈！」「珊珈夫人！」姜簡和史笸籮等少年看得手心冒汗，不待阿波那去遠，就快速追了上來，將珊珈團團圍在了隊伍中央。

以大夥當下的實力，著實不該惹阿波那不快。然而，剛才既然珊珈出馬跟阿波那討價還價，大夥即便再不理解，也必須擺出一副共同進退的姿態。而現在，阿波那走了，大夥不用再強撐，一張張稚嫩的面孔上，才終於露出了緊張和佩服交織的表情。

彷彿全身力氣都被抽走，珊珈緩緩蹲了下去，臉色蒼白如雪。然而，她卻沒忘記向眾人解釋，「別叫我珊珈夫人！商隊早就跟我沒關係了，從一開始，我就沒指望把貨物拿回來。」

「我知道，我們都知道！」姜簡看得揪心，趕緊也蹲了下去，穩穩扶住珊珈的一條手臂。

夏天衣物穿得少，他的掌心處，立刻感受到了一股從沒有過的柔軟與滑膩。然而，此時此刻，他的眼睛裡，卻沒有任何對異性的渴望。有的，只是發自內心的佩服。

「我這樣做，才能澈底避免他趁機攻擊咱們！」珊珈卻仍舊不放心，喘息了片刻，繼續用極低的聲音解釋，「他是真正的馬賊，不會受任何道德約束，也不會遵守承諾。但是，他卻講究風險不能大過收益。咱們手裡已經沒有任何值錢的東西，他弄不清咱們這邊究竟有多少人，就不敢貿然對咱們下手。剛才如果殺我滅口，你們當中只要有一個人活著逃出去，今後就不會再有商隊敢跟他合作。另外，你們兩個出身高貴，不能欠馬賊的人情。否則，哪天阿波那拿著欠條找上門，你們即便全身都是嘴，也摘不清跟他的關係。」

「嗯！」姜簡和史笸籮在剎那間，就明白了珊珈的良苦用心，雙雙鄭重點頭。

「扶我上去，等天亮後，阿波那離開，咱們再下山接收駱駝和糧食。對他來說，駱駝留著沒用，也賣不上價錢。六十個人的乾糧，也微不足道。」珊珈笑了笑，拉著姜簡手臂站了起來，蹣跚地邁開腳步。「而攻打六十個人死守的山頭，他卻至少付出同樣數量的馬賊！」

史笸籮上前扶住她的另外一條胳膊，一左一右，將她扶向泉眼所在位置。就像扶著自己的嫡親長姐。其他幾個少年握著兵器，緩緩跟在了三人身後。不時地還向山下看上幾眼，以防阿波那突然反悔。

「大單于，妖女分明是在胡攪蠻纏。」通往山下的路上，「痦子臉」一邊走，一邊憤憤不平地請示，「你只要一聲令下，我立刻帶人衝上去，將她抓回來為你暖床！」

「會死人的。」阿波那扭頭朝山上看了一眼，聲音拖得很長，很長，「大食馬賊攻了整整一下午，死了好幾十人，都沒能攻上山。你去攻山，怎麼可能不損失弟兄？今夜咱們已經折損了不少弟兄，為了一個女人和幾十個賣不出去的半大小子，再搭上另外一批弟兄的性命，不值得，絕對不值得！」

「那也不用給他留駱駝和糧食！便宜了她，她還未必念你的人情！」另一個嘍囉，也覺得肉疼，啞著嗓子在旁邊提醒。

「六十匹駱駝和四、五百斤糧食，能值幾個錢？」阿波那橫了對方一眼，笑著反問，「李世民老了，草原上的規矩，向來是一狼死，一狼立。咱們想要爭奪天下，就必須有爭奪天下的格局。今天既然不能將他們滅口，就乾脆做得爽快點兒，結個善緣。如此，將來說不定哪天還能再見！」

說罷，他回過頭，遙望山頂。雖然已經不可能看清楚山上的人，也知道對方不可能看見自己，卻笑著揮手。

無名小山距離唐軍所駐紮的白道川只有一百二三十里路，阿波那不敢在山下逗留太久。將戰場打掃完畢，將所有繳獲搬上駱駝和戰馬的脊背，並按照約定給珊珈留下了六十匹駱駝和可供六十個人吃半個月的乾糧，趕在太陽出來之前，他帶領麾下的馬賊們，匆匆而去。

雖然相信阿波那不會出爾反爾，後半夜，姜簡和史笸籮兩個，還是沒敢輕易放鬆警惕。二人將少年們分為兩班，各自帶著其中一班值夜，輪流密切關注山下所有動靜。直到天光大亮，確定山腳下已經沒有一個馬賊，才終於將心臟擱回了各自的肚子裡。

珊珈帶著少女們去山下取了一些糧食，在泉眼旁用石板為鍋，為所有人做了一頓早飯。大夥先填飽了肚子，又埋葬了戰死的同伴，然後才抬著傷號們來到山下。

總計還剩二十二個少年，幾乎個個帶傷。九個少女，全都筋疲力竭。還有四個重傷號，隨時可能宣告不治。昨天一戰，大夥可謂損失慘重。然而，此時此刻，在大部分少年和少女心中，驕傲都遠遠多於悲傷。

他們在沒有任何輜重和補給的情況下，頂住了至少八倍於己，且武裝到牙齒的大食馬賊。他們從始至終，沒讓大食馬賊越過第一道防線。他們在傷亡盡半的情況下，士氣都沒有崩潰。他們曾經山窮水盡，卻沒想過向敵軍投降！

他們用生命，告訴遠道而來的大食人，草原並沒那麼容易被征服。

他們用熱血，捍衛了自己生而為人的尊嚴。

挺起來的脊樑骨，輕易就不會再彎下。經過了此戰，他們輕易不會再被俘虜，也不會再像前一段時間那樣，輕易把自己的身體和未來交給命運。

當他們帶著繳獲來的盔甲，兵器和身上的傷口回到各自的部落，長輩們必將會以他們為榮。而同齡人，也必然會以他們為楷模。

「喂，姜簡兄，接下來你準備去哪？」雖然又累又睏，眼皮也直打架，史笸籮卻不想睡覺。在駱駝背上橫過身子伸開手臂，輕輕推了推騎在另外一匹駱駝背上，為所有人帶路的姜簡，低聲詢問。

「咱們不是昨天後半夜就說好了嗎？先退回到受降城休整，找郎中救治重傷號，並為大夥處理身上傷口。」危險解除，疲倦的感覺就如潮水般一波波襲來，姜簡一邊打哈欠，一邊有一搭沒一搭地回應。

對這個答案非常不滿意，史笸籮又用手指捅了他一下，繼續追問：「我是說，等大夥身上的傷都養得差不多之後。別人都各回各家，你呢？」

「嘶……」不小心被他捅到了肋下的傷口，姜簡疼得倒吸冷氣，身上的睏意瞬間消失了一大半兒。

用手將史笸籮的手指掐開，他沒好氣地呵斥：「幹什麼啊，你！好不容易，傷口才不再流血。捅傷了我，等會兒再遇到麻煩，我就把你一個人丟出去斷後。」

呵斥罷了，他又意識到對方乃是無心之失。想了想，放緩了語氣低聲補充：「我答應止骨，送阿茹回大潢水畔的大賀部。蕭朮里、瑞根、羽陵鐵奴、蘇支他們幾個家也在那邊，我們約好了一起走。你呢？怎麼問起這些了？莫非你改主意了？」

「我送你們到受降城北門那，就不進城了。」史笸籮早就準備，立刻輕輕點頭，「我和史金身上的傷無大礙。等你們到了安全處，我就跟他一起回金微山下的家。」

「不進城，就你們兩個人，萬一再遇到馬賊怎麼辦？」姜簡吃了一驚，追問的話脫口而出。

經歷了一連串風浪，他現在已經知道了塞外形勢的複雜。無論如何，都不敢再像半個多月之前那樣，認為自己單槍匹馬就可以肆意闖盪。當然，也不認為史笸籮只帶著一名親信，就能順利返回其故鄉。

「你忘了，我是在長安待不下去，才逃回塞外的。否則，也不至於被蘇涼這頭老狐狸所騙。」幾度與姜簡同生共死，史笸籮已經徹底拿他當做了朋友。苦笑著搖了搖頭，低聲解釋。

「這？抱歉，我累糊塗了，沒考慮到這一層。」姜簡先是微微一愣，隨即有些慚愧地拱手。

這麼多人，結伴進入受降城，隊伍中的每個少年，還幾乎都帶著傷。受降城中的大唐官兵，不可能不過問。而只要過問，史笸籮的真實身份就有可能暴露。如果他真的在長安城內犯過案子，保不齊會被官兵被當場拿下。

「沒事兒，智者千慮必有一失。」史笸籮笑了笑，故作大氣地揮手，「我已經原諒你了，你下次注意就好。」

「你……」姜簡揚起馬鞭，作勢欲抽。然而，看到史笸籮衣服下一塊塊隆起來繃帶，又於心不忍。最終，無可奈何地把馬鞭放下，低聲勸告，「你還是不要冒險了。裝作被阿波那掠走的部落牧民，跟我們一起進城就是。只要咱們提前對好口徑，暴露的可能應該不會太高。等我把阿茹送回大賀部，再請大賀部出動青壯，把你平安送回家。」

說罷，又猶豫了一下，用更低的聲音補充：「你究竟在長安犯了什麼事兒，很嚴重嗎？如果不嚴重的話，其實也不用逃回漠北。回頭我想辦法托人幫你斡旋一下，說不定，官府會放棄追究。」

受家教影響，他一路上，從沒探聽問過史笸籮的過去經歷。而現在，卻因為把對方當成了朋友，且關心對方的安危，才破例問了一回。

「不大，純屬遭受了池魚之殃！」史笸籮被問得心中發暖，笑著擺手，「不過，估計也不是你能幫忙斡旋得了的。更何況，你自己也是偷偷摸摸出關，連過所都拿不出來。」話音落下，他忽然臉色大變，伸手就去扯姜簡的駱駝韁繩，「對了，你也不能回去。無過所出關乃是重罪，守軍發現之後，肯定會把你拿下！」

「我準備冒充阿茹的兄長，受降城的守軍，沒人認識我！」姜簡被說得又是感動，又是尷尬，連忙出言解釋。「另外，我帶回了幾顆大食馬賊的首級，可以揭穿他們的真實身份。駐守在受降城的大唐將領，得知大食國已經把爪子伸到了他眼皮底下，肯定會被嚇一大跳，哪還顧得上再查我是不是真正的大賀止骨？」

「那倒也是，他們應該分得明白輕重緩急。」認為姜簡的話很有道理，史笸籮輕輕點頭。

「那就跟我們一起進關。你冒充蕭朮里的弟弟就是，反正沒人能證明你不姓蕭。」姜簡仍舊不放心讓史笸籮只帶著一名隨從返回漠北，想了想，繼續低聲勸說。「況且你身上的傷也需要找郎中敷藥。待養好了傷，大夥一起走，總比你們兩個回去安全。」

史笸籮聽得怦然心動，然而，想了又想，最終還是輕輕搖頭。姜簡拿不出過所擅自出關，被抓了現行之後，頂多是一頓板子外加五年監禁。而他如果被守軍發現是偷偷溜走的突厥別部人質，恐怕立刻會被繩捆索綁押回長安，然後送往法場斬首，給使團報仇。

「那你在城外先紮帳篷住幾天，等養好了傷，或者找到北行的商隊搭伴再走。」姜簡猜到他可能另有苦衷，便不再勸，轉而低聲叮囑。

「你哪，真是屬狗熊的。無論被蜜蜂螫了多少回腦袋也不長記性。還找商隊了搭伴兒，難道被賣了一次還嫌不夠？」史笸籮被逗笑，朝著他連連翻白眼兒。

笑罷，心中又湧起一團離愁別緒，想了想，低聲詢問：「姜簡，我記得你出塞，是為了給你姐夫報仇對吧？殺你姐夫的人是誰，能告訴我嗎？我回到家族之中，派人取他的首級，肯定比你單槍匹馬去找他算帳來得快。」

「這……」姜簡不忍心把朋友拖進漩渦，苦笑著搖頭，「告訴你倒是可以，但是，你還是別勉強了。我的仇家，勢力非常龐大……」

「還能大得過我們阿史那家族？」沒等他把話說完，史笸籮就滿臉不屑地打斷，「告訴我他的名字，然後你只管在受降城中，等我的好消息就是了。兩個月之內，我殺不了他，從此就不姓阿史那！」

「真的別胡鬧，你的心意我領了。但是，別找死！」姜簡又是感動，又是擔憂，搖搖頭，低聲叮囑，「他也是你們阿史那家族的人，名叫阿史那斛勃，自稱車鼻可汗。麾下據說控矢三萬。你別招惹他，我自己的仇，自己想辦法解決，你千萬不要胡亂插手！」

他記得大唐有好幾位姓阿史那的將軍，甚至包括處羅可汗之子阿史那杜爾，所以根本沒把號稱阿史那家族嫡系血脈的史笸籮，與那車鼻可汗往一處聯繫。在他眼裡，那車鼻可汗實力非常龐大，絕非尋常人所能招惹得起。自家好朋友史笸籮去找此人的麻煩，必死無疑。所以，只管一再叮囑對方，不要胡亂插手自己的事情。誰料想，話音剛落，他就看到史笸籮臉色煞白，身體在駱駝背上搖搖欲墜。

「你怎麼了？笸籮，莫非這位車鼻可汗是你的什麼長輩？」姜簡被嚇了一跳，趕緊低聲詢問。

「不，不認識。阿史那是個大姓，即便在長安城裡的阿史那，彼此之間都未必是親戚！」史笸籮將頭搖成了撥浪鼓一般，連聲否認，「我剛才不小心抻到傷口，疼得差點沒背過氣去。我……」話說到一半，他忽然抬手指向姜簡的身體左側，「不好，馬賊！那邊，披著黑袍子的馬賊……」

「什麼？」姜簡緊張得寒毛倒豎，本能轉頭朝著史笸籮手指方向張望。就在他將頭扭過去的一剎那，史笸籮已經從腰間拔出了橫刀。

刀光閃爍，寒冷徹骨！

第三十七章 回紇王子

「姜簡，笸籮，馬賊，大食馬賊又殺過來了！」蕭朮里的聲音緊跟著響起，隱約透著絕望。

「馬賊，大食馬賊！」

「他們套著黑袍，跟大食馬賊一模一樣的黑袍！」

「馬賊好像在追什麼人！」

「無論在追什麼人，都朝咱邊這個殺過來了！」

剎那間，驚呼聲響成了一片。洛古特、烏古斯、瑞根、羽陵鐵奴等少年，全都從昏昏欲睡狀態中被嚇醒，高聲尖叫著向姜簡和史笸籮兩位主心骨靠攏。「別慌，準備迎戰，慌也沒有用！」史笸籮將剛剛舉起的橫刀，在半空中奮力虛劈，「跟他們拚了就是，拚一個夠本兒，拚倆賺一個！」只有二十二個男子，並且人人帶傷。周圍還是一馬平川，找不到昨天那樣的山頭可供據險死守。此時此刻，大夥除了拚個魚死網破之外，還能有什麼選擇？

「這下好了，我跟他都會死在大食馬賊手裡。他不知道車鼻可汗是我的父親，我也不需要為父親做任何事情！」明明深陷絕境，當把拚死一戰的話吼出嗓子，史笸籮心中，卻忽然湧起了一股輕鬆。

彷彿瞬間放下了千斤重擔一般，他非但重新將腰挺了個筆直，蒼白的臉上，也再次有了笑容。

因為長了一張白白淨淨的鵝蛋臉，又喜歡讀漢家典籍，他從小到大在部族中都不怎麼合群。甚至跟自己的兩個兄長，關係也不怎麼親密。因為經常受到同齡人排斥，他在部落中總是顯得鶴立雞群。久而久之，就養成了一種孤傲的性格。表面上瞧不起任何人，實際上，卻未嘗不是一種自我保護。

姜簡是他第一個拿正眼去看，並且從內心深處覺得比自己略強的同齡人。從某種意義上說，是他從小到大唯一的朋友。雖然這個朋友跟他相處的時間，總計都不到一個月。但是，卻已經幾度與他生死與共。

剛才，在詢問姜簡的仇家名姓之時，史笸籮是真心想要幫對方討還血債。在他看來，草原太大，太複雜。姜簡又太容易相信別人。即便能順利找到仇家，也是送死的貨。不如由他代為出手，姜簡只需要在白道川內耐心地等上兩個月即可。不會再遇到任何危險，也不用風餐露宿。

他史笸籮願意幫好朋友這個忙，也有能力幫好朋友這個忙。就衝著前天夜裡被阿波那帶著馬賊追殺之時，姜簡捨命為他斷後。就衝著昨天下午他遭到大食馬賊的圍攻，姜簡一次又一次衝上來跟他並肩而戰。

只是，史笸籮無論如何都沒料到，好朋友姜簡念念不忘的仇家，竟然是自己的親生父親車鼻可汗阿史那斛勃。作為兒子，他必須保護自己的父親，無論自家父親與姜簡之間的仇恨因何而起，也不用問到底誰是誰非。

然而，剛才他明明只要將刀砍下，就能澈底解決掉毫無防備的姜簡。握刀的手，卻僵成了一根木頭。

大食馬賊，這回來得真他媽的及時！

用手背蹭掉臉上的淚，史笸籮笑著強調：「姜簡，我的名字叫阿史那沙鉢羅，不是史笸籮！你記住了。」

他聲音裡明顯帶著顫抖，姜簡卻沒有做任何回應。只管繼續盯著越來越近的黑衣馬賊，身體僵在駱駝背上，宛若老僧入定。

「姜簡，你聽到沒有！」史笸籮心中的難過與悲壯，迅速被惱怒取代。扯開嗓子，高聲強調，「我，阿史那沙鉢羅，今日與你一道戰死在這裡。咱們兩個……」他想強調，人死債銷，無論以前彼此之間，有多少恩怨，都隨風而去。誰料到，話剛開了頭，姜簡卻忽然舉起了手臂，「別吵！不是大食馬賊，大食馬賊頭盔上黑布不會像那樣包裹！他們的確在追什麼人，不是專門朝著咱們來的。他們自身人數也不多，馬蹄帶起的煙塵很淡！」

「什麼？」史笸籮頓時又顧不上自己跟姜簡之間的恩怨，瞪圓了眼睛朝著馬賊到來的方向眺望。

的確不是大食馬賊，雖然這夥人也都從頭到腳裹著黑布。但是，大食馬賊的鐵盔外那塊黑布，卻纏繞得頗為精心，一圈又一圈，圓圓地綁成一個帽子。而新殺過來的這夥馬賊，卻只是用黑布蒙住了臉孔，腦袋頂上戴的，也只是一頂皮盔。馬賊的數量也不多，充其量，跟自己這邊人數彷彿。馬蹄帶起的煙塵根本沒在其隊伍之後形成黃雲，就被風輕鬆吹散。

在馬賊的隊伍前方三十多步遠，有一個穿著褐黃衣服的身影，正策馬倉皇逃命。看體型，應該還未成年，或者頂多跟大夥年紀相近。

「向我靠攏，所有人，向我和史笸籮靠攏！以我們兩個為屋脊，結品字……，結屋頂陣！結氈包頂那樣戰陣，駱駝緊緊挨著駱駝。」沒等史笸籮看得更仔細，姜簡的聲音已經再度響徹原野，「馬賊人數沒咱們多，戰馬也沒有駱駝高。咱們把駱駝擠在一起結陣。如果馬賊敢向咱們發起進攻，咱們就一起砍死他！」

「不是大食馬賊！不是大食馬賊！」

「結陣，聽姜簡的，結陣，結屋頂那樣的戰陣……」

「馬賊在追殺別人，不是衝著咱們來的。」

「衝著咱們來的也不怕，結陣砍死他們！」

剎那間，眾少年們全都從絕望中掙脫了出來。一邊扯開嗓子互相提醒，一邊驅動駱駝，在姜簡和史笸籮二人的兩側和身後，排出了一個粗糙的倒扇形。「把身上的罩袍去掉，露出頭盔和鎧甲來。

把兵器全都拔出來，豎在胸前。」迅速扭頭看了看夥伴們的情況，姜簡繼續高聲命令。心情非常緊張，語調卻從容不迫。

他剛才故意沒有說，如果馬賊只是追殺「獵物」，與大夥擦肩而過該怎麼辦？因為他自己心中，也沒想好該怎麼辦。

以大夥目前的狀況，如果馬賊不主動向大夥發難，大夥的確不應該多管閒事。然而，見有人落難卻袖手旁觀，絕非一名俠客所為。

「救命，救命……」沒有更多的時間讓姜簡去權衡利弊，被馬賊追殺的少年，已經清晰地看到了姜簡等人的存在。一邊策馬向駱駝隊靠近，一邊高高地舉起了雙臂。「我是回紇部落大埃斤之子，我父親還是大唐的瀚海都護……」「夥計，大路朝天，各走一邊。朋友今天行個方便，別管閒事。我們抓了那個逃奴就走，不做任何逗留！」追過來的馬賊頭目，也清晰地看到了少年們身上的鎧甲和頭上的鐵盔，將坐騎的速度稍稍放緩，雙手抱住刀柄，高聲畫出「道道」。騎在駱駝背上的少年少女總計有三十出頭，一個個看起來疲憊不堪，肯定不是他和他麾下的嘍囉們的對手。

然而，少年少女們身上的盔甲和手中兵器，卻頗為精良。他如果貿然率部發起攻擊，所付出的代價肯定不會太小。所以，在馬賊頭目看來，各走各的路，彼此相安無事，對雙方來說，都是最好的選擇。

然而，讓他萬萬沒想到的是，帶隊的少年，卻非常不給面子，直接將手中的長劍指向了他的鼻樑，「抱歉，這件事兒，老子管定了！你要麼自己滾蛋，要麼放馬來戰！」

「你……」對方的回應，實在過於出乎意料，馬賊頭子頓時有點轉不過彎子來，抱著橫刀的手，也僵在了身前。

「若聞不公，縱使為惡者遠在千里之外，亦仗劍而往。道義所在，縱赴湯蹈火，也不敢旋踵！」默默在心中念了一句，姜簡將長劍擺了擺，笑著向少年發出邀請，「過來，去駝隊背後。別怕，只要我們在，馬賊就休想碰到你一根寒毛。」。前兩句話，在胡子曰所講的故事裡，出現過不止一次。每次，都能讓他熱血沸騰。

說故事的人已經老了，未必還能做得到。

但這些話，卻沒有錯。

而他，正年輕。

「小子，你找死！」十幾個彈指時間之後，馬賊頭子終於從震驚中緩過神來，將橫刀徑直指向了姜簡的鼻子，連聲咆哮，「來人，給我剁了他。」

「是！」跟在他身後的那些馬賊嘍囉齊聲回應，策動坐騎一窩蜂般衝向了姜簡。本以為，自己這聲勢浩大，能像趕羊群一般將少年們驅散，誰料，以姜簡為首的少年們卻穩如山嶽。

幾度同生共死，少年們和姜簡之前的友誼，已經堅如磐石。哪怕姜簡剛才做出的選擇，大夥心裡頭未必贊成。卻不會在馬賊面前反對或者質疑姜簡的決定。而剛剛經歷過的幾場惡戰，也將少年們意志鍛造得無比堅韌。甭說馬賊只有區區二十幾號，就是來了成百上千，大夥也不會丟下同伴，各自逃命。

「阿茹，帶領弓箭手，射馬！」眼看著馬賊已經到了三十步之內，姜簡將長劍迅速舉過了頭頂。

「是！」契丹大賀部少女阿茹，輕聲答應著挽弓而射，將衝得最快的一匹戰馬射成了獨眼龍。戰馬立刻受了驚，悲鳴著高高揚起了前蹄，將其背上的馬賊掀翻在地。

「嗖嗖……！」四支羽箭緊跟著射至，三支落空，另外一支命中了一匹棗紅色戰馬的脖頸。

棗紅馬悲鳴著跪地，前腿因為慣性向前滑動了半丈，被磨出了白花花的骨頭。其主人一個翻滾從馬鞍上爬下。哭喊著邁開大步繼續向前猛衝，「你們殺了小紅，你們殺了小紅，老子跟你們拚了……」

「嗖！」阿茹射出了第二支羽箭，正中此人胸口。皮甲像紙一樣被箭鏃穿透，緊跟著被穿透的是此人的胸骨和心臟。

哭喊聲戛然而止，中箭的馬賊雙手握著箭桿跪在了地上，魂飛魄散。

「弓箭手，他們當中有很多弓箭手！」馬賊們的頭腦迅速恢復了冷靜，隊伍在尖叫聲中一分為二。

戰馬不如駱駝高大，少男們又嚴陣以待，陣內還藏著弓箭手。雙方直接對撞，馬賊們肯定會吃大虧。所以，他們憑藉以往的經驗，果斷改變了戰術。

不再直衝，而是一分為二的隊伍，單獨向左，向右迂迴。馬賊們在狂奔中，將身體轉向駱駝陣，拉開騎弓將羽箭射向駱駝背上的少年。

這是標準的馳射戰術，脫胎於結伴狩獵大型野獸，如老虎、狗熊等。草原上幾乎每個部落的勇士，都精熟此道，根本上無需派人傳授。

羽箭射入陣中，立刻有駱駝受了傷，悲鳴著試圖逃命，卻被周圍的其他駱駝的身體擋住，無法脫離軍陣。也有少年不幸中箭，然而，馬賊們倉促射出的箭矢，蓄力不足。除非直接命中少年們的脖頸，鼻樑和眼睛等位置，否則，要麼受阻於少年們插在各自皮甲中的鐵護板。要麼被頭盔輕鬆彈飛。

「嗖嗖嗖……」阿茹帶領其他四名射箭準頭最好的少年，繼續挽弓而射。轉眼間，又將三名馬賊送回了老家。若是兩軍交戰，五名下屬損失，絕不可能讓一支軍隊傷筋動骨。然而，這夥馬賊總計才二十多人，陣亡五個，已經接近陣亡了總兵力的兩成半。

除非是大唐玄甲軍那種經久戰火考驗，且訓練有素的隊伍，否則，兩成半戰損，足以讓一支軍隊士氣清零。

仍舊端坐於馬背上的賊人們，紛紛開口驚呼。

「弓箭手，他們埋伏了弓箭手！」

「他們身上的鎧甲精良，羽箭根本射不穿……」

「點子扎手，點子扎手！」

隨即，不待自家頭目下令，就撥轉了坐騎，快速遠離駱駝陣。

這個選擇，最愚蠢不過。

用馳射戰術與少年們與交鋒，他們好歹還有射中駱駝的機會。策馬遠遁，他們就將自己的後背「賣」給了對方，光挨打不能還手。轉眼間，就又有四名馬賊被射下了坐騎，還有三名馬賊背上中箭，卻沒傷到要害，咬緊牙關抱住了坐騎的脖頸，勉強逃出了生天。總計二十多名馬賊，第一次交鋒就減員了九個，還有三個勉強算是輕傷。傷亡率超過了一半兒，當今世上任何隊伍，恐怕都承受不起。當即，倖存下來的馬賊們，就從後撤變成了潰逃。任由其頭目如何吶喊呼號，威逼利誘，都堅決不肯再回頭。

「所有人聽令，控制自己所乘和身邊的無主駱駝，跟著我慢步前推！」姜簡心中喜出望外，用顫抖的聲音命令。

他能明顯感覺到，經歷了與大食馬賊的惡戰之後，所有活下來的少年少女們，都彷彿脫胎換骨。雖然仍舊算不上什麼精銳，但是，與人數相等的尋常馬賊作戰，卻未必會落下風。

「是！」「得令！」「前推，前推！」少年少女們，同樣被大夥兒剛剛創造的奇跡，驚喜得不敢相信自己的眼睛。一邊高聲對命令做出回應，一邊施展騎術，控制駱駝邁開四蹄。

對於草原上長大的人來說，無論男女，騎馬都是基本功。大多數人甚至不借助馬鞍和馬鐙，也能驏騎如飛。

駱駝性情比馬溫順，背上還有厚厚的兩座駝峰。控制牠們，對少男少女來說，根本不存在挑戰。短短十幾個彈指之後，整個隊伍都開始緩慢有序地向前推進。遠遠看上去，宛若一塊滾動的山丘。

馬賊頭目瞬間就澈底清醒了過來，撥轉坐騎，以比自家嘍囉還快的速度，落荒而逃！

「繼續前推，直到所有馬賊都逃得看不見為止。」姜簡心中的驚喜，迅速被豪情取代，揮舞著大食長劍高聲吩咐。

「是！」「得令！」眾少年少女們按照各自部落的習慣，做出回應。同時繼續控制駱駝，堅決向前推進。雖然總計才三十一個人，六十匹駱駝，卻彷彿千軍萬馬。

馬賊們愈發不敢回頭，使出吃奶的勁兒奔逃。憑藉坐騎的速度，不多時，就消失在了少年少女們的視線之外。

駱駝跑得再快，也快不過駿馬。姜簡心裡對此一清二楚，因此，笑著拉住了坐騎的韁繩，扭過頭重新佈置任務，「停下來，整隊。蕭朮里，你帶幾個人去打掃戰場，收集兵器和坐騎，順便看看落馬的賊人裡頭，還有沒有活口。史笸籮、阿茹、珊珈，咱們四個去見那個少年，問一問他的來歷。其他人，原地休息。半個時辰之後，大夥兒繼續趕路。」

「是！」眾人轟然回應，然後有任務地去執行任務，沒任務的從駱駝背上跳下來，抓緊時間舒緩筋骨，順便處理射在自己或者同伴身上的羽箭。

那名被大夥從馬賊刀下救回來的少年，做事頗為講究。並未趁著大夥追殺馬賊之時離去，而是一直跟在了隊伍最後。

此刻看到姜簡帶著史笸籮、珊珈和阿茹向自己走來，他趕緊翻身跳下坐騎，三步並作兩步迎上前去，長揖及地：「在下婆閏，乃是大唐瀚海都護，回紇十四部大埃斤之子。救命之恩不敢言謝，請各位恩公，先受我一拜。」

竟然用的是標準的唐言，並且隱隱還帶著幾分長安口音。登時，就把姜簡給聽得微微一愣。

「你父親是回紇十四部的大埃斤？敢問他叫什麼名字？既然身為回紇王族，為何你連個侍衛都不帶，就隻身一人在草原上晃盪？」史笸籮卻察覺不出婆閏話語中的長安味兒，見姜簡忽然走了神，立刻主動開始盤問婆閏的根底。「我父親名叫吐迷度，草原上人稱吐迷度汗。」少年婆閏，也迅速發現史笸籮可能是個突厥人，緩緩後退了兩步，正色回應。「至於我的侍衛，已經都死在剛才那幫傢伙手裡了。他們根本不是真正的馬賊，而是突厥別部的細作，專門趕過來殺我。」

「你怎麼知道他們是突厥別部的細作？突厥別部距離此地，恐怕有上千里遠！」史笸籮聽得心臟打了個突，質問的話脫口而出。

如果那夥馬賊真的是由突厥別部的細作假冒，他剛才就等同於站在了自家父親的對立面。而這個把柄如果被兩個兄長抓住，他自己回去之後，少不了要挨父親的皮鞭不說，他母親恐怕也得跟著吃掛落。

婆閏警惕地手按刀柄，鄭重作答：「在下帶了二十名侍衛，還有長老博碩同行。黑衣人埋伏在我回家的必經之路上，突然發起了襲擊。博碩長老和侍衛們都戰死了。但是我們也殺死了十多個黑衣人，扯下了他們蒙在臉上的黑布。不信，你可以檢查剛剛被你們射殺的那些黑衣人的屍體。」

他的話音剛落，不遠處就傳來了蕭朮里的聲音，宛若主動為他作證：「姜簡、笸籮，黑布蒙著臉的馬賊，全都是突厥人。還有兩個摔斷了腿的，暫且都剩下了一口氣兒。」

「別殺他們，留下仔細審問。」姜簡立刻顧不上去猜測，婆閏說話為何帶長安口音，將頭轉向蕭朮里，高聲重申。

「別補刀……」史笸籮的聲音同時響起，喊到一半兒，卻又咽回了肚子裡。

他的肚子裡，頓時又湧起一片酸澀。

朋友之間，能做到很多想法都不約而同的，恐怕他這輩子不會再交到第二個了。然而，長生天偏偏如此喜歡捉弄人，他最好的朋友，偏偏要去找他的父親尋仇！

「你們最好帶著俘虜趕緊走，突厥別部的細作不止剛才那二十幾個。」婆閏看了一眼姜簡，又看了一眼史笸籮，確定二人不會對自己起歹意。趕緊又低聲提醒。「他們欺負我勢單力孤，才只派出了二十幾個細作追殺。如果剛才那些細作逃回去與大隊人馬會合，他們的大隊人馬，肯定會立刻朝這邊殺過來。」「什麼，這裡可是臨近大唐燕然都護府？」史笸籮又吃了一驚，皺著眉頭高聲質疑。

在他記憶中，自家父親絕對不是一個魯莽的人。然而，自家父親最近做的幾件事情，都魯莽至極。

先是不等自己離開長安，就許諾拒絕前往長安，並將整個大唐使團的所有成員屠戮殆盡。現在，又派了大批細作，來燕然都護府門口招搖。彷彿唯恐大唐朝廷不派兵前來報復，要主動提醒大唐的文臣武將們，突厥別部已經叛亂一般。

「多謝你的提醒，我們馬上動身，前往白道川。你準備去哪？一個人在路上不安全，不如先跟我一起回白道川再說。」這一次，姜簡沒有跟史笸籮不約而同。並且，在比史笸籮多思考了幾個呼吸時間之後，才果斷做出了決定。

第三十八章　迷霧的一角

「在下求之不得！」婆閏想都不想，立刻拱起手回應。

「那就趕緊走，別再耽誤功夫！」史笸籮冷冷地掃了婆閏一眼，鐵青著臉催促。隨即，又迅速將目光轉向姜簡，「你帶著大夥騎著駱駝在前面先走，我去幫助蕭朮里審問俘虜。突厥話我比你熟，我還知道幾個大部落當家人的名字。俘虜如果說謊，肯定瞞我不過。」

「好！」姜簡仍舊如同先前那樣容易相信人，笑著點頭，「就交給你。再給你們兩個留下馬賊丟棄的所有坐騎。你們兩個邊走邊審，審完了趕緊追上來。如果俘虜不肯招供也不用生氣，把他們帶回白道川交給官軍，官軍自然有辦法讓他們實話實說！」

「嗯。」史笸籮低聲答應，立刻邁開大步向蕭朮里走去。

順利掩飾了自己剛才的失態，還騙得姜簡與自己分頭行動，他心裡，卻沒有半點兒喜悅。像姜簡這種總喜歡拿所有人都當好人的性子，不知道得吃多少虧才能改得過來。而自己的父親、

兄長，絕對不會給姜簡成長的機會。發現此人「圖謀不軌」，肯定會重手將其斬除。

「你這蠢貨，老子今天就算放過你，你也活不了多久。」狠狠咬了咬牙，史笸籮快速回頭。本能地想要狠狠敲打姜簡幾句，然而，最終卻什麼都沒說。

少年少女們迅速結束休息，重新爬上坐騎，結伴向東南而行。一邊走，一邊整理兵器和鎧甲，準備隨時迎戰追過來的馬賊。

不過，第一個追上來的，不是什麼馬賊。而是負責審問俘虜的蕭朮里。

急著在霫族少女蘇支面前表現，追上了姜簡之後，他連呼吸都顧不上調整均勻，就高聲彙報，「俘虜招供了，姜簡，俘虜招供了。他們的確來自突厥別部。但是並非細作，而是陟苾設麾下的飛鷹騎。總數大概有四百人上下，是專門為了一個叫婆閏的回紇特勤而來。婆閏父親是回紇十四部的大可汗，只有他這麼一個兒子。綁架了他，就能逼著他父親聽從車鼻可汗號令。」

「陟苾設？」姜簡不由自主地皺起了眉頭，沉聲追問，「他在車鼻可汗麾下官居何職？這膽子也太大了一些？」

「設是突厥歸附大唐之前的官職，一般由可汗的弟弟或者兒子擔任。相當於大唐的行軍總管。」婆閏迅速接過話頭，替蕭朮里解釋。「至於阿史那陟苾，他是車鼻可汗的二兒子，心腸最為歹毒。兩個多月之前，就是他，在酒席上，用塗了毒藥的匕首，害死了我師父。」

「你在兩個多月前見過車鼻可汗的二兒子，還跟他一起吃過酒席？」姜簡還沒來得及仔細詢問婆閏的來歷和此人為何被突厥別部的細作追殺，聽了對方的話，眉頭頓時皺得更緊。

「是車鼻可汗邀請我父親去的，說是一道商量去長安朝見天可汗的細節。在場的還有葛邏祿部的大可汗謀祿、拔野古部大可汗的胡律勃勃、僕固部大可汗的白恩契，以及其他七八個小部落的可汗。」感激姜簡的救命之恩，婆閏不願對他做任何隱瞞，想了想，認真地解釋，「因為我師父是前來迎接車鼻可汗去長安的副使，所以我……」

「什麼？」姜簡的身體晃了晃，剎那間如遭雷擊。

怪不得他第一次聽見婆閏說話，就隱約聽出了幾分長安鄉音。原來，婆閏竟然做了自家姐夫的徒弟！婆閏口中那個被阿史那陟苾在酒席上用塗了毒的匕首殘害的師父，正是自家姐夫韓華。

「因為我師父是前來迎接車鼻可汗去長安的副使，所以我也跟著父親去突厥別部見師父。」被姜簡的表現嚇了一大跳，婆閏猶豫再三，才小心翼翼重新補充。

「你，你師父叫什麼名字？他，他什麼時候收下的你？」姜簡心臟，如同被刀子捅了一樣疼，問出來的話也變得語無倫次。「他總計去了草原才三個多月，怎麼會收了你做弟子？」

「你怎麼知道我師父總計才到草原三個多月？」婆閏悚然而驚，瞪圓了眼睛反問。

「你別管，你先告訴我，你師父叫什麼名字？」姜簡卻一改先前和藹與鎮定，猛地抬起手，扯住了他的胳膊，厲聲逼問。

婆閏力氣沒他大，差點兒被直接扯下馬背。虧得蕭朮里手疾眼快，果斷伸出胳膊攔了一下，才避免了慘禍的發生。

「姜簡，姜簡，你怎麼了？」珊珈敏銳地發現了姜簡狀態不對，驅動駱駝擠過來，大聲詢問。

「你師父叫什麼名字？快說！」阿茹則果斷將彎弓搭箭，瞄準了婆閏的胸口。絲毫不顧忌，剛才大夥兒正是為了救下此人，才得罪了突厥別部的飛鷹騎！

「我，我的師父姓韓，單名一個華字。怎麼了？」婆閏被逼問得好生委屈，紅著臉，低聲回應，「莫非你們是我師父的仇家？倘若如此，我把性命還給你們好了。師父被陟苾害死了，他的一切都由我來承擔。」聽到了自家姐夫的名字，姜簡的心臟處，又傳來了一陣劇痛。然而，他的眼神，卻迅速恢復了清明。

「你來承擔？」鬆開抓在婆閏胳膊上的手指，他含著淚搖頭，「哪裡輪得到你？他是什麼時候收你為弟子的？你們回紇部，距離突厥別部很近嗎？他奉命出使突厥別部，怎麼會繞到你家去收徒？」

「中原有句話，師徒如父子，我學了他的本事，自然要繼承他的一切。」婆閏隱約猜到，姜簡與自家師父的關係可能非同一般，卻梗著脖子強調。「我們回紇部的可汗牙帳，距離突厥別部不近，彼此之間隔著一千多里路。我師父奉了天可汗的命令，接車鼻可汗去長安，順路還要巡視草原各部。三個月之前，車鼻可汗說他需要時間準備，我師父就去了我們那裡，帶來了天可汗賜給我父親的金印、寶刀和十幾箱絲綢。我以前就學過唐言，就給我父親當通譯。師父見我唐言說得不錯，還一心向學，就答應了我父親的請求，收我為弟子，並且足足教了我一個月本事！」

「原來如此！」姜簡咬著牙點頭，心中難過得無以復加。

姐夫韓華，恐怕在到達漠北之後沒幾天，就已經察覺出車鼻可汗並非真心想要去長安。然而，為了完成大唐皇帝交付的使命，他卻沒有拆穿車鼻可汗的謊言，而是盡可能地向對方展現朝廷的誠意，同時按照朝廷的安排，拉攏漠北其他部落，以免車鼻可汗造反之後，其他部落的大小可汗們受其蠱惑，群起效仿。

姐夫做得很努力，也很耐心，哪怕看不到多少希望，他也沒選擇放棄。只是，他低估了車鼻可汗父子的無恥，也低估了車鼻可汗父子的惡毒。

第三十九章　天裁

「我師父究竟是你什麼人？」婆閏即便感覺再遲鈍，也看到了姜簡眼睛正在往外冒的淚水，滿臉同情的地詢問。

「他是我姐夫。」姜簡抬起手在自己臉上胡亂抹了兩把，啞著嗓子回應，「我這次來塞外，就是為了查明他被害的原因。」

「你叫姜簡，長安城的姜簡，表字子明？」這下，輪到婆閏大吃一驚了。拉住姜簡的駱駝韁繩，連聲追問，稚嫩的臉上寫滿了難以置信。

「他當然叫姜簡，剛才不是跟你說過嗎？」嫌棄此人大驚小怪，阿茹警惕地看了他一眼，緩緩收起角弓。

「我，我們那邊，重名的人很多。光是叫婆閏的就有七八個。」婆閏臉色微紅，訕訕地向她解釋。隨即，又快速將目光轉向姜簡，繼續補充，「師父跟我提起過你多次。說你年齡跟我差不多，但是非常聰明，無論學什麼，都一點就透。」

「我還有很多東西沒來得及學。」姜簡的眼前，瞬間又浮現了姐夫韓華在家之時，手把手輔導自己讀書的畫面，淚水頓時又難以控制。「姐夫，姐夫才是最聰明的人，全大唐只有二十二個秀才，他是其中之一。」

「我也有很多東西沒來得及學。」婆閏立刻感同身受，紅著眼睛附和，「師兄，我剛才不該瞞你。我不是在回家路上遭到伏擊，而是正前往燕然都護府求救的路上，遭到了突厥細作的截殺。」一聲師兄，叫得姜簡愈發悲不自勝。然而，他卻強迫自己很快就收住了眼淚。

「師弟不必客氣，剛才你不知道我的根底，謹慎一些也是應該。燕然都護府就在白道川，正是你要跟我們一起去的地方。」

「我當然知道燕然都護府在白道川。」婆閏猶豫了一下，低聲補充，「我是擔心連累了師兄。剛才逃走那群細作，與其主力會合之後，肯定會再來追殺我。」

先前不知道婆閏是自家姐夫的弟子，姜簡都仗義相救。如今既然知道了對方的身份，更沒有將此人丟下的道理。因此，稍作斟酌，就毅然做出了決定，「那就走快一些，先進了白道川再說。駱駝足夠用，咱們隨時更換，不過是七八個時辰的路程。」

說罷，迅速將目光轉向蕭朮里，低聲吩咐：「史笸籮呢？你去催他快點兒跟上來，咱們需要加速前進。俘虜既然招供了，就沒必要帶著。丟在路上，讓他們等著他們自己人救治好了。」

「他跟史金在一起看押俘虜。」蕭朮里愣了愣，快速回應，「俘虜之所以這麼快就招供了，全靠他和史金兩個突厥話說得溜。」話音落下，他忽然感覺好像哪裡不對勁兒。趕緊招呼起幾個同伴，匆匆忙忙的向來的路上趕去。

「突厥分為好多部落，大唐也有很多突厥將軍。」一團陰雲也迅速籠罩在姜簡心頭。他卻皺起眉，主動替史笸籮解釋。

先前跟假扮馬賊的突厥飛鷹騎作戰之時，史笸籮可是一直跟他並肩而行，寸步不落。怎麼可能那麼巧，史笸籮就出身於突厥別部，還跟飛鷹騎的主將恰恰相識？

「突厥別部的勢力膨脹很快。因為大唐遲遲沒有出兵給師父討還公道，很多部落都以為大唐沒力量了。暗地裡都倒向了車鼻可汗。」婆閏終究年紀小，沒注意到蕭朮里離開時的緊張，一邊跟著大夥繼續趕路，一邊低聲向姜簡介紹，「這也是飛鷹騎敢在白道川附近活動的底氣所在。即便有些暫時沒倒向車鼻可汗，也不敢把他們的行蹤報告給燕然都護府，只能選擇兩不相幫。」

「大唐朝廷可能需要一些時間，弄清楚我姐夫遇害的真實原因。」雖然對朝廷的態度非常不滿意，在婆閏等人面前，姜簡還是本能地選擇了為大唐辯解，「畢竟，車鼻可汗沒有公開宣佈造反。並且他還倒打一耙，說我姐夫試圖劫持他。」

「撒謊，車鼻可汗在撒謊！」婆閏頓時急得臉色漲紅，揮舞著胳膊揭發，「我那段時間，就跟在師父身邊。從沒看到過師父跟什麼人密謀。另外，車鼻可汗如果拿到了師父密謀劫持他的憑據，為何不公開派兵將師父捕殺，反而要擺下酒席，把師父請去赴宴？然後又安排他的小兒子跟師父比試，還在輸了之後，才用塗了毒藥的匕首捅殺了師父？」

「這些，都是你親眼看到的？」姜簡正愁找不到車鼻可汗倒打一耙的證據，聽了婆閏的話，趕緊大聲追問。

「我當然是親眼看到的，我可以對天發誓！」婆閏的臉色紅得幾乎要滴血，眼睛裡隱約也有怒火在燃燒，「我父親那天就坐在師父的下一個席位，我坐在我父親的身邊。開始大夥兒都以為車鼻可汗準備起身了，來給他餞行。誰料酒席吃到一半兒的時候……」終究是秀才韓華的弟子，他情緒雖然激動，說出來的話卻始終保持著清晰的條理。短短十幾句，就將韓華遇害的現場，描述了個一清二楚。

原來，那車鼻可汗，為了脅迫其他部落酋長一起造反，以商量朝見天可汗的具體細節的名義，將婆閏的父親吐迷度、拔野古部大可汗的胡律勃勃，僕固部大可汗的白恩契等人請到了突厥別部。這些部落的王族，與阿史那家族都聯絡有親。所以沒懷疑車鼻可汗的居心，接到邀請之後都按照約定的日期趕到了金微山下。

酒宴開始時，賓主雙方還其樂融融。但進行到一半兒之後，卻迅速變了味道。車鼻可汗的二兒子陟苾忽然闖入，當眾指責使團首領安調遮和副使韓華暗中聯絡車鼻可汗麾下的葉護[注三十八]，企圖劫持他，強迫他即刻啟程前往長安。然而，列出來的證據，卻被韓華輕鬆駁得體無完膚。緊跟著，車鼻可汗身邊的幾個長老，就喊出了「天裁」的口號。

所謂「天裁」，乃是草原上非常古老的一項傳統。當有案子的原告與被告各執一詞，而部落酋長無法裁決之時，便安排當事雙方決鬥。勝利者則是長生天認定的有理一方，失敗者則是因為長生天認為他理虧，所以才不肯庇佑他。

安調遮年過半百，當然沒法接受陟苾的挑戰。韓華無奈，只好起身代之。在所有部落長老的見證下，韓華與陟苾手持兵器對決。雙方只戰三個回合，自覺勝券在握的陟苾，就被韓華打落了兵器，用劍鋒壓住脖頸按翻於地。然而，終究整個使團都在車鼻可汗地盤上，韓華不能按照草原傳統殺掉陟苾。抱著車鼻可汗能幡然悔悟的希望，他收起佩劍，伸手又將陟苾從地上拉了起來。就在此時，異變陡生。

那陟苾趁著韓華拉自己起身的機會，從靴子裡拔出塗了毒藥的匕首，狠狠扎在了對方的肋骨之下。韓華身負重傷，仍舊打翻了陟苾，捂住傷口，質問車鼻可汗這可是突厥人的待客之道？那車鼻可汗卻早已鐵了心要造反，狠狠將手中金杯擲落於地。聽到約定的暗號，埋伏在帳篷外的突厥武士蜂擁而入，對使團的幾個核心人物發起進攻。韓華毒發，眼睛不能視物，被武士們推倒在地殺死。安調遮試圖突圍，也被武士們亂刃分屍。

注三十八、葉護，突厥高官。

隨即，車鼻可汗就下令，屠殺了整個使團。並且以大唐皇帝包藏禍心為由，逼著在場眾部落酋長一起謀反。

婆閏的父親吐迷度被逼無奈，只好假意答應。第二天，卻趁著車鼻可汗父子不注意，在侍衛們的保護下，逃離了突厥別部，星夜返回了瀚海都護府。

「你，你可願意跟我一起去見燕然都護府大都護李素立，親口向他彙報你看到的一切！」姜簡又是憤怒，又是心痛，顫抖向婆閏發出邀請。

「師兄，這正是我要去白道川的原因。」把肚子裡的話全說了出來，婆閏的情緒稍微平緩了一些，拱著手回應。「不過，敢教師兄得知。早在一個多月前，我父親剛剛回到瀚海都護府的時候，就已經將事情經過寫下來蓋印簽押，用八百里加急送到了燕然都護府李大都護案頭，至今也沒得到李大都護的任何回應。而車鼻可汗那邊，最近一再以武力相逼，我父親才又派我和博碩長老，一道前來向李大都護告急。」

「什麼？李大都護沒有回應？」姜簡的心臟猛地向下一沉，緊跟著，全身上下一片冰涼。

婆閏的父親吐迷度，非但是回紇十四部的大埃斤，還是大唐朝敕封的瀚海都護府都護。他的急報，李素立肯定不敢截留。

換句話說，朝廷並非不清楚使團遇害的真正原因。更不是不清楚車鼻可汗在倒打一耙。早在崔敦禮到韓府慰問自家姐姐之前很久，瀚海都護吐迷度的密報，就已經送回了長安。然而，幾位權臣卻選擇了隱忍，並且由崔敦禮出面，強壓著姐姐和自己，接受他們的決定。

「師兄，師兄，你怎麼了？」見姜簡的臉色忽然變得極為難看，婆閏被嚇了一跳，趕緊低聲詢問其中緣由。

「沒，沒什麼……」姜簡強打精神，艱難地搖頭。

這絕對不是他心中那個四夷賓服的大唐。也不是他心中那個威甲海內的天朝。大唐不該這樣，哪怕聖天子生了病，哪怕當年的能臣名將年事已高，也不該這樣！然而，他卻不知道，該怎麼說服自己，朝廷這麼做必有苦衷。也不知道該怎麼向婆閏解釋，大唐依舊強大，絕非車鼻可汗宣佈的那樣日薄西山！

「姜簡，姜簡，不好了！」就在姜簡幾乎被痛苦和迷惘擊垮之際，蕭朮里又騎著戰馬，出現在了他視線之內。隔著老遠，就氣急敗壞地彙報，「史笸籮，史笸籮跑了！他，他和史金殺光了俘虜，騎著馬偷偷跑了。我，我們追不到他，只找到了俘虜的屍體！」

第四十章　陰魂不散

「什麼？跑了？」姜簡無法相信自己聽到的話，緊跟著，心中就沒來由地湧起了一股輕鬆。

「跑了！」蕭朮里無法接受朋友背叛的事實，喘息著用手比比劃劃，「這廝把咱們都騙苦了。他忽然跑過來幫我審俘虜時，我就該懷疑他沒安好心。先前他口口聲聲說自己是阿史那家族的特勤，眼睛幾乎長到了頭頂上，什麼時候肯幹這種瑣碎事情？」

「誰跑了，笸籮？」洛古特、烏古斯等少年，也被蕭朮里帶回來的消息打擊得不輕，策動駱駝圍攏過來，七嘴八舌地追問，「他為什麼要跑？咱們早就知道他是突厥人，也沒人把他與馬賊當成一夥？」

「他剛才不是還在跟咱們一道殺突厥馬賊嗎？好端端的逃什麼逃？」

「這廝，突厥那麼多部落，同族之間還動不動就打得死去活來呢？不過發現了馬賊的身份是突厥人，咱們又沒懷疑他，他為什麼要逃？」

「他，他剛才就不太對勁兒。老跟史金一起嘀嘀咕咕……」

說一千，道一萬，卻誰都沒說到關鍵處。更沒將史笸籮的姓氏，與車鼻可汗聯繫到一起。對這些部落裡長大的少年和少女們來說，政治實在是一門太複雜的學問。遠遠超過了他們日常知識範圍，甚至想學都找不到合格的老師。

「大家還是抓緊時間趕路吧，爭取早點到受降城。至少，在日落之前，爭取能趕到距離受降城五十里之內。」姜簡沒有參與眾人的議論，騎在駱駝背上默默聽了片刻，低聲宣佈了自己的決定。

「不把他抓回來嗎？」洛古特惱恨史笸籮不告而別，皺著眉頭低聲提醒，「我怕他跟突厥別部的飛鷹騎勾結。」

「他肯定走不遠，咱們分頭去追，一定能抓到他。」烏古斯也擦拳摩掌，躍躍欲試，「到時候，我一定要問問他，大夥到底哪裡對他不起？」

「他是騎著馬走的，咱們沒有那麼多備用戰馬，騎駱駝肯定追不上他。」姜簡笑了笑，臉上露出了幾分無奈。「並且如果突厥別部飛鷹騎的主力追上來，他肯定比咱們先跟對方會合。屆時，咱們追得筋疲力竭，反而成了自投羅網。」頓了頓，他又嘆息著補充：「況且，他雖然是不告而別，卻沒欠咱們什麼。大夥昨天下午還在同生共死，總不能因為他不跟繼續跟咱們一路，就對他刀劍相向。」

眾少年少女聞聽，又嘆息著點頭。

「那，倒也是！」

「你說得對，人各有志。走就走吧，追上他，總不能把他給殺了。」

「希望他能平安返回部落裡頭。別半路上再遇到人販子。」

也有人事後諸葛，說在遇到扮作馬賊的突厥飛鷹騎之前，就已經察覺到了史笸籮的表現有很多不對勁的地方。這些話自姜簡左耳朵傳入，卻立刻又從他的另一隻耳朵冒了出去，從始至終，沒留下任何痕跡。作為跟史笸籮走得最近，也是相處時間最長的同伴，姜簡現在回溯起來，又何嘗意識不到，史笸籮其實早在大夥剛剛擺脫戈契希爾威脅那會兒，就表現出了許多古怪的地方。甚至包括他陪大夥東返路上說的那些話，也絕非無的放矢。

然而，現在知道了這些，又能怎麼樣呢？

甭說時光無法倒流，就算可以倒流，當他發現史笸籮跟車鼻可汗是一家人，他也無法保證，自己能狠下心腸，揮刀將史笸籮砍下坐騎，或者將史笸籮拿下，押回白道川那邊獻給大唐朝廷處死。

那樣做的話，他倒是報復了車鼻可汗，也為自家姐夫討還了一些血債。然而，接下來，他肯定一輩子都會感到負疚。細算下來，史笸籮逃走，倒是讓雙方都得到了解脫。他不必在報仇和殺害朋友之間做選擇。史笸籮也不用在親情和友情之間進退兩難。至於將來某一時刻，兩人會不會重逢。重逢時會不會相對舉刀，那是將來的事情，至少現在，他們雙方都不用考慮。除非，除非史笸籮逃走，真的是為了去引來突厥別部的飛鷹騎主力！

「大夥走快一些，咱們心裡頭估算一下，每隔時辰換一次駱駝。」猛然想到最壞一種可能，儘管非常不情願，姜簡仍舊強迫自己抬起頭，朝著所有同伴招呼。

「我來計算時間，我跟部落裡的薩滿學過，如何根據太陽的位置與影子長短，判斷時間。」一名喚做葛增的少年主動請纓，承擔了更夫的差事。

「駱駝背上的麻布口袋裡有乾糧。人可以騎在駱駝上吃，也可以互相幫忙餵駱駝。」另一名喚做乙室庫里的少年熟悉畜牧，高聲發出提醒。這個提醒，立刻得到了所有人的回應。部落裡長大的少年少女們，對如何照顧坐騎都不陌生。一個個爭相從橫在駝峰上的麻布袋子裡取出乾糧，彎腰遞到了自己手臂能及的那匹駱駝嘴巴旁。

駱駝的行進和奔跑速度都不如駿馬，但耐力和負重能力卻遠遠超過了後者。並且可以連續多日不喝水。在以雜草和樹葉為食物的時候，都可以馱著二百斤的貨物，連續走上一天一夜不用停歇。

少年和少女們邊走邊餵，豁得出去糧食。駱駝們自然走得更賣力。短短一個時辰，竟然走出了三十里路，速度遠遠超過了任何商隊。

「時辰到了，換駱駝，換駱駝，都不要騎馬。讓馬一直歇著，保存體力。」根據駱駝留在地上的影子，判斷出時間已到，主動擔任更夫的葛增立刻高聲招呼。少年少女們依照事先的約定，從所在駱駝背上，跳向身邊空著的駱駝。動作敏捷得如同行雲流水。

「咱們先前走了大概二十里，現在又走了三十里。如果照這樣走下去，天黑之前，就能看見白道川的城牆。」蕭朮里鬆了一口氣，扭過頭，笑著對姜簡說道。雖然在一個時辰之前，他被史笸籮不告而別的行為，氣得牙根癢癢。在冷靜下來之後，他卻也跟姜簡一樣，不希望跟史笸籮重逢。畢竟大夥昨天傍晚，還在同生共死。如果忽然從朋友變成了敵人，他真不知道自己手裡的大食長劍該往哪裡刺。

「咱們跟大食馬賊作戰那個山頭，距離白道川大概一百二十里到一百三十里之間。現在還剩七、八十里路。」姜簡回頭看了看，心情也感覺又輕鬆許多，「我沒想到，駱駝能走這麼快。如果能一直保持這個速度，天黑之前肯定能進受降城。」

「駱駝一般每個時辰能走十五、六里路。主要是咱們的身體比貨物輕，還捨得給駱駝吃糧食。」蕭朮里一放鬆就話多，笑著向姜簡普及草原上的常識。「馬一個時辰，跑六十里路很輕鬆。但馬跑三十里必須停下來休息，否則馬就跑廢了，人也累趴下了。」

「史笸籮還算有良心，沒領著突厥馬賊來追咱們。」洛古特跟二人關係漸熟，也笑著在旁邊插嘴，「否則，他早就該追上來了。」

「咱們跟他又沒啥仇。即便他真的跟那些突厥馬賊是一家，也沒必要把咱們趕盡殺絕。」烏古斯想了想，站在史笸籮的角度分析。

「笸籮應該是念著跟大夥的情誼，才帶著親信悄悄走了。否則，第一次與族人交戰，他還能說是彼此不知道對方身份。第二次，我說的是萬一大隊突厥飛鷹騎追上來，他的確很難辦。」

「他只是不想殺死自己的族人，並不是想背叛咱們。」

「他殺了俘虜，估計是為了滅口。否則，他回到自己的部落裡，很難向酋長和長老們交代。」

大夥你一言，我一語，都忘記了先前得知史笸籮離去時的鬱悶，轉而想起與此人並肩作戰時的友情來。

有點遺憾，有點惋惜，更多的，卻是對朋友的難捨。

就在大夥說得熱鬧之際，隊伍中最高大的一匹公駱駝，忽然高高地揚起了頭，嘴裡發出了一連串的警訊，「呼嗚嗚嗚……」

眾人齊齊閉上嘴巴，迅速扭頭回望。只見身背後的曠野中，數百匹戰馬旋風朝大夥追了過來。馬蹄帶起的煙塵，遮天蔽日！

「左前方那座山，衝過去，騎著駱駝上山坡，能走多高走多高。」姜簡轉頭四顧，果斷下達了命令。非常幸運的是，附近並非一馬平川，他們又找到了一座不大不小的山頭，可以衝上去憑險據守。不幸的則是，此地距離大唐邊軍駐紮的白道川，至少還有七十里遠。而據他所知，邊軍斥候的日常巡視範圍，肯定不會超過五十里。

第四十一章 江湖再見

「左前方那座山，駱駝比馬爬得高。」

「左前方那座山，騎兵衝不上山坡！」

「帶上駱駝，帶上所有牲口。」

眾少年們高聲響應，互相提醒著撥轉坐騎，朝著姜簡長劍所指的山坡衝去。一個個雖然心情緊張，動作卻毫不慌亂。連殺人如麻的戈契希爾匪幫，昨天都沒能攻上大夥駐守的山頭。新來的敵軍再凶再惡，還能超過戈契希爾？更何況，這個節骨眼上，大夥越慌，死得越快。還不如鼓足了勇氣拚一場，說不定還能像昨天一樣絕處逢生。

「能爬多高爬多高，用駱駝牽著戰馬一起爬。爬到半山腰，找狹窄處據守！」危急時刻，姜簡也顧不上想太多沒邊際的事情，一邊帶領大夥衝向不遠處的山坡，一邊繼續補充命令的具體細節。

「看地形，找適合防守的位置。越窄越好！」

「找狹窄位置據守，不行就直接上山頂。」

少年們氣喘吁吁地回應著，將駱駝的奔跑速度催到極限。

那突厥飛鷹騎來得雖然快，跟少年少女們終究隔著一段距離。而少年少女們有了上次對抗戈契希爾匪幫的經驗，對如何趕著坐騎上山，也是駕輕就熟。大夥齊心協力，終於搶在被飛鷹騎追上之前，將駱駝和戰馬趕上山坡。然後沿著山坡一路向上，直到隊伍中最強壯的駱駝，也沒有本事繼續攀登了，才終於停下了腳步。

地形不夠狹窄，遠達不到昨天那種五六個人就能卡死整條山路的要求。但是山坡的陡峭程度，卻跟昨天不相上下，甚至還略過之。

「把駱駝排在前面，頭和尾相接，組駝城。咱們不需要組四面城牆，直接來一道彎曲的城牆即可，充分利用山坡。」沒有時間去找更好防守地點了，姜簡飛身跳下坐騎，果斷下令。

「組駝城，兩匹駱駝一組。從東往西。後面的駱駝頭對著前面的駱駝尾巴。用韁繩把前後兩匹駱駝拴在一起！」珊珈經驗豐富，立刻跳下坐騎幫忙。「照珊珈的吩咐去做，突厥人遠道而來，沒那麼快發起進攻。」感激地向珊珈投過去一瞥，姜簡高聲吩咐。

「是！」「知道了！」「放心！」

少年少女們對他帶領大夥浴血奮戰的情景記憶猶新，答應得乾脆俐落。

「蕭朮里、洛古特、烏古斯、瑞根、羽陵鐵奴，你們牽了戰馬，在駝城左右兩側等候我的命令。」

迅速將目光轉向隊伍中最強壯的幾個少年，姜簡繼續做戰術佈置。

「好！」被點到名字的少年們想都不想，立刻去拉住了隊伍中僅有的幾匹戰馬。

山坡很陡，騎著馬向下衝，一不小心就可能人和馬都摔得粉身碎骨。然而，陡峭的山坡，也會給下衝者提供高度和速度的雙重優勢。敵軍如果沒有嚴加防備，便有可能被衝個措手不及。

「給我留一匹！」姜簡快速補充了一句，隨即又將目光轉向了大賀部的阿茹：「弓箭手還是交給妳，等會兒別急著射。放敵軍到四十步之內，然後看我劍指方向。」

「明白！」阿茹手握角弓，溫柔地點頭。

「其他人全都去跟著珊珈組建駝城。如果駱駝數量有多餘，就在裡邊再加一層。」將目光轉向所有同伴，姜簡又吩咐了一句。然後將目光轉向山腳下的敵軍。

「天！」在目光與敵軍接觸的剎那，他本能地倒吸冷氣。隨即，就強迫自己擺出一副無所畏懼的模樣，冷笑著搖頭。

按照大唐軍制估算，突厥飛鷹騎至少殺來了四個旅[注三十九]。上自頭目下到嘍囉，全都頭裹黑布，身穿黑袍，從山上向下看去，就像一群地獄裡鑽出來的幽魂。但是這些突厥騎兵，遠不如戈契希爾匪徒訓練有素。從他們抵達山腳下之後的反應，姜簡就能清楚地看出，他們既缺乏作戰經驗，軍紀也不怎麼嚴明。

姜簡清楚地記得，昨天戈契希爾抵達山腳下之後，立刻就開始列陣。隊伍隨著認旗的移動而移動，很快就橫成排，豎成列，層次分明。而今天的突厥騎兵，雖然頂著一個響亮的名字，飛鷹騎，卻亂哄哄地擠成了一大巨大的黑疙瘩。與藍天碧草相對照，就像有個慵懶的神仙，隨便朝草地上潑了一壺墨汁。這讓他心中的壓力頓時就是一輕，頭腦裡立刻開始盤算，有沒有帶領大夥堅持到天黑，然後借助夜幕的掩護，翻過背後山頭，悄悄溜走的可能。然而，還沒等他想出個大致輪廓，山坡下，已經響起了淒厲的號角聲，「嗚嗚嗚，嗚嗚嗚……」緊跟著，「墨汁」從中央處一分為二。一名虎背熊腰，還生了滿臉黃色鬍子的壯漢，在五十多名騎兵的前呼後擁下，離開隊伍，策馬緩緩走上了山坡。

「阿茹，讓所有弓箭手做好準備。」姜簡心中暗喜，果斷低聲吩咐。「蕭朮里，把戰馬牽一匹過來給我。然後你們幾個也找好位置，隨時聽我命令。」

黃鬍子壯漢，肯定是這群突厥飛鷹騎的首領。既然此人托大，想湊到近前來對自己威逼利誘。自己不利用這個機會將其幹掉，令飛鷹騎軍心大亂，就對不起老天爺。

「是！」阿茹和弓箭手們低聲答應，一個個悄悄將羽箭搭上了弓臂。

蕭朮里則默默地牽了一匹坐騎，送到了姜簡身側。隨即，與洛古特、烏古斯等少年，迅速爬上了馬背。

注三十九、旅：唐代軍制，一旅為一百人，分為兩隊。每隊分五夥。

「珊珈，把駝城在我面前位置，開一條縫隙，一匹馬寬窄就好。等會兒我殺出去之後，妳立刻將其合攏。」姜簡深吸一口氣，翻身上馬，緩緩抽出了長劍。他身邊的少年人數，不足對方的十分之一。即便占據了有利地形，也毫無勝算。今天唯一可以創造奇蹟的辦法，就是擒賊擒王。

眾少年和少女們，也知道成敗在此一舉。紛紛屏住呼吸，將目光看向生著黃色絡腮鬍子的突厥騎兵首領。唯恐呼吸聲音大高，讓此人忽然心生警惕，不肯繼續向駝城靠近。

三百步，兩百步，一百九十步，一百七十步，一百六十步……，就在大夥緊張得心臟幾乎跳出嗓子眼兒的時候，那生著黃色絡腮鬍子的突厥騎兵首領，忽然在距離駝城一百五十步之外，拉住了坐騎！

「山上的人聽著！」不待戰馬停穩，黃鬍子就將馬鞭前指，高聲命令，「交出婆閏和姜簡。我，草原的主人，突厥大可汗之子，阿史那陟苾，可以對長生天發誓，保證放你們平安回家。給你們一炷香時間考慮，一炷香之後，若是爾等仍舊執迷不悟，則殺上山去，半個不留！」說罷，猛地撥轉坐騎，在親兵的保護下揚長而去！

「你白日做夢！」

「滾回去吃屎吧！」

「要戰就戰，不戰就滾，要什麼陰謀詭計！」

剎那間，叫罵聲就在山坡上響成了一片。少年少女們揮舞著繳獲來的兵器，怒不可遏！然而，在憤怒之外，卻有一股令人窒息的傷痛，籠罩在其中很多人的心頭。揮之不去，也驅之不散。

大夥被出賣了！

先前跟扮作馬賊的突厥騎兵交手之時，他們沒有暴露自家隊伍中任何人的身份。隊伍當中也沒有任何同伴，被突厥騎兵俘虜後帶走。此刻，阿史那陟苾卻指名道姓，要求大夥除了婆閏之外，還要交出姜簡。原因只能有一個，那就是，史笸籮已經與對方接上了頭，並且將大夥這邊的情況，打包出售！

「史笸籮，史笸籮你出來！」有幾個少年反應快，罵過之後，立刻高喊出賣者的名姓，「這就是你們阿史那家族對待同伴的方式？連同生共死的朋友都害，你們阿史那家族好獨特的傳統！」

「史笸籮，史笸籮你出來。我們知道你在山下！有膽子出賣朋友，就要有臉承認。」

「史笸籮，史笸籮，出來跟我們堂堂正正一戰。你說過跟老子同生共死，老子記得清清楚楚。」

「史笸籮，你出來，阿史那家族有諾必踐！」

「阿史那沙缽羅……」

叫喊聲一浪高過一浪，充滿了憤怒和失望。而最該憤怒的姜簡，卻始終沒有發出任何聲音。只是靜靜端坐在馬背上，手持繳獲來的大食長劍，宛若已經變成了雕塑。

青色的血管，在他手背和額頭等處出現，將他原本就白淨的膚色，映襯得更加蒼白。這一刻，他的眼睛睜得很大，很圓。眼神卻很空，很冷。沾著塵土和汗水的面孔上，看不到任何憤怒，也看不到多少失望。彷彿周圍一切都跟自己沒了關係，或者靈魂已經脫離軀殼，再也不想理會這塵世間的骯髒。

「姜簡，我跟你並肩而戰。哪怕最後只剩下咱們倆。」蕭朮里忽然感覺到有些不對勁兒，騎著馬湊過來，伸手輕推姜簡的肩膀，「我們不會把你交出去，放心。」

「姜簡，不是人人都姓阿史那！」洛古特也湊上前，低聲安慰。「史笸籮投敵了，你還有我們！」

「離間之計，這是離間之計，大夥絕不會上當！」

「阿史那家族的承諾，啊哈哈，我去他奶奶的吧……」

烏古斯、瑞根、乙室庫里、蘇支等人，也紛紛表態，發誓要跟姜簡生死與共。

「對不起……」彷彿剛剛從噩夢中驚醒，姜簡慘白著臉笑了笑，低聲向所有人表示歉意。「我，我剛才走神了。」不是很痛，也談不上有多失望，只是胸口悶得厲害，好像有人拿著被水潤濕過的厚葛布，一層層地裹在了他的心臟上。讓他的心臟變得很沉，很涼，又悶到極點。每跳一次，都向深淵裡墜下一大截，或者被濕葛布又多裹了一層。雖然相識時間還不到一個月，雖然嘴巴上，他總是跟史笸籮針鋒相對。但是，在內心深處，他早就將史笸籮當做了朋友。

他曾經與史笸籮患難與共，他曾經與史笸籮同生共死，他曾經將自己的後背放心地交給史笸籮，然後拔劍護住史笸籮的後背，與對方一起面對血雨腥風。

他曾經想過，史笸籮離開，是因為左右為難。

他曾經想過，史笸籮主動離開，是最好的選擇。

他還一廂情願地想過，哪怕史笸籮離開了，也不會出賣朋友，最多不過是兩不相幫。

他卻萬萬沒想到，一轉身，朋友就變成仇敵。並且帶著整整五個旅的騎兵，要置自己於死地。

「沒什麼對不起的。你從始至終，都沒做錯過任何事情。」一個怯怯的聲音，在他耳畔響起，同時，一隻涼涼的小手，搭在了他握劍的手背上。是大賀部的阿茹，她被自己給嚇到了，卻試圖安慰自己！剎那間，姜簡心中湧起了一股負疚。扭過頭，努力讓自己笑得好看一些，朝著對方輕輕點頭。

「的確，你沒做錯任何事情。」握著戰馬韁繩的左手，也被珊珈雙手輕輕包住。她的聲音，與她的手掌一樣溫柔，「至於把人想得太好，是因為你以前見到的壞人太少。」

「我……」姜簡忽然覺得很不好意思，熱流從心底湧起，剎那間燒得他滿臉通紅。

他知道，這一刻，很多人都在看著自己。而胡大俠說過：當家的不能喊窮。如果自己沒等交戰，就先被史笸籮背叛之事擊垮，整個隊伍中的所有同伴，今日恐怕都無法逃出生天。

看了看滿臉鼓勵的珊珈，又看了看滿臉緊張的阿茹，他輕輕掙脫二人的手掌。舉起長劍，在半空中虛劈了兩下，笑著宣佈：「大夥別擔心，我沒事兒。剛才不過是有點兒累了，走了一會兒神而已。

剛才那個傢伙叫阿史那什麼來著？蕭朮里、洛古特，你們兩個跟我一起出去會會他。來而不往非禮也。他會使陰謀詭計，我就讓他知道，什麼是魯班門前耍大斧！」

「好！」蕭朮里和洛古特甭管聽懂沒聽懂，卻雙雙如釋重負，毫不猶豫地點頭。

「我跟你們一起去！那個絡腮鬍子，叫阿史那陟苾，是車鼻可汗的二兒子，最是歹毒。師父就是被他害死的。」婆閏也瞬間將心擱回了肚子裡頭，舉起角弓主動請纓。

「你有馬嗎？」姜簡非常多餘地問了一句，隨即，目光就落在了對方的坐騎上。是一匹純黑色的良駒，神俊絲毫不亞於自己的雪獅子。可惜雪獅子落在了奸商蘇涼手裡頭，然後就不知所終。

「我的射術還湊合，七十步之內，十箭至少能射中六箭。」知道姜簡對自己缺乏瞭解，婆閏主動介紹，「此外，我先前一對一跟突厥飛鷹騎交戰，沒輸給他們之中任何人。」後一句，姜簡毫不懷疑。否則，婆閏早就死在突厥騎兵的刀下了，根本輪不到自己來救。

笑著朝對方點了點頭，他果斷作出決定，「那就跟上，一會兒我把阿史那陟苾叫出來說話，你自己尋找機會。記住別戀戰，一擊不中立刻撥馬回山。這個位置，戰馬肯定衝不上來。必要時，你得捨棄坐騎，徒步往上爬。」

「我明白！」婆閏拍了拍黑馬的脖頸，帶著幾分不捨點頭。

「姜簡……」珊珈猶豫再三，忽然伸手拉住了戰馬的轠繩，「不要衝動，那個絡腮鬍子狡詐，剛才都不肯靠近到一百步之內……」

「我知道！」姜簡笑著用左手拉住馬韁繩的另外半段，柔聲補充，「我不光是要去以牙還牙，還希望能拖延一點兒時間。此地距離白道川已經沒多遠了，拖得越久，咱們越有機會平安脫身。」

「那，那你自己小心。」珊珈猶豫了一下，緩緩鬆開了韁繩。

「駝城交給妳，阿茹和烏古斯！」姜簡又笑著交代了一句，雙腿輕輕磕打馬鐙，「現在，麻煩幫我們開一條縫隙。」

「嗯！」珊珈沒勇氣繼續阻攔，溫柔地點頭答應，然後默默地走到駝城中央，親手解開剛剛拴好的韁繩，驅趕駱駝，為少年們打開一條通道。緩緩退開半步，她肅立，抬手撫胸，與金花一道以注目禮，送勇士出征。

她記得很多年前，波斯首都泰西封即將遭到大食軍隊攻擊之時，她就與自己的母親一道，站在城門口做過同樣的事情。那些出征的勇士當中，很多人都跟姜簡一樣的年紀。一樣從小被長輩們照顧得無微不至，一樣沒見過世間醜惡，所以本能地相信所有人。

那天，她母親當眾承諾，待擊退了大食強盜，就將她嫁給作戰最勇敢的少年。無論對方的出身貧富還是貴賤。

那天，所有少年都一去不回。

恐懼與緊張，忽然從天而降，瞬間籠罩了她的全身。她伸出手，不計一切地去抓姜簡的戰馬韁繩。然而，卻抓一個空。

「珊珈姐姐，不怕！」一雙細細的胳膊，從背後抱住她。阿茹的聲音，同時在她耳畔響起，「那是他們的命運，也是他們的榮耀。咱們不該阻攔，也不可能阻攔得住！」

山坡很陡，地面上佈滿了碎石和雜草。戰馬的四條長腿緊張得一直在打哆嗦，有好幾次因為踩在了打滑的碎石頭上，都差點與背上的姜簡一起，摔成滾地葫蘆。然而，非常幸運的是，最終牠還是在姜簡的全力配合下，重新站穩了身體，一步接著一步，慢慢地走完了這段最陡峭的山坡。

「這樣也好，至少，突厥人不用再指望騎著戰馬衝陣！」緊張得手掌心全是汗，姜簡苦笑著搖頭，隨即，在馬背上努力坐直身體，扯開嗓子高聲發出邀請，「阿史那陟苾，不要走得那麼快。姜簡在此，想要我的命，你自己過來取！」

「阿史那陟苾，婆閏在此，想要我的命，你自己過來取！」一個聲音，從他背後響起，略顯稚嫩，卻同樣毫無畏懼。

「阿史那陟苾，姜簡和婆閏都出來了！你有種過來跟他們放馬一戰！」見姜簡和婆閏開始出招，蕭朮里和洛古特兩人，也迅速坐直了身體，扯開了嗓子幫腔。

正被親信們簇擁著下山的阿史那陟苾，早就注意到了來自背後的動靜。只是弄不清楚四個少年為何離開了駝城，也認不出四個少年的身份。此刻聽到姜簡和婆閏兩個自報家門，立刻皺著眉頭帶住了坐騎，「吁……」

「阿史那陟苾，大唐左屯衛郎將韓華，是不是死在你手裡？」姜簡聲音緊跟著又傳了過來，帶著濃重的輕蔑與憤怒，「好一個阿史那家族有諾必踐，說過的話不想認帳，把聽到的人都殺掉就行了。」

「不給敵人足夠的思考時間，這樣，他就永遠猜不到你想幹什麼。」此乃大俠王伏寶的絕招，胡子曰的故事裡，出身寒微的王伏寶，就是憑藉這一手，將前來征剿他的大隋名將來護兒打得滿地找牙。

姜簡不確定這招是否真的有效，但是，此時此刻，他在書本上學過的各種計策，都遠不如胡子曰在故事裡所講的計策，更貼近眼前實際。剛剛拉住坐騎的阿史那陟苾顯然被他的話激怒，猛地撥轉了馬頭，逆著山勢直衝而上。他身旁的親信們大驚，一邊高聲勸阻，一邊策動坐騎緊緊追隨。

五十名突厥騎兵，加上一個阿史那陟苾。而自己這邊，只有四個人！姜簡緊張得心臟狂跳，目光也縮成了一根針。然而，卻沒有立刻拔劍，只是冷笑著將刺激對方的話，一句接一句往外拋，「你也知道你們父子的作為，丟人現眼嗎？所以才想把婆閏也抓了去滅口？」

「那天宴席上，拔野古部、僕固部、都播部、桀戛斯部的大可汗，也都看見了。你是不是也要殺了他們？」

「栽贓陷害，被客人識破，又在天裁中輸了。客人寬恕了你，你卻用塗了毒藥的匕首刺死了他。

呵呵，就你們父子兩個這德行，也配姓阿史那？不知道阿史那燕都如果在天有靈，會不會被羞得抬不起頭來！」

阿史那燕都，乃是阿史那家族最偉大的祖先。在位之時，聯合南方的中原王朝，西敗嚈噠、東卻契丹、北並契骨，威服塞外諸部，打下了巨大的突厥帝國。後世所有突厥男兒，都以此人為榮。此刻聽姜簡將車鼻可汗的行徑與阿史那燕都做比較，阿史那陟苾身邊的親信們，頓時一個個又羞又氣，扯開嗓子破口大罵。

「嘴賤的小兔崽子，我先殺了你！」阿史那陟苾，則怒不可遏，雙腳不停地用磕打馬鐙，催促坐騎加速。他胯下的坐騎，乃是萬里挑一的特勒驃。雖然剛剛經過了一場長途跋涉，體力和速度仍舊遠非尋常戰馬可比。在馬鐙的不斷刺激下，撒開四條長腿，逆著山坡跑得如同風馳電掣。周圍的親信們，立刻跟不上他的腳步。大呼小叫地驅趕坐騎加速，卻在他身後被甩得越來越遠。

「婆閏，弓箭準備！」姜簡喜出望外，果斷小聲吩咐，同時快速拔出了長劍，「蕭朮里、洛古特，跟緊我！」

「嗚嗚嗚嗚…………」沒等三名少年來得及回應，山腳下，一聲龍吟般的號角聲忽然響起，剎那間，就籠罩了整個山坡。

正在策馬撲向姜簡的阿史那陟苾，頭腦迅速變得清醒，手挽韁繩，果斷回扯，「吁……」

「西律律……」特勒驃嘴裡發出一聲憤怒的咆哮，掙扎著停止前衝。打著鐵掌的四蹄，踩在石頭上，火星四濺。

「結陣，結陣保護陟苾設！」被阿史那陟苾甩開的突厥武士們，大呼小叫地追上來，重新將此人護了個結結實實。

距離太遠！婆閏的眉頭緊皺，已經偷偷舉到胸前的騎弓，又迅速放了下去，藏在了大腿後側。

正準備策馬下衝的姜簡，也果斷拉住了坐騎，同時阻止蕭朮里和洛古特繼續前進，「停下，全停下，他們人太多！」

「肯定是史笸籮！」蕭朮里恨恨地拉住韁繩，咬牙切齒。「只有他知道你的本事！」

「媽的，突厥人果然都是狼崽子。不管是誰，反口就咬。」洛古特也氣得兩眼冒火，額頭處青筋根根亂蹦。

「嗚嗚嗚，嗚嗚嗚，嗚嗚……」彷彿在驗證他們兩個的指控，山腳下，突厥飛鷹騎的隊伍忽然分開，有一個姜簡熟悉身影，伴著號角聲走到了前排。是史笸籮，仍舊穿著那身繳獲來的大食甲冑，只是在頭上裹了一塊黑布，身後也多了一件黑色的披風。

「史笸籮，果然是你！」

「史笸籮，姜簡幾次捨命為你擋刀，你就這樣報答他？」

「史笸籮，你的良心被狗吃了嗎？」

駝城後，斥責聲此起彼伏，所有少年少女，都親眼看到了史笸籮的出現，以及他用號角聲，及時提醒了阿史那陟苾的作為，氣得破口大罵。

「兄長，不要上當。他在激你過去。他就是姜簡，身手極為高超。你身邊有五百騎兵，一人一支箭就能把他射成刺蝟，沒必要親自與他廝殺。」對來自山上的叫罵聲充耳不聞，史笸籮策馬向前走了幾步，扯開嗓子向阿史那陟苾高喊。

他用的是突厥語，姜簡聽不太懂。然而，卻知道他的目的是阻止阿史那陟苾以身涉險。咬了咬牙，策動坐騎緩緩向前，「阿史那陟苾，左屯衛郎將韓華是我的姐夫。姐夫與我有授業之恩，你害死他，他沒有孩子。這筆血債，我替他討。」

回頭快速擺了擺手，他制止了婆閏、蕭朮里和洛古特三人跟上。隨即，將長劍向下遙指，正對阿史那陟苾的鼻樑，「天裁！按照你們突厥規矩。你一個，我一個，出來單挑，不死不休！」

大唐遊俠兒・卷一・烽火狼煙　完

PL00117

大唐遊俠兒・卷一・烽火狼煙

作者—酒徒
編輯—黃煜智
行銷企劃—林昱豪
校對—魏秋綢
內頁排版—綠貝殼資訊有限公司

副總編輯—羅珊珊
總編輯—胡金倫
董事長—趙政岷
出版者—時報文化出版企業股份有限公司
108019台北市和平西路三段二四〇號七樓
發行專線—（〇二）二三〇六六八四二
讀者服務專線—〇八〇〇二三一七〇五
（〇二）二三〇四七一〇三
讀者服務傳真—（〇二）二三〇四六八五八
郵撥—一九三四四七二四時報文化出版公司
信箱—一〇八九九台北華江橋郵局第九九信箱
時報悅讀網—http://www.readingtimes.com.tw
思潮線臉書—https://www.facebook.com/trendage
法律顧問—理律法律事務所陳長文律師、李念祖律師
印刷—紘億印刷有限公司
初版一刷—二〇二四年十二月六日
定價—新台幣三八〇元
（缺頁或破損的書，請寄回更換）

時報文化出版公司成立於一九七五年，
並於一九九九年股票上櫃公開發行，於二〇〇八年脫離中時集團非屬旺中，
以「尊重智慧與創意的文化事業」為信念。

大唐遊俠兒・卷一，烽火狼煙／酒徒著．
-- 初版．-- 臺北市：時報文化出版企業股份
有限公司，2024.11
392 面；14.8×21 公分
ISBN 978-626-396-903-2（平裝）
857.7　　　　113015305

ISBN 978-626-396-903-2
Printed in Taiwan